ASSASSIN'S CREED

Obras do autor publicadas pela Editora Record:

***Série* Assassin's Creed**

Renascença

Irmandade

A cruzada secreta

Revelações

Renegado

Bandeira negra

Unity

Submundo

Barba Negra: O diário perdido

Abstergo Entertainment: Dossiê do funcionário

Assassin's Creed: Livro oficial do filme

***Série* Assassin's Creed – Last descendants**

Revolta em Nova York

O túmulo de Khan

O destino dos Deuses

***Série* Assassin's Creed Origins**

Juramento do deserto

OLIVER BOWDEN

ASSASSIN'S CREED
BANDEIRA NEGRA

Tradução de
Ryta Vinagre

13ª edição

Galera
RIO DE JANEIRO
2021

CIP-BRASIL. CATALOGAÇÃO NA FONTE
SINDICATO NACIONAL DOS EDITORES DE LIVROS, RJ

	Bowden, Oliver
B782b	Bandeira Negra / Oliver Bowden; tradução Ryta Vinagre. –
13ª ed.	13ª. ed. – Rio de Janeiro: Galera Record, 2021.
	Tradução de: Assassin's Creed®: Black Flag™
	ISBN 978-85-01-10096-2
	1. Assassinos – Ficção. 2. Ficção inglesa. I. Vinagre, Ryta. II. Título. III. Série.
13-05410	CDD: 823 CDU: 821.111-3

Título original em inglês:
Assassin's Creed®: Black Flag™

Primeiramente publicado na Grã-Bretanha em inglês por Penguin Books Ltd.

Composição de miolo: Abreu's System

Texto revisado segundo o novo Acordo Ortográfico da Língua Portuguesa.

Direitos exclusivos de publicação em língua portuguesa somente para o Brasil adquiridos pela
EDITORA RECORD LTDA.
Rua Argentina 171 – Rio de Janeiro, RJ – 20921-380 – Tel.: (21) 2585-2000
que se reserva a propriedade literária desta tradução.

Impresso no Brasil

ISBN 978-85-01-10096-2

Parte Um

I

1719 (ou aproximadamente)

Certa vez decepei o nariz de um homem.

Não me recordo exatamente quando foi: em 1719, ou por volta deste ano. Nem onde. Mas aconteceu durante uma incursão em um brigue espanhol. Queríamos seus suprimentos, é claro. Orgulho-me de manter o *Jackdaw* bem abastecido. Mas havia algo mais no brigue. Algo que não tínhamos, mas do qual precisávamos. *Alguém*, para ser mais exato. Um cozinheiro de bordo.

Nosso cozinheiro e o ajudante estavam mortos. O ajudante foi flagrado urinando no lastro, o que eu não permitia, então o puni da forma tradicional, obrigando-o a beber uma caneca de urina da tripulação. Devo confessar que nunca tinha acontecido de a punição da caneca de urina ter matado um homem, mas foi o que aconteceu com o ajudante de cozinheiro. Ele bebeu a caneca de urina, foi dormir naquela noite e nunca mais acordou. O cozinheiro se entendeu bem sozinho por algum tempo, mas gostava de uns goles de rum e, depois de um gole, tendia a sair para respirar o ar noturno no convés de popa. Até que uma noite o ouvi claudicando pelo teto de minha cabine e dançando uma giga — seguido por um grito e do som de algo se espatifando.

O sino tocou e a tripulação correu ao convés, onde baixamos a âncora e acendemos lanternas e tochas, mas, do cozinheiro, não havia sinal.

Havia rapazes trabalhando com eles, naturalmente, mas eram apenas meninos, nenhum sabia fazer nada mais culinário do que mexer a caçarola ou descascar umas batatas, e desde então estávamos vivendo à base de uma gororoba crua. Ninguém entre nós sabia fazer nada além de ferver uma panela de água.

Agora, havia não muito tempo, tomávamos uma nave de guerra. Uma pequena e apetitosa excursão da qual embolsamos uma bateria de canhões de costado nova em folha e um porão cheio de artilharia: alfanjes, piques, mosquetes, pistolas, pólvora e chumbo. Por meio de um tripulante capturado, que depois passou a ser da *minha* tripulação, eu soube que os Dons tinham um navio de suprimentos particular em que trabalhava um cozinheiro de especial perícia. Diziam que ele cozinhava na corte, mas ofendeu a rainha e foi banido. Não acreditei em uma só palavra disso, o que não me impediu de repetir a história, contando à tripulação que ele prepararia nossas refeições antes que a semana terminasse. Certamente era assunto nosso capturar esse brigue em especial e, quando o encontramos, não perdemos tempo e o atacamos.

Nossa nova bateria de costado veio bem a calhar. Emparelhamos e bombardeamos o brigue com chumbo até que ele se partiu, então as velas ficaram em farrapos, e o leme pairou lascado na água.

Ele já querenava quando minha tripulação atacou e subiu a bordo, espalhando-se como ratos, no ar pesado do fedor de pólvora, e o estrepitar dos mosquetes e os alfanjes começavam a matraquear. Eu estava entre eles, como sempre, de alfanje em punho e minha lâmina oculta preparada, o alfanje para o combate corpo a corpo, a lâmina para a finalização. Dois deles vieram em minha direção e dei cabo do primeiro, lançando meu alfanje no alto de sua cabeça e cortando seu tricorne ao meio enquanto a lâmina quase dividia a cabeça. Ele caiu de joelhos com a lâmina de minha espada entre os olhos, mas o problema era que eu tinha cravado fundo demais e, quando tentei soltá-la, o corpo contorcido veio com ela. Agora o segundo homem estava em cima de mim, o pavor nos olhos, desacostumado à luta, obviamente. Com um golpe da lâmina lhe decepei o nariz, o que teve o efeito desejado de fazê-lo cair de costas com o sangue espirrando do buraco onde antes estava seu nariz aquilino, enquanto eu usava minhas mãos para finalmente arrancar meu alfanje do crânio do primeiro agressor e prosseguir no bom combate. Terminou depressa, com parte da tripulação deles morta, e emiti instruções especiais para ninguém ferir o cozinheiro — *independente do que acontecesse, eu disse, temos de pegar o cozinheiro vivo.*

E enquanto seu brigue desaparecia sob a água e nos afastávamos, deixando uma névoa de fumaça de pólvora, um mar de casco lascado e pedaços flutuantes de navio quebrado, reunimos a tripulação no convés principal para encontrar o cozinheiro. Nem um homem entre nós deixava de salivar, ninguém tinha uma barriga que não roncasse, o olhar bem-alimentado da tripulação deles não nos passou despercebido. Não passou.

Foi Caroline que me ensinou a apreciar a boa comida. Caroline, meu único e verdadeiro amor. No tempo breve demais que passamos juntos, ela refinou meu paladar, e eu gostava de pensar que ela teria aprovado minha sagacidade para com os banquetes e como transmiti à tripulação o gosto pelas coisas refinadas, sabendo, como eu sabia, em parte devido ao que ela me mostrara, que um homem bem alimentado é um homem feliz, e um homem feliz é um homem que tende a questionar menos a autoridade do navio. Por isso, em todos aqueles anos no mar, nunca houve nem cheiro de motim. Nem um.

— Cá estou — disse ele, avançando um passo. Porém, mais parecia dizer "Castor", devido ao curativo na cara, onde um tonto lhe havia decepado o nariz.

2

1711

Mas onde eu estava mesmo? *Caroline.* Você queria saber como eu a conheci.

Bem, é uma longa história, como dizem. É uma longa história. Para tanto preciso recuar mais, a uma época em que eu era apenas um criador de ovelhas, antes de saber qualquer coisa sobre os Assassinos ou os Templários, de saber do Barba Negra, de Benjamin Hornigold, de Nassau ou do Observatório, e eu sabia menos ainda que teria a oportunidade de conhecer a Auld Shillelagh em um dia de verão quente em 1711.

O caso é que eu era um dos jovens agitadores que gostavam de uma bebida, embora isto me metesse em algumas encrencas. Alguns poucos... *incidentes*, digamos, dos quais não me orgulho muito. Mas esta é a cruz que se tem de carregar quando se é um tanto afeiçoado demais à bebida; é raro encontrar um bebedor de consciência limpa. A maioria de nós vez ou outra pensava em sossegar, organizar a vida e talvez se dedicar a Deus ou tentar fazer alguma coisa em relação a nós mesmos. Mas aí a tarde chegava e sabíamos que o remédio para a cabeça era uma bebida, e lá íamos para a taberna.

As tabernas às quais me refiro ficavam em Bristol, na costa sudoeste da querida velha Inglaterra, onde estávamos acostumados a invernos ferozes e verões gloriosos e, naquele ano, naquele ano especificamente, o ano em que a conheci, 1711, como eu disse, eu tinha apenas 17 anos.

E sim — claro, eu estava bêbado quando aconteceu. Naquela época, é preciso dizer que eu estava bêbado a maior parte do tempo. Talvez... Bem, não exageremos, não quero me difamar. Mas talvez na metade do tempo. Talvez um pouquinho mais.

Minha casa ficava nos arredores de um vilarejo chamado Hatherton, a 11 quilômetros de Bristol, onde tínhamos uma pequena fazenda de ovelhas. Meu pai interessava-se pela criação de animais. Sempre fora interessado, e, assim, colocar-me neste barco o libertava do aspecto do ramo que ele mais desprezava, que era fazer as jornadas à cidade com a mercadoria, regateando com mercadores e comerciantes, barganhando, fechando negócios. Assim que atingi idade suficiente, e por isto quero dizer, assim que me tornei homem o bastante para olhar nos olhos de nossos associados e barganhar de igual para igual, bem, foi o que fiz. E meu pai ficou muito feliz em me deixar esta ocupação.

O nome de meu pai era Bernard. Minha mãe, Linette. Eram nativos de Swansea, mas haviam rumado para West Country quando eu tinha 10 anos. Ainda tínhamos sotaque galês. Não creio que me importasse muito por isto nos tornar diferentes. Eu era criador de ovelhas, e não um dos animais.

Meu pai e minha mãe costumavam dizer que eu tinha o dom da tagarelice e minha mãe, em particular, sempre me dizia que eu era um jovem bem apessoado, capaz de encantar os passarinhos para saírem das árvores, e é verdade, muito embora eu deva dizer, em minha defesa, que eu tinha certo jeito com as mulheres. Vamos colocar da seguinte forma: lidar com as esposas dos mercadores era mais proveitoso do que ter de negociar com seus maridos.

O modo como eu passava os dias dependia da estação. De janeiro a maio, a estação da cria, era nossa época mais movimentada, quando eu me via nos celeiros ao nascer do sol, estando com dor de cabeça ou não, para ver se alguma ovelha tinha parido durante a noite. Em caso afirmativo, eram levadas para um dos celeiros menores e colocadas em cercados, os quais chamávamos prisão de ovelha. Lá, meu pai assumia, enquanto eu limpava os comedouros, completando-os, trocando o feno e a água, e minha mãe registrava meticulosamente as informações dos recém-nascidos em um diário. Quanto a mim, na época eu não sabia a escrita. Agora sei, é claro, Caroline me ensinou, juntamente a muitas coisas que fazem de mim um homem, mas não naquela época, e assim esse dever recaía a minha mãe, cuja própria escrita não era muito melhor, mas o suficiente para pelo menos manter um registro.

Meus pais adoravam trabalhar juntos. Motivo ainda maior para meu pai gostar quando eu ia à cidade. Ele e minha mãe — era como se fossem gêmeos siameses. Nunca vi duas pessoas mais apaixonadas e que tivessem tão pouca necessidade de demonstrar o fato como aqueles dois. Era comum testemunhá-los animando um ao outro. Ver aquilo fazia bem à alma.

No outono, levávamos os carneiros para pastar com as ovelhas, para que eles continuassem a produzir mais cordeiros para a primavera seguinte. Os campos precisavam de cuidados; as cercas e os muros, de construção e reparos.

No inverno, se o tempo estivesse muito ruim, levávamos os animais para os celeiros, mantendo-os aquecidos e em segurança, prontos para janeiro, quando começava a temporada da cria.

Mas era no verão que eu verdadeiramente atingia o auge da prosperidade. A temporada de tosquia. Meus pais faziam o grosso do trabalho enquanto eu ia com mais frequência à cidade, não com carcaças de carne, mas com a carroça carregada de lã. E, no verão, com mais oportunidade ainda de fazê-lo, eu me flagrava frequentando cada vez mais as tabernas locais. Pode-se dizer que me tornei uma visão familiar nas tabernas, na verdade, com meu colete longo e abotoado, calções nos joelhos, meias brancas e o tricorne marrom um tanto desgastado que eu gostava de pensar ser minha marca registrada, porque minha mãe dizia que combinava bem com meu cabelo (que precisava permanentemente de um corte, mas era de uma cor de areia impressionante, se é que posso dizer isso a meu respeito).

Foi nas tabernas que descobri que meu dom de tagarelar melhorava depois de umas cervejas à tarde. A bebida tem este efeito, não? Afrouxa a língua, as inibições, o moral... Não que eu fosse exatamente tímido e retraído quando estava sóbrio, mas a cerveja, ela me dava uma vantagem. E afinal o dinheiro extra dos negócios, resultante de minha capacidade de venda inspirada pela cerveja, cobria bem o custo da bebida. Ou pelo menos era o que eu dizia a mim mesmo na época.

E também havia outra coisa, além da concepção tola de que Edward, com seus copos, era um vendedor melhor do que o Edward sóbrio, e este era meu estado de espírito.

Porque a verdade era que eu pensava ser diferente. Não, eu *sabia* que era diferente. Havia ocasiões em que me sentava sozinho à noite e sabia que enxergava o mundo de uma forma só minha. Sei disso agora, mas na época não conseguia colocar em palavras que não fossem dizer que eu me sentia diferente.

E por este motivo, ou apesar dele, concluí que não queria ser criador de ovelhas a vida toda. Soube disso no primeiro dia, quando pus os pés na fazenda como empregado, e não como criança, e me vi, e então olhei para meu pai, e compreendi que não ficaria muito tempo ali para brincar e logo iria para casa sonhar com um futuro velejando em alto-mar. Não, aquele *era* meu futuro, e eu passaria o restante da minha vida como criador de ovelhas, trabalhando para meu pai, casar-me-ia com uma garota da região, criaria meninos e lhes ensinaria a se tornarem criador de ovelhas, assim como o pais deles, e assim como o avô. Vi o restante da minha vida se estender diante de mim, como roupa de cama limpa em um leito, e em vez de sentir uma onda calorosa de satisfação e felicidade com este fato, ele me apavorava.

Então a verdade, e não há como dizer isso com mais delicadeza, e me desculpe, pai, que descanse em paz, era que eu detestava meu trabalho. E depois de algumas cervejas, bem, eu o detestava menos, é só o que posso dizer. Se eu apagava meus sonhos frustrados com a bebida? Provavelmente. Na época eu não pensava muito nisso. Só sabia que o que pesava em mim, empoleirado como um gato sarnento, era um ressentimento exasperante pelo rumo que minha vida tomava — ou, pior, que de fato tinha tomado.

Talvez eu fosse um tanto indiscreto com alguns de meus sentimentos verdadeiros. É possível que de vez em quando eu tenha dado a meus companheiros de copo a impressão de que sentia que a vida tinha coisas melhores reservadas para mim. O que posso dizer? Eu era jovem, arrogante e bêbado. Uma combinação letal, na melhor das hipóteses. E aquele definitivamente não era o melhor dos tempos.

— Você se acha superior a gente como nós, não é?

Ouvia muito isso. Ou variações, pelo menos.

E talvez tivesse sido mais diplomático de minha parte responder com uma negativa, mas eu não o fazia, e assim me vi envolvido em mais do que minha parcela justa de brigas. Talvez fosse para provar que eu era melhor do que eles em todas as coisas, inclusive na luta. Talvez porque, à minha própria maneira, eu estivesse defendendo o nome de minha família. Posso ter sido bebedor. Um sedutor. Arrogante. Pouco confiável. Mas não era um covarde. Ah, não. Nunca fugia de uma briga.

E foi no verão que minha imprudência chegou ao seu ápice; quando eu estava mais embriagado e mais exaltado, e era especialmente um chato de galochas. Mas, por outro lado, ficava mais propenso a ajudar uma donzela em perigo.

3

Ela estava na Auld Shillelagh, uma taberna a meio caminho entre Hatherton e Bristol, lugar que eu costumava frequentar e, às vezes, no verão, frequentava várias vezes ao dia, quando meus pais labutavam na tosquia em casa e eu fazia jornadas mais constantes à cidade.

Confesso que no início não dei muito pela presença dela, o que me era incomum, porque eu me orgulhava de saber a localização exata de cada mulher bonita nas cercanias e, além disso, a Shillelagh não era o tipo de lugar onde se espera encontrar uma mulher bonita. Uma *mulher*, melhor dizendo. Determinado tipo de mulher. Mas dava para ver que aquela garota não era assim: era jovem, tinha mais ou menos a minha idade, usava uma touca e um avental de linho branco. Parecia-me uma criada.

Mas não foram suas roupas que me chamaram a atenção. Foi a altura de sua voz, que, pode-se dizer, entrava em total contraste com sua aparência. Ela estava sentada com três homens, todos mais velhos, os quais reconheci de pronto: Tom Cobleigh, seu filho Seth e Julian qualquer coisa, cujo sobrenome me escapa, mas que trabalhava com eles — três homens com quem eu já havia trocado umas palavras, se não alguns socos. Do tipo que me olhava de nariz em pé porque pensava que eu os olhava com desdém, que não gostavam de mim mais do que eu deles, e não era muita coisa. Eles sentavam-se inclinados em suas banquetas e fitavam a jovem com olhos enviesados e devoradores que traíam um propósito mais sombrio, embora estivessem todo sorrisos, batendo na mesa, estimulando-a enquanto ela secava um caneco de cerveja.

Não, ela não parecia uma das mulheres que costumavam frequentar a taberna, mas parecia decidida a agir como tal. O caneco tinha quase seu tamanho, e enquanto ela limpava a boca com as costas da mão e o batia na mesa, os homens reagiam com ânimo, pedindo outro aos gritos, e sem dúvida satisfeitos por vê-la vacilar um pouco na banqueta.

Provavelmente não acreditavam na sorte que tinham. Uma coisinha linda daquelas.

Eu os observava enquanto deixavam a menina beber ainda mais cerveja com o mesmo tumulto acompanhando seu sucesso, e então ela repetiu o gesto e passou a mão na boca, mas com uma vacilação ainda mais acentuada, e eles trocaram um olhar. Um olhar que parecia dizer, *O trabalho está feito.*

Tom e Julian se levantaram e começaram, em suas palavras, a "acompanhá-la" à porta, porque, "você já bebeu demais, minha linda, vamos levá-la para casa, está bem?".

— Para a cama — sorriu Seth com malícia, pensando ter falado em voz baixa, embora toda a taberna tivesse ouvido. — Vamos colocá-la na cama.

Lancei um olhar ao atendente do balcão, que baixou os olhos e usou o avental para assoar o nariz. Um freguês sentado ao meu lado se virou. Canalhas. Daria na mesma ter buscado a ajuda de um gato, pensei. Depois, com um suspiro, bati meu caneco, desci da banqueta e segui os Cobleigh para a rua.

Pisquei ao sair da escuridão da taberna para o sol forte. Minha carroça estava ali, assando ao sol; ao lado dela, outra que presumi pertencer aos Cobleigh. Do outro lado da estrada, havia um pátio com a casa recuada, mas nenhum sinal de um fazendeiro. Estávamos sozinhos na via; só eu, os dois Cobleigh, Julian e a menina, é claro.

— Ora, ora, Tom Cobleigh — disse eu —, as coisas que se veem em uma bela tarde. Coisas como você e seus amigos se embriagando e deixando uma pobre jovem indefesa ainda mais bêbada.

A menina arriou quando Tom Cobleigh soltou seu braço e se virou para mim, com o dedo já em riste.

— Fique fora disso, Edward Kenway, rapazinho inútil. Você está tão bêbado quanto eu, e sua moral é igualmente frouxa; não preciso levar um sermão de tipos como você.

Seth e Julian também se viraram. A menina estava vidrada, como se sua mente tivesse ido dormir, mesmo que o corpo ainda estivesse acordado.

— Ora — sorri —, moral frouxa eu posso ter, Tom Cobleigh, mas não preciso despejar cerveja pela goela de uma mulher para levá-la para a cama, e certamente não preciso que dois amigos me ajudem na tarefa.

Tom Cobleigh ficou vermelho.

— Ora essa, seu bastardinho insolente, vou colocá-la em minha carroça, é o que vou fazer, e levá-la para casa.

— Não tenho dúvida de que pretende colocá-la na carroça e levá-la para casa. É o que pretende fazer entre colocá-la na carroça e chegar em casa que me preocupa.

— Que *preocupa* você, é? Um nariz quebrado e algumas costelas partidas serão a sua preocupação se você não cuidar da sua maldita vida.

Semicerrando os olhos, fitei a estrada onde brilhavam as árvores que margeavam o caminho de terra, douradas e verdes ao sol, e ao longe havia a figura solitária de um cavaleiro, tremeluzindo e indistinta.

Avancei um passo e, se houvesse alguma cordialidade ou humor em meus modos, agora tinham desaparecido, quase como que por vontade própria. Havia uma dureza em minha voz quando voltei a falar.

— Agora deixem essa menina em paz, Tom Cobleigh, ou não me responsabilizarei pelos meus atos.

Os três homens se olharam. De certo modo, eles me obedeceram. Soltaram a menina e ela pareceu quase aliviada ao cair sobre as ancas, colocando a mão no chão e nos fitando com os olhos turvos, evidentemente sem perceber toda aquela discussão por causa dela.

Enquanto isso, olhei os Cobleigh e calculei minhas chances. Eu já havia lutado contra três de uma só vez? Ora, não. Porque se você luta contra três de uma só vez, não precisa brigar muito para ser espancado. Mas o que é isso, Edward Kenway, falei a mim mesmo. Sim, por um lado, eram três sujeitos, mas um deles era Tom Cobleigh, que não era um jovem mais, tinha a idade de meu pai. O outro era Seth Cobleigh, filho de Tom Cobleigh. E se você puder imaginar o tipo de pessoa que ajudaria seu pai a embebedar uma garota, pode imaginar o tipo de pessoa que era Seth Cobleigh, um caprichoso desleal, que mais provavelmente fugiria de uma briga com as calças molhadas em vez de encará-la. E, além do mais, eles estavam bêbados.

Por outro lado, eu também estava embriagado. Além disso, eles também tinham Julian, que parecia dar conta do recado sozinho.

Mas eu tive outra ideia. Aquele cavaleiro solitário que eu via ao longe. Se eu conseguisse segurar os Cobleigh até que ele chegasse, as chances podiam virar a meu favor. Afinal, se fosse de bom caráter, o cavaleiro solitário ia parar e me ajudar.

— Bem, Tom Cobleigh — falei —, você tem vantagem sobre mim, qualquer um pode ver, mas, sabe, eu não conseguiria olhar nos olhos de minha mãe sabendo que deixei você e seus amigos raptarem esta coisinha linda.

Olhei a estrada, onde o cavaleiro solitário se aproximava. *Venha logo*, pensei. *Não se demore.*

— Então — continuei —, mesmo que você acabe me deixando em um monturo de sangue ao lado desta estrada aqui e leve a jovem de qualquer maneira, farei o que puder para criar a maior dificuldade possível para você. E talvez eu o veja ir embora com um olho roxo e quem sabe as bolas latejando.

Tom Cobleigh cuspiu, depois me fitou pelos olhos enrugados e semicerrados.

— Então é assim? Ora, vai ficar parado aí falando nisso o dia todo, ou vai cumprir sua tarefa? Porque o tempo não espera por homem nenhum... — Ele abriu um sorriso maligno. — Tenho coisas a fazer, pessoas para dar um trato.

— Sim, é verdade, e quanto mais tempo demorar, mais chances a pobre menina tem de ficar sóbria, hein?

— Posso lhe dizer que estou me cansando desta conversa, Kenway. — Ele se virou para Julian. — Que tal darmos uma lição neste bastardinho? Ah, e mais uma coisa antes de começarmos, Senhor Kenway, você não serve nem para limpar os sapatos de sua mãe, entendeu?

Aquilo me afetou muito, não me importo de confessar. Ver alguém como Tom Cobleigh, que tinha a moral de um cão raivoso e metade de sua inteligência, capaz de atingir minha alma como se minha culpa fosse uma ferida aberta, depois meter o polegar na ferida aberta e me provocar ainda mais dor, bom, certamente sedimentou minha decisão, no mínimo.

Julian estufou o peito e, com um rosnado, avançou. A dois passos de mim ergueu os punhos, baixou o ombro direito e oscilou, e não sei com quem Julian estava acostumado a brigar fora das tabernas, mas era alguém com menos experiência do que eu, com certeza, porque eu já havia notado o fato de que ele era destro, e não poderia ter deixado suas intenções mais evidentes, mesmo que ele tentasse.

A terra subia em nuvens em volta de meus pés enquanto eu me esquivava com facilidade e erguia o punho direito incisivamente. Ele gritou de dor quando o atingi sob o queixo. E, se fosse só ele, a batalha teria sido vencida. Mas Tom Cobleigh já estava em cima de mim. Percebi isso, de soslaio, mas era tarde demais para reagir e, quando me dei conta, fui entontecido pelos nós dos dedos que se chocaram contra minha têmpora.

Cambaleei um pouco enquanto gingava para receber o ataque, e meus punhos se agitavam mais loucamente ainda do que eu teria preferido. Eu esperava dar um golpe de sorte, precisava derrubar pelo menos um deles para igualar os números. Mas nenhum de meus murros fez contato enquanto Tom Cobleigh se retraía, além disso, Julian se recuperara do meu soco com uma velocidade alarmante, e agora partia de novo para cima de mim.

Seu punho direito subiu e pegou meu queixo, fazendo-me rodar, e assim quase perdi o equilíbrio. Meu chapéu voou, meu cabelo estava sobre os olhos e eu estava transtornado. E adivinhe quem veio me chutar com suas botas? Aquele verme do Seth Cobleigh, gritando estímulos ao pai e a Julian ao mesmo tempo. E o desgraçado teve sorte. Sua bota me acertou na barriga e, já sem equilíbrio, perdi a firmeza. E caí.

O pior que se pode fazer em uma briga é cair. Depois que você cai, acabou-se. Por entre as pernas deles, vi o cavaleiro solitário subir a estrada; agora era minha única chance de salvação, possivelmente minha única esperança de sair vivo. Mas o que vi me deprimiu. Não era um homem a cavalo, um negociante, que desmontaria e viria correndo em meu auxílio. Não, o cavaleiro solitário era uma mulher. Montava escarranchada, e não de lado, mas apesar disso dava para ver que era uma mulher. Usava touca e um vestido de verão claro, e a última coisa que pensei antes de as botas de Cobleigh escurecerem minha visão e choverem chutes em mim, era que ela era linda.

E daí, pensei? A beleza não vai me salvar em uma hora dessas.

— Ei — ouvi. — Vocês três. Parem o que estão fazendo agora mesmo.

Eles se viraram para olhá-la e retiraram seus chapéus, arrastando os pés em fila para me esconder, deitado ali, tossindo no chão.

— O que está havendo aqui? — exigiu saber a dama. Pelo tom de sua voz, eu sabia que ela era jovem e, embora não fosse bem-nascida, definitivamente tinha sido bem-criada; não era bem-criada demais para cavalgar desacompanhada?

— Estamos ensinando a este jovem aqui a ter boas maneiras — irritou-se Tom Cobleigh, sem fôlego. Negócio exaustivo aquele, matar-me a pontapés.

— Não é preciso três de vocês para isso, não acha? — respondeu ela. Agora eu podia vê-la, duas vezes mais bela do que pensei no início, enquanto ela fuzilava os Cobleigh com os olhos, e estes, por sua vez, pareciam inteiramente humilhados.

Ela desceu da montaria.

— Mais direto ao assunto, o que estão fazendo com esta jovem aqui? — Ela apontou a menina, que ainda estava sentada, tonta e bêbada no chão.

— Ah, senhora, perdoe-me, senhora, mas esta é uma jovem amiga nossa que bebeu um pouco demais.

A mulher ficou mais séria.

— Ela certamente *não* é amiga de vocês. É uma criada, e se eu não levá-la para casa antes que minha mãe descubra seu desaparecimento, ela será uma criada desempregada.

Ela olhou incisivamente de um homem a outro.

— Conheço vocês, homens, e creio entender exatamente o que faziam aqui. Agora deixarão este jovem em paz e seguirão seu caminho antes que eu me dê ao trabalho de providenciar isso por conta própria.

Com muitas reverências e raspagens de pés, os Cobleigh subiram em sua carroça e logo se foram. Enquanto isso, a mulher se ajoelhava para falar comigo. Sua voz tinha mudado. Ela agora falava com suavidade. E ouvi preocupação.

— Meu nome é Caroline Scott. Minha família mora na Hawkins Lane, em Bristol; deixe-me levá-lo até lá e cuidar de seus ferimentos.

— Não posso, minha senhora — falei, sentando-me e tentando abrir um sorriso —, tenho trabalho a fazer.

Ela se levantou, de cenho franzido.

— Entendo. E avaliei a situação corretamente?

Peguei meu chapéu e comecei a espanar a terra dele. Agora estava ainda mais surrado.

— Sim, minha senhora.

— Então lhe devo minha gratidão, e Rose também, quando estiver sóbria. Ela é uma menina voluntariosa, nem sempre é a mais fácil dentre os empregados, mas não quero vê-la sofrer por sua impetuosidade.

Ela era um anjo, concluí então, e enquanto eu as ajudava a montar no cavalo, Caroline segurando Rose, que oscilava embriagada no pescoço do animal, tive uma ideia repentina.

— Posso vê-la outra vez, minha senhora? Para agradecer adequadamente quando eu estiver mais apresentável, talvez?

Ela me olhou com pesar.

— Temo que meu pai não aprovaria — disse, e com isso sacudiu as rédeas e partiu.

Naquela noite sentei-me sob a palha de nosso chalé, olhando os pastos que ondulavam pela fazenda enquanto o sol se punha. Em geral meus pensamentos se voltavam à fuga para meu futuro.

Naquela noite fiquei pensando em Caroline. Caroline Scott, de Hawkins Lane.

4

Dois dias depois, acordei ao som de gritos. Na pressa, vesti os calções e pulei do quarto com a camisa desabotoada, ainda metendo as botas nos pés descalços. Eu conhecia aquele grito. Era minha mãe. Instantes depois, seus gritos esmoreceram a um soluço, substituído por palavrões de meu pai. Os palavrões baixos de um homem que via que tinha razão.

Depois de minha briga na Auld Shillelagh, voltei à taberna para fazer alguma coisa com meus cortes e hematomas. Para entorpecer a dor, por assim dizer. E que melhor maneira de fazer isso do que com uma ou duas bebidas? Assim, quando por fim cheguei em casa, encontrava-me em certo estado. E quando digo "estado", quero dizer "estado", como de um homem que parece ter ido às guerras, como eu havia: hematomas no rosto, no pescoço, roupas esfarrapadas e rasgadas. Mas também o "estado" de um homem que tinha bebido demais.

Qualquer uma dessas coisas, ou as duas, deixariam meu pai irritado e assim discutimos, e envergonho-me de dizer que usei certo linguajar na frente de minha mãe. E é claro que meu pai ficou furioso com isso, e senti as costas de sua mão. Mas o que realmente o enfureceu foi que a rixa, como ele chamou (porque ele não aceitaria que eu estivesse protegendo a honra de uma dama, e que ele teria feito o mesmo em meu lugar), tinha acontecido em um dia de trabalho. O que ele enxergava eram eles dois exaustos de sua labuta e eu embebedando-me e me metendo em brigas, manchando o bom nome dos Kenway, e, nesse caso em particular, arranjando mais problemas para o futuro.

— Os Cobleigh. — Ele ergueu as mãos, exasperado. — Aquela corja de bandidos — disse ele. — Tinha de ser com eles, não? Eles não esquecerão esse assunto, sabe disso, não sabe?

Bem certo disso, corri para o jardim naquela manhã e lá estava meu pai, com suas roupas de trabalho, reconfortando minha mãe, que estava de pé, com a cabeça enterrada no peito dele, chorando baixinho, de costas para o que estava no chão.

Minha mão foi à boca ao ver o que os saudara: duas ovelhas abatidas, com a garganta cortada, prostradas lado a lado na terra suja de sangue. Tinham sido colocadas ali para que soubéssemos que não eram vítimas de uma raposa ou de um cão selvagem. Assim saberíamos que as ovelhas haviam sido mortas por um motivo.

Um aviso. Vingança.

— Os Cobleigh. — Cuspi, sentindo a fúria borbulhar como água fervente dentro de mim. Com ela veio uma culpa aguda e dolorosa. Todos sabíamos que aquilo tinha sido provocado por causa dos meus atos.

Meu pai não me olhou. Em seu rosto estavam toda a tristeza e a preocupação esperadas. Como eu digo, ele era um homem respeitado e desfrutava dos benefícios desse respeito; suas relações, até com os concorrentes, eram conduzidas com cortesia e respeito. Ele não gostava dos Cobleigh, evidentemente não — quem gostava? —, mas nunca tivera problemas, nem com eles nem com mais ninguém. Aquela era a primeira vez. Aquilo era novidade para nós.

— Sei o que está pensando, Edward — disse. Ele não suportava olhar para mim, notei; só ficou abraçado a minha mãe com os olhos fixos em algum ponto ao longe. — Mas pense duas vezes.

— O que estou pensando, pai?

— Está pensando que foi você que trouxe isto a nós. Está pensando em confrontar os Cobleigh.

— E então? No que o *senhor* está pensando? Em deixar que se safem depois disso? — Apontei os dois corpos sangrentos na terra. Criação abatida. Criação perdida. — Eles têm de pagar.

— Não pode ser feito — disse ele simplesmente.

— O que quer dizer com isso?

— Há dois dias, fui procurado para me unir a uma organização... Uma organização de comércio, como era chamada.

Quando olhei para meu pai, perguntei-me se via uma versão mais velha de mim mesmo e, que Deus me castigasse por pensar nisso, eu esperava ardentemente que não. Ele tinha sido um homem bonito, mas agora seu rosto era enrugado e abatido. A aba larga do chapéu de feltro cobria os olhos que sempre estavam baixos e cansados.

— Eles querem que eu ingresse — continuou ele —, mas eu me neguei. Como a maioria dos negociantes da região, os Cobleigh aceitaram. Eles gostam da proteção da organização comercial, Edward. Por que mais você acha que fariam algo tão impiedoso? Eles têm proteção.

Fechei os olhos.

— Há alguma coisa que possamos fazer?

— Continuaremos como antes, Edward, na esperança de que isso seja o fim, que os Cobleigh sintam que sua honra foi restaurada. — Ele virou os olhos velhos e cansados para mim pela primeira vez. Não havia nada neles, nem raiva, nem censura. Apenas derrota. — Agora, posso confiar que você limpará isso enquanto cuido de sua mãe?

— Sim, pai.

Ele e minha mãe voltaram para o chalé.

— Pai — chamei quando ele chegava à porta —, por que não se uniu à organização de comércio?

— Um dia você saberá, se um dia você chegar a amadurecer — disse ele sem se virar.

5

Nesse meio-tempo, meus pensamentos voltavam a Caroline. A primeira coisa que fiz foi descobrir quem ela era, e ao fazer perguntas por Hawkins Lane, descobri que seu pai, Emmett Scott, era um mercador rico que negociava chá e sem dúvida seria visto como *novo rico* pela maioria de seus fregueses, mas mesmo assim parecia ter conseguido se infiltrar na alta sociedade.

Ora, um homem menos cabeça-dura do que eu, menos convencido, podia muito bem ter escolhido um caminho diferente ao coração de Caroline do que aquele pelo qual optei. Afinal, o pai dela era um fornecedor de chás refinados para os lares abastados de West Country; tinha dinheiro o suficiente para empregar criados em sua casa de bom tamanho em Hawkins Lane — não era um pequeno produtor, não despertava às cinco da manhã para alimentar sua criação de animais. Era um homem de posses e influência. O que eu devia ter feito — mesmo sabendo que seria inútil — era tentar ganhar sua amizade. E parte do que aconteceu em seguida, grande parte, podia ter sido evitada se eu tivesse pelo menos tentado.

Mas não tentei.

Eu era jovem, entenda. E não era de se admirar que tipos como Tom Cobleigh me odiassem, eu era arrogante demais. Apesar de meu status social, eu pensava que adular um mercador de chá era inferior a mim.

Ora, uma coisa que sei é que se você ama uma mulher, e este é o meu caso, não me envergonho de dizer, você vê algo de belo em cada uma delas, não importa se existe ou não o que se pode chamar de beleza clássica. Mas com Caroline minha desgraça foi apaixonar-me por uma mulher cuja beleza exterior equivalia à interior, e naturalmente seus encantos podiam atrair a atenção de terceiros. Assim, a coisa seguinte que descobri sobre ela era que tinha chamado a atenção de Matthew Hague, filho de Sir Aubrey Hague, o maior proprietário de terras de Bristol e executivo na Companhia das Índias Orientais.

Pelas informações que colhi, o jovem Matthew tinha nossa idade e era o maior exemplo de presunção e arrogância, pensando ser muito mais do que era de fato. Gostava de ostentar o ar de um homem de negócios sagaz, como o pai, embora estivesse claro que não possuía nada da aptidão paterna no ramo. Além do mais, gostava de se considerar um filósofo, e em geral ditava seus pensamentos a um escriba, que o acompanhava aonde quer que ele fosse — pena e tinta a postos para escrever, em quaisquer circunstâncias, os pensamentos de Hague, como por exemplo: "Um chiste é uma pedra jogada na água, o riso, as ondas que forma."

Talvez suas revelações fossem muito profundas. Só o que sei é que eu não teria lhe dado muita atenção — decerto, eu teria me unido ao escárnio e aos risos generalizados que pareciam acompanhar a menção de seu nome — se não fosse pelo fato de ele ter demonstrado interesse por Caroline. Talvez nem isso tivesse me preocupado tanto, exceto por dois outros fatores. Que o pai de Caroline, Emmett Scott, aparentemente tivesse prometido Caroline ao rapaz Hague, e também o fato de o rapaz Hague — possivelmente por seus modos condescendentes, por sua tendência a cometer erros básicos até nos assuntos de negócios mais simples e por sua capacidade de irritar as pessoas — possuir um protetor, um homem chamado Wilson, um brutamontes inculto, mas muito grande, com um olho ligeiramente fechado, com fama de muito violento.

— A vida não é uma batalha, pois as batalhas existem para serem vencidas ou perdidas. A vida é para ser experimentada — ouviram Matthew Hague ditar a seu escriba esquelético.

Bem, é claro que para Matthew Hague havia preciosas batalhazinhas a travar. Primeiramente, porque ele era o filho de Sir Aubrey Hague, e em segundo lugar, ele tinha um protetor grande e sórdido seguindo-o a toda parte.

E assim dediquei-me a descobrir onde Caroline estaria em uma tarde ensolarada. Como? Bem, era o caso de se cobrar um favor, pode-se dizer. Lembra-se de Rose, a criada que ajudei a salvar de um destino pior do que a morte? Um dia lembrei a ela desse fato. Eu a segui de Hawkins

Lane ao mercado, e enquanto ela percorria as barracas, evitando habilidosamente os gritos dos vendedores com um cesto na curva do braço, fiz minhas apresentações.

Ela não me reconheceu, é claro.

— Tenho certeza de que não faço ideia de quem seja, senhor — disse ela com os olhos assustados disparando para todo lado, como se os empregadores dela pudessem saltar dos corredores entre as barracas.

— Ora, sei exatamente quem você é, Rose — falei. — E fui eu que levei uma sova por sua causa na frente da Auld Shillelagh na semana passada. Embora estivesse embriagada, deve se lembrar da presença de um bom samaritano, assim espero?

Ela assentiu, com relutância. E, sim, talvez não fosse a coisa mais cavalheiresca a se fazer, usar as circunstâncias infelizes de uma jovem de forma tão mercenária para... bem, eu não chegaria ao ponto de dizer *chantagem*, mas como influência, embora fosse isso. Eu estava apaixonado e, considerando que minhas habilidades com a pena não eram muitas, decidi que um encontro cara a cara com Caroline era a melhor maneira de começar o processo de conquista do coração dela.

Encanto os passarinhos para que saiam das árvores, entende? Ora, funcionava com negociantes e com as jovens que eu encontrava vez ou outra nas tabernas. Por que não com alguém de alta estirpe?

Por meio de Rose eu soube que Caroline gostava de tomar ar nas docas de Bristol nas tardes de terça-feira. Porém, disse ela com um rápido olhar à direita, eu deveria ter cuidado com o Sr. Hague. Com ele e com seu criado, Wilson. O Sr. Hague era louco por Caroline, assim disse Rose, e muito protetor para com ela.

E foi assim que na manhã seguinte tratei de dar uma ida à cidade, vendi minhas mercadorias o mais rápido que pude, depois desci ao porto. Lá o ar era denso por causa do cheiro de sal marinho, estrume e piche, e ressoava com os gritos das gaivotas, bem como os berros intermináveis daqueles que faziam das docas seu local de trabalho: tripulações chamando entre si enquanto carregavam ou descarregavam navios cujos mastros balançavam-se gentilmente na brisa suave.

Eu entendia por que Caroline gostava de estar ali. Toda a vida estava no porto. Dos homens com cestos de maçãs recém-colhidas ou faisões pendurados em cordas nos pescoços aos negociantes que apenas depositavam cestos no cais e gritavam para os ajudantes de convés em visita, e as mulheres com tecidos, convencendo marujos de que estes tinham uma pechincha em mãos. Havia crianças vendendo flores ou gravetos, ou correndo entre as pernas dos marinheiros e desviando-se dos comerciantes, quase tão anônimas quanto os cães que se esgueiravam pelos muros do porto e farejavam as pilhas de lixo e de comida apodrecida do dia anterior varridas para lá.

Dentre todos eles, estava Caroline que, com um laço na touca, uma sombrinha no ombro e Rose a alguns passos respeitosos atrás dela, parecia uma dama em cada centímetro. Entretanto, notei — mantive distância por ora, precisando escolher o momento certo — que ela não desdenhava da atividade à volta como poderia tão facilmente fazer. A julgar por seu comportamento, dava para dizer que ela, tal como eu, gostava de ver a vida em todas as suas formas. Perguntava-me se ela também, assim como eu, estava alerta para um mar que cintilava com tesouros, mastros de navios tombando suavemente, gaivotas voando para onde o mundo começava; se imaginava que histórias os horizontes tinham a contar.

Sou um homem romântico, é verdade, mas não um tolo romântico, e houve momentos, desde o dia na frente da taberna, em que eu me perguntava se meus crescentes afetos por Caroline não seriam em parte uma invenção de minha mente. Afinal, ela fora minha salvadora. Mas agora, enquanto eu caminhava pelo porto, meus sentimentos por ela se renovavam.

Eu tinha expectativas de conseguir falar com Caroline estando metido nas minhas roupas de pastor de ovelhas? Claro que não. Então tomei a precaução de trocá-las. Troquei as botas sujas por um par de sapatos de fivela de prata, meias brancas e elegantes e calções pretos, um colete recém-lavado por cima da camisa e um chapéu de três pontas combinando em vez de meu fiel chapéu marrom. Eu parecia bem um cavalheiro, se posso assim dizer: era jovem, bonito e cheio de confiança, o filho de um negociante respeitado na região. Um Kenway. O nome pelo menos tinha algum peso (apesar de minhas tentativas em contrário), e eu também tinha comigo um jovem malandro de nome Albert, que eu havia subornado para fazer uma tarefa para mim. Não era preciso muita massa cinzenta para imaginar a natureza da tarefa: ele ia me ajudar a impressionar a bela Caroline. Uma transação com a florista depois e eu também teria os meios de conseguir.

— Muito bem, você se lembra do plano — relembrei a Albert, que me fitou de baixo sob a aba do chapéu com olhos muito mais velhos do que sua idade e uma expressão entediada do tipo eu-sei-já-ouvi.

— Muito bem, companheiro, você dará este buquê àquela linda dama ali. Ela vai parar. Ela dirá a você, "Ah, meu jovem, por que motivo está me presenteando com estas flores?" E você apontará para cá. — Indiquei onde eu estaria parado, orgulhoso como um pavão. Caroline ou me reconheceria do outro dia, ou pelo menos desejaria agradecer a seu misterioso benfeitor, e assim instruiria Albert a me convidar a me aproximar, momento no qual minha ofensiva de sedução teria início.

— E o que tem para mim? — perguntou Albert.

— O que tem para você? Que tal se considerar de sorte por eu não lhe dar uns tabefes?

Ele torceu o lábio.

— Que tal você correr e pular do porto?

— Muito bem — falei, reconhecendo quando era derrotado —, eis aqui uma moeda de meio penny para você.

— Meio penny? É o máximo que pode fazer?

— Na realidade, amiguinho, é o máximo que posso fazer, e por andar pelo porto e presentear uma linda mulher com flores também é o trabalho de meio penny mais fácil que já existiu.

— Ela não tem um pretendente com ela? — Albert esticou o pescoço para ver.

E, claro, logo ficaria evidente exatamente por que Albert queria saber se Caroline estava acompanhada. Mas naquele momento em especial encarei seu interesse como nada além de curiosidade. Bate-papo. Um pouco de conversa mole. Então disse a ele que não, ela não tinha pretendente, dei-lhe o buquê de flores e meu meio penny e o mandei seguir seu rumo.

Só quando ele saracoteou, alguma coisa que segurava na outra mão atraiu meus olhos, e aí percebi o erro que tinha cometido.

Era uma pequena lâmina. E os olhos dele estavam fixos no braço dela, onde a bolsa estava pendurada por uma alça.

Ah, meu Deus. Um batedor. O jovem Albert era um batedor de carteiras.

— Seu malandrinho de uma figa — falei em voz baixa e de imediato parti pelo porto atrás dele.

Agora ele estava no meio do caminho entre nós, mas por ser pequeno conseguia deslizar entre as multidões fervilhantes com mais rapidez. Vi Caroline, alheia ao perigo que se aproximava — perigo que eu inadvertidamente mandara para ela.

Em seguida só o que vi foram três homens, que também iam em direção a Caroline. Três homens que reconheci: Matthew Hague, seu companheiro esquelético de escrita, e seu protetor, Wilson. Encolhi-me por dentro. Ainda mais quando vi os olhos de Wilson voando de Caroline para Albert e voltando a ela. Ele era bom, dava para perceber. Em um segundo vira o que estava prestes a acontecer.

Paralisei. Por um segundo, fiquei inteiramente desnorteado. Não sabia o que fazer.

— Ei — berrou Wilson, seu tom brusco atravessando a gritaria, a tagarelice e os pregões intermináveis do dia.

— Ei, você! — E ele avançou. Mas Albert tinha alcançado Caroline e, em um gesto incrivelmente rápido e sereno, sua mão se estendeu, a alça da bolsa de Caroline estava cortada e a bolsa de seda mínima caiu primorosamente na mão de Albert.

Caroline não percebeu o ladrão, mas não pôde deixar de notar a figura imensa de Wilson partindo para cima dela, então gritou de surpresa, mesmo enquanto ele passava de roldão e agarrava Albert pelos ombros.

— Este jovem patife tem algo que pertence à senhora — rugiu Wilson, sacudindo Albert com tanta força que a bolsa de seda caiu no chão do porto.

Os olhos dela foram à bolsa, depois a Albert.

— É verdade? — disse ela, mas a prova estava diante de seus olhos e, na verdade, agora alojada em um monte de esterco de cavalo aos pés deles.

— Pegue, pegue logo — dizia Hague a seu companheiro esquelético, tendo acabado de chegar e já começando a se comportar como se tivesse capturado o jovem da faca ele mesmo em lugar de seu protetor de um metro e noventa.

— Dê uma lição neste jovem rufião, Wilson. — A ordem veio de Hague, agitando a mão como se tentasse repelir uma flatulência especialmente perniciosa.

— Com prazer, senhor.

Ainda havia vários passos entre mim e eles. Ele estava bem seguro, mas os olhos de Albert giraram de Wilson, a quem olhava apavorado, para o ponto em que eu estava na multidão e, quando nossos olhos se encontraram, ele me encarou, suplicante.

Cerrei os dentes. *Cretino*, ele estivera prestes a arruinar todos os meus planos e agora me pedia ajuda com os olhos. Que insolência a dele.

Mas então Wilson, segurando-o pela nuca com uma das mãos, meteu o punho na barriga de Albert, e aquilo mexeu comigo. O mesmo senso de injustiça que senti na taberna se reacendeu, e em um segundo eu já estava passando pela multidão para ajudar Albert.

— Ei — gritei. Wilson girou para me olhar e embora fosse maior do que eu, e muito mais feio, eu havia acabado de vê-lo batendo em uma criança, e meu sangue fervia.

Não era um jeito especialmente cavalheiresco de conduzir uma briga, mas eu sabia, por experiência própria como doador e receptor, que não havia jeito mais rápido e mais seguro de derrubar um homem, então o fiz. Meti o joelho. Meti o joelho em suas bolas, para ser exato. Tão rápido e com tanta força que em um segundo Wilson era um tirano imenso e raivoso prestes a me atacar, e no outro era um monturo choroso de homem, as mãos agarradas à virilha enquanto caía no chão.

Sem me importar com os gritos de ultraje de Matthew Hague, agarrei Albert.

— Peça desculpas à dama — ordenei a ele, com um dedo em sua cara.

— Desculpe, senhora — disse Albert obedientemente.

— Agora pule — ordenei, e apontei o porto abaixo. Não foi preciso repetir, e em três tempos ele tinha sumido, incitando ainda mais protestos de Matthew Hague. Agradeci a Deus por pelo menos Albert estar fora de vista e incapaz de me delatar.

Eu tinha salvado Albert de levar uma surra pior, mas minha vitória teve vida curta e eu certamente não tive tempo para desfrutar dela. Wilson já estava de pé e, embora fosse bem provável que suas bolas estivessem latejando horrorosamente, naquele momento ele não sentia nada além de raiva. Ele também era veloz, e antes que eu tivesse tempo de reagir, ele já havia me agarrado, segurando-me com firmeza. Tentei me desvencilhar, baixando um ombro e impelindo o punho para seu plexo solar, mas não consegui impulso e ele usou o corpo para me bloquear, grunhindo de satisfação e devido ao esforço enquanto arrastava-me pelo porto, com as pessoas se espalhando a sua frente. Em uma briga justa, eu teria uma chance, mas ele usou sua força superior e seu surto repentino de fúria em proveito próprio, e no momento seguinte meus pés estavam se debatendo no ar enquanto ele me jogava do porto.

Bem, eu sempre sonhei em me lançar a alto-mar e, com os risos soando nos ouvidos, icei-me à escada de corda mais próxima e comecei a subir. Caroline, Rose, Hague e os dois homens dele já haviam ido embora; vi a mão estendida para me ajudar a subir.

— Aqui, amigo, deixe ajudar com isso — disse uma voz. Olhei para cima, agradecido, prestes a segurar a mão de meu samaritano, quando vi a cara de Tom Cobleigh espiando de soslaio pela beira do porto para mim. — Ora, ora, as coisas que se vê quando se está sem mosquete — continuou ele, e não pude fazer nada para evitar que seu punho acertasse minha cara, impelindo-me escada abaixo, de volta à água.

6

Tom Cobleigh podia até ter sumido, mas Wilson deve ter voltado. Ele deve ter visto se Caroline e Hague estavam bem e voltou apressadamente ao porto, encontrando-me sentado em uma escada, lambendo minhas feridas. Bloqueou minha luz e levantei a cabeça para vê-lo, deprimido.

— Se voltou para tentar aquilo de novo — adverti —, desta vez não vou facilitar tanto para você.

— Não tenho dúvida nenhuma — respondeu ele sem se encolher nem um pouco —, mas não estou aqui para jogar você no mar de novo, Kenway.

Nisso eu o olhei incisivamente.

— É isso mesmo, garoto, eu tenho meus espiões, e meus espiões me dizem que um jovem cavalheiro de nome Edward Kenway esteve fazendo perguntas sobre Caroline Scott. Este mesmo jovem cavalheiro de nome Edward Kenway esteve envolvido em uma briga na frente da Auld Shillelagh na estrada para Hatherton na semana passada. No mesmo dia em que a Srta. Scott também esteve na estrada para Hatherton, pois sua criada tinha desaparecido, e motivo pelo qual você e a Srta. Scott se falaram depois de sua altercação.

Ele chegou tão perto que pude sentir o café rançoso em seu hálito. Prova, se é que eu precisava de alguma, de que ele não estava nem um pouco intimidado — nem por mim, nem por minha reputação espantosa.

— Estou no caminho certo até agora, senhor Kenway?

— Pode ser.

Ele assentiu.

— Como pensei. Quantos anos tem, garoto? Quantos? Dezessete? A mesma idade da Srta. Scott. Creio que esteja nutrindo certa paixão por ela, não tenho razão?

— Pode ser.

— É o que penso. Agora, direi isto uma vez e apenas uma, mas a Srta. Scott está prometida ao Sr. Hague. Esta união tem as bênçãos dos pais... — Ele me puxou, colocando-me de pé, prendendo meus braços. Molhado demais, difamado demais, exausto demais para resistir, eu sabia o que viria. — Agora, se eu o vir zanzando perto dela de novo, ou tentando algum truque mais idiota para chamar a atenção dela, você vai ganhar mais do que um mergulho no mar, ficou claro?

Assenti.

— E sobre a joelhada nos testículos que vai me dar?

Ele sorriu com crueldade.

— Ah, isso? Isso é pessoal.

Ele cumpriu com sua palavra e levei algum tempo para conseguir me levantar e voltar à minha carroça. Não era meu equipamento que estava ferido — meu orgulho também tinha levado uma surra.

7

Naquela noite deitei-me na cama, amaldiçoando minha sorte. Eu estragara minhas chances com Caroline. Ela estava perdida para mim. Tudo graças a uma combinação do moleque ganancioso do Albert, isso sem mencionar Hague e companhia; eu sofrera uma vez mais nas mãos de Tom Cobleigh e meu pai me olhou desconfiado quando cheguei em casa, um pouco mais tarde do que de costume e, embora tivesse trocado de roupa, de quebra um pouco mais desgrenhado.

— Não esteve nas tabernas de novo? — perguntou ele solenemente. — Deus me ajude se eu souber que esteve sujando nosso bom nome...

— Não, pai, não é nada disso.

Ele estava enganado; não estive na taberna a caminho de casa. Estive dizendo a mim mesmo que conhecer Caroline teve um efeito sobre mim. Literalmente um efeito de *sobriedade*.

Mas agora, porém, eu não tinha muita certeza. Comecei a imaginar — talvez minha vida estivesse lá, na espuma da cerveja, perto de sorrisos piegas de mulheres fáceis quase desprovidas de dentes e de ainda menos moral e, na época de meu trigésimo verão levando lã ao mercado de Bristol, eu estaria entorpecido; teria me esquecido de quaisquer esperanças que tivesse de um dia conhecer o mundo.

E então aconteceram duas coisas que mudaram tudo. A primeira veio na forma de um cavalheiro que tomou um lugar ao meu lado no balcão da George and Dragon em Bristol em uma tarde ensolarada. Um cavalheiro elegantemente vestido, com abotoaduras extravagantes e uma gravata colorida, que tirou o chapéu, colocou no balcão e apontou minha bebida.

— Posso lhe oferecer outra, senhor? — perguntou-me ele.

Bem diferente de ser chamado de "filho", "garoto", ou "menino". Tudo que eu tinha de suportar diariamente, se não a cada hora.

— E a quem devo agradecer pela bebida? E o que vai querer em troca? — perguntei, na defensiva.

— Talvez a oportunidade de conversar, amigo — disse o homem, radiante. Ele estendeu a mão para um cumprimento. — O nome é Dylan Wallace, satisfação em conhecê-lo, senhor... Kenway, não?

Pela segunda vez em questão de dias eu era apresentado a alguém que sabia meu nome, embora eu não fizesse ideia do porquê.

— Ah, sim — disse ele, sorrindo (ele pelo menos era de natureza mais amistosa do que Wilson, refleti) —, sei seu nome, Edward Kenway. Tem uma reputação e tanto por essas bandas. Na realidade, eu o vi em ação.

— Viu? — Fitei-o pelos olhos semicerrados.

— Ora, sim, decerto — disse. — Soube por pessoas com quem falei que você se mete em um bocado de contendas, mas nem mesmo o senhor pode ter se esquecido da briga que teve na Auld Shillelagh outro dia.

— Não creio que um dia vão me deixar esquecer — suspirei.

— Ora, vou lhe dizer, senhor, irei direto ao assunto porque o senhor me parece um jovem de cabeça feita e é improvável que seja convencido, de um modo ou de outro, por qualquer coisa que eu tenha a lhe dizer. Já pensou em se fazer ao mar?

— Já que tocou no assunto, Sr. Wallace, antigamente eu considerava sair de Bristol e tomar esse rumo, o senhor tem razão.

— E o que o impede?

Meneei a cabeça.

— Ora, *esta* é uma boa pergunta.

— Sabe o que é um corsário, Sr. Kenway?

Antes que eu pudesse responder, ele já estava falando:

— São bucaneiros que recebem autorização de ataque da Coroa. Veja bem, os Dons e os portugueses estão se servindo dos tesouros do Novo Mundo; estão enchendo seus cofres, e é tarefa dos corsários ou impedi-los, ou tomar o que eles tomam. Compreendeu?

— Sei o que é um corsário, muito obrigado, Sr. Wallace. Sei que não podem ser julgados por pirataria, uma vez que não atacam navios pertencentes a nosso próprio país, não é isso?

— Ah, sim, é, Sr. Kenway. — sorriu Dylan Wallace. — Como seria se eu me curvasse e me servisse do caneco de cerveja? Seria roubo, não?

O atendente do bar poderia tentar me impedir, mas e se eu estivesse fazendo isso com impunidade? E se meu roubo tivesse o selo de aprovação da realeza? É disso que estamos falando, Sr. Kenway. A oportunidade de sair em mar aberto e se servir do ouro e dos tesouros que o navio de seu capitão conseguir carregar. E, ao fazê-lo, não só trabalhar com a aprovação de Sua Majestade a Rainha Ana, mas *ajudando-a*. Já ouviu falar do capitão Christopher Newport, de Francis Drake, do almirante Sir Henry Morgan... todos corsários. Que tal acrescentar o nome de Edward Kenway nesta ilustre lista?

— Do que está falando?

— Estou falando de como se tornar um corsário, senhor.

Olhei-o com escrutínio.

— E se eu prometer pensar no assunto, o que o senhor ganha com isso?

— Ora, comissão, é claro.

— Normalmente não recruta homens para esse tipo de coisa?

— Não homens de seu calibre, Sr. Kenway. Não homens que podemos considerar *matéria-prima para oficial.*

— Tudo porque me mostrei promissor em uma briga?

— Pelo modo como se *conduziu* nessa briga, Sr. Kenway, em todos os aspectos dela.

Assenti.

— Se eu prometer pensar no assunto, isso significa que não preciso retribuir o favor de uma cerveja?

8

Fui para a cama naquela noite sabendo que tinha de contar a meu pai que meu destino não estava na criação de ovelhas, mas na aventura fanfarrona de um corsário.

Ele ficaria decepcionado, é claro, mas talvez também um tanto aliviado. Sim, por um lado, eu era um benefício, desenvolvera habilidades comerciais e fizera bom uso delas em favor da família. Mas, por outro, havia as bebedeiras, as brigas e, naturalmente, a rixa com os Cobleigh.

Logo depois das duas carcaças mortas terem sido depositadas em nosso jardim, houve outro incidente, em que acordamos e descobrimos que o rebanho tinha sido solto à noite. Meu pai pensou que as cercas tinham sido deliberadamente danificadas. Não contei a ele sobre o que houve no cais, mas era evidente que Tom Cobleigh ainda guardava rancor — um rancor que provavelmente não passaria tão cedo.

Que eu tinha jogado na cabeça de meu pai. E sem mim ali, talvez a vendeta terminasse.

E assim, ao me deitar naquela noite, minha única decisão era como dar a notícia a meu pai. E como meu pai daria a notícia a minha mãe.

Depois ouvi algo da janela. Alguém batia.

Olhei para fora com certo temor. O que eu esperava ver? Não sabia, mas as lembranças dos Cobleigh ainda estavam frescas em minha mente. Em vez disso, o que eu vi, montada em seu cavalo no luar claro do pátio, como se Deus em pessoa estivesse jogando uma luz sobre sua beleza, era Caroline Scott.

Estava vestida para uma aula de equitação. Suas roupas eram escuras. Usava um chapéu alto, blusa branca e casaco preto. Com uma das mãos, segurava as rédeas, e a outra estava erguida, prestes a jogar um segundo punhado de cascalho em minha janela.

Eu mesmo tinha usado de truque idêntico para chamar a atenção de uma amiga, e me lembrava bem do terror de ter acordado a casa toda.

Então, quando eu jogava pedras em uma janela, em geral o fazia estando atrás e na segurança de um muro de pedra. Mas não Caroline. Essa era a diferença em nossa posição social. Ela não tinha medo de ser expulsa da propriedade com uma bota no traseiro e uma pulga atrás da orelha. Era Caroline Scott, de Hawkins Lane, em Bristol. Ela mesma era cortejada pelo filho de um executivo da Companhia das Índias Orientais. Fosse ou não um encontro clandestino — e não havia dúvida de que era clandestino —, esconder-se atrás de muros de pedra não era para ela.

— Ora... — sussurrou Caroline. Vi seus olhos dançarem ao luar. — Vai me deixar sentada aqui fora a noite toda?

Não. Em instantes eu estava no pátio com ela, pegando as rédeas do cavalo e levando-a para longe da propriedade enquanto conversávamos.

— Sua atitude outro dia — disse ela. — Você se pôs em perigo para proteger o jovem ladrão.

(Sim, sim, sei o que você está pensando. E sim, sim, eu me senti meio culpado por isso.)

(Mas não culpado demais.)

— Não há nada que eu deteste mais do que um valentão, Srta. Scott — falei. O que pelo menos tinha a vantagem de ser a verdade.

— Como pensei. Agora já são duas vezes que fico muito impressionada com a bravura de seus atos.

— Então são duas ocasiões em que tive o prazer de tê-la ali para testemunhar.

— O senhor me interessa, Sr. Kenway. E seu próprio interesse por mim não passou despercebido.

Fiquei em silêncio. E caminhamos por um tempo. E embora nenhuma palavra fosse dita, havia significado em nosso silêncio. Como se reconhecêssemos nossos sentimentos um pelo outro. Senti a proximidade de sua bota de cavalgada. Por sobre o calor e o cheiro do cavalo, pensei poder sentir o cheiro do talco que ela usava. Nunca na vida estive tão consciente de uma pessoa, da proximidade de alguém.

— Imagino que tenha ouvido que sou prometida a outro — disse ela.

Paramos na travessa. Havia muros de pedra dos dois lados, os pastos verdes além deles eram interrompidos por grupos de ovelhas brancas.

O ar era cálido e seco a nossa volta, e nem mesmo uma brisa havia para perturbar as árvores que se erguiam formando o horizonte. O chamado de um animal veio de algum lugar, apaixonado ou ferido, mas certamente selvagem, e uma perturbação súbita nos arbustos nos assustou. Sentimo-nos intrusos. Visitas não solicitadas à casa da natureza.

— Ora, não acho...

— Sr. Kenway.

— Pode me chamar de Edward, Srta. Scott.

— Bem, pode continuar me chamando de Srta. Scott.

— Mesmo?

— Ah, que seja, pode me chamar de Caroline.

— Obrigado, Srta. Scott.

Ela me olhou de lado, como se quisesse verificar se eu estaria zombando dela.

— Bem, Edward — continuou —, sei muito bem que andou fazendo perguntas a meu respeito, não sei exatamente o que lhe disseram, mas sei do fundamental. Que Caroline Scott está prometida a Matthew Hague, que Matthew Hague a bombardeia com poemas de amor, que a união tem as bênçãos do pai dele e, é claro, do pai dela. Estou certa?

Admiti que tinha ouvido tanto quanto.

— Talvez, pelas curtas interações que tivemos, você possa entender como eu me sentiria com este arranjo.

— Eu não gostaria de dizer.

— Então falarei por você. A ideia de me casar com Matthew Hague revira meu estômago. Acha mesmo que desejo passar minha vida na casa dos Hague? Onde esperam que eu trate meu marido como um rei, faça vista grossa a seus casos, administre a casa, grite com os empregados, escolha flores e recolha descansos de copos, faça visitas, beba chá, troque fofocas com outras esposas?

"Acredita que quero me esconder tão fundo nas preocupações mesquinhas de boas maneiras e da etiqueta a ponto de não conseguir mais me encontrar? No momento vivo entre dois mundos, Edward, capaz de ver os dois. O mundo que vejo em minhas idas ao porto é o mundo que me é mais real, Edward. Aquele que é mais vivo. E há Matthew Hague. Eu o desprezo quase tanto quanto sua poesia.

"Não pense que sou uma donzela indefesa em perigo, Edward, porque não sou assim. Mas não estou aqui procurando sua ajuda. Vim ajudar a mim."

— Você veio buscar ajuda para si *comigo*?

— Se for de seu desejo. O que fará a seguir cabe a você, mas se o fizer, saiba disso: qualquer relação entre mim e você não teria as bênçãos de meu pai, mas teria a minha.

— Desculpe, mas não é bem o seu pai que me preocupa, mas o escolhido dele para você.

— E a ideia de fazer inimizade com os Hague não o desanima?

Eu sabia que nesse momento nada me desanimaria.

— Não, Caroline, não desanima.

— Era minha esperança.

Separamo-nos, depois de combinarmos de nos encontrar novamente. E depois disso nossa relação começou seriamente. Conseguimos manter em segredo. Durante alguns meses, na verdade, nossos encontros aconteciam inteiramente em particular: momentos roubados que passávamos caminhando pelas vielas entre Bristol e Hatherton, cavalgando nos pastos.

Até um dia em que ela anunciou que Matthew Hague pretendia pedir sua mão em casamento na manhã seguinte, e meu coração parou.

Eu estava determinado a não perdê-la. Por meu amor por ela, porque eu não conseguia pensar em nada além dela, porque, quando estávamos juntos, eu saboreava cada momento. Cada palavra, cada gesto de Caroline era um néctar para mim — tudo nela, todas as curvas e todos os contornos, seu cheiro, sua risada, suas maneiras refinadas, sua inteligência.

E tudo isso passou por minha mente enquanto eu me apoiava sobre um joelho e pegava sua mão, porque o que ela estava me dizendo talvez não fosse um convite, mas uma despedida e, se fosse, ora, pelo menos minha humilhação não seria divulgada, estaria restrita às aves nas árvores e às vacas que estavam nos campos, ruminando e nos observando com os olhos sonolentos.

— Caroline, quer se casar comigo? — pedi.

Prendi a respiração. Durante nosso tempo juntos, cada encontro que tivemos, cada beijo roubado que partilhamos, fui assombrado por uma sensação de não acreditar na minha sorte. Era como se estivessem fazendo uma grande troça de mim — de certo modo, eu esperava que Tom Cobleigh aparecesse pulando das sombras, bufando de rir. E se não fosse isso, se não fosse uma brincadeira vingativa à minha custa, então talvez eu fosse meramente uma diversão para Caroline, um último flerte antes de ela se dedicar ao seu dever familiar.

— Ah, Edward — sorriu —, pensei que não fosse pedir nunca.

9

Mas eu não podia aceitar e me vi indo à cidade no dia seguinte, minha jornada levando-me a Hawkins Lane. Só o que sabia era que Matthew Hague pretendia lhe fazer uma visita pela manhã, e enquanto eu subia a rua e passava pela fileira de casas, dentre as quais estava a dela, eu me perguntava se ele estaria lá neste momento, talvez fazendo o pedido de casamento.

Uma coisa que eu sabia sobre Caroline era que ela era uma mulher corajosa, talvez a mais corajosa que já conheci, mas mesmo assim estava desperdiçando a oportunidade de passar o restante de seus dias em um luxo cheio de mimos; e, pior, escandalizaria a mãe e o pai. Eu conhecia muito bem as pressões de tentar agradar a um genitor, de como era tentador seguir esse caminho. Uma alma insatisfeita, ou uma alma perturbada de culpa — qual era a cruz mais difícil de carregar?

Comigo parado diante dela — e ela me amava, tenho certeza disso —, talvez fosse mais fácil tomar a decisão. Mas e à noite, quando a apreensão a rondasse e as dúvidas lhe fizessem uma visita? Talvez ela tivesse simplesmente mudado de ideia e nesse exato instante estivesse corando ao aceitar a proposta de Matthew Hague, escrevendo mentalmente uma carta a mim.

E se isso acontecesse, bem, sempre havia Dylan Wallace, eu supunha.

Mas aí, de soslaio, vi a porta da frente aberta e Wilson aparecer, seguido rapidamente pelo escriba e, atrás deles, Matthew Hague, que ofereceu o braço a Caroline, com Rose assumindo a retaguarda ao partirem em suas perambulações.

Ficando a certa distância atrás deles, segui-os por todo o caminho ao porto, sem compreender as intenções dele. Não iriam ao porto, não? O porto sujo, fétido, apinhado, com seu fedor de esterco, piche fervente, peixes recém-pescados e homens que voltavam de meses no mar, sem muito banho neste período.

Eles tomaram o caminho do que parecia uma escuna atracada no cais, em torno da qual se reuniam alguns homens. Mas era difícil saber, porque pendurada havia uma espécie de lona atrás do barco, cobrindo o nome da embarcação. Porém, conforme o grupo se aproximava, pensei saber do que se tratava. Pensei conhecer o plano dele.

E eles pararam diante do navio e, ainda fora de vista, vi os olhos de Caroline passarem, nervosos, de Matthew Hague à escuna, supondo que ela também tinha deduzido o propósito da visita.

Só o que vi depois disso foi Hague se abaixando sobre um joelho e a tripulação da escuna, Wilson e o escriba parados com as mãos às costas, prontos para a rodada de aplausos enquanto Matthew Hague soltava sua pergunta:

— Minha querida, quer ter a honra de se tornar minha esposa?

Caroline engoliu em seco e gaguejou.

— Matthew, p-precisamos fazer isso aqui?

Ele a olhou com condescendência e, com um gesto largo, ordenou que a lona fosse retirada da traseira da escuna. Ali, gravado em folhas de ouro, estava o nome da embarcação: *Caroline*.

— Que melhor lugar existiria, querida?

E se não fosse pela situação, eu talvez pudesse ter gostado um pouco de ver Caroline perdida. Em geral, ela era muito segura de si. A dúvida e o quase pânico que eu via em seus olhos eram, desconfio, tão novos para ela quanto eram para mim.

— Matthew, devo dizer que está me constrangendo.

— Querida, minha querida Caroline, minha flor preciosa... — disse ele, e fez um gesto sutil ao seu escriba, que de imediato começou a procurar a pena a fim de registrar as palavras poéticas do patrão.

— Mas de que outra maneira eu teria revelado meu presente de núpcias a você? Agora devo pressioná-la a me responder. Por favor, com o testemunho de todas essas pessoas...

E, sim, eu percebi ao olhar ao redor, o porto inteiro pareceu ter parado, todos aguardando as próximas palavras de Caroline, que foram:

— Não, Matthew.

Hague se levantou tão abruptamente que seu escriba foi obrigado a se jogar para trás e quase perdeu o equilíbrio. A cara de Hague ficou séria e seus lábios se franziram enquanto ele lutava para manter a compostura e abrir um sorriso forçado.

— Um de seus chistes, talvez?

— Temo que não, Matthew, estou prometida a outro.

Hague se ergueu em toda sua altura, como se quisesse intimidar Caroline. Parado junto à multidão, senti meu sangue subir e comecei a avançar.

— *A outro* — resmungou ele. — E quem é este *outro* homem?

— Eu, senhor — anunciei, tendo chegado à frente do grupo e me apresentado a ele.

Ele me fitou com os olhos semicerrados.

— *Você* — cuspiu com desprezo.

De trás dele, Wilson já estava avançando, e em seus olhos eu via a fúria por eu não ter dado atenção a seus alertas. E o quão aquilo havia se tornado um fracasso dele.

Com o braço estendido, Hague o impediu.

— Não, Wilson — disse ele, acrescentando explicitamente: — Aqui não. Não agora. Sei que minha dama quer repensar...

Uma onda de surpresa e, imagino, certo humor percorreu a multidão, e se reergueu enquanto Caroline dizia:

— Não, Matthew, Edward e eu vamos nos casar.

Ele a contornou.

— E seu pai sabe disso?

— Ainda não — disse ela, então acrescentou: —, mas tenho a sensação de que logo saberá.

Por um momento, Hague simplesmente ficou ali, tremendo de raiva, e pela primeira vez, mas não a última conforme se revelaria, eu realmente me solidarizei com ele. No instante seguinte ele estava berrando aos espectadores que voltassem ao trabalho, depois berrando com a tripulação da escuna para recolocar a lona, e então dizendo a Wilson e a seu escriba para saírem do porto, dando as costas enfaticamente a Caroline e me lançando um olhar de ódio ao partir. Wilson seguiu na retaguarda, e nossos olhos se fixaram. Lentamente, ele passou um dedo pelo pescoço.

Eu não devia ter feito isso; Wilson não era um homem para se provocar, mas não consegui me conter, retribuindo sua ameaça de morte com uma piscadela insolente.

10

E foi assim que Bristol tomou conhecimento de que Edward Kenway, criador de ovelhas que valia meras 75 libras por ano, ia se casar com Caroline Scott.

E que escândalo foi: o casamento de Caroline Scott com um inferior já teria sido motivo de fofoca por si só. O fato de ela ter rejeitado Matthew Hague nesse meio-tempo constituiu uma agitação e tanto. E me pergunto se esse escândalo, no fim das contas, pode ter agido a nosso favor, porque enquanto eu me preparava para receber a desforra — e por um tempo procurava Wilson em cada esquina, sendo meu primeiro olhar da janela ao jardim toda manhã repleto de temor —, nada aconteceu. Não vi nada de Wilson, não ouvi nada sobre Matthew Hague.

No fim, a ameaça ao nosso casamento não veio de fora — não dos Cobleigh, de Emmett Scott, de Matthew Hague ou de Wilson. Veio de dentro. Veio de mim.

Eu tive muito tempo para pensar nos motivos para tal, é claro. E o problema era que eu continuava a retornar ao meu encontro com Dylan Wallace e suas promessas de riqueza nas Índias Ocidentais. Queria ir e voltar a Caroline como um homem rico. Comecei a ver isso como minha única chance de sucesso. Minha única oportunidade de ser digno dela. Pois, evidentemente, sim, havia a glória imediata, ou talvez você possa dizer *estatura*, por ter feito Caroline Scott minha esposa, tomando-a bem debaixo do nariz de Matthew Hague, mas a isto logo se seguiu uma espécie de... Bem, só posso descrever como *estagnação*.

Emmett Scott dera seu golpe fatal no casamento. Devíamos ter ficado gratos, creio, por ele e a mãe de Caroline terem se dignado a comparecer. Mas, de minha parte, eu não tinha essa gratidão toda. Teria preferido que os dois ficassem afastados. Detestava ver meu pai, de chapéu na mão, curvando-se constrangido diante de Emmett Scott, que nem era um nobre afinal, apenas um mercador, separado de nós não por inclinações aristocráticas, mas apenas pelo dinheiro.

No entanto, por Caroline, fiquei feliz com a presença deles. Não que aprovassem o casamento, longe disso, mas pelo menos não estavam dispostos a perder a filha por ele.

Entreouvi a mãe dizendo, "Só queremos que seja feliz, Caroline", e eu sabia que ela falava somente por si. Eu não via desejo semelhante nos olhos de Emmett Scott. Via o olhar de um homem a quem fora negada a chance de subir ainda mais na escada social, um homem cujos sonhos de grande influência tinham sido frustrados. Ele foi ao casamento sofrendo, ou talvez pelo prazer de dar seu discurso no adro depois de feitos os votos.

Emmett Scott tinha o cabelo preto escovado para trás, rosto encovado e marrom e uma boca franzida permanentemente no formato de um ânus de gato. Na verdade, seu rosto trazia a expressão permanente de um homem que tinha os dentes fincados na polpa de um limão.

Exceto por esta única ocasião, quando seus lábios se apertaram em um sorriso fino e ele disse:

— Não haverá dote.

A mulher dele, mãe de Caroline, fechou os olhos com força, como se fosse um momento já temido por ela, e o qual tinha esperanças de não ver acontecer. Eles haviam conversado a respeito, eu podia imaginar, e a palavra final foi de Emmett Scott.

Então nos mudamos para um anexo da fazenda de meu pai. Equipamos da melhor maneira possível, mas ainda era, no fim das contas, um anexo: com barro e ripas na parede, nosso teto de palha precisando muito de reparos.

Nossa união começou no verão, é claro, quando nossa casa era um santuário fresco, longe do sol escaldante; mas no inverno, na umidade e no vento, não era nenhum santuário. Caroline estava acostumada a uma casa de tijolos e à vida de Bristol ao redor, com criados lhe servindo, banhando-a, preparando sua comida, atendendo a cada capricho dela. Aqui, ela não era rica. Era pobre. E o marido era pobre. Sem perspectivas.

Comecei a ir às estalagens mais uma vez, mas eu não era o mesmo homem, não como havia sido nos dias de solteiro, o bebedor animado e tempestuoso, o bufão. Agora tinha o peso do mundo nos ombros e sentava-me de costas para o salão, recurvado, remoendo com minha cerveja, sentindo que todos estavam falando de mim, como se estivessem dizendo: "Lá está Edward Kenway, incapaz de sustentar a esposa."

Sugeri a Caroline, é claro, que eu me tornasse corsário. E embora não tivesse dito não — ainda era minha esposa, afinal —, ela não dissera sim, e em seus olhos havia dúvida e preocupação.

— Não quero deixar você sozinha, mas posso partir daqui pobre e voltar rico — falei a ela.

Agora, se eu tivesse de ir, iria sem suas bênçãos. Iria sem as bênçãos e a deixaria só em uma choupana de fazenda, e o pai diria que eu a havia deserdado, a mãe me desprezaria por fazer Caroline infeliz.

Eu não tinha como vencer.

— É perigoso? — perguntou ela uma noite quando mencionei os corsários.

— Não pagaria tanto se não fosse — eu disse a ela, e é claro que ela concordou com relutância que eu podia ir. Que opção teria? Mas eu não queria deixá-la de coração partido.

Em uma manhã, acordei de um estupor de embriaguez, piscando para a luz matinal, e descobri Caroline já vestida para o dia.

— Não quero que você vá. — Ela virou-se e saiu do quarto.

Outra noite, estava eu sentado na Livid Brews. Gostaria de dizer que não era eu mesmo ao me sentar de costas para o resto da taberna, recurvado sobre meu caneco, dando grandes goles entre pensamentos sombrios e observando o nível baixar. Sempre observando o nível de minha cerveja baixar.

Mas a triste realidade é que *era* eu mesmo. Aquele sujeito mais jovem, sempre pronto, com um gracejo e um sorriso, tinha desaparecido. No lugar dele ainda havia um jovem, mas que agora tinha as preocupações do mundo nos ombros.

Na fazenda, Caroline ajudava minha mãe, que no início ficou horrorizada com a ideia, dizendo a Caroline que era dama demais para trabalhar na fazenda. Caroline simplesmente riu e insistiu. Quando a vi andar pelo mesmo pátio onde eu a vira montada no cavalo, agora com uma touca branca e imaculada, botas de trabalho, bata e avental, senti orgulho. Agora, quando a vejo em suas roupas de trabalho, lembro-me de meu próprio fracasso como homem.

O que de certo modo piorou tudo foi que Caroline não parecia se importar; era como se fosse a única pessoa ali que não via sua situação como uma descida na escada social. Todos os outros enxergavam desta forma, e ninguém sentia isso de forma mais aguda do que eu.

— Posso lhe pagar outra cerveja? — Reconheci a voz que veio de trás e me virei, vendo-o ali: Emmett Scott, pai de Caroline.

Da última vez eu o vira no casamento, recusando-se a dar o dote à filha. Agora oferecia uma bebida ao odiado genro. É nisso que dá beber. Quando se está na bebida, como eu estava, quando você observa o nível de sua cerveja baixar e se pergunta de onde virá a próxima, você aceita um caneco novo de qualquer um. Até de Emmett Scott. Seu inimigo jurado. Um homem que o odiava quase tanto quanto tinha o seu ódio.

Então aceitei sua oferta de uma cerveja, ele comprou a própria e puxou uma banqueta, que raspou nas lajotas enquanto ele se sentava.

Lembra-se da expressão de Emmett Scott? A de um homem chupando limão? Agora, falando comigo, o odiado Edward Kenway, podia-se dizer que ele parecia ainda mais pesaroso. A taberna era um lugar onde eu me sentia inteiramente à vontade, um ambiente no qual podia relaxar, mas não combinava nada com ele. De vez em quando ele olhava por sobre um ombro, depois pelo outro, como se temesse ser atacado de repente pelas costas.

— Creio que não tivemos a oportunidade de conversar — disse ele. E eu soltei um curto riso de escárnio como resposta.

— Sua presença no casamento encerrou a questão, não?

É claro que a bebida tinha soltado minha língua, deixando-me corajoso. Isto e o fato de que, na batalha para ganhar a filha dele, eu tinha saído vencedor. O coração dela, afinal, pertencia a mim. E não havia prova maior da devoção dela a mim do que o fato de ela ter aberto mão de tanta coisa para ficar comigo. Até ele devia enxergar isso.

— Somos ambos homens do mundo, Edward — disse ele simplesmente, e dava para ver que ele estava tentando se fazer parecer no comando. Mas eu era capaz de decifrá-lo. Via o que ele realmente era: um homem desagradável e assustado, acovardado nos negócios, que maltratava os subalternos, provavelmente batia nos criados e na esposa, que supunha que gente como eu devia se curvar e se humilhar a ele como minha mãe e meu pai fizeram (e senti uma pontada de raiva ao me lembrar) no casamento. — Que tal fazermos um acordo, como homens de negócios?

Dei um longo gole em minha cerveja e sustentei seu olhar.

— O que tem em mente, meu sogro?

Seu rosto endureceu.

— Abandone-a. Expulse-a de casa. Peça o que quiser. Você a liberta. Manda-a de volta a mim.

— E se eu fizer?

— Eu o tornarei um homem rico.

Bebi o que restava da cerveja. Ele assentiu para ela com olhos indagativos e eu disse sim, aguardando enquanto ele pegava outra, depois a bebi toda, quase de um gole só. O salão começou a rodar.

— Bem, sabe o que pode fazer com sua proposta, não sabe?

— Edward — disse ele, curvando-se para frente —, você e eu sabemos que você não consegue sustentar minha filha. Você e eu sabemos que você está sentado aqui *desesperado* porque não consegue sustentar minha filha. Você a ama, sei disso porque eu já fui como você, um homem sem qualidades.

Olhei-o com os dentes cerrados.

— Sem qualidades?

— Ah, é verdade — cuspiu, voltando a se recostar. — Você é um criador de ovelhas, rapaz.

— O que houve com "Edward"? Pensei que estivesse falando comigo como um igual.

— Um igual? Nunca haverá um dia em que você se igualará a mim, e você sabe disso.

— Está enganado. Eu tenho planos.

— Já soube de seus planos. Corsário. Tornar-se um homem de recursos nos mares. Você não nasceu para isso, Edward Kenway.

— Nasci.

— Você não tem fibra moral. Estou lhe oferecendo uma saída do buraco que você mesmo cavou, rapaz, sugiro que pense muito bem nisso.

Bebi o resto da cerveja.

— Que tal eu pensar nisso com outra bebida?

— Como quiser.

Um caneco novo se materializou na mesa diante de mim e eu acabei com ele de imediato, minha mente ao mesmo tempo se revirando. Ele tinha razão. Esta era a coisa mais desoladora em toda a conversa. Emmett Scott tinha razão. Eu amava Caroline, entretanto não podia sustentá-la. Se eu fosse verdadeiramente um marido zeloso, aceitaria a proposta dele.

— Ela não quer que eu vá embora — eu disse.

— E você quer?

— Quero que ela apoie meus planos.

— Ela nunca o fará.

— Só posso ter esperanças.

— Se ela o ama, como diz, nunca o fará.

Mesmo em meu estado de embriaguez, eu não podia refutar sua lógica. Eu sabia que ele tinha razão. Ele sabia que tinha razão.

— Você fez inimigos, Edward Kenway. Muitos inimigos. Alguns são poderosos. Por que acha que esses inimigos ainda não se vingaram de você?

— Por que eles têm medo? — Uma arrogância de bêbado surgiu em minha voz.

Ele zombou:

— É claro que não têm medo. Eles o deixam em paz por causa de Caroline.

— Então, se eu aceitar sua proposta, não haveria nada que impedisse meus inimigos de me atacar?

— Nada além de minha proteção.

— Não tenho tanta certeza disso.

Mergulhei em mais uma cerveja; ele afundou ainda mais no desânimo. Ainda estava ali no fim da noite, sua presença lembrando-me de o quanto minhas opções tinham encolhido.

Quando tentei me levantar para sair, minhas pernas quase cederam, e tive de me agarrar à beira da mesa só para ficar de pé. O pai de Caroline, com uma expressão enojada, veio me ajudar, e antes que me desse conta estava me levando para casa, mas não porque quisesse me ver são e salvo, mas porque queria se certificar de que Caroline me veria em minha embriaguez, o que de fato ocorreu, enquanto eu rolava de rir. Emmett Scott bufou e falou para ela:

— Este beberrão é um homem arruinado, Caroline. Inapto para a vida na terra e muito menos no mar. Se for para as Índias Ocidentais, é você quem vai sofrer.

— Pai... Pai...

Ela chorava, perturbada demais, e depois, enquanto eu me deitava na cama, vi as botas dele se afastando, e ele se foi.

— Aquele verme velho — consegui dizer. — Ele se engana a meu respeito.

— Espero que sim — respondeu ela.

Deixei que minha imaginação de bêbado me levasse.

— Você acredita em mim, não? Não consegue me visualizar de pé no convés de um navio, entrando no porto? E lá estou eu, um homem de qualidades... Com mil dobrões se derramando dos bolsos como gotas de chuva. Eu posso ver.

Quando a olhei, ela estava balançando a cabeça. Não visualizava o mesmo que eu.

E quando fiquei sóbrio no dia seguinte, nem eu enxergava aquilo também.

Era só uma questão de tempo, suponho. Minha falta de perspectiva tornou-se uma terceira pessoa no casamento. Analisei minhas opções. Emmett Scott ofereceu-me dinheiro para ter a filha de volta. Meus sonhos de velejar pelo mundo.

Os dois envolviam partir o coração de Caroline.

11

No dia seguinte fui procurar Emmett Scott, voltando a Hawkins Lane, onde bati na porta pedindo para ser recebido. E quem atendeu, se não Rose?

— Sr. Kenway — disse ela, surpresa e um pouco corada. Houve um momento de constrangimento, depois me foi dito que esperasse, e logo em seguida fui levado ao escritório de Emmett Scott, uma sala dominada por uma mesa em seu centro, os painéis de madeira conferindo uma atmosfera sombria e séria. Ele estava diante de sua mesa e, na penumbra, com seu cabelo preto, seu olhar cadavérico, as bochechas encovadas e marrons, parecia um corvo.

— Então... pensou na minha proposta? — perguntou ele.

— Pensei — respondi — e achei ser melhor informar minha decisão o quanto antes.

Ele cruzou os braços e seu rosto se abriu em um sorriso irônico e triunfante.

— Veio fazer suas exigências então? Quanto minha filha vale?

— Quanto estava disposto a pagar?

— *Estava*?

Era minha vez de sorrir, embora eu tivesse o cuidado de não exagerar. Ele era perigoso, o tal Emmett Scott. Eu estava fazendo um jogo perigoso com um homem perigoso.

— É isso mesmo. Decidi ir para as Índias Ocidentais.

Eu sabia onde encontrar Dylan Wallace. Já havia dado a notícia a Caroline.

— Entendo.

Ele pareceu pensar, tamborilando os dedos.

— Mas não pretende ficar fora permanentemente...?

— Não.

— Estas não eram as condições de minha proposta.

— Não são as condições de sua proposta, não — eu disse. — Na realidade, é uma contraproposta. Uma medida que penso que considerará favorável. Eu sou um Kenway, Sr. Scott; tenho meu orgulho. Que espero que o senhor compreenda. Compreenda também que amo sua filha, por mais que este fato o aflija, e não desejo nada além do melhor para ela. Pretendo retornar de minhas viagens como um homem rico e com minha fortuna dar a Caroline a vida que ela merece. Uma vida, tenho certeza, que o senhor desejaria para ela.

Ele estava balançando a cabeça em concordância, embora o franzido dos lábios traísse seu completo desprezo por tal ideia.

— E?

— Darei ao senhor minha palavra de que não voltarei a estas plagas antes de me tornar um homem rico.

— Entendo.

— E lhe darei minha palavra de que não contarei a Caroline que o senhor tentou comprá-la de volta.

Ele ficou taciturno.

— Entendo.

— Só peço a oportunidade de fazer minha fortuna... E de sustentar Caroline da maneira da qual ela foi acostumada.

— Ainda será marido dela... Não é o que eu queria.

— O senhor me considera um inútil, inapto para ser marido dela. Espero provar que está enganado. Enquanto eu estiver fora, o senhor sem dúvida verá Caroline com mais frequência. Talvez, se seu ódio por mim for tão profundo, poderá aproveitar a oportunidade para envenená-la contra mim. A questão é que o senhor tem muitas oportunidades. Além disso, eu posso morrer no mar, e nesse caso ela voltará ao senhor para sempre: uma jovem viúva, ainda em idade para se casar. Esta é minha proposta. Em troca, peço apenas que me permita tentar fazer alguma coisa por mim mesmo, sem impedimentos.

Ele assentiu, considerando a ideia, talvez saboreando o pensamento de me ver morto no mar.

12

Dylan Wallace designou-me à tripulação do *Emperor*, que estava aportado em Bristol e partiria em dois dias. Voltei para casa e contei a minha mãe, a meu pai e a Caroline.

Houve lágrimas, claro, e recriminações e súplicas para que eu ficasse, mas eu estava firme em minha resolução, e Caroline, atormentada depois da notícia, saiu. Precisava de tempo para pensar, disse ela, e ficamos no pátio vendo-a se afastar a galope — para sua família, onde pelo menos daria a notícia a Emmett Scott, que saberia que eu estava cumprindo minha parte no acordo. Eu só podia ter esperanças, ou, deveria dizer, na época eu esperava, que ele cumprisse a parte dele também.

Sentado aqui, falando com você agora, depois de todos esses anos, bem, devo dizer que não sei se ele cumpriu. Mas eu cumprirei. Em pouco tempo, cumprirei. E chegará o dia do acerto de contas...

Mas não naquela época. Na época eu era jovem, estúpido, arrogante e prepotente. Era tão prepotente que depois que Caroline saiu, fui para as tabernas de novo e talvez tivesse achado que parte de minha antiga vitalidade tinha voltado enquanto eu contava a todos dispostos a escutar que eu ia velejar, que o Sr. e a Sra. Kenway logo seriam um casal rico graças a meus esforços em alto-mar. Tive muito prazer em ver seus olhares de escárnio, suas réplicas de que eu me julgava maior do que o rei e que eu não tinha caráter para a tarefa; que eu logo voltaria com o rabo entre as pernas; que eu estava decepcionando meu pai.

Em nenhum momento deixei que meu riso falhasse. Meu riso que dizia: "Vocês verão."

Mas mesmo com a bebida dentro de mim e às vésperas de minha partida — ou talvez *por causa* dessas coisas — as palavras ainda me calaram fundo. Perguntei-me, *Eu realmente sou homem suficiente para sobreviver à vida de corsário? Será que voltarei com o rabo entre as pernas?* E, sim, eu podia morrer.

E também eles tinham razão: eu estava decepcionando meu pai. Vi a frustração nos olhos dele no momento em que dei a notícia, e ali ela permaneceu desde então. Era uma tristeza, talvez por seu sonho de cuidarmos da fazenda juntos — por mais desbotado que este sonho estivesse — finalmente tivesse sido frustrado para sempre. Eu não estava simplesmente partindo para abraçar uma nova vida, mas rejeitando sincera e inteiramente a vida anterior. A vida que ele construiu para si, para minha mãe e para mim. Eu a estava rejeitando. Havia concluído que era bom demais para ela.

Talvez eu nunca tivesse pensado o suficiente no efeito que tudo isso teria no relacionamento de Caroline com meus pais, mas agora, pensando bem, é ridículo que eu esperasse que ela simplesmente continuasse na fazenda.

Uma noite, voltei para casa e a encontrei toda vestida.

— Aonde vai? — balbuciei, tendo passado a maior parte da noite na taberna.

Ela foi incapaz de me olhar nos olhos. Havia um lençol amarrado em uma trouxa volumosa a seus pés, de certo modo em desacordo com os trajes que, agora que eu estava reparando melhor, eram mais elegantes do que o habitual.

— Não, eu... — Finalmente ela me olhou nos olhos. — Meus pais me pediram para ir morar com eles. E eu gostaria de fazer isso.

— O que quer dizer com "morar com eles"? Você mora aqui. Comigo.

Ela me disse que eu não devia ter desistido de trabalhar com meu pai. Deveria ter me contentado com o que eu possuía.

Eu devia ter sido feliz com ela.

Através de uma névoa de cerveja, tentei lhe dizer que eu *era* feliz com ela. Que tudo que eu estava fazendo era por ela. Caroline andou falando com os pais enquanto estivera fora, é claro, e embora eu esperasse que o pai a envenenasse contra mim, aquele verme, eu não imaginava que ele iria começar tão cedo.

— Salário decente? — Enfureci-me. — Esse trabalho era tão amaldiçoado quanto roubar. Quer passar sua vida casada com um camponês?

Eu falara alto demais. Trocamos um olhar e me encolhi ao pensar em meu pai ouvindo. E então ela partiu. E eu a chamei, ainda tentando convencê-la a ficar.

Em vão e, na manhã seguinte, quando estava sóbrio e me lembrava dos acontecimentos da noite anterior, minha mãe e meu pai estavam taciturnos, olhando-me com recriminação. Não só eles gostavam de Caroline — eu iria ao ponto de dizer que *amavam* —, porque minha mãe tinha perdido uma filha muitos anos antes, assim Caroline era para ela a filha que nunca teve, como ela também era uma ajuda na fazenda, e fazia isso em troca de um salário mínimo. Para ajudar, assim dizia ela...

— Quem sabe logo chega o bebê? — dizia minha mãe, e dava um cutucão nas costelas de meu sorridente pai, ao que Caroline corava até a raiz dos cabelos e respondia: "Talvez."

Bem, nós estávamos tentando. E houve um fim a isso quando parti em minhas viagens, é claro. E além de ser benquista e prestativa na fazenda, outra mulher a circular pelo lugar, ela também ajudava minha mãe com as contas e as escritas.

Agora ela havia indo embora. E partiu porque eu não estava satisfeito com meu quinhão. Foi-se porque eu queria aventuras. Porque a bebida não aplacava mais meu tédio.

Por que eu não podia ser feliz com ela?, perguntou Caroline. Eu *era* feliz com ela.

Por que eu não podia ser feliz com a minha vida?, perguntou ela. Mas eu não era feliz com a minha vida.

Eu queria vê-la, tentar convencê-la a mudar de ideia. Para mim, ela ainda era minha esposa, eu ainda era seu marido, e o que eu fazia era pelo bem do casamento, pelo bem *de nós dois*, não só o meu.

(E creio que enganei a mim afirmando que isso era verdade. E talvez, em certo grau, fosse verdade. Mas eu sabia, e provavelmente ela também, que embora eu claramente quisesse sustentá-la, também queria ver o mundo além de Bristol.)

De nada adiantou. Ela me disse que tinha medo de eu me ferir. Respondi que teria cuidado; que voltaria com dinheiro ou mandaria a ela. Disse que precisava de sua fé, mas meus apelos caíram em ouvidos moucos.

Meu dia de partir chegou. Deixei-os e fiz minhas malas, pendurei no cavalo e saí, com aqueles mesmos olhares de recriminação cravados nas costas, apunhalando-me como flechas. Cavalguei rumo à escuridão ao cair da noite com o coração pesado, e ali encontrei o *Emperor*. Mas em vez da diligência esperada, eu o encontrei quase deserto. Os únicos presentes eram um grupo de seis homens que tomei por ajudantes de convés, sentados, apostando com frascos de couro com rum à mão, barris no lugar de cadeiras, um engradado para uma mesa de dados.

Olhei deles para o *Emperor*. Um navio mercante reformado, subia alto na água. Os conveses estavam vazios, nenhuma das lamparinas estava acesa e a amurada brilhava ao luar. Um gigante adormecido, era ele. Apesar da perplexidade pela ausência de atividade, eu ainda estava pasmado com seu porte e sua estatura. Eu trabalharia naqueles conveses. Eu dormiria nas redes dos alojamentos debaixo daqueles conveses. Subiria nos mastros. Eu estava olhando para meu novo lar.

Um dos homens me fitou com cautela.

— Ora essa, o que posso fazer por você?

Engoli em seco, sentindo-me muito jovem e inexperiente e, de súbito, tragicamente me perguntando se tudo o que diziam de mim — o pai de Caroline, os bebedores nas tabernas, até a própria Caroline — podia ser verdade. Que na realidade eu talvez não fosse talhado para o mar.

— Estou aqui para me apresentar — respondi. — Fui mandado por Dylan Wallace.

Um risinho percorreu o grupo, e cada um deles me olhou com um interesse ainda maior.

— Dylan Wallace, o recrutador, hein? — disse o primeiro. — Ele nos mandou um ou dois antes. O que sabe fazer, rapaz?

— O Sr. Wallace pensou que eu seria matéria-prima para servir — falei, na esperança de parecer mais confiante e capaz do que me sentia.

— Como é sua visão? — perguntou um.

— Minha visão é ótima.

— Tem estômago para as alturas?

Eu sabia o que eles queriam dizer, indicando o ponto mais alto do cordame do *Emperor*, o cesto de gávea, lar do vigia.

— O Sr. Wallace pensou em mim mais como um ajudante de convés, creio.

Matéria-prima para oficial, foi o que ele disse de fato, mas eu não ia contar essa parte. Eu era jovem e nervoso. Não era idiota.

— Ora, sabe costurar, garoto? — Foi a réplica.

Eles estavam zombando de mim, certamente.

— O que a costura tem a ver com a vida de um corsário, então? — perguntei, sentindo-me meio insolente, apesar das circunstâncias.

— Um ajudante de convés precisa saber costurar, rapaz — disse um dos outros homens. Como todos os outros, tinha um rabicho alcatroado e tatuagens que se esgueiravam das mangas e da gola da camisa. — Precisa ser bom com os nós também. Você é bom com nós, garoto?

— Estas são coisas que posso aprender — respondi.

Olhei o navio com suas velas enroladas, o cordame pendendo dos mastros em alças arrumadas, e o casco crivado de cilindros de bronze espiando de sua coberta de canhões. Enxerguei-me como os homens diante de mim sentados nos barris, seus rostos coriáceos e bronzeados pelo tempo passado no mar, olhos que brilhavam com ameaça e aventuras. Guardiões do navio.

— Terá de se acostumar a muitas outras coisas também — disse um homem —, a raspar craca do casco, calafetar o barco com alcatrão.

— Tem equilíbrio para aguentar o balanço do mar, filho? — perguntou outro. Eles agora riam de mim. — Consegue segurar o estômago quando ele joga com as ondas e os ventos de furacão?

— Imagino que consiga — respondi, acrescentando com uma onda de fúria impetuosa: —, de qualquer modo, não foi por isso que Sr. Wallace pensou que eu daria um bom tripulante.

Um olhar passou entre eles. A atmosfera mudou um pouco.

— Ah, sim? — disse um deles, impulsionando as pernas por sobre o barril. Vestia calças de lona sujas. — E por que o recrutador pensou que você daria um bom tripulante, então?

— Depois de me ver em ação, ele pensou que eu podia ser útil em batalha.

Ele se levantou.

— Um lutador, hein?

— É isso mesmo.

— Bem, terá muitas oportunidades de provar sua capacidade nesta arena, rapaz, a partir de amanhã. Talvez eu mesmo possa entrar na luta, que tal?

— O que quer dizer com "amanhã"? — perguntei.

Ele sentou-se, voltando sua atenção ao jogo.

— Amanhã, quando zarparmos.

— Disseram-me que zarparíamos esta noite.

— Zarparemos amanhã, garoto. O capitão ainda nem chegou. Zarparemos ao amanhecer.

Deixei-os, sabendo que podia muito bem ter feito meus primeiros inimigos no navio; ainda assim, eu tinha algum tempo... Tempo para ajeitar as coisas. Peguei meu cavalo. E fui para casa.

13

Galopei para Hatherton, para casa. Por que eu estava voltando? Talvez para pedir-lhes desculpas. Talvez para explicar o que estava se passando em minha cabeça. Afinal, eu era filho deles. Talvez meu pai reconhecesse em mim algum vestígio dele mesmo. E talvez, se reconhecesse, pudesse me perdoar.

Enquanto eu retornava pela estrada, o que percebi, mais do que tudo, era que queria que ele me perdoasse. Os dois.

Era de se admirar que eu estivesse distraído, que estivesse com a guarda baixa?

Eu estava quase em casa, onde as árvores formavam uma avenida estreita, quando senti um movimento na cerca viva. Parei e escutei. Quando se vive no campo, é possível sentir as alterações, e agora havia algo diferente. Veio um assovio agudo do céu que só podia ser um alerta, e ao mesmo tempo vi mais movimento adiante, mas este era no pátio de nossa fazenda.

Meu coração martelava enquanto eu esporeava o cavalo e galopava para o pátio. Ao mesmo tempo, vi o brilho inconfundível de uma tocha. Não era um lampião, era uma tocha. O tipo de tocha que se pode usar quando se pretende incendiar alguma coisa. Ao mesmo tempo, vi figuras correndo e, na luz da tocha, vi que usavam capuzes.

— Ei — gritei, tanto para tentar acordar meus pais como para assustar nossos atacantes. — Ei — gritei novamente.

Uma tocha voou em arco pelo ar, girando de uma ponta a outra, deixando um rastro alaranjado no céu noturno antes de cair em uma chuva de faíscas no telhado de palha de nossa casa. Estava seco — *seco e inflamável.* Tentávamos manter úmido no verão porque o risco de incêndio era muito grande, mas sempre havia algo mais importante a se fazer e, acredito, já não era umedecido havia uma semana porque eu não havia dado a devida importância.

Vi outras figuras. Três, talvez quatro. E então, assim que cheguei ao pátio e parei, uma forma voou para mim, vinda da lateral, as mãos agarraram meu colete e fui arrastado do dorso de meu cavalo.

O ar foi arrancado de meus pulmões quando bati com força no chão. Perto dali, havia pedras para um muro. *Armas*. Depois, acima de mim, assomou-se uma figura que bloqueou a lua, encapuzada, como os outros. Antes que eu pudesse reagir, ele se curvou e tive a breve impressão de notar o tecido do capuz pulsando em sua boca enquanto ele ofegava, e então seu punho acertou minha cara. Contorci-me e seu segundo golpe desceu no meu pescoço. Apareceu outra figura ao lado da primeira, e vi um brilho de aço, sabendo que estava impotente para fazer qualquer coisa e pronto para morrer. Mas o primeiro homem impediu o recém-chegado com um uivo, "*Não*", e fui salvo da lâmina, pelo menos, mas não do espancamento, e uma bota na barriga fez com que me curvasse.

Aquela bota — eu reconheci aquela bota.

E veio novamente, sem parar, até que por fim parou e meu agressor correu. Minhas mãos foram à barriga ferida e tombei de frente, tossindo, a escuridão ameaçando me engolir. Talvez eu o permitisse. A ideia de mergulhar no esquecimento parecia tentadora. Deixar que a inconsciência tomasse a dor. Entregar-me ao futuro.

O barulho de pés correndo, meus agressores tinham fugido. Um grito indistinto. Os balidos de ovelhas perturbadas.

Mas não. Eu ainda estava vivo, não estava? Prestes a beijar o aço, deram-me uma segunda chance, e era uma chance boa demais para ser desperdiçada. Eu precisava salvar meus pais. E mesmo naquele momento eu sabia que faria aquela gente pagar. O dono daquelas botas se arrependeria de não ter me matado quando teve a oportunidade. Disso eu tinha certeza.

Coloquei-me de pé. A fumaça vagava pelo pátio como uma barragem de névoa. Um dos celeiros já estava em chamas. A casa também. Eu precisava acordá-los, precisava acordar minha mãe e meu pai.

A terra em volta de mim estava banhada pela luz laranja do fogo. Ao me levantar, ouvi cascos de cavalos e girei, vendo vários cavaleiros se retirando — cavalgando para longe da fazenda, com seu trabalho feito, o lugar agora em chamas. Peguei uma pedra e pensei em atirar em um dos cavaleiros, mas havia questões mais importantes com que me preocupar e, em vez disso, com um grunhido que era em parte por esforço, em parte pela dor, atirei-a na janela superior da casa.

Minha mira foi certeira e rezei para que fosse o bastante para acordar meus pais. A fumaça agora estava densa no pátio, o rugido das chamas era um inferno aberto. Ovelhas gritavam nos celeiros enquanto eram queimadas vivas.

À porta, eles apareceram: meu pai abrindo caminho pelo fogo com minha mãe nos braços. Seu rosto determinado, os olhos vagos. Ele só queria ter certeza de que ela ficaria a salvo. Depois de levar minha mãe para fora do alcance do fogo e colocá-la com cuidado no pátio, ao lado de onde eu estava, ele se endireitou e, como eu, olhou boquiaberto a construção se incendiando. Corremos ao celeiro, onde os berros das ovelhas tinham esmorecido — nossa criação, o meio de vida de meu pai, estava acabada. E então, com o rosto afogueado e brilhando sob a luz das chamas, meu pai fez algo que eu nunca tinha visto. Ele começou a chorar.

— Pai... — Estendi-lhe a mão, ele afastou o ombro com um movimento brusco e, quando se virou para mim, com o rosto enegrecido pela fumaça e raiado de lágrimas, sacudiu-se com uma violência contida, como se usando cada grama de seu autocontrole para não atacar. Para não me atacar.

— Veneno. É o que você é — disse ele entre dentes —, veneno. A desgraça de nossas vidas.

— Pai...

— Saia daqui — cuspiu ele. — Saia daqui. Nunca mais quero ver você.

Minha mãe se mexeu, como se estivesse a ponto de protestar, e em vez de enfrentar mais aborrecimentos — em vez de ser *a causa* de mais aborrecimentos —, montei em meu cavalo e parti.

Seria a última vez que eu veria os dois.

14

Fugi noite afora tendo como companhia a mágoa e a fúria, cavalgando pela estrada para a cidade e parando na Auld Shillelagh, onde tudo tinha começado. Entrei trôpego, com um braço ainda agarrado ao peito dolorido, a cara latejando do espancamento.

A conversa na taberna murchou. Eu tinha a atenção deles.

— Procuro por Tom Cobleigh e seu filho fuinha — consegui dizer, respirando com dificuldade, olhando-os duro por debaixo de minha carranca. — Eles estiveram aqui?

Costas se viraram para mim. Ombros se recurvaram.

— Não queremos nenhuma confusão por aqui — disse Jack, o proprietário, atrás do balcão. — Já tivemos problemas com você suficientes para uma vida inteira, muito obrigado, Edward Kenway. — Ele pronunciou o "muito obrigado" como se fosse uma palavra só. *Muitobrigado.*

— Você vai conhecer o significado completo de confusão se estiver protegendo os Cobleigh — avisei e fui ao balcão, onde ele estendeu a mão para algo que eu sabia onde estaria, uma espada que ficava pendurada em um prego, fora de vista. Cheguei lá primeiro e me estiquei com um movimento que atiçou a dor em minha barriga, mas peguei-a e a arrebanhei da bainha em um movimento rápido.

Tudo aconteceu com tal velocidade que Jack não pôde reagir. Em um segundo ele pensou em pegar a espada, no seguinte esta mesma espada estava sendo mantida contra seu pescoço, *muitobrigado.*

A luz na estalagem era baixa. Um fogo bamboleava na lareira, sombras escuras empinavam-se nas paredes e os fregueses me fitavam com olhos estreitos e atentos.

— Agora me diga — falei, virando a espada no pescoço de Jack, fazendo-o estremecer —, os Cobleigh estiveram aqui esta noite?

— Você não devia estar partindo no *Emperor* hoje?

Não foi Jack; foi alguém mais que falou. Alguém que eu não conseguia enxergar à meia-luz. Não reconheci a voz.

— Sim, mas todos os meus planos mudaram e foi uma sorte terem mudado, caso contrário meus pais teriam sido queimados vivos em suas camas. — Minha voz se elevou. — Era o que todos vocês queriam? Porque foi o que aconteceu. Sabiam disso?

Podia-se ouvir um alfinete cair naquela taberna. Da penumbra, eles me observavam: os olhos de homens com quem eu já havia bebido e brigado, mulheres que havia levado para a cama. Eles tinham lá seus segredos. Continuariam a guardá-los.

De fora, veio o matraquear e o soar da chegada de uma carroça. Todos os outros ouviram também. A tensão na taberna pareceu aumentar. Poderia ser os Cobleigh. Poderiam estar ali para ter um álibi, talvez. Ainda com a espada em seu pescoço, arrastei Jack de trás do balcão e o levei à porta da taberna.

— Ninguém diga uma palavra — avisei. — Ninguém diga uma palavra e a garganta de Jack continuará fechada. A única pessoa que precisa se ferir aqui é quem levou uma tocha para a fazenda de meu pai.

Vozes de fora agora. Ouvi Tom Cobleigh. Posicionei-me atrás da porta assim que ela se abriu, com Jack preso pela espada, a ponto de a lâmina marcar seu pescoço. O silêncio era mortal e imediatamente perceptível aos três homens, que foram um tanto lentos demais para perceber que havia algo errado.

O que ouvi quando entraram foi o riso gutural de Cobleigh morrer nos lábios, e o que vi foi um par de botas que reconheci, botas que pertenciam a Julian. Então saí de trás da porta e o trespassei com a espada.

Devia ter me matado quando teve a oportunidade. É o que colocarei em minha lápide.

Preso no batente da porta, Julian simplesmente ficou parado e boquiaberto, arregalando os olhos ao fitar primeiro a espada cravada em seu peito, depois meus olhos. Sua última visão foi de seu assassino. Seu último insulto foi tossir bocados de sangue na minha cara ao morrer. Não seria o último homem que eu mataria. De maneira nenhuma. Era o primeiro.

— Tom! É o Kenway! — Veio um grito de dentro da taberna, mas não era necessário, nem para alguém tão burro como Tom Cobleigh.

Os olhos de Julian ficaram vidrados, e a luz sumiu deles enquanto ele escorregava de minha espada e arriava no batente da porta como um bêbado ensanguentado. Atrás dele estava Tom Cobleigh e seu filho Seth, boquiabertos como homens vendo um fantasma. E então todos os pensamentos sobre um caneco refrescante e uma ostentação satisfatória sobre a diversão da noite foram esquecidos quando se viraram e fugiram.

O corpo de Julian estava no caminho e eles ganharam preciosos segundos enquanto eu passava por cima dele, saindo rumo à escuridão da estrada. Seth tinha tropeçado e estava se levantando, enquanto Tom, sem esperar, sem parar para ajudar o filho, correu pela estrada, indo para a fazenda do outro lado. Em um instante eu estava em cima de Seth, a espada suja de sangue ainda na mão, e passou por minha cabeça fazer dele o segundo homem que eu mataria. Eu estava furioso e, afinal, diziam que o primeiro era o mais difícil. E eu não estaria fazendo um favor ao mundo, livrando-o de Seth Cobleigh?

Mas não. Havia misericórdia e, como havia misericórdia, havia dúvida. A possibilidade — pouca, mas ainda assim existia — de que Seth nem tivesse estado lá.

Em vez disso, ao passar, baixei o punho da espada com força em sua nuca e fui recompensado por um grito ultrajado de dor e pelo barulho dele esparramando-se de costas na terra, inconsciente, assim eu esperava, enquanto eu passava correndo, com os braços e pernas me impelindo ao atravessar a estrada em perseguição a Tom.

Sei o que está pensando. Eu não tinha provas de que Tom também tivesse estado lá. Mas eu sabia. Eu simplesmente sabia.

Do outro lado da estrada, ele arriscou um olhar rápido por sobre o ombro antes de colocar as duas mãos no alto do muro de pedra e se impelir por ele. Vendo-me, soltou um gemido curto e assustado, e tive tempo para pensar que, embora ele fosse esperto para um homem daquela idade — sua velocidade era auxiliada pelo medo, sem dúvida —, eu o estava alcançando, e joguei a espada de uma mão à outra para saltar o muro, caindo sobre os dois pés do outro lado e disparando atrás dele.

Eu estava perto o bastante para sentir seu fedor, mas ele alcançou um anexo e sumiu de vista. Ouvi o raspar da bota em pedra por perto, como se houvesse uma terceira pessoa no pátio, e perguntei-me vagamente se seria Seth. Ou talvez o dono da fazenda. Talvez um dos fregueses da Auld Shillelagh. Concentrado em encontrar Tom Cobleigh, não dei importância.

Perto da parede do anexo, eu me agachei, ouvidos atentos. Onde quer que Cobleigh estivesse, tinha parado de se mexer. Olhei à esquerda e à direita e vi apenas as construções da fazenda, blocos pretos contra o céu cinzento, ouvi apenas o balido ocasional de uma cabra e o som de insetos. Do outro lado da estrada, luzes ardiam nas janelas, mas, tirando isto, a taberna estava silenciosa.

E então, no silêncio quase opressivo, ouvi um esmagar de cascalho do outro lado da construção. Ele estava ali, esperando por mim.

Pensei em nossas posições. Ele estava esperando que eu corresse afobado, contornando o anexo. Assim, muito devagar e no maior silêncio possível, esgueirei-me para o canto oposto. Estremeci quando minhas botas perturbaram as pedras e torci para que o barulho não chegasse a ele. Depois avancei mansamente pela lateral da construção e, ao chegar à extremidade, parei e escutei. Se eu estivesse mesmo certo, Tom Cobleigh estaria à espreita do outro lado. Se eu estivesse enganado, podia esperar uma faca na barriga.

Prendi a respiração e me arrisquei a espiar pelo canto do anexo.

Eu tinha avaliado corretamente. Lá estava Cobleigh, bem na ponta. De costas para mim e com o punho erguendo uma faca. Esperando que eu aparecesse, era um alvo fácil. Eu podia chegar a ele em três passadas e correr minha lâmina por sua coluna antes que ele tivesse a chance de peidar.

Mas não. Eu o queria vivo. Queria saber quem haviam sido os companheiros dele. Quem era o homem alto de anel que impediu Julian de me matar.

Sendo assim, em vez disso, eu o desarmei. Literalmente. Corri para ele e lhe decepei o braço.

Pelo menos a intenção era essa. Mas minha inexperiência como espadachim também era evidente demais, ou seria simplesmente porque a espada estava cega? De um jeito ou de outro, eu a baixei com as duas mãos no braço de Tom Cobleigh, ela cortou sua manga e se enterrou em sua carne, mas não decepou o braço. Pelo menos ele largou a faca.

Cobleigh gritou e se afastou. Segurou o braço ferido que jorrava sangue na parede do anexo e na terra. Ao mesmo tempo, vi um movimento na penumbra e lembrei-me do barulho que tinha ouvido, a possível outra presença. Tarde demais. As sombras se revelaram em uma figura ao luar e vi olhos vagos por trás do capuz, roupas de trabalho e botas um tanto limpas demais.

Pobre Tom Cobleigh. Não viu a ameaça e praticamente recuou para a espada do estranho, ficando preso quando o recém-chegado cravou a lâmina em suas costas e pela frente da caixa torácica, pingando sangue ao sair. Ele olhou a espada, grunhindo uma última declaração profana antes que o estranho torcesse a espada e o cadáver se soltasse da lâmina e caísse pesadamente na terra.

Como é o ditado mesmo? *O inimigo de meu inimigo é meu amigo.* Algo assim. Mas sempre há uma exceção que prova a regra, e no meu caso ele era um homem de capuz com uma espada ensanguentada. Meu pescoço ainda doía da marca de seu anel. Minha cara ainda latejava por causa de seus murros. Por que ele matou Tom Cobleigh, eu não fazia ideia e não me importava; em vez disso, com um rugido de guerreiro, arremeti para a frente e os punhos de nossas espadas tiniram como sinos na noite silenciosa.

Ele se esquivava com facilidade. Um. Dois. Depois de avançar, eu já era empurrado de volta, forçado a me defender, confusa e negligentemente. Espadachim inexperiente? Eu nem mesmo era espadachim. Daria na mesma se eu estivesse portando uma maça ou um porrete, a julgar pela habilidade que tinha com a lâmina. Com um golpe da ponta de sua espada, ele abriu um corte em meu braço e senti o sangue quente escorrer por meu bíceps e ensopar a manga, antes que as forças parecessem escapar do braço que segurava a espada. Não estávamos lutando. Não mais. Ele estava brincando comigo. Estava brincando comigo antes de me matar.

— Mostre-me seu rosto — ofeguei, mas ele não respondeu. O único sinal de que tinha ouvido foi um leve sorriso nos olhos. Depois o arco de sua espada ludibriou-me e fui lento, não só um pouco lento, fui *lento demais*, para impedi-lo de abrir um segundo corte em meu braço.

Novamente, ele golpeou. E de novo. Desde então percebi que ele me cortava com a precisão de um médico, o suficiente para machucar, mas não para provocar ferimentos permanentes. Certamente o bastante para me desarmar. No fim, não senti a espada cair de meus dedos. Só a ouvi bater no chão e baixei os olhos, vendo-a na terra, com o sangue de meu braço ferido pingando na lâmina.

Talvez eu esperasse que ele tirasse o capuz. Mas ele não o fez. Posicionou a ponta da espada logo abaixo do meu queixo e, com a outra mão, indicou que eu devia me ajoelhar.

— Você não me conhece bem se pensa que vou encontrar meu fim de joelhos, estranho — disse-lhe, sentindo-me misteriosamente calmo diante da derrota e da morte. — Será o mesmo para você se eu permanecer de pé.

Ele falou em um tom grave e monótono, possivelmente disfarçado:

— Não encontrará seu fim esta noite, Edward Kenway. O que é uma pena. Mas direi isto. Se o *Emperor* não zarpar com você amanhã, esta noite será apenas o começo para qualquer um que carrega o nome Kenway. Parta ao amanhecer e não haverá prejuízo a sua mãe ou seu pai. Mas se aquele navio zarpar sem você, eles sofrerão. Vocês *todos* sofrerão. Eu me fiz entender?

— E posso saber a identidade de meus generosos inimigos? — perguntei.

— Não pode. Deve saber apenas que existem forças neste mundo mais poderosas do que você é capaz de compreender, Edward Kenway. Esta noite você as viu em ação. Sofreu em suas mãos. Que isto seja um fim. Jamais volte a estas terras. E agora, Edward Kenway, *você se ajoelhará.*

Ele ergueu a espada e o punho atingiu minha têmpora.

Quando acordei, eu estava no *Emperor.*

15

Pelo menos pensei que estivesse no *Emperor*. Eu tinha essa esperança. E, com a cabeça latejando, saí da rede, calcei as botas, fui ao convés e fui arremessado para a frente.

Minha queda foi interrompida — por minha cara. Fiquei deitado e gemendo nas pranchas por alguns minutos, perguntando-me por que eu me sentia tão embriagado quando não me lembrava de ter bebido nada. Mas é claro que eu não estava bêbado.

Mas, se eu não estava bêbado, por que o chão estava se mexendo? Virava para um lado e outro, e passei alguns segundos esperando que se acomodasse até perceber que o balançar constante era exatamente isso. Constante. Não ia parar.

Sobre pés instáveis que se arrastavam e dançavam na serragem, eu me aprumei, de mãos estendidas como um homem que tenta manobrar uma vara de equilíbrio. Meu corpo ainda doía da surra que havia tomado, mas eu estava me curando, meus ferimentos tinham mais ou menos um dia.

O que me atingiu em seguida foi o ar carregado com um cheiro. Não, não um cheiro. Um *fedor*.

Ai, meu Deus, como fedia. Um misto de merda, urina, suor e água do mar. Um cheiro que aprendi depois ser exclusivo dos conveses inferiores de um navio. Assim como todo açougue e toda taberna tem um cheiro próprio, o mesmo acontece nos conveses inferiores. O que mais assusta é a rapidez com que você se acostuma a ele.

O cheiro era de homens, e no *Emperor* havia cento e cinquenta dos patifes que, quando não estavam guarnecendo suas posições, pendurados em cordames ou apertando-se nas galés, dormiam aninhados em carretas dos conveses dos canhões, ou em redes como aquela onde eu acordara.

Agora eu ouvia um dos tripulantes dando risadinhas nas sombras enquanto o navio arremetia e eu era jogado contra um suporte de madeira, depois, batendo em uma coluna oposta com igual violência. Equilíbrio para o mar. Foi como chamaram. Eu precisava ter equilíbrio para o mar.

— Este é o *Emperor*? — perguntei para a escuridão.

O rangido do navio. Como o cheiro e o equilíbrio para o mar, era algo ao qual eu me acostumaria.

— É, você está no *Emperor*. — Veio a resposta.

— Sou novo no navio — chamei na penumbra, agarrado como quem quer se salvar.

Ouvi um riso áspero.

— Não diga.

— A que distância estamos da terra?

— Um dia. Você foi trazido dormindo ou inconsciente. Bebeu demais, pelo visto.

— Algo parecido — respondi, ainda me segurando no suporte.

Minha mente voltou aos acontecimentos do dia anterior, mas era como mexer em uma ferida aberta. Cedo demais, doloroso demais. Eu precisava entender o que tinha acontecido. Precisava enfrentar a culpa e tinha cartas a escrever. (Cartas que eu não teria sido capaz de escrever sem as aulas de Caroline, lembrei a mim, com um remorso renovado). Mas tudo isso teria de esperar até mais tarde.

Um barulho áspero e violento ocorreu atrás de mim. Girei e semicerrei os olhos para a meia-luz, e quando eles se adaptaram à penumbra, consegui ver um cabrestante. Eu ouvia pés e vozes elevadas de homens trabalhando no convés lá em cima. O cabrestante gemeu, rangeu e girou.

— *Puxe* — veio o grito de cima. — *Puxe*. — Apesar de tudo, o som fez de mim um menino maravilhado de novo.

Olhei em volta. Dos dois lados havia as formas redondas de carretas de armas. Seus cilindros brilhavam fracamente no escuro. Do outro lado do convés, dava para ver uma escada de corda saindo de um quadrado de luz. Fui até ali, subindo ao tombadilho.

Logo descobri como meus companheiros de barco haviam ganhado equilíbrio para o mar. Não só exibiam um estilo de vestimenta diferente dos homens em terra — casacos curtos, camisa xadrez, calções longos de lona — como tinham também um caminhar diferente. Todo o corpo parecia se movimentar juntamente ao navio, algo que acontecia inteiramente por instinto. Passei os primeiros dias a bordo sendo jogado de pilar a poste pelas ondas que se erguiam abaixo de nós, e tive de me acostumar aos risos que ouvia ao cair esparramado no convés de tempos em tempos. Mas logo, assim como me acostumei ao cheiro dos conveses, ao rangido constante do casco e à sensação de que todo o mar era mantido à distância por algumas pranchas de madeira fracas e camadas de calafetagem, também aprendi a me deslocar no ritmo do movimento da água, com o *Emperor*. Logo eu também andava como qualquer outro homem a bordo.

Meus companheiros tinham a pele marrom, todos eles. Seus rostos eram marcados e desgastados, a maioria tinha cachecóis ou lenços amarrados frouxamente no pescoço, tatuagens, barba e usava brincos dourados. Havia tripulantes mais velhos a bordo, suas caras gastas pelas intempéries, parecendo velas derretidas, os olhos viviam baixos e cautelosos, mas a maioria era dez anos mais velha do que eu.

Eles vinham de toda parte, conforme logo descobri: Londres, Escócia, Gales, West Country. Muitos na tripulação, cerca de um terço, eram negros; alguns escravizados foragidos que encontraram a liberdade nos mares, tratados como iguais pelo capitão e os companheiros de bordo — ou seja, tratados como a mesma escória pelo capitão e os companheiros. Também havia homens de colônias americanas, de Boston, Charleston, Newport, Nova York e Salem. A maioria parecia usar armas constantemente: alfanjes, adagas, pistolas de pederneira. Sempre mais de uma pistola, ao que parecia, o que logo descobri se dever ao risco de uma delas falhar devido à umidade na carga.

Gostavam de beber rum, eram quase inacreditavelmente grosseiros no linguajar e no modo como falavam sobre as mulheres, e gostavam sobretudo de discussões ruidosas. Mas o que os unia era o capitão.

Ele era escocês. Capitão Alexander Dolzell. Um homem corpulento, raras vezes sorria. Devotava-se aos estatutos do navio e gostava, acima de tudo, de nos lembrar deles. De pé no convés do castelo de popa, com as mãos na amurada enquanto nos reuníamos no tombadilho, no convés principal e no castelo de proa, avisando-nos que qualquer homem que adormecesse em serviço seria coberto de piche e penas. Qualquer homem encontrado com outro homem seria punido com a castração. Não se fumava nos conveses inferiores. Não se urinava no lastro. (E, é claro, como já lhe falei, este estatuto em particular eu carreguei em meus próprios comandos.)

Mas eu era novo e tinha acabado de chegar a bordo. Nessa fase de minha carreira, não creio que um dia tivesse me ocorrido infringir as regras.

Logo comecei a me acostumar ao ritmo da vida no mar. Encontrei meu equilíbrio, aprendi qual lado do navio usar, dependendo do vento, e a comer com os cotovelos na mesa para que meu prato não escorregasse para os lados. Meus dias consistiam em ficar postado como vigia ou de sentinela. Aprendi a ouvir o som de águas rasas e peguei o básico da navegação. E aprendi a ouvir a tripulação, que quando não exagerava nas histórias de batalhas contra os espanhóis, gostava sobretudo de contar pérolas de sabedoria náutica: "*Rosado sol posto, cariz bem disposto. Vermelha alvorada, vem mal-encarada.*"

O tempo. Os ventos. Que escravizados éramos deles. Quando estava ruim, a habitual atmosfera animada era substituída por uma atividade melancólica enquanto a questão cotidiana de manter o navio boiando tornava-se uma questão de simples sobrevivência sob ventos de furacão, quando agarrávamos a comida em meio à manutenção das velas, aos remendos do casco ou bombeando água para fora. Tudo feito com o desespero silencioso e concentrado de homens que trabalhavam para salvar as próprias vidas.

Aqueles momentos eram exaustivos, esgotavam fisicamente. Eu era mantido acordado, recebia ordens para que subisse a escada ou bombeasse os conveses inferiores, e qualquer sono seria agarrado nesses conveses, enroscado contra o casco.

E então o clima amainava, e a vida era retomada. Eu via as atividades dos tripulantes mais velhos, sua bebedeira, suas apostas e conquistas de mulheres, compreendendo como minhas próprias façanhas em Bristol eram relativamente mansas. Se alguns do que eu costumava encontrar nas tabernas do West Country, aqueles que se julgavam bebedores e brigões curtidos, estivessem ali para ver meus companheiros de barco em ação... As brigas irrompiam do nada. Em um instante. Facas eram sacadas. Sangue derramado. Em meu primeiro mês no mar, ouvi mais ossos se quebrando do que nos dezessete anos anteriores de minha vida. E não se esqueça: fui criado em Swansea e Bristol.

Entretanto, a violência se dissipava com a mesma rapidez com que se inflamava; homens que momentos antes tinham segurado facas no pescoço uns dos outros logo se entendiam com uma rodada de abraços de urso que pareciam quase tão dolorosos quanto a briga, mas tinham o efeito desejado. Os estatutos declaravam que qualquer disputa teria um fim na praia, pela espada ou pistola, em um duelo. Ninguém queria realmente isso, é claro. Uma coisa era ter uma rixa, outra bem diferente era a possibilidade de morrer. Então as brigas terminavam com a mesma rapidez com que começavam. Os gênios se inflamavam, depois se apagavam.

Por isso as queixas genuínas a bordo eram poucas e espaçadas. Então foi sorte minha estar na extremidade receptora de uma delas.

Tive consciência disso em meu segundo ou terceiro dia a bordo, só porque eu me virei, depois de sentir um olhar penetrante sobre mim, e retribuí com um sorriso. Um sorriso amistoso, ou assim pensei. Mas o sorriso amistoso de um homem é o esgar arrogante de outro, e aparentemente o que fiz foi enfurecer o homem ainda mais. E a encarada voltou.

No dia seguinte, enquanto eu andava pelo tombadilho, fui apanhado pelo cotovelo com tanta força que caí de joelhos. Quando levantei a cabeça, esperando ver uma cara sorridente — "Te peguei!" —, vi apenas a cara irônica do mesmo homem enquanto ele olhava por sobre o ombro rumo à sua estação. Era um homem parrudo. Do tipo que é melhor ter como aliado. No entanto, parecia que eu estava do lado errado.

Mais tarde falei com Sexta-feira, um negro ajudante de convés que em geral deitava-se na rede ao lado da minha. Descrevendo o homem que tinha me derrubado, ele logo soube a quem eu me referia.

— Esse é o Blaney.

Blaney. Era só assim que eu ouvia todos os chamarem. E infelizmente — e por isso quero dizer infelizmente para *mim* — Blaney me odiava. Ele me odiava mortalmente.

Provavelmente havia um motivo. Como nunca conversamos, não pode ter sido um motivo especialmente bom; o importante era que ele existia na cabeça de Blaney e, no fim das contas, era só isso que importava. Isso e o fato de Blaney ser grande e, segundo Sexta-feira, habilidoso com a espada.

Blaney, você deve ter adivinhado agora, foi um dos cavalheiros que conheci naquela noite ao chegar cedo para a partida do *Emperor*. Agora, sei o que você está pensando: ele era um daqueles com quem falei, que estava disposto a me ensinar uma ou duas lições por meu atrevimento.

Ora, não, se você pensar bem, verá que está enganado. Blaney era um dos outros homens sentados no barril, jogando cartas. Um homem simples e abrutalhado, com o que se pode chamar de testa proeminente, sobrancelhas grossas permanentemente contraídas, como se estivesse sempre confuso com alguma coisa. Eu mal dei pela presença dele naquela noite e, agora pensando bem, talvez por isso ele tivesse ficado tão furioso; talvez por isso tivesse surgido o rancor: ele sentia que eu o ignorara.

— Por que ele não gosta de mim? — perguntei, a que Sexta-feira só pôde responder com um dar de ombros e um murmúrio de "Ignore-o", e então fechou os olhos para indicar que nossa conversa tinha se encerrado.

E foi o que fiz. Eu o ignorei.

Isso evidentemente enfureceu Blaney ainda mais. Blaney não queria ser ignorado. Blaney queria ser notado. Queria ser temido. Como eu não me assustava com Blaney... Bem, o ódio dele por mim foi atiçado.

16

Enquanto isso, havia outras coisas em que se pensar. Por exemplo, corria um boato pela tripulação de que o capitão estava sentindo-se deixado de fora dos saques. Não havia incursões há dois meses; não ganhávamos muito mais do que meio penny e havia murmúrios de insatisfação, sendo que a maioria vinha da cabine dele. Tornou-se de conhecimento comum que nosso capitão sentia que estava fazendo sua parte do acordo, mas ganhando pouco em troca.

Que acordo, você pode perguntar? Ora, como corsários, tínhamos a soberania de Sua Majestade; era como se fôssemos soldados não alistados em sua guerra contra a Espanha. Em troca, é claro, tínhamos permissão para atacar navios espanhóis com impunidade, o que significava exatamente o que queríamos, e por algum tempo, tanto quanto todos se lembravam, foi exatamente o que aconteceu.

Mas havia cada vez menos navios espanhóis no mar. No porto, começamos a ouvir boatos de que a guerra talvez estivesse terminando; que um tratado poderia ser assinado em breve.

O capitão Dolzell, porém, ora, era preciso dar crédito a ele por ser capaz de olhar à frente dos tempos e ver para que lado o vento soprava. Assim, como estávamos ficando sem pilhagens, ele resolveu nos levar em um curso de ação que escapava do perdão de nossas cartas de autorização.

Trafford, o imediato, estava ao lado do capitão Dolzell, que retirou o tricorne e enxugou o suor da testa antes de recolocá-lo e se dirigir a todos nós.

— Este ataque nos deixará ricos, rapazes; seus bolsos se rasgarão. Mas devo alertar, e seria um erro meu como capitão se não o fizesse, que é um empreendimento muito arriscado.

Arriscado. Sim. O risco da captura, da punição e da morte pela queda no cadafalso da forca.

Terminar como um enforcado com as tripas abertas, me disseram. Os calções de um pirata seriam amarrados nos tornozelos para impedir que a merda escapasse. Era a indignidade disso que mais me assustava. Não era assim que eu queira que Caroline se lembrasse de mim, pendurado por uma corda, fedendo a merda.

Não saí de Bristol para me tornar um foragido da justiça, um pirata. E se eu ficasse no navio e seguisse os planos do capitão, era isso que eu seria. Teríamos atrás de nós as forças combinadas da frota da Companhia das Índias Orientais, além de, sem dúvida, a marinha de Sua Majestade.

Não, eu não tinha ingressado como corsário para me tornar pirata, mas ao mesmo tempo, se um dia fosse voltar para casa, não podia ser sem um vintém. Eu tinha a ideia de que, se voltasse rico, poderia pagar o preço por minha cabeça, poderia apaziguar meus inimigos.

Sendo assim, não, não entrei naquele navio para me tornar pirata. O dinheiro que ganhasse seria ganho legalmente.

E, por favor, pare com suas risadinhas. Sei o quanto agora pareço estranho, mas, na época, ainda tinha fervor nas entranhas e sonhos na cabeça. Então, quando o capitão fez sua oferta, quando disse que sabia que nem todos a bordo iriam participar de algo ilegal, que quem não quisesse participar de nada ilegal deveria dizer agora, ou ficar em paz para sempre, assim ele organizaria a transição do navio, fiz menção de avançar um passo.

Sexta-feira me impediu disfarçadamente com a mão. Nem olhou para mim. Só me impediu de avançar, olhando bem para a frente. Pelo canto da boca ele disse, "Espere", e não tive de esperar muito para descobrir o porquê. Cinco dos tripulantes arrastaram os pés para o convés, bons homens que não queriam participar de pirataria nenhuma. A uma palavra do capitão, o imediato jogou os cinco para fora do navio.

No ato resolvi ficar de boca fechada. E então decidi o seguinte: eu acompanharia o capitão, mas só até certo ponto. Eu o seguiria, colheria minha parte do dinheiro que conseguíssemos e depois pularia do barco. Depois que pulasse do barco, eu me uniria a outros corsários — afinal, agora eu era um marujo experiente — e negaria qualquer conhecimento de ter estado no *Emperor* quando este crime terrível fora cometido.

Como um plano, não era especialmente sofisticado. Tinha suas falhas, devo admitir, mas ainda assim vi-me preso entre a cruz e a espada, e nenhuma das opções era particularmente atraente.

Enquanto os apelos dos homens lançados ao mar sumiam atrás de nós, o capitão passou a delinear seus planos para a pirataria. Não chegou ao ponto de sugerir que atacássemos a Marinha Real, o que teria sido suicídio; em vez disso, sabia de um alvo que podia ser encontrado na costa oeste da África. E assim, em janeiro de 1713, o *Emperor* seguiu para lá.

17

Janeiro de 1713

Velejando entre as ilhas, baixamos âncora em uma baía protegida ou em um estuário de rio, e os homens foram à terra buscar suprimentos: madeira, água, cerveja, vinho, rum. Podíamos ficar dias ali, passando o tempo pegando tartarugas para comer ou atirando a curta distância nas aves, ou caçando gado, cabras ou porcos, se pudéssemos.

Uma vez tivemos de querenar o *Emperor*, o que envolveu puxá-lo para a praia e virá-lo utilizando blocos e guinchos. Usamos tochas acesas para queimar algas marinhas e crustáceos, calafetá-lo e substituir as pranchas podres, tudo sob a orientação do carpinteiro do navio, que costumava ficar ansioso por estas ocasiões. O que não surpreendia, na realidade, porque também aproveitávamos a oportunidade para fazer consertos nos mastros e nas velas; assim, ele tinha o prazer de dar ordens ao contramestre, bem como aos primeiro e segundo imediatos, que não tinham alternativa a não ser calar a boca e fazer o trabalho.

Foram dias felizes: pescando, caçando, desfrutando do desconforto de nossos superiores. Foi quase uma decepção termos de velejar novamente. Mas nos lançamos ao mar mesmo assim.

O navio que estávamos perseguindo era uma embarcação mercante administrada pela Companhia das Índias Orientais, e demos com ela na costa da África Ocidental. Muitos murmuravam nos conveses inferiores sobre a sensatez deste empreendimento. Sabíamos que, atacando uma nave de prestígio, estaríamos nos tornando homens procurados. Mas o capitão dissera que só havia três navios de guerra e duas chalupas da marinha patrulhando todo o mar do Caribe, e que o navio da Companhia das Índias Orientais, o *Amazon Galley*, carregava tesouros, e que desde que conseguíssemos fazer o *Galley* parar em mar aberto, fora de vista da terra, conseguiríamos saquear o barco tranquilamente, escapar e desaparecer.

Mas a tripulação do *Galley* não seria capaz de nos identificar?, perguntei em voz alta. Eles não relatariam à marinha terem sido atacados pelo *Emperor*? Sexta-feira limitou-se a me olhar. Não me importei com o olhar que ele me deu.

Nós o encontramos no terceiro dia de busca.

— Navio à vista! — veio o grito de cima. Estávamos acostumados a ouvi-lo, então nossas esperanças não se elevaram. Só ficamos observando enquanto o capitão e o contramestre conferenciavam. Instantes depois, eles confirmaram que era o *Galley*, e partimos pela água atrás dele.

Ao nos aproximarmos, erguemos um emblema vermelho, a bandeira britânica, e o *Galley* continuou onde estava, pensando sermos corsários ingleses aliados.

E éramos. *Em teoria*.

Os homens prepararam as pistolas e verificaram o feito de suas espadas. Ganchos de abordagem foram erguidos, e os canhões guarnecidos. Ao chegarmos de costado e a tripulação do *Galley* perceber que estávamos preparados para a batalha, estávamos perto o suficiente para notar seus rostos se deprimindo e o pânico galopando pelo navio como uma égua assustada.

Nós o obrigamos a baixar âncora. Nossos homens correram à amurada, onde ficavam preparados para a ação, apontando as pistolas, guarnecendo os canhões, ou com os alfanjes em riste e os dentes à mostra. Eu não tinha pistola, e minha espada era uma coisa antiga e enferrujada encontrada pelo contramestre no fundo de uma arca, mas servia. Espremido entre homens com o dobro de minha idade, porém dez vezes mais ferozes, fiz o máximo para fazer uma carranca com a ferocidade deles. Para parecer igualmente selvagem.

As armas abaixo estavam apontadas para a lateral do *Galley*. Uma palavra e abriríamos fogo com uma saraivada de tiros, o bastante para partir sua nave ao meio, mandando todos para o fundo do mar. Nos rostos da tripulação deles havia a mesma expressão aflita e apavorada. O olhar de homens apanhados desprevenidos, que agora tinham de enfrentar as terríveis consequências.

— Que seu capitão se identifique — gritou nosso imediato pelo espaço entre os dois navios. Ele pegou uma ampulheta e a pôs bruscamente na amurada. — Mandem seu capitão antes que a areia se esgote, ou abriremos fogo.

Demoraram-se até o tempo quase se esgotar, mas ele enfim apareceu no convés, vestido em toda sua elegância e nos olhando fixamente com uma expressão que ele esperava ostentar desafio — e a qual não era suficiente para disfarçar seu temor.

Ele obedeceu. Seguiu as instruções e ordenou que um bote fosse lançado, depois subiu a bordo e remou até nosso navio. No fundo, não pude deixar de me solidarizar com ele. Colocou-se a nossa mercê a fim de proteger sua tripulação, o que foi admirável, e sua cabeça estava erguida quando, ao subir a escada de quebra-peito e sair de seu bote, foi escarnecido pelos homens que tripulavam os canhões no convés inferior, antes de ser agarrado grosseiramente pelos ombros e puxado pela amurada para o tombadilho.

Quando foi colocado de pé, ele se desvencilhou das mãos dos homens, aprumou os ombros e, depois de ajeitar o casaco e as abotoaduras, exigiu ver nosso capitão.

— Sim, estou aqui — gritou Dolzell, que desceu do castelo de popa com Trafford, o imediato, em seu encalço. O capitão usava seu tricorne com uma faixa amarrada por baixo, e havia sacado o alfanje.

— E qual é o seu nome, capitão? — disse ele.

— Eu sou o capitão Benjamin Pritchard — respondeu o capitão mercante com amargura — e exijo saber o significado disto.

Ele se ergueu em toda sua altura, mas não era páreo para a estatura de Dolzell. Poucos homens eram.

— O *significado* disto — repetiu Dolzell. O capitão exibia um sorriso fino, possivelmente era a primeira vez que eu o via sorrir. Lançou um olhar a seus homens reunidos no convés, e uma gargalhada cruel percorreu nossa tripulação.

— Sim — disse o capitão Pritchard com afetação. Ele falava com um sotaque de classe alta. Estranhamente, lembrava-me de Caroline. — Quis dizer exatamente isto. Está ciente, não, de que meu navio é gerido e operado pela Companhia Britânica das Índias Orientais, e que desfrutamos de total proteção da marinha de Sua Majestade?

— Assim sabemos — respondeu Dolzell. Ao mesmo tempo apontou o emblema vermelho que se agitava da gávea.

— Prefiro pensar que o senhor perdeu esse privilégio no momento em que nos ordenou baixar as armas. A não ser, é claro, que tenha um excelente motivo para fazê-lo.

— Eu tenho.

Olhei a tripulação do *Galley*, acuada por nossas armas, mas igualmente envolvida nos acontecimentos no convés, como nós. Podia-se ouvir um alfinete cair. O único som era o bater do mar nos cascos de nossas embarcações e o sussurro da brisa nos mastros e cordames.

O capitão Pritchard estava surpreso.

— Tem um bom motivo?

— Tenho.

— Entendo. Então talvez devêssemos ouvi-lo.

— Sim, capitão Pritchard. Obriguei seu navio a baixar âncora a fim de que meus homens pudessem saquear tudo o que ele tem de valor. Veja bem, os ganhos no mar têm sido pavorosamente magros ultimamente. Meus homens estão ficando inquietos. Estão se perguntando como serão pagos por esta viagem.

— O senhor é um corsário — retorquiu o capitão Pritchard. — Se continuar por este rumo, será um *pirata*, um homem procurado. — Ele se voltou à toda para a tripulação. — *Todos* vocês serão homens procurados. A marinha de Sua Majestade os caçará e os prenderá. Serão enforcados na Doca de Execução, depois seus corpos serão exibidos em correntes em Wapping. É realmente isso que querem?

Mijando-se ao morrer. Fedendo a merda, pensei.

— Segundo eu soube, Sua Majestade está prestes a assinar tratados com a Espanha e os portugueses. Meus serviços como corsário não serão mais necessários. O que acha que será de meu curso de ação então?

O capitão Pritchard engoliu em seco, pois não havia resposta para isto. E agora, pela primeira vez na vida, eu via o capitão Dolzell realmente sorrir, o suficiente para revelar uma boca cheia de dentes quebrados e escuros, como um cemitério saqueado.

— Agora, senhor, que tal nos retirarmos para discutir o paradeiro dos tesouros que o senhor possa ter a bordo?

O capitão Pritchard estava pestes a reclamar, mas Trafford já estava avançando para pegá-lo, e assim ele foi empurrado pela escada à sala de navegação. Enquanto isso, os homens voltaram sua atenção à tripulação do navio oposto, e um silêncio indócil e ameaçador reinou.

E então começamos a ouvir os gritos.

Dei um pulo, meus olhos foram à porta da cabine por onde tinham passado. Disparando um olhar a Sexta-feira, vi que ele também olhava a porta da sala de navegação, com uma expressão indecifrável.

— O que está havendo? — perguntei.

— Silêncio. Fale baixo. O que acha que está havendo?

— Eles o estão torturando?

Ele revirou os olhos.

— O que você esperava, rum com picles?

Os gritos continuaram. No outro navio, as expressões dos homens mudaram. Um instante atrás nos encaravam ressentidos, com ódio, como se ganhando tempo antes de poderem se lançar em um contra-ataque sagaz. Como se fôssemos patifes e trapaceiros prestes a sermos enxotados como os cães sarnentos que éramos. Agora havia o mero pavor em seus olhos — de que eles fossem os próximos.

Foi estranho. Senti-me ao mesmo tempo envergonhado e encorajado pelo que acontecia ali. Eu havia provocado minha parcela de dor e deixado tristeza em meu encalço, mas nunca fui capaz de suportar a crueldade por si só. Dolzell teria dito, "Não é por si só, rapaz; é para descobrir onde esconderam o tesouro". Mas ele estaria falando uma meia verdade. Pois o fato era: assim que nossos homens tomassem o navio deles, rapidamente localizariam o butim que estivesse a bordo. Não, o verdadeiro propósito da tortura do capitão era alterar a expressão dos homens no outro navio. Era espalhar o terror em sua tripulação.

E então, depois de não sei quanto tempo, talvez um quarto de hora, quando os gritos chegaram a um auge, quando o riso impiedoso dos ajudantes de convés tinham se esgotado e até o homem mais desalmado começara a se perguntar, talvez, se já não fora infligida dor suficiente por um dia, a porta da sala de navegação foi aberta. E Dolzell e Trafford apareceram.

Com um olhar de satisfação amarga, o capitão olhou os homens de nosso navio, depois os rostos apreensivos da outra tripulação, antes de apontar e dizer:

— Você, rapaz.

Ele apontava para mim.

— S-sim, senhor — gaguejei.

— Entre na cabine, rapaz. Monte guarda no capitão enquanto descobrimos se as informações dele são válidas. Você também. — Ele apontava para mais alguém. Não vi quem era quando corri para a frente do tombadilho, investindo contra a maré para as amuradas enquanto os homens se preparavam para embarcar no outro navio.

E então tive o primeiro de dois choques ao entrar na sala de navegação e ver o Capitão Pritchard.

A cabine tinha uma grande mesa de jantar, que havia sido colocada de lado. Também havia a mesa do contramestre, onde ficavam os instrumentos de navegação, mapas e gráficos.

No meio da cabine, o capitão Pritchard estava amarrado a uma cadeira, com as mãos atadas às costas. Havia ali um cheiro repugnante que eu não conseguia identificar.

A cabeça do capitão Pritchard estava baixa, o queixo em seu peito. Ao ouvir a porta, ele a ergueu e focalizou vagamente em mim, os olhos tomados de dor.

— Minhas mãos — grasnou. — O que eles fizeram com as minhas mãos? — Antes que eu conseguisse descobrir, tive minha segunda surpresa, bem quando meu companheiro carcereiro entrou na sala e era ninguém menos do que Blaney.

Ai, merda. Ele bateu a porta ao passar. Seus olhos foram de mim para o capitão Pritchard ferido, e voltaram a mim.

De fora, vieram os gritos de nossa tripulação, que se preparava para subir a bordo do outro navio, mas era como se estivéssemos isolados de tudo aquilo, como se estivesse acontecendo muito longe e envolvesse pessoas que não conhecíamos. Sustentei o olhar de Blaney enquanto contornava as costas do capitão, onde suas mãos estavam atadas. E percebi o que era o cheiro que eu sentia. Era o cheiro de carne queimada.

18

Dolzell e Trafford tinham colocado pavios acesos entre os dedos do capitão Pritchard para obrigá-lo a falar. Havia vários deles nas pranchas, bem como um jarro de algo que, quando pus o nariz, pensei ser salmoura, a qual haviam usado para despejar em seus ferimentos, para causar ainda mais dor.

As mãos dele tinham bolhas, em alguns lugares estavam pretas e calcinadas, em outros em carne viva, sangrando, como carne amaciada.

Procurei um frasco de água, ainda cauteloso com Blaney, perguntando-me por que ele não se mexera. Por que não falou nada.

Ele me tirou de minha aflição.

— Ora, ora, ora — disse asperamente —, estamos juntos de novo.

— Sim — respondi secamente. — Não temos sorte, amigo?

Vi um jarro de água na mesa comprida e fui até lá.

Ele ignorou meu sarcasmo.

— E o que pretende fazer exatamente?

— Estou pegando água para colocar nas feridas deste homem.

— O capitão não disse nada sobre cuidar dos ferimentos do prisioneiro.

— Ele está com dor, homem, não vê?

— Não fale comigo nesse tom, fedelho — rebateu Blaney com uma ferocidade que gelou meu sangue. Ainda assim, eu não ia demonstrar. Cheio de bravata. Sempre o durão por fora.

— Parece que você quer arrumar briga, Blaney.

Eu tinha esperanças de ter soado mais confiante do que eu me sentia.

— É, talvez eu esteja mesmo.

Ele tinha pistolas no cinturão e um alfanje na cintura, mas o instrumento prateado que apareceu em sua mão, quase do nada, era uma adaga curva.

Engoli em seco.

— E o que pretende fazer, Blaney, com o navio prestes a atacar, e nós dois montando guarda do capitão aqui? Ora, não sei o que você tem contra mim, que rancor é esse que alimenta, mas terá de ser resolvido em outra hora, infelizmente, a não ser que você tenha uma ideia melhor.

Quando Blaney sorriu, um dente de ouro reluziu.

— Ah, eu tenho outras ideias, rapaz. Uma ideia da qual talvez nosso capitão aqui tente escapar, e que acaba esbarrando em você. Ou quem sabe uma ideia diferente? Uma ideia em que *você* ajudou o capitão. Que desamarrou o prisioneiro e tentou lhe dar fuga, e eu o impedi, acabando com os dois. Acho que essa ideia é ainda melhor. Que tal?

Ele falava sério, eu podia ver. Blaney estivera ganhando tempo. Sem dúvida queria evitar o açoite que receberia caso me desse uma surra. Mas agora eu estava onde ele queria.

Então aconteceu uma coisa que me distraiu. Ajoelhei-me para ver o capitão e algo chamou minha atenção. O anel que ele usava. Um anel de sinete grosso trazendo um símbolo que eu reconhecia.

No dia que despertei no *Emperor*, encontrei um espelho nos conveses inferiores e examinei minhas feridas. Eu tinha cortes, hematomas e arranhões; parecia o que eu realmente era: um homem que havia sido espancado. Uma das marcas vinha do murro que eu tinha levado do homem de capuz. Seu anel deixou uma impressão em minha pele. O símbolo de uma cruz.

Vi o mesmo símbolo agora no anel do capitão Pritchard.

Apesar do desconforto do pobre sujeito, não pude me conter.

— O que é isso?

Minha voz, meio aguda e alta demais, foi suficiente para despertar as suspeitas de Blaney, que se afastou da porta fechada da cabine e se aproximou mais para ver.

— O que é o quê? — estava dizendo Pritchard, mas agora Blaney tinha chegado a nós. E ele também viu o anel, só que seu interesse tinha menos a ver com seu significado e mais com seu valor e, sem hesitar e sem se importar com a dor de Pritchard, arrancou-o, esfolando a pele queimada do dedo.

Os gritos do capitão levaram algum tempo para esmorecer e, quando aconteceu, sua cabeça tombou para o peito e um longo filete de saliva pingou no chão da cabine.

— Dê-me isto — ordenei a Blaney.

— Por que eu daria a você?

— Ora essa, Blaney... — comecei. E então ouvi uma coisa. Um grito de fora.

— Navio à vista!

Nossa rixa não estava esquecida, fora colocada de lado por um momento quando Blaney disse:

— Espere aqui. — E, apontando a adaga, saiu da sala para ver o que estava ocorrendo.

A porta aberta emoldurava uma cena de pânico do lado de fora e, com um sacolejo do navio, ela se fechou. Olhei dali para o capitão Pritchard, agora gemendo de dor. Eu jamais quis ser pirata. Eu era criador de ovelhas em Bristol. Um homem em busca de aventuras, é verdade. Mas de maneira nenhuma um tolo. Eu não era criminoso, um fora da lei. Jamais quis participar da tortura de um inocente.

— Desamarre-me — disse o capitão, com a voz seca e cheia de dor. — Eu posso ajudá-lo. Posso garantir o seu perdão.

— Se me falar do anel.

O capitão Pritchard movia a cabeça lentamente de um lado a outro, como se quisesse afugentar a dor.

— O anel, que anel?... — dizia ele, confuso, tentando entender por que este jovem ajudante de convés estaria lhe perguntando sobre uma irrelevância tão grande.

— Um homem misterioso que considero meu inimigo tinha um anel igual ao seu. Preciso saber seu significado.

Ele reuniu forças. Sua voz era seca, porém estudada.

— Seu significado é o grande poder, meu amigo, o grande poder que pode ser usado para ajudar você.

— E se esse grande poder for usado contra mim?

— Isso também pode ser providenciado.

— Sinto que já foi usado contra mim.

— Liberte-me e posso usar minha influência para descobrir. Não importa o que tenha feito de errado, eu posso ajeitar.

— Envolve a mulher que amo. Alguns homens poderosos.

As palavras seguintes dele me lembraram de algo que o homem de capuz tinha dito naquela noite na fazenda.

— Existem homens poderosos e homens poderosos. Juro pela Bíblia, rapaz, que suas aflições podem ser resolvidas. Qualquer mal que tenha sido feito a você pode ser reparado.

Meus dedos já estavam desatando os nós, no entanto, assim que as cordas se soltaram e escorregaram, a porta da cabine se abriu em um rompante. E ali estava o capitão Dolzell. Tinha os olhos desvairados. Sua espada estava em riste. Atrás dele havia uma grande comoção. Os mesmos homens que instantes antes estavam prontos a embarcar no *Amazon Galley* organizados em uma unidade de luta como corsários que eram, de repente estavam desbaratados.

O capitão Dolzell disse uma palavra, mas bastou.

A palavra foi:

— *Corsários.*

19

— Senhor? — falei.

Felizmente Dolzell estava preocupado demais com o desenrolar das coisas para se perguntar o que eu estava fazendo parado atrás da cadeira do capitão Pritchard.

— Corsários estão vindo — gritou ele.

Apavorado, olhei de Dolzell para as mãos do capitão Pritchard, as quais eu havia acabado de desamarrar.

Pritchard ressuscitou. E embora tivesse a presença de espírito de manter as mãos às costas, não resistiu a provocar Dolzell.

— É Edward Thatch, vindo em nosso resgate. É melhor fugir, capitão. Ao contrário de você, Edward Thatch é um corsário leal à Coroa, e quando eu contar a ele o que aconteceu aqui...

Em duas passadas longas, Dolzell disparou para a frente e cravou a ponta de sua espada na barriga de Pritchard, que se retesou na cadeira, empalado na lâmina. Sua cabeça voou para trás e os olhos virados se fixaram nos meus por um segundo antes de seu corpo ficar flácido e ele arriar na cadeira.

— Não dirá nada a seu amigo — rosnou Dolzell enquanto retirava a lâmina.

As mãos de Pritchard caíram moles pelos lados do corpo.

— As mãos dele estão desamarradas. — Os olhos acusadores de Dolzell foram de Pritchard a mim.

— Sua lâmina, senhor, cortou a corda — eu disse, o que pareceu satisfazê-lo.

Ele se virou e saiu correndo da cabine. Ao mesmo tempo o *Emperor* se sacudiu — mais tarde descobri que o navio de Thatch tinha nos abalroado de lado. Alguns diziam que o capitão correra para a briga e que o impacto do navio corsário o lançara do convés, por cima da amurada, jogando-o na água. Outros disseram que o capitão, com imagens da

Doca de Execução em mente, mergulhara pela lateral a fim de escapar da captura.

Da sala de navegação, peguei um alfanje e uma pistola e meti no cinto, corri da cabine e fui para o convés.

O que encontrei foi um navio em guerra. Os corsários tinham subido por estibordo, enquanto a bombordo a tripulação do *Amazon Galley* tinha aproveitado a oportunidade para revidar. Estávamos desesperadamente em menor número e, mesmo enquanto eu entrava na refrega, com minha espada zunindo, via que a batalha estava perdida. Um rio de sangue parecia fluir pelo convés, ao passo que em toda parte eu via homens com quem eu tinha servido mortos ou jogados sobre as amuradas, os corpos tomados de cortes sangrentos. Outros estavam lutando. Havia o rugido de mosquetes e pistolas, o destroçar do dia pelo constante tinir do aço, os gritos de agonia dos moribundos, os gritos de guerra dos bucaneiros no ataque.

Entretanto, ainda assim, vi-me estranhamente de fora da batalha. A covardia nunca fora um problema para mim, mas não tenho certeza se tinha chegado a trocar mais de dois golpes de espada com um dos inimigos antes de, aparentemente, a batalha acabar. Muitos de nossos homens estavam mortos. O restante começou a cair de joelhos e deixar que as espadas tombassem no convés, sem dúvida na esperança de obter a clemência de nossos invasores. Alguns ainda combatiam, inclusive o primeiro imediato, Trafford — a seu lado, outro homem que não reconheci. Melling, creio que seu nome era esse — e, enquanto eu observava, dois dos bucaneiros foram a ele a um só tempo, girando as espadas com tal força que nenhuma habilidade de luta seria capaz de detê-los, e ele foi impelido pela amurada, os talhos e cortes se abrindo no rosto, gritando enquanto os dois o apunhalavam.

Blaney estava ali, eu vi. E também, não muito distante, o terceiro capitão, um homem que vim a conhecer como Edward Thatch, e que anos depois o mundo conheceria como Barba Negra. Ele era como a lenda o descrevia, embora sua barba não fosse tão comprida na época: alto e magro, com bastos cabelos pretos. Havia estado na refrega, suas roupas estavam salpicadas de sangue, que também pingava de sua lâmina. Ele e um de seus homens avançaram pelo convés e me vi parado com dois de meus companheiros, Trafford e Blaney.

Blaney. Tinha de ser ele.

E agora a batalha tinha acabado. Vi Blaney olhar de mim para Trafford, depois para Thatch. Um plano se formava e no instante seguinte ele gritou para Thatch.

— Senhor, devo dar cabo deles pelo senhor? — E ele girou a espada, apontando-a para mim e Trafford. A mim, ele reservou um sorriso especialmente cruel.

Nós dois o encaramos com absoluta incredulidade. *Como ele pode fazer isso?*

— Ora essa, seu bastardo ordinário, seu rato de esgoto! — gritou Trafford, insultado com a traição, e saltou para Blaney, golpeando com o alfanje mais por esperança do que por expectativa, a não ser que sua expectativa fosse ser morto, pois foi exatamente o que aconteceu.

Blaney deu um passo tranquilo para o lado e ao mesmo tempo fez um talho transversal com a espada no peito de Trafford. A camisa do primeiro imediato se abriu e o sangue a ensopou. Ele grunhiu de dor e surpresa, mas isso não o impediu de se lançar a um segundo ataque, no entanto, infelizmente para ele, ainda mais descuidado. Blaney o castigou por isso, cortando novamente com o alfanje, desferindo um golpe após o outro, pegando Trafford repetidas vezes na cara e no peito, mesmo depois de Trafford já ter deixado sua lâmina cair, tombando de joelhos com um gemido deplorável, o sangue borbulhando dos lábios, virando-se para a frente no convés e ficando imóvel.

O restante do convés tinha se calado, cada homem que ainda estava vivo agora olhava para onde estávamos, na entrada da cabine do capitão — só Blaney e eu entre os invasores, e a porta.

— Devo dar cabo dele, senhor? — disse Blaney. Saltei para a frente, erguendo minha espada, mas antes que eu pudesse reagir, a ponta da espada dele já estava em meu pescoço. Mais uma vez, aquele sorriso.

O grupo de homens pareceu se separar em torno de Edward Thatch enquanto ele avançava.

— Ora... — Ele acenou para Blaney com o alfanje, que ainda pingava o sangue de nossa tripulação —, por que está me chamando de "senhor", rapaz?

A ponta da espada de Blaney fazia cócegas em meu pescoço.

— Espero me unir a vocês, senhor — respondeu ele —, e lhe provar minha lealdade.

Thatch voltou sua atenção a mim.

— E você, meu jovem, o que tem em mente, além de morrer pela espada de seu próprio companheiro? Quer se juntar à tripulação como corsário, morrer pirata, cair nas mãos de seu parceiro aqui, ou voltar para Blighty?

— Eu jamais quis ser pirata, senhor — falei rapidamente. (Pare de sorrir.) — Apenas queria ganhar algum dinheiro para minha esposa, senhor, dinheiro honesto que levaria para Bristol.

(Uma Bristol da qual fui banido e uma esposa que estava impedido de ver. Mas decidi não incomodar Thatch com detalhes.)

— Ora — Thatch riu e jogou o braço, indicando a massa de homens capturados atrás de si —, e eu suponho que possa dizer isso por todos de sua tripulação que ficaram vivos. Cada homem jurará nunca ter almejado uma carreira na pirataria. Receberam ordens do capitão, dirão eles. Foram obrigados a isso.

— Ele nos controlava com punho de ferro, senhor — argumentei. — Qualquer homem que disser isso, estará falando a verdade.

— E como seu capitão conseguiu convencer vocês a entrar nesse ato de pirataria, pode me dizer? — exigiu saber Thatch.

— Dizendo-nos que logo seríamos piratas de qualquer modo, senhor, quando um tratado fosse assinado.

— Bem, muito provavelmente ele tinha razão. — Thatch suspirou pensativamente. — Não há como negar. Ainda assim, não serve como pretexto. — Ele sorriu. — Não enquanto eu for um corsário que jurou proteger e auxiliar a marinha de Sua Majestade, o que inclui vigiar os semelhantes do *Amazon Galley*. Agora, você não é espadachim, é, rapaz?

Meneei a cabeça.

Thatch riu.

— Ora, isso é evidente. Mas não o impediu de se atirar neste homem aqui, não foi? Sabendo que encontraria seu fim na ponta da espada dele. Por que fez isso?

Eu me ericei.

— Blaney se tornou traidor, senhor; eu me enfureci.

Thatch bateu a ponta de seu alfanje no convés, pousou as mãos no punho e olhou de mim para Blaney, que havia acrescentado cautela a sua expressão habitual de incompreensão furiosa. Eu sabia como ele se sentia. Era impossível dizer, pela atitude de Thatch, onde sua compaixão estaria depositada. Ele simplesmente olhava de mim para Blaney, depois de volta a mim. De mim a Blaney, de Blaney a mim.

— Tenho uma ideia — rugiu ele por fim, e cada homem no convés pareceu relaxar de pronto. — Vamos resolver isto com um duelo. O que me dizem, rapazes?

Como em uma balança, o espírito da tripulação se elevou enquanto o meu afundava. Eu mal tinha usado uma lâmina. Blaney, por outro lado, era um espadachim experiente. A questão seria resolvida por ele em um átimo.

Thatch riu.

— Ah, mas não com espadas, rapazes, porque já vimos como este aqui tem certas habilidades com a lâmina. Não, sugiro uma luta franca. Sem armas, nem mesmo facas. Isso é adequado para você, rapaz?

Assenti, pensando que, para mim, era mais adequado não lutar, mas uma luta franca era o melhor que eu poderia esperar.

— Ótimo. — Thatch bateu palmas e sua espada vibrou na madeira. — Vamos, amigos, formar uma roda; estes dois cavalheiros ficarão dentro dela.

O ano era 1713, e eu estava prestes a morrer, tinha certeza disto.

Pensando bem — isso foi há doze anos, não? Teria sido o ano de seu nascimento.

20

— Comecemos — ordenou Thatch.

Homens subiram no cordame e se agarraram aos mastros. Havia homens nos enfrechates, na amurada e nos conveses superiores dos três navios — cada marujo se esticando para ter uma visão melhor. Atuando para a multidão, Blaney rasgou a camisa e ficou só de calções. Consciente de meu tronco diminuto, fiz o mesmo. Depois baixamos os cotovelos, erguemos os punhos, os olhos fixos um no outro.

Meu adversário sorria por trás dos braços erguidos — seus punhos eram grandes como presuntos e duas vezes mais duros. Os nós dos dedos pareciam narizes de estátuas. Não, aquela não seria a luta de espada que Blaney queria, mas era sua opção seguinte. A chance de me triturar com o consentimento do capitão. Matar-me de pancadas sem se arriscar ao açoite de nove tiras.

Dos conveses e do cordame vinham os gritos da tripulação, louca para testemunhar uma boa competição. Por isto quero dizer uma competição sangrenta. Pelas vaias, era difícil saber se tinham um favorito, mas coloquei-me no lugar deles: o que eu ia querer, se estivesse ali? Teria querido ver *diversão*.

Então vamos dar isso a eles, pensei. Ergui mais os punhos e pensei em como Blaney tinha sido mais do que irritante desde o momento em que pus os pés a bordo. Ninguém mais. Só ele. Aquele cretino estúpido feito uma mula. Passei todo meu tempo no navio me esquivando de Blaney e me perguntando por que ele me odiava, porque naquela época eu já não era mais arrogante e de nariz em pé, não como em Bristol. A vida a bordo tinha domado esse meu lado. Eu até diria que tinha amadurecido um pouquinho. O que estou dizendo é que ele não tinha nenhum motivo *verdadeiro* para me odiar.

Mas então me ocorreu. O motivo. Ele me odiava *porque odiava*. Só isso. E se eu não estivesse ali para ser odiado, ele teria encontrado outro para ficar no meu lugar. Um dos grumetes, talvez. Um dos negros. Ele simplesmente gostava de odiar.

E só por isso eu o odiava também, e canalizei tal sentimento, aquele ódio. Perplexidade com a hostilidade dele? Transformei em ódio. Ficar fora do caminho dele dia após dia? Transformei em ódio. Ter de ver a cara burra e grosseira dele dia após dia? Transformei em ódio.

E graças a isso, o primeiro golpe foi meu. Avancei, e parecia ter saído explosivamente de mim, usando minha velocidade e meu tamanho em proveito próprio, abaixando-me sob seus punhos em guarda e esmurrando-o no plexo solar. Ele soltou um uuf e cambaleou para trás, baixando a guarda mais por surpresa do que por dor, o suficiente para me permitir dançar rapidamente para a esquerda e avançar com o punho esquerdo, encontrando um ponto acima de seu olho direito que, só por um delicioso segundo, pensei ser suficiente para acabar com ele.

Um rugido de aprovação e sede de sangue explodiu dos homens. Foi um bom soco. O suficiente para abrir um corte que começou a jorrar um fluxo constante de sangue em seu rosto. Mas não, não foi o suficiente para detê-lo em definitivo. Em vez disso, o olhar de incompreensão furiosa que ele sempre ostentava ficou ainda mais perplexo. Ainda mais furioso. Eu havia lhe dado dois murros; ele, precisamente nenhum. Ele nem mesmo se mexera.

Recuei com rapidez. Nunca fui bom no trabalho com os pés, mas, comparado a Blaney, eu era ágil. Além disso, eu estava em vantagem. O primeiro a tirar sangue fui eu, e a multidão estava ao meu lado. Davi contra Golias.

— Venha, seu bastardo gordo. — Eu o provocava. — Ande, era isso que você queria no minuto em que subi a bordo. Vamos ver o que você tem, Blaney.

A tripulação me ouviu e gritou em aprovação, talvez por minha iniciativa. De soslaio vi Thatch jogar a cabeça para trás e rir, pondo a mão na barriga. Blaney teria de agir para salvar a própria cara. E é preciso lhe dar o crédito por isto. Ele agiu.

Sexta-feira me contou que Blaney era habilidoso com a lâmina e era um membro essencial da turma de abordagem do *Emperor*. Ele não havia mencionado que Blaney também era bom com os punhos. Deixou esta parte de fora. E eu, por algum motivo, nunca supus que ele tivesse habilidades de pugilista. Mas uma sabedoria náutica que aprendi era "nunca supor" e, pelo menos nessa ocasião, ignorei isso. Mais uma vez minha arrogância metia-me em problemas.

E com que rapidez a multidão virou ao ver o ataque de Blaney. Nunca desabe em uma luta. É a regra de ouro. Nunca desabe em uma luta. Mas eu não tive opção quando o punho dele fez contato e sinos soaram em minha cabeça; caí no convés de quatro, cuspi dentes em uma fiada de sangue e muco. Minha visão estremeceu e borrou. Eu já havia apanhado antes, é claro, muitas vezes, mas nunca — *nunca* — tão forte.

Em meio à torrente de dor e ao urro dos espectadores — urro por sangue, que Blaney lhes daria, com prazer —, ele se curvou para mim, colocando a cara tão perto da minha que senti seu hálito rançoso, derramando-se como névoa pelos dentes podres e pretos.

— "Bastardo gordo", hein? — disse ele, e escarrou. Senti a pancada molhada de muco na cara. Uma coisa é preciso dizer da provocação "bastardo gordo". Eles sempre entendem.

Depois ele se endireitou e suas botas ficaram tão próximas da minha cara que vi as rachaduras em teia no couro, e ainda estava tentando me livrar da dor ao erguer uma mão ridícula para me proteger do chute inevitável.

O chute, no entanto, quando veio, mirou não na minha cara, mas em cheio na barriga, e foi tão forte que me ergueu, jogando-me no convés. Pelo canto do olho vi Thatch, e talvez eu tivesse me permitido acreditar que ele possuía preferência por mim, mas ele estava rindo com a mesma veemência de minha infelicidade quanto rira quando Blaney fora abalado. Rolei fracamente de lado ao ver Blaney vir para mim. Ele ergueu a bota para me pisar e olhou para Thatch.

— Senhor? — perguntou.

Ao inferno com aquilo; eu não ia esperar. Com um grunhido, agarrei sua bota, torci e o fiz rodar pelo convés. Um tremor de interesse renovado percorreu os espectadores. Assovios e gritos. Apupos e vaias.

Não importava para eles quem seria o vencedor. Só queriam o espetáculo. Mas agora Blaney estava caído e, com uma onda renovada de forças, atirei-me em cima dele, esmurrando-o, ao mesmo tempo em que impelia os joelhos em sua virilha e na linha da cintura, atacando-o como uma criança em crise de birra, na esperança desesperada de conseguir lhe meter um golpe de sorte.

Não consegui. Hoje não era o dia de golpes de sorte. Blaney simplesmente agarrou meus pulsos, torcendo-me de lado, batendo as costas da mão na minha cara e me fazendo voar para trás. Ouvi meu nariz quebrar e senti o sangue jorrando sobre o lábio superior. Blaney se aproximou e dessa vez não esperou pela permissão de Thatch. Desta vez ele estava vindo para matar. Uma lâmina brilhava em seu punho...

Ouvi o estampido de uma pistola e um buraco apareceu na testa dele. A boca se arreganhou e o bastardo gordo caiu de joelhos — morto no convés.

Quando minha visão clareou, vi Thatch estendendo a mão para me ajudar a levantar no convés. Na outra, uma pistola de pederneira, ainda quente.

— Tenho uma vaga em minha tripulação, rapaz — disse ele. — Quer se juntar a ela?

Assenti enquanto me levantava e olhei o corpo de Blaney. Um filete de fumaça subia do buraco ensanguentado em sua testa. *Devia ter me matado quando teve a oportunidade,* pensei.

21

Março de 1713

A milhas de distância, em um lugar que nunca visitei e jamais visitaria — posto que, afinal, nunca é tarde demais —, um bando de representantes da Inglaterra, da Espanha, da França, de Portugal e da Holanda estavam sentados para elaborar uma série de tratados que por fim mudariam nossas vidas, obrigando-nos a tomar um novo rumo, estilhaçando nossos sonhos.

Mas isso ainda estava por vir. Primeiro, vi-me adaptando-me a uma nova vida — uma vida que me agradava muito.

Tive sorte, suponho, porque Edward Thatch me adotou. Um lutador, era como ele me chamava. E creio que ele gostava de minha presença. Costumava dizer que tinha um braço confiável em mim, e estava certo, era verdade; Edward Thatch havia me salvado de embarcar em uma vida de crimes com o capitão Dolzell — bem, ou isso, ou ser jogado no mar como aqueles pobres companheiros. Foi graças à intervenção dele, e graças a estar sob a asa dele, que eu poderia fazer alguma coisa da vida, voltar a Bristol e a Caroline como um homem de qualidade, de cabeça erguida.

E, sim, só porque você e eu sabemos que isso não deu certo, não quer dizer que seja menos verdadeiro.

A vida no mar era muito parecida com a anterior, mas com algumas diferenças atraentes. Não havia Blaney, é claro. Da última vez que vi aquela craca na minha vida, ele deslizava para o mar como uma baleia morta. E não havia o capitão Alexander Dolzell. Ele acabou condenado à morte pelos ingleses em 1715. Sem aqueles dois a vida no navio logo melhorou; era a vida de um corsário. E assim combatíamos os espanhóis e portugueses quando podíamos, pegávamos os prêmios que podíamos, e juntamente às habilidades de marinheiro, comecei a refinar a arte do combate. Thatch me colocou sob sua proteção. Com ele, aprendi a manejar a espada e aprendi a usar as pistolas.

E também com Edward Thatch aprendi certa filosofia de vida, uma filosofia que ele, por sua vez, aprendera com outro bucaneiro mais velho, um homem com quem Edward servira, que também viria a ser meu mentor. Um homem chamado Benjamin Hornigold.

E onde mais eu conheceria Benjamin, senão em Nassau?

Não tenho certeza se um dia pensei no porto de Nassau, na ilha de New Providence, como "propriedade" nossa, pois esse não era nosso estilo. Mas era uma espécie de paraíso para nós, com seus penhascos íngremes de um lado flanqueando uma longa praia em declive que descia para um mar raso — raso demais para que os navios de guerra de Sua Majestade se aproximassem —, com seu cais onde descarregávamos nosso butim e nossos suprimentos, e suas fortalezas na colina, dando para um conjunto variado de palhoças, choças e varandas de madeira caindo aos pedaços. E, é claro, tinha um porto maravilhoso, onde as embarcações desfrutavam de abrigo dos fenômenos na natureza e de nossos inimigos. Para dificultar ainda mais um ataque, havia um cemitério de navios, onde restos de carcaças de embarcações encalhadas e queimadas serviam como um alerta para os incautos. Havia palmeiras, o cheiro de água do mar e de alcatrão no ar, tabernas e rum abundante. E Edward Thatch estava lá. E Benjamin Hornigold também.

Eu gostava de Benjamin. Ele tinha sido mentor do Barba Negra, assim como o Barba Negra foi meu mentor, e nunca houve melhor marinheiro do que Benjamin Hornigold.

Entretanto, embora você possa pensar que só estou dizendo isso devido ao que aconteceu posteriormente, terá de acreditar em mim quando juro que é verdade. Sempre pensei que havia algo de distinto nele. Não só tinha uma atitude mais militar e um nariz de falcão, como um general inglês rico, como também se vestia diferente, mais parecia um soldado do que um bucaneiro.

Ainda assim, eu gostava dele, e embora não gostasse dele tanto quanto de Edward, ora, eu o respeitava muito, se não mais. Afinal, foi Benjamin que ajudou a estabelecer Nassau, antes de mais nada. Por isso, no mínimo, eu gostava dele.

Eu velejava com Edward em julho de 1713 quando o contramestre foi morto em uma ida à terra firme. Duas semanas depois disso recebemos uma mensagem e fui chamado à cabine do capitão.

— Sabe ler, filho?

— Sim, senhor — eu disse, e pensei brevemente em minha esposa em casa.

Edward sentava-se em um dos lados de sua mesa de navegação, em vez de atrás dela. As pernas estavam cruzadas, e ele usava botas pretas e longas, uma faixa vermelha na cintura e quatro pistolas no grosso talabarte de couro. Mapas e gráficos estavam estendidos ao lado dele, mas algo me dizia que não era isso que ele precisava que lessem.

— Preciso de um novo contramestre — informou ele.

— Ah, senhor, não creio que...

Ele rugiu de rir e deu um tapa nas coxas.

— Não, filho, eu também não "creio". Você é jovem demais e não tem experiência para ser contramestre. Não é verdade?

Baixei o olhar.

— Venha cá — disse ele —, leia isto.

Fiz o que ele me pediu, lendo em voz alta um curto comunicado com a notícia de um tratado entre os ingleses, espanhóis, portugueses...

— Isto significa...? — questionei quando terminei.

— Significa sim, Edward — disse ele (e foi a primeira vez que me chamou pelo nome e não por "filho" ou "rapaz"; na verdade, não creio que ele tenha voltado a me chamar de "filho" ou "rapaz" depois disso.) — Significa que seu capitão Alexander Dolzell tinha razão, que os dias dos corsários enchendo os bolsos se acabaram. Farei um anúncio à tripulação mais tarde. Você me acompanhará?

Eu o seguiria até o fim do mundo, mas não disse isso. Apenas assenti, como se tivesse muitas opções.

Ele me olhou. Todo aquele cabelo e barba pretos conferiam a seus olhos um brilho penetrante a mais.

— Você será um pirata, Edward, um homem procurado. Tem certeza de que quer isto?

Para falar a verdade, eu não queria, mas que alternativa havia? Eu não podia voltar para Bristol. Não me atrevia a voltar sem um pote de dinheiro, e a única maneira de ganhar dinheiro era me tornando pirata.

— Içaremos velas para Nassau — disse Thatch. — Prometemos nos encontrar com Benjamin, caso isto acontecesse. Eu diria que devemos unir forças, pois ambos perderemos tripulantes na esteira deste anúncio.

"Gostaria de tê-lo a meu lado, Edward. Você demonstrou coragem, alma e habilidades em batalha, e sempre me será útil ter um homem letrado."

Assenti, lisonjeado.

Quando voltei a minha rede, porém, e fiquei sozinho, fechei os olhos por medo de que as lágrimas saíssem. Eu não tinha ido ao mar para ser pirata. Ah, claro que eu via que não tinha escolha, a não ser seguir esse caminho. Outros o fariam, inclusive Edward Thatch. Mas mesmo assim, não era o que eu queria para mim. Eu nunca quis ser um fora da lei.

Mas, como eu disse, eu não sentia ter muitas opões. E daquele momento em diante, abandonei qualquer plano que tinha de voltar a Bristol como um homem de qualidades. O melhor que podia esperar era voltar a Bristol como um homem de recursos. A partir daquele instante, minha busca tornou-se a de adquirir riquezas. Daquele momento em diante, eu era um pirata.

Parte Dois

22

Junho de 1715

Não há nada tão ruidoso como o tiro de um canhão. Especialmente quando soa em seus ouvidos.

É como ser atacado pelo nada. Um nada que parece querer esmagar você. Como se o próprio ar a sua volta tentasse esmagá-lo. E você nem sabe se é um truque de sua visão, chocada e ofuscada pela explosão, ou se o mundo está realmente se sacudindo. Provavelmente nem importa.

Em algum lugar, o tiro de impacto. Pranchas de barco se lascam. Homens com braços e pernas decepados, e homens que olham para baixo e, poucos segundos antes de morrer, percebem que metade do corpo foi arrancada e começam a gritar. Só o que você ouve logo em seguida é o rangido do casco danificado, os gritos dos mortos e moribundos.

Eu não diria que você acaba por se acostumar a isso, à explosão de um canhão, ao modo como abre um buraco em seu mundo, mas o truque é se recuperar rapidamente. O truque é se recuperar dela mais rápido do que seu inimigo. É assim que você permanece vivo.

Estávamos na costa do cabo Buena Vista em Cuba quando os ingleses atacaram. Nós os chamávamos os ingleses do bergantim, muito embora os ingleses formassem o núcleo de nossa tripulação e eu mesmo fosse inglês de nascimento, inglês no coração. Mas isso não contava nada para um pirata. Você era um inimigo de Sua Majestade (a rainha Ana fora sucedida pelo rei Jorge), um inimigo da Coroa. O que o tornava um inimigo da marinha de Sua Majestade. E assim quando, "navio à vista!", flagramos o emblema vermelho no horizonte, a visão de uma fragata espumando pelo mar em nossa direção e as figuras correndo de um lado a outro no convés, o que dissemos foi, "Os ingleses estão atacando! Os ingleses estão atacando!", sem pensar nos detalhes de nossa verdadeira nacionalidade.

E este veio a nós rapidamente. Estávamos tentando virar e impor alguma distância entre nós e as balas de seis libras, mas eles se aproximaram a barlavento, cortando por nossa proa, tão perto que podíamos ver o branco dos olhos da tripulação, o clarão dos dentes de ouro, o brilho do sol nas armas em suas mãos.

O fogo brotava de suas laterais enquanto os canhões trovejavam. O aço rasgava o ar. Nosso casco rangeu e rachou quando as balas atingiram o alvo. O dia estava chuvoso. A fumaça de pólvora o transformou em uma noite chuvosa. Enchia nossos pulmões e nos fazia tossir, sufocar e cuspir, lançando-nos em uma desordem e em um pânico ainda maiores.

E então aquela sensação de mundo desabando, aquele choque, aqueles momentos de se perguntar se você foi atingido e se talvez estivesse morto, e talvez fosse assim no paraíso. Ou mais provavelmente — no meu caso, pelo menos — no inferno. Que devia ser bem assim mesmo, porque o inferno é fumaça, fogo, dor e gritos. Assim, se na realidade você estava morto ou vivo, não fazia diferença. De qualquer modo, estava no inferno.

No primeiro estrondo, levantei os braços para me proteger. Por sorte. Senti estilhaços de madeira lascada que teriam penetrado meu rosto e os olhos incrustando-se no braço, e a potência foi suficiente para me fazer cambalear para trás, tropeçar e cair.

Eles usaram palanquetas. Grandes barras de ferro que abririam um buraco em quase tudo que estivesse perto o suficiente. Nesse caso, cumpriram seu trabalho. Os ingleses não tinham interesse em nos abordar. Como piratas, infligiríamos os menores danos possíveis em nosso alvo. Nosso objetivo era subir a bordo e saquear, por um período de dias, se necessário fosse. Era difícil saquear um navio afundando. Mas os ingleses — ou pelo menos este comando em particular — ou eles sabiam que não havia tesouros a bordo, ou não se importavam — simplesmente queriam nos destruir. E estavam fazendo um trabalho muito bom.

Arrastei-me e tentei me levantar, sentindo algo quente escorrendo pelo braço, e vi o sangue de um talho da lasca descendo às pranchas do convés. Com uma careta, arranquei a madeira do braço e a joguei no piso, mal registrando a dor enquanto semicerrava os olhos em meio a uma névoa de fumaça de pólvora e à chuva que nos fustigava.

Um grito surgiu da tripulação da fragata inglesa enquanto ela passava escumando a estibordo. Ouvi o estampido e a crepitação de tiros de mosquete e pistolas de pederneira. Bombas de mau cheiro e granadas chegavam por cima, explodindo no convés e aumentando o caos, os danos e a fumaça sufocante que pendia sobre nós como uma mortalha. As bombas de mau cheiro, em particular, deixavam um gás sulfuroso abominável que colocava os homens de joelhos, tornando o ar tão denso e negro que era difícil enxergar, avaliar a distância.

Mesmo assim, eu o vi: a figura encapuzada de pé em seu convés do castelo de proa. Seus braços estavam cruzados e ele ainda estava de manto, toda sua atitude emanava despreocupação com os acontecimentos que se desenrolavam ao redor. Isso era evidente em sua postura e nos olhos, que brilhavam por baixo do capuz. Olhos que, por um segundo, se fixaram em mim.

E então nossos atacantes foram tragados pela fumaça. Um navio fantasma em meio a um arroto de pólvora, chuva crepitante e eflúvios sufocantes da bomba de mau cheiro.

Havia o som de madeira espatifada e homens gritando ao meu redor. Os mortos estavam em toda parte, espalhando-se pelo convés principal, lavando as tábuas dilaceradas com seu sangue. Através de um talho no convés principal, vi água nos conveses inferiores, e de cima ouvi o queixume da madeira e o rasgar do manto de fumaça, e levantando a cabeça vi nossa vela principal meio destruída por uma bala encadeada. Um vigia morto com a maior parte da cabeça tosquiada estava pendurado pelos pés do cesto de gávea e homens já estavam escalando os enfrechates para soltar o mastro, mas chegaram tarde demais. O navio já estava inclinando, chafurdando na água como uma mulher gorda em uma banheira.

Por fim, parte da fumaça tinha se dissipado, permitindo-me ver que a fragata britânica estava dando a volta, descrevendo um longo círculo para usar suas armas de estibordo. Mas agora ela havia chegado a um ponto de azar. Antes que o navio pudesse se posicionar, o mesmo vento que tinha dispersado a fumaça diminuiu, suas velas enfunadas se achataram e ela reduziu a velocidade. Recebemos nossa segunda chance.

— Às armas! — gritei.

Aqueles membros de nossa tripulação que ainda estavam de pé cambalearam para os canhões. Guarneci um canhão de rodízio e perpetramos um ataque de costado ao qual a fragata não pôde reagir, nossos disparos infligindo quase tantos danos quanto eles haviam causado a nós. E agora era nossa vez de comemorar. A derrota não tinha se tornado bem uma vitória, era pelo menos uma evasão afortunada. Talvez houvesse alguns de nós se perguntando que tesouros poderiam haver a bordo da nave britânica, e vi um ou dois de nossos homens, os otimistas, com ganchos de abordagem, machados e espichas, prontos para atacar o navio de perto e se lançar em um corpo a corpo.

Mas quaisquer planos foram frustrados pelo que houve a seguir.

— *O paiol* — gritou alguém.

— Vai explodir.

A notícia foi acompanhada de gritos, e quando olhei de meu posto no canhão para a proa, vi chamas em volta do rombo no casco. Enquanto isso, os gritos do nosso capitão, capitão Bramah, vieram da popa, ao passo que no convés de popa do outro navio, o homem de manto entrava em ação. Literalmente. Descruzou os braços e em um salto curto estava na amurada do convés, depois no instante seguinte tinha pulado para nosso barco.

Por um momento a impressão que tive dele no ar parecia de uma águia, seu manto aberto às costas, os braços estendidos como asas.

Em seguida vi o capitão Bramah cair. Agachado sobre ele, o braço do homem de capuz recuou e uma lâmina oculta disparou de dentro de sua manga.

Aquela lâmina. Fiquei hipnotizado por ela por um segundo. As chamas do convés incendiado a tornavam viva. E o homem de capuz a cravou fundo no capitão Bramah.

Levantei-me e olhei, com meu alfanje na mão. De trás, ouvi vagamente os gritos da tripulação que tentava em vão impedir que o fogo se espalhasse pelo paiol.

Vai explodir, pensei distraidamente. *O paiol vai explodir*. Pensando nos barris de pólvora armazenados ali. O navio inglês se aproximou o suficiente para que a explosão certamente abrisse um buraco no casco das duas embarcações. Tudo isso eu sabia, mas só como pensamentos distantes e distraídos. Fiquei enfeitiçado com o homem de capuz em ação. Hipnotizado com aquele agente da morte, que ignorara a carnificina a sua volta, ganhando tempo e esperando para atacar.

A matança tinha acabado, o capitão Bramah estava morto. O assassino olhou do cadáver do capitão e mais uma vez nossos olhos se encontraram, só que desta feita algo faiscou em suas feições, e no instante seguinte ele tinha saltado, um único pulo leve que o colocou em cima do cadáver, e agora ele estava caindo sobre mim.

Ergui o alfanje, determinado a não facilitar minha entrada no grande desconhecido. E então, da popa — na realidade, do paiol, onde nossos homens obviamente fracassavam para domar as chamas, cujos dedos tinham encontrado os depósitos de pólvora — veio uma forte explosão.

Em um lampejo fui atirado para fora do convés, descrevendo um círculo no ar e encontrando um momento de perfeita paz, sem saber se estava vivo ou morto, se ainda tinha braços e pernas, e naquele momento não me importei com mais nada. Sem saber onde iria cair: se bateria no convés de um navio e quebraria as costas, ou se seria empalado no mastro quebrado, ou jogado no olho do inferno do paiol.

Ou o que fiz, bater no mar.

Talvez vivo, talvez morto, talvez consciente, talvez não. De qualquer modo eu parecia à deriva, não muito abaixo da superfície, vendo o mar acima: um mosqueado inconstante de preto, cinza e o alaranjado flamejante de navios incendiados. Cadáveres naufragados passavam por mim, de olhos arregalados, como se surpresos com a morte. Descoloriam a água onde afundavam, arrastando suas tripas e seus tendões finos como tentáculos. Vi um mastro de mezena quebrado rodopiando na água, corpos capturados no cordame sendo arrastados para as profundezas.

Pensei em Caroline. Em meu pai. Depois em minhas aventuras no *Emperor*. Pensei em Nassau, onde só havia uma lei: a lei pirata. E, é claro, pensei no modo como fui orientado passando de corsário a pirata por Edward — Edward Thatch.

23

Eu pensava em tudo aquilo enquanto afundava, de olhos abertos, consciente de tudo que acontecia a minha volta: os corpos, os destroços... Consciente, entretanto indiferente. Como se estivesse acontecendo com outra pessoa. Recordando o fato, sei o que foi, aquele breve momento — e foi breve — enquanto eu afundava na água. Naquele momento eu tinha perdido a vontade de viver.

Afinal, aquela expedição... Edward alertara contra ela. Dissera-me para não ir. "Aquele capitão Bramah é problema", disse ele. "Guarde minhas palavras."

Ele tinha razão. E eu ia pagar com a vida por minha ganância e estupidez.

Então encontrei novamente. A vontade de continuar. Eu a encontrei. Agarrei-me a ela. Apertei-a. Segurei-a junto ao peito e, daquele momento em diante, nunca mais a soltei. Minhas pernas se debateram, meus braços dispararam e dei golpes para a superfície, rompendo a água e ofegando — buscando ar e, em choque diante da carnificina ao redor, observando o que restava da fragata inglesa deslizar mar abaixo, ainda em chamas. Ao longo de todo o oceano havia pequenos fogos que logo seriam apagados pela água, destroços flutuando por todo lado e homens, é claro — sobreviventes.

E então, como eu temia, os tubarões começaram a atacar e os gritos começaram — gritos de terror no início e depois, enquanto os tubarões investigavam mais insistentemente, gritos de agonia que só se intensificavam à medida que mais predadores se reuniam e começavam a se alimentar. Os gritos que ouvi durante a batalha, embora fossem de agonia, não eram nada comparados aos berros que dilaceravam a tarde cheia de fuligem.

Fui um dos sortudos, cujos ferimentos não foram suficientes para atrair a atenção dos tubarões, e nadei para a praia. A certa altura, fui atingido por um tubarão que deslizava em alta velocidade, e que felizmente estava preocupado demais em se juntar ao frenesi da comida para parar. Meu pé pareceu se agarrar ao que parecia uma barbatana na água e rezei para que o sangue que escorria de mim não fosse o bastante para tentar o tubarão a se desviar das iscas mais abundantes em outro lugar. Era uma ironia cruel que os mais feridos fossem atacados primeiro.

Eu disse "atacados". Você sabe o que quero dizer. Eles foram comidos, devorados. Quantos sobreviventes sobraram da batalha, não tenho como dizer. Só o que posso contar é que testemunhei que a maioria dos sobreviventes acabou como comida de tubarões. Nadei para a segurança da praia do cabo Buena Vista e ali desmaiei de puro alívio e exaustão, e se a terra firme não fosse feita inteiramente de areia, provavelmente eu a teria beijado.

E assim, depois de algum tempo agradecendo à minha estrela sorte, procurando ouvir outros sobreviventes, mas escutando apenas gritos fracos ao longe, rolei de costas e ouvi algo à minha esquerda.

Era um gemido. Ao olhar, vi que sua origem era o assassino de manto. Ele veio e parou a curta distância de mim, e teve sorte, muita sorte, de não ter sido devorado pelos tubarões, porque quando rolou de costas deixou um trecho de areia manchado de vermelho. E enquanto ele ficou deitado ali com o peito subindo e descendo, a respiração saindo em arfadas curtas e irregulares, as mãos foram à barriga. Evidentemente estava ferido ali.

— Foi bom para você também? — perguntei, rindo. Algo na situação me pareceu engraçada. Mesmo depois de alguns anos no mar, ainda havia em mim algo do brigão de Bristol que não podia deixar de ver o humor da situação, por mais sombria que parecesse. Ele me ignorou. Ou pelo menos ignorou a piada.

— Havana — grunhiu ele. — Devo chegar a Havana.

Isso me fez sorrir de novo.

— Ora, vou construir outro navio, que tal?

— Eu posso pagar — disse ele entre dentes cerrados. — Não é este o som que vocês, piratas, mais gostam? Mil escudos.

Aquilo despertou meu interesse.

— Continue falando.

— Quer ou não? — Ele exigiu saber.

Um de nós estava gravemente ferido, e não era eu. Levantei-me para olhá-lo, vendo o manto, escondendo o que presumivelmente era sua lâmina. Gostei do jeito daquela lâmina. Eu tinha a sensação de que o homem de posse daquela lâmina poderia ir longe. Especialmente na via que escolhi. Não nos esqueçamos de que, antes de explodir o paiol de meu navio, aquele mesmo homem estava prestes a usar a mesma lâmina em mim. Você pode pensar que sou insensível. Pode me considerar cruel e impiedoso. Mas, por favor, compreenda, nessas situações um homem deve fazer o necessário para sobreviver. E uma boa lição a aprender: se estiver parado no convés de um navio em chamas prestes a impor a morte... conclua seu trabalho.

Segunda lição: se não conseguir concluir o trabalho, provavelmente é melhor não esperar ajuda de seu alvo.

E terceira lição: se ainda assim pedir ajuda a seu alvo, é melhor não se irritar com ele.

Por todos esses motivos, peço-lhe que não me julgue. Peço que entenda por que olhei para ele com desdém e com tanta frieza.

— Não tem nenhum ouro agora com você, tem?

Ele me fitou, os olhos brilharam brevemente e, em um segundo, mais rapidamente do que eu poderia ter previsto — até mesmo imaginado —, ele sacou uma pistola de bolso e meteu na minha barriga. O choque, mais do que o impacto do cano da arma, me fez cambalear para trás, caindo de costas a certa distância. Com uma das mãos agarrada à ferida, a outra com a pistola apontada para mim, ele se colocou de pé.

— Malditos piratas — rosnou entre dentes.

Vi seu dedo embranquecer no gatilho. Ouvi o cão da pistola estalar e fechei os olhos, esperando que o tiro viesse.

Mas não veio. É claro que não veio. Na realidade, havia algo de sobrenatural naquele homem — sua elegância, sua velocidade, seus trajes, a escolha das armas —, mas ele ainda era um homem, e nenhum homem é capaz de comandar o mar. Nem mesmo ele poderia evitar que a pólvora se molhasse.

Quarta lição: se vai ignorar as três primeiras lições, talvez seja melhor não sacar uma arma cheia de pólvora molhada.

Com a vantagem perdida, o assassino se virou e foi para a linha das árvores, um braço ainda segurando a barriga ferida e o outro tirando os arbustos do caminho enquanto ele penetrava no matagal e saía de vista.

Por um segundo simplesmente fiquei sentado ali, incapaz de acreditar em minha sorte: se eu fosse um gato, teria usado pelo menos três de minhas sete vidas, e isso só naquele dia.

E então, sem pensar duas vezes — bem, talvez uma *única* segunda vez, porque, afinal, eu o vira em ação e, ferido ou não, ele era perigoso —, parti em seu encalço. Ele tinha algo que eu queria. Aquela lâmina oculta.

Eu o ouvia adentrando pela selva à minha frente e, assim, sem me preocupar com os galhos que batiam no rosto e tropeçando nas raízes no chão, parti atrás dele. Estendi a mão para não ser estapeado na cara por uma folha verde e grossa do tamanho de um banjo e vi uma impressão de sangue nela. Ótimo. Estava no rastro certo. De mais adiante veio o som de aves perturbadas voando pelas copas e refleti que eu não precisava ter medo de perdê-lo — toda a floresta se abalava ao som de seu progresso desajeitado. A elegância dele, ao que parecia, não existia mais, perdida na luta descuidada pela sobrevivência.

— Se me seguir, vou matá-lo. — Ouvi à frente.

Duvidei disto. Pelo que eu podia ver, seus dias de assassinato estavam encerrados.

E assim se provou. Alcancei uma clareira onde ele estava parado, curvado de dor por causa do ferimento na barriga. Tentava decidir que rumo tomar, mas, ao me ouvir passando pelo mato, virou-se para me olhar. Um movimento lento e doloroso, de um velho incapacitado por sua dor de barriga.

Algo de seu antigo orgulho retornou e algum espírito de luta voltou aos seus olhos enquanto eu ouvia um silvo e o brotar da lâmina de sua manga direita, brilhando no crepúsculo da clareira.

Ocorreu-me que a lâmina deve ter inspirado medo em seus inimigos, e que inspirar medo nos inimigos era metade da batalha vencida. Fazer com que alguém tenha medo de você, esta é a chave. Infelizmente, assim como seus dias de assassinato tinham acabado, também havia acabado sua capacidade de inspirar pavor nos inimigos. Exausto e recurvado de dor como ele estava, seu manto, o capuz e até a lâmina pareciam bugigangas sem valor. Eu não teria prazer em matá-lo, possivelmente ele nem mesmo merecia morrer. Nosso capitão tinha sido um homem cruel e impiedoso, gostava de aplicar o açoite. Na verdade, gostava tanto que podia se revelar e aplicar ele mesmo o castigo. E gostava do que chamava "fazer de um homem o governador de sua própria ilha", o que, em outras palavras, era abandoná-lo em uma ilha deserta. Ninguém além da mãe dele ia chorar pelo falecimento do capitão. Para todos os efeitos, o homem do manto nos tinha feito um favor.

Mas o homem do manto esteve prestes a me matar também. E a primeira lição era de que se você está a postos para matar alguém, é melhor concluir o serviço.

Ele sabia disso, tenho certeza, quando morreu.

Depois disso, mexi nos pertences dele. E sim, o corpo ainda estava quente. E não, não me orgulho disso, mas, por favor, não se esqueça, eu era — *sou* — um pirata. Então, mexi nos pertences dele. De dentro do manto, peguei uma bolsa.

Hmmmm, pensei. *Tesouro escondido.*

Mas quando o despejei no chão para que o sol secasse o conteúdo, o que vi foi... Bem, não um tesouro. Um estranho cubo feito de cristal, com uma abertura de um lado — um enfeite, talvez? (Mais tarde, descobri o que era, é claro, então ri de mim mesmo por um dia ter achado ser um mero *enfeite*.) E alguns mapas que deixei de lado, bem como uma carta com um lacre rompido que comecei a ler, e percebi ter a chave para tudo o que eu desejava daquele misterioso assassino...

Señor Duncan Walpole

Aceito sua mui generosa oferta e aguardo sua chegada com ansiedade.

Se verdadeiramente possui as informações que desejamos, temos os meios para recompensá-lo generosamente.

Embora eu não conheça seu rosto de vista, creio poder reconhecer a vestimenta tornada mal-afamada por sua ordem secreta.

Assim, venha a Havana o quanto antes. E confie que será recebido como um irmão. Será uma grande honra enfim conhecê-lo, señor; dar um rosto a seu nome e apertar sua mão enquanto o chamo de amigo. Seu apoio a nossa causa secreta e mui nobre nos anima.

Seu mais humilde criado
Governador Laureano Torres y Ayala

Li a carta duas vezes. Depois uma terceira, para garantir.

Governador Torres de Havana, hein?, pensei.

"*Recompensá-lo generosamente*", *hein?*

Um plano começava a se formar.

Enterrei o *Señor* Duncan Walpole. Eu lhe devia pelo menos isso. Ele saiu desse mundo do mesmo jeito que chegou — nu — porque eu precisava de suas roupas a fim de começar meu disfarce e, devo dizer, couberam perfeitamente. Fiquei bem com seu manto. Perfeito para o papel.

Desempenhar o papel, porém, seria outra questão inteiramente diferente. O homem que eu personificaria? Ora, já eu lhe contei da aura que parecia cercá-lo. Quando prendi sua lâmina oculta em meu braço e tentei ejetá-la, como ele fez, bem — simplesmente não aconteceu. Forcei a mente, lembrando-me de como ele o havia feito e tentei imitá-lo. Um *piparote* do pulso. Algo especial, obviamente, para que a lâmina não ejetasse por acaso. Sacudi o pulso. Torci o braço. Mexi os dedos. Tudo em vão. A lâmina permanecia teimosamente em seu estojo. Era linda e alarmante, mas se não saísse, não adiantaria nada a ninguém.

O que eu ia fazer? Carregá-la e continuar tentando? Na esperança de um dia por acaso revelar seu segredo? De certo modo, eu não pensava assim. Tinha a sensação de que havia um conhecimento secreto ligado à tal lâmina. Se encontrada comigo, poderia me trair.

Com pesar, joguei-a longe e me voltei à sepultura que eu preparara para minha vítima.

— Sr. Walpole... — eu disse —, vamos pegar sua recompensa.

24

Encontrei-os na praia do cabo Buena Vista na manhã seguinte: uma escuna ancorada no porto, barcos trazidos à terra e engradados descarregados e arrastados à praia, onde foram empilhados, ou pelos homens de aparência deprimida sentados na areia com as mãos amarradas, ou talvez pelos soldados ingleses entediados que montavam guarda deles. Quando cheguei, um terceiro bote se aproximava, mais soldados desembarcavam e lançavam os olhos sobre os prisioneiros.

Eu não sabia bem por que eles estavam amarrados. Certamente não pareciam piratas. Mercadores, pelo jeito. Fosse como fosse, quando outro barco a remo se aproximou, eu estava prestes a descobrir.

— O comodoro irá a Kingston — anunciou um dos soldados. Em comum com os outros, usava colete e tricorne, e carregava um mosquete. — Vamos confiscar o navio desse idiota e seguir.

Então era isso. Os ingleses queriam o navio deles. Eles mesmos eram tão ruins quanto piratas.

Os mercadores gostavam de comer tanto quanto gostavam de beber. Portanto, tendiam a ser pesados. Um dos cativos, porém, tinha a cara mais vermelha e era ainda mais roliço do que seus companheiros. Este era o "idiota" de quem os ingleses estavam falando, o homem que vim a conhecer como Stede Bonnet, e ao ouvir a palavra "Kingston" ele pareceu se empertigar e levantou a cabeça que antes estivera contemplando a areia com o jeito de um homem que estava se perguntando como havia chegado àquela situação e como ia sair dela.

— Não, não — dizia ele —, nosso destino é Havana. Sou apenas um mercador...

— Cale-se, pirata maldito! — respondeu um soldado irado, chutando areia na cara do infeliz.

— Senhor — Ele se encolheu —, minha tripulação e eu ancoramos apenas para nos reabastecer de água e suprimentos...

E então, por algum motivo conhecido apenas por eles, os companheiros de Stede Bonnet escolheram este momento para fugir. Ou *tentar* fugir. De mãos ainda amarradas, eles se levantaram atrapalhados e desataram a correr para a linha das árvores, onde eu estava escondido vendo a cena. Ao mesmo tempo os soldados, vendo a fuga, ergueram os mosquetes.

Os tiros começaram a zunir nas árvores a minha volta e vi um dos mercadores cair em um borrifo de sangue e miolos. Outro tombou pesadamente com um grito. Enquanto isso, um dos soldados tinha colocado o cano da arma na cabeça de Bonnet.

— Dê um motivo apenas para que eu não abra seu crânio — rosnou ele.

O pobre Bonnet, acusado de ser pirata, estava prestes a perder o navio e, agora, a segundos de ganhar uma bala de aço no cérebro. Ele fez a única coisa que um homem em sua situação poderia fazer. Gaguejou. Atrapalhou-se. Talvez até tenha se urinado.

— Hmmm... Hmmm...

E agora eu sacava o alfanje e saía da linha das árvores com o sol às minhas costas. O soldado ficou boquiaberto. O que eu devia parecer ao sair do brilho do sol com meu manto flutuando e o alfanje balançando, não sei, mas foi o bastante para fazer o atirador parar. Por um segundo, ele hesitou. Um segundo que lhe custou a vida.

Dei um golpe para cima, abrindo seu colete e derramando suas tripas na areia, girando no mesmo movimento e arrastando a lâmina pelo pescoço de outro soldado que estava por perto. Dois homens mortos em um piscar de olhos e um terceiro prestes a se juntar a eles quando eu o atravessei com meu alfanje, então ele deslizou da lâmina e morreu se contorcendo na areia. Peguei a adaga no cinto com a outra mão, cravei no olho de um quarto e ele caiu de costas com um grito de choque, esguichando sangue do punho encravado em sua cara, manchando os dentes de sua boca escancarada.

Os soldados haviam gastado toda a munição com os mercadores em fuga, e embora não fossem lentos para recarregar, ainda não eram páreo para um espadachim. Esse é o problema dos soldados da Coroa.

Dependem demais de seus mosquetes: ótimos para assustar as mulheres nativas, não tão eficazes em combates corpo a corpo com um lutador que aprendera seu ofício nas tabernas de Bristol.

O homem seguinte ainda levava o mosquete à mira quando o despachei com dois golpes decisivos. O último soldado foi o primeiro a disparar um segundo tiro. Ouvi-o partindo o ar perto de meu nariz e reagi com choque, atacando seu braço loucamente, até que o mosquete caiu e ele tombou de joelhos, suplicando por sua vida com a mão erguida. Silenciei-o com a ponta de meu alfanje em sua garganta. Ele caiu com um gorgolejar, o sangue inundando a areia à volta, e parei sobre seu corpo, de ombros erguidos enquanto recuperava o fôlego, acalorado com o manto, mas sabendo que me saíra muito bem. E quando Bonnet me agradeceu, dizendo, "Pela graça de Deus, senhor; O senhor me salvou. Agradeço profusamente!", não era a Edward Kenway, o fazendeiro de Bristol, que ele agradecia. Eu tinha recomeçado. Eu era Duncan Walpole.

Acontece que Stede Bonnet não só havia perdido a tripulação, como não tinha habilidades de navegação. Eu o salvara de ter o navio confiscado pelos ingleses, mas, para todos os efeitos, eu o havia confiscado para mim mesmo. Tínhamos uma coisa em comum. Ambos estávamos indo para Havana. Seu navio era veloz e ele era tagarela, porém boa companhia, então velejamos juntos no que era uma parceria mutuamente benéfica — pelo menos, por ora.

Enquanto eu pilotava, perguntava a ele sobre sua história. O que descobri foi um homem rico porém aflito, evidentemente atraído por formas mais, digamos, *questionáveis* de ganhar dinheiro. Para começar, ele sempre perguntava sobre os piratas.

— A maioria caça no Canal de Barlavento entre Cuba e Hispaniola — eu lhe disse, reprimindo um sorriso enquanto conduzia sua escuna.

Ele acrescentou:

— Eu não devia me preocupar em ser assaltado por piratas, verdade seja dita. Meu navio é pequeno e não tenho nada de imenso valor. Açúcar da cana e seus derivados. Melaço, rum, esse tipo de coisa.

Eu ri, pensando em minha própria tripulação.

— Não há um pirata vivo no mundo que dê as costas a um barril de rum.

Havana era um porto baixo cercado por florestas e altas palmeiras, suas copas de um verde exuberante que flutuava suavemente na brisa, acenando para nós enquanto nossa escuna navegava para as docas. Na cidade movimentada, construções de pedra branca com telhados vermelhos pareciam dilapidadas e maltratadas pelo clima, descoradas pelo sol e estragadas pelo vento.

Ancoramos e Bonnet partiu para resolver seus negócios, ou seja, ajudar a manter ligações amistosas com nossos antigos inimigos, os espanhóis, e fazê-lo usando aquela técnica diplomática antiga — vender coisas a eles.

Ele parecia conhecer a cidade, sendo assim, ao invés de seguir sozinho esperei que terminasse sua missão diplomática e concordei em acompanhá-lo a uma estalagem. No caminho, ocorreu-me que o antigo eu, o Edward Kenway que havia em mim, teria ficado ansioso para chegar à taberna. A essa altura, estaria ficando com sede.

Mas eu não tinha vontade de beber — e refletia sobre isso enquanto atravessávamos Havana, costurando dentre os habitantes que corriam pelas ruas ensolaradas, olhados por sujeitos suspeitos que semicerravam os olhos para nós de suas portas. Só o que fiz foi assumir um nome e roupas diferentes, mas era como se eu tivesse recebido uma segunda chance de me tornar... bem... *um homem*. Como se Edward Kenway fosse um ensaio com cujos erros eu podia aprender. Mas Duncan Walpole seria o homem que eu sempre quis ser.

Chegamos à estalagem e, ao passo que as tabernas do passado de Edward tinham sido lugares escuros com teto baixo e sombras que saltavam e dançavam nas paredes; onde os homens ficavam recurvados sobre canecos e falavam de lado, aqui, a taberna ao ar livre cintilava sob o sol de Cuba, apinhada de marinheiros de cara coriácea e magra devido aos meses no mar, bem como mercadores corpulentos — amigos de Bonnet, é claro — e moradores: homens e crianças com mancheias de frutas para vender, mulheres tentando vender a si mesmas.

Um ajudante de convés, sujo e bêbado, olhou-me feio quando tomei um lugar enquanto Bonnet desaparecia para encontrar seu contato. Talvez este marinheiro não gostasse da minha cara — depois do problema com Blaney, eu estava acostumado a esse tipo de coisa — ou talvez fosse um homem honrado que não aprovasse o fato de eu ter tragado a cerveja de um bêbado sonolento.

— Posso ajudá-lo, amigo? — falei por sobre a borda de minha caneca recém-comprada.

O marujo soltou um estalo com a boca.

— Imagine encontrar um galês no país dos gringos — balbuciou ele. — Eu mesmo sou inglês, matando tempo até a próxima guerra me chamar para servir.

Franzi os lábios.

— Que sorte do velho rei Jorge, hein? Ter um pinguço como você levando a bandeira dele.

Isso o fez cuspir.

— Eh, covarde — disse ele. A saliva brilhava em seus lábios enquanto ele se curvava para a frente e bufava em mim, o cheiro acre de bebida de uma semana. — Já vi sua cara antes, não vi? Você andava com aqueles piratas em Nassau, não era?

Fiquei petrificado e meus olhos dispararam para onde Bonnet estava, de costas para mim, depois fitei o restante da estalagem. Aparentemente ninguém tinha ouvido. Ignorei o bêbado a meu lado.

Ele se curvou para a frente, insinuando-se ainda mais na minha cara.

— É você, não é? É...

Sua voz se elevava. Dois marinheiros em uma mesa próxima olharam para nosso lado.

— É *mesmo* você, não é? — Quase berrando agora.

Levantei-me, agarrei-o, arrancando-o de sua cadeira, e o joguei contra uma parede.

— Cale sua matraca antes que eu a encha de balas. Ouviu bem?

O marinheiro ficou me encarando com olhos turvos. Se ouviu uma palavra do que eu disse, não deu sinais.

Em vez disso, semicerrou os olhos, focalizou e falou:

— Edward, não é?

Merda.

A maneira mais eficaz de silenciar um marujo tagarela em uma taberna de Havana é com uma faca em seu pescoço. Outras formas incluem uma joelhada na virilha e o método que escolhi. A cabeçada.

Bati a testa na cara dele e suas palavras seguintes morreram em um leito de dentes quebrados enquanto ele escorregava para o chão e jazia, imóvel.

— Desgraçado. — Ouvi de trás de mim e virei-me, vendo um segundo marinheiro de cara vermelha. Mostrei as mãos. *Ei, não quero problemas.*

Mas não foi o bastante para evitar que a mão direita dele batesse na minha cara. E logo eu estava tentando espiar através de uma grossa cortina carmim de dor que disparava por trás de meus olhos enquanto quando dois tripulantes chegaram. Girei o braço, fiz contato e tive preciosos segundos para me recuperar. Aquele lado Edward Kenway em mim, enterrado tão fundo? Eu o exumava agora. Porque, aonde quer que você vá no mundo, seja em Bristol ou em Havana, uma briga de bar é uma briga de bar. Dizem que a prática leva à perfeição, e, embora eu nunca alegasse ser perfeito, minhas habilidades de luta, afiadas em minha dissipada juventude, prevaleciam, e logo os três marinheiros jaziam em um monte gemebundo de braços, pernas e móveis quebrados que só serviam como lenha.

Eu ainda espanava a poeira quando um grito erigiu:

— Soldados!

No instante seguinte, vi-me fazendo duas coisas: primeira, correndo a toda pelas ruas de Havana a fim de escapar dos homens de cara de beterraba com mosquetes; segunda, tentando não me perder.

Havia sido bem-sucedido em ambas, e mais tarde me reuni a Bonnet na taberna, descobrindo não só que os soldados tinham confiscado seu açúcar como também a bolsa que eu tirara de Duncan Walpole. A bolsa que eu levaria a Torres. *Merda.*

Eu podia conviver com a perda do açúcar de Bonnet. Mas não com a perda da bolsa.

25

Havana é o tipo de lugar onde se pode vadiar sem chamar muita atenção. E isso em um dia normal. Em certo dia, estavam enforcando piratas, na mesma praça onde as execuções normalmente ocorriam, e então não só a vadiagem era esperada como era estimulada. A aliança entre a Inglaterra e a Espanha podia muito bem ser desconfortável, mas havia certas questões em que os dois países concordavam. Uma delas era: os dois odiavam piratas. Outra: os dois gostavam de ver piratas enforcados.

Assim, no cadafalso diante de nós, três bucaneiros estavam de pé com as mãos amarradas, fitando com olhos arregalados e assustados através dos laços diante deles.

Não muito longe dali estava o espanhol que chamavam El Tiburón, um grandalhão de barba e olhos apagados. Um homem que nunca falava porque não podia: era mudo. Olhei dele para os condenados. Depois descobri que não conseguia olhar nos olhos deles, pensando, *Graças a Deus não é comigo...*

Não estávamos ali por eles, de qualquer modo. Bonnet e eu ficamos de costas para uma parede de pedra descorada pelo tempo, olhando a todos como se estivéssemos observando ociosamente o mundo rodar e aguardássemos a execução, e não com todo interesse na conversa dos soldados espanhóis que fofocavam por perto. Ah, não, de jeito nenhum.

— Ainda quer ver a carga que confiscamos ontem à noite? Soube que foram uns engradados de açúcar inglês.

— É, tirada do mercador de Barbados.

— Duncan — disse Bonnet entre dentes —, estão falando do meu açúcar.

Olhei para ele e assenti, grato pela tradução.

Os soldados passaram a discutir a briga da noite anterior na taberna. Enquanto isso, do patíbulo, um oficial espanhol anunciava a execução do primeiro homem, declarando seus crimes e terminando por entoar:

— Você é, assim, sentenciado à morte por enforcamento.

Prosseguiu com o mesmo ritual em relação aos outros dois.

A um sinal dele, El Tiburón puxou a alavanca, o alçapão se abriu, os corpos caíram e a multidão exclamou, "Ooooh".

Obriguei-me a olhar os três cadáveres pendurados, percebendo que eu estava prendendo a respiração, só para o caso de aquilo que eu tinha ouvido sobre as tripas soltas ser verdade. Aqueles corpos seriam exibidos em forcas pela cidade. Bonnet e eu já tínhamos visto tais coisas em nossas viagens. Tinham pouca tolerância para com piratas ali e queriam que o mundo soubesse disso.

Eu sentia calor sob meu manto, mas agora estava feliz com o disfarce.

Saímos, nossa expedição ao cadafalso nos dera as informações de que precisávamos. A carga estava no *castillo*. Era para lá então que precisávamos ir.

26

O imenso muro de pedra cinza se erguia a nossa frente. Bloqueava realmente o sol, ou era só uma ilusão? Fosse como fosse, sentimos frio, perdidos na sombra, como duas crianças abandonadas. Tenho de reconhecer em relação aos cubanos, aos espanhóis ou a quem quer que tenha sido o responsável pela construção do grandioso Castillo de los Tres Reyes del Morro, que eles sabiam como construir uma fortaleza intimidadora. Com cerca de cento e cinquenta anos, era feita para durar, e parecia que ficaria ali por mais um século e meio. Olhei de seus muros para o mar e a imaginei bombardeada pelo bombordo de um navio de guerra. Que impressão fariam as balas de aço dos canhões?, perguntei-me. Não muita.

De qualquer modo, eu não tinha um navio de guerra. Tinha um mercador de açúcar. Assim, o que eu precisava era de um jeito mais discreto de conseguir entrar. A vantagem que eu tinha era que ninguém em seu juízo perfeito *queria* realmente estar do lado de dentro daquelas muralhas escuras e sinistras, pois ali só havia soldados espanhóis arrancando confissões sob tortura de seus prisioneiros, e talvez até algumas execuções sumárias. Só um tolo quereria entrar lá, onde o sol não brilhava, onde ninguém podia ouvi-lo gritar. Mesmo assim, não se podia simplesmente entrar. "*Ei, amigo, pode nos dizer onde fica a sala de saques, por favor? Perdi uma bolsa cheia de documentos importantes e um cristal de aparência estranha.*"

Agradeço a Deus, então, pelas prostitutas. Não porque eu me sentisse lascivo, mas porque vira um jeito de me meter para dentro — da fortaleza, quero dizer. Aquelas damas da noite que se sentavam sobre uma fortuna, bem, tinham bons motivos para estar do outro lado dos muros, então que maneira melhor de nos colocar para dentro?

— Precisa de uma amiga, gringo? Precisa de uma mulher? — perguntou uma delas, insinuando-se com uma agitação de tetas, lábios vermelhos como rubi e olhos esfumados cheios de promessas.

Conduzi-a para longe das muralhas do castelo.

— Qual é o seu nome? — perguntei.

— Nome, *señor*?

— Fala minha língua?

— Não, não.

Sorri.

— Mas o ouro é uma língua que todos falamos, não?

Sim, por acaso, Ruth falava bem o ouro. Era quase fluente em ouro. E também sua amiga, Jacqueline.

Bonnet ficara por perto, nervoso. Foram feitas as apresentações e, alguns minutos depois, estávamos caminhando rumo ao portão da frente do castelo, com todo o atrevimento.

No auge da aproximação, olhei para trás, onde a algazarra, a animação e o calor de Havana pareciam sumir, mantidos à distância pelas pedras ameaçadoras e as altas torres de observação do *castillo*, que irradiavam uma espécie de malignidade, como os monstros mitológicos que os marinheiros diziam viver nas profundezas desconhecidas dos mares mais fundos: gordas e mortais. *Pare com isso*, falei a mim mesmo. Eu estava cedendo ao nervosismo. Tínhamos um plano. Agora veríamos se daria certo.

No papel de guarda-costas corpulento, bati o punho na portinhola e esperamos que fosse aberta. Dois soldados espanhóis carregando mosquetes com baionetas saíram e nos olharam longamente de cima a baixo: eu e Bonnet, com olhares especialmente lascivos a Ruth e Jacqueline.

Fiz meu papel. Dei uma de durão. Ruth e Jacqueline fizeram o papel delas. Agiram sensualmente. O trabalho de Bonnet era falar o jargão, parte do qual eu podia entender, o restante ele me contaria depois.

— Olá — disse ele. — Infelizmente nenhuma de minhas duas amigas fala espanhol, assim, fui solicitado a falar por elas, e meu colega... — ele me apontou — ... está aqui para garantir a segurança das senhoras.

(*Mentira!* Prendi a respiração, sentindo como se houvesse uma placa sobre nossas cabeças anunciando nossa desonestidade: *Mentira!*)

Os dois soldados olharam as mulheres que, fortalecidas pelo ouro, isso sem mencionar vários copos de rum, se exibiam e faziam beicinho com tal profissionalismo que qualquer um pensaria que ganhavam a vida assim. Não foi o bastante para convencer os guardas, porém, os quais estavam prestes a nos enxotar e se deixarem ser tragados mais uma vez pela fera cinzenta e parruda quando Bonnet disse as palavras mágicas: El Tiburón. As mulheres foram chamadas por El Tiburón, o carrasco em pessoa, explicou ele, e os guardas empalideceram, partilhando um olhar nervoso.

Nós o vimos em operação antes, é claro. Não é preciso habilidade nenhuma para puxar uma alavanca, mas requer certa — como direi? — *obscuridade de caráter* para puxar a alavanca que abre um alçapão e faz com que três homens mergulhem para a morte. Assim, o nome de El Tiburón por si só já bastava para inspirar medo.

Com uma piscadela, Bonnet acrescentou que El Tiburón gostava das mulheres de Portugal. E Ruth e Jacqueline, continuando em seu papel, riram, jogaram beijinhos e ajeitaram os seios sedutoramente.

— El Tiburón é o braço direito do governador, seu agente da lei — disse um dos soldados com desconfiança. — O que o faz pensar que ele estará no *castillo*?

Engoli em seco. Meu coração cutucava as costelas e lancei um olhar de banda a Bonnet. *Grande coisa, suas informações.*

— Meu caro — ele sorriu —, acredita realmente que esta atribuição teria a aprovação do governador Torres? El Tiburón precisaria de um novo emprego se o governador descobrisse que ele está se envolvendo com prostitutas. E fazendo isso na propriedade do governador...

Agora Bonnet olhava para os lados e os dois soldados esticavam o pescoço, querendo ouvir mais segredos.

Bonnet continuou:

— Não é preciso que eu diga, cavalheiros, que estar de posse desta informação os coloca em uma posição muito *delicada*. Por um lado, vocês agora sabem coisas sobre El Tiburón... O homem mais perigoso de Havana, não nos esqueçamos... Coisas pelas quais ele pagaria ou, talvez, mataria — Aqui ele parou o suficiente para que sua informação fosse apreendida — só para proteger suas informações. O modo como vocês procederão de posse desta informação sem dúvida ditará o nível de gratidão de El Tiburón. Eu me fiz entender, cavalheiros?

Para mim, parecia que ele estava dizendo disparates, mas pelo visto teve o efeito desejado nas duas sentinelas, que por fim se colocaram de lado e nos deixaram entrar.

E entramos.

— O refeitório — disse um dos guardas, indicando corredores que davam para o pátio onde agora nos encontrávamos. — Diga-lhes que estão procurando El Tiburón; eles apontarão o caminho certo. E diga a essas senhoras que se comportem, ou inadvertidamente revelarão a verdadeira natureza de seus assuntos aqui.

Bonnet abriu seu sorriso mais seboso, fazendo uma mesura ao passarmos, e ao mesmo tempo dando uma piscadela irônica para mim. Deixamos os dois guardas totalmente ludibriados para trás.

Deixei-os e subi a escada, esperando fervorosamente dar a impressão de pertencer àquela fortaleza. Pelo menos havia silêncio: além das sentinelas, havia poucos soldados por ali. A maioria parecia estar reunida no refeitório.

Quanto a mim, fui diretamente à sala dos saques, onde quase gritei ao encontrar a bolsa com todos os documentos e o cristal, tudo correto. Embolsei-os e olhei em volta. Maldição. Para uma sala de saques, estava tristemente vazia, sem saque nenhum. Tudo que havia, além de uma bolsa contendo algumas moedas de ouro (que foram para o meu bolso), eram os engradados do açúcar de Bonnet. Olhei-os. Ocorreu-me que não tínhamos contingente para seu resgate. *Desculpe, Bonnet, isto terá de esperar por outro momento.*

Alguns minutos depois, eu me juntava novamente eles, que tinham optado por não se arriscar ao refeitório e ficaram vagando pelos corredores, tensos, aguardando minha volta. Bonnet ficou tão aliviado ao me ver de volta que não perguntou do açúcar — este prazer em especial teria de deixar para depois — e, enxugando o suor de nervoso da testa, conduziu-nos pela passagem e escada abaixo ao pátio, onde nossos amigos, as sentinelas, trocaram um olhar assim que nos aproximamos.

— Sei. Voltaram cedo...

Bonnet deu de ombros.

— Perguntamos no refeitório, mas El Tiburón não deu sinal. Talvez tenha havido algum engano. Talvez os desejos dele tenham sido satisfeitos em outro lugar...

— Diremos a El Tiburón que esteve aqui então — disse um dos guardas.

Bonnet assentiu com aprovação.

— Sim, por favor, faça isso. Mas, lembre-se, seja discreto.

Os dois guardas assentiram, um até deu uma pancadinha ao lado do nariz. Nosso segredo estaria seguro com eles.

Mais tarde, paramos no porto, perto do navio de Bonnet.

Entreguei-lhe o saco que havia afanado na sala de saques do *castillo*. Parecia a coisa decente a fazer — compensar pelo açúcar perdido. Eu não era de todo mau, veja bem.

— Oh, não é uma grande perda — disse ele, mas aceitou assim mesmo.

— Ficará muito tempo? — perguntei-lhe.

— Algumas semanas. Depois, de volta a Barbados, ao tédio da domesticidade.

— Não se acostume ao tédio — eu lhe disse. — Navegue a Nassau. Viva a vida que combina com você.

Agora ele estava no meio da prancha de embarque, com sua tripulação recém-adquirida preparando-se para zarpar.

— Não ouvi dizer que Nassau está formigando de piratas? — riu. — Parece ser um lugar muito espalhafatoso.

Pensei nisso. Pensei em Nassau.

— Não, não é espalhafatoso — eu lhe disse. — É liberado.

Ele sorriu.

— Ah, Deus, que aventura seria. Mas não, não. Sou marido e pai. Tenho responsabilidades. A vida não pode ser só prazer e distração, Duncan.

Por um momento, tinha me esquecido da identidade que assumi e senti o tremor da culpa. Bonnet nada tinha feito além de me ajudar. O que deu em mim, não sei bem. Culpa, suponho. Mas contei a ele.

— Ei, Bonnet. O nome na verdade é Edward. Duncan é só um apelido.

— Ah... — sorriu ele. — Um nome secreto para sua reunião secreta com o governador...

— Sim, o governador — disse. — É verdade. Creio que já o deixei esperando por muito tempo.

27

Fui diretamente à residência do governador Torres, uma vasta mansão engastada por trás de muralhas íngremes e portões de ferro, bem distante do tumulto de Havana. Ali, disse às sentinelas:

— Boa tarde. Sr. Duncan Walpole, da Inglaterra, para ver o governador. Creio que ele espera por mim.

— Sim, Sr. Walpole, por favor, entre.

Essa foi fácil.

Os portões rangeram, um som de dia quente de verão, passei e fui recompensado com minha primeira visão de como a outra metade vivia. Em toda parte havia palmeiras e estátuas baixas sobre pedestais, e de algum lugar vinha o barulho de água corrente — um contraste acentuado à fortaleza: opulento onde a outra era suja, pomposo onde a outra era ameaçadora.

Ao passarmos pelas duas sentinelas, ficamos a uma distância respeitosa porém vigilante, e meu espanhol limitado captou fragmentos de seus mexericos: aparentemente, eu estava alguns dias atrasado; ao que parecia, eu era um *asesino*, um assassino, e algo no modo como pronunciaram a palavra me soou estranho. No modo como a enfatizaram.

Mantive as costas erguidas, o queixo empinado, pensando apenas que precisava insistir no subterfúgio por mais algum tempo. Eu gostava de ser Duncan Walpole — era libertador deixar Edward Kenway para trás e havia ocasiões em que pensei em lhe dar adeus para sempre. Certamente havia partes de Duncan que eu queria manter, lembranças, suvenires: seu manto, por exemplo, seu estilo de luta. Sua atitude.

Naquele momento, porém, o que eu mais queria era a recompensa dele.

Entramos em um pátio, que me fazia lembrar vagamente da fortaleza, mas enquanto aquele era uma área de pedra quadrada dominada por corredores escuros, este era um oásis de plantas esculturais e verdejantes, e as galerias ornamentadas do *palacio* emolduravam um céu de azul intenso e um sol que ardia ao longe.

Já havia dois homens ali. Ambos bem-vestidos, homens de classe e distinção, dava para notar. *Mais difícil de enganar.* Perto deles, um suporte de armas. Um deles mirava uma pistola em um alvo. O outro limpava outra pistola.

Ao ouvirem a mim e às sentinelas entrando no pátio, o atirador olhou, irritado com a interrupção e, com um leve dar de ombros, recompôs-se, semicerrou os olhos pela linha da pistola e apertou o gatilho.

O barulho soou no pátio. Vieram aplausos das aves assustadas. Um filete fino de fumaça subia do centro morto do alvo, que balançou um pouco em seu tripé. O atirador olhou seu companheiro com um sorriso irônico e recebeu um erguer de sobrancelhas impressionado, o vocabulário dos abastados. Depois voltaram sua atenção a mim.

Você é Duncan Walpole, eu disse a mim, e tentei não murchar sob o escrutínio deles. *Você é Duncan Walpole. Um homem perigoso. Um igual. Está aqui a convite do governador.*

— Boa tarde, senhor! — O homem que limpava a arma abriu um largo sorriso. Tinha cabelos grisalhos e longos amarrados para trás e um rosto que havia passado muitas horas na brisa do mar. — Estarei correto em pensar que é Duncan Walpole?

Lembrando-me de como Walpole falava. Em um tom cultivado.

— Decerto sou — respondi, e pareceu tão falso a meus próprios ouvidos que meio que esperei que o limpador de arma apontasse a pistola para mim e ordenasse aos guardas que me prendessem no ato.

Em vez disso, ele falou:

— Como pensei. — E ainda radiante, atravessou o pátio para me estender a mão, dura como carvalho. — Woodes Rogers. É um prazer.

Woodes Rogers. Eu tinha ouvido falar dele. O pirata em mim empalideceu, porque Woodes Rogers era o flagelo de minha espécie. Um ex-pirata, desde então ele declarou ódio por aqueles que se voltavam à pirataria e comprometeu-se a liderar expedições com o objetivo de exterminá-los. Um pirata como Edward Kenway ele gostaria de ver enforcado.

Mas você é Duncan Walpole, disse a mim mesmo, e o fitei nos olhos enquanto lhe apertava a mão com firmeza. Não um pirata, ah, não. Acabe com essa ideia. Um igual. Aqui, a convite do governador.

Embora a ideia fosse reconfortante, desbotou em minha mente quando percebi que ele me fixava uns olhos curiosos. Ao mesmo tempo, tinha um meio-sorriso estranho, como se tivesse um pensamento e não estivesse muito certo se o deixaria sair pela boca.

— Devo dizer que minha esposa tem um olho terrível para descrições — disse ele, evidentemente deixando que sua curiosidade levasse a melhor.

— Como disse?

— Minha esposa. O senhor a conheceu anos atrás, no baile de máscaras dos Percy.

— Ah, sim...

— Ela o chamou de "diabolicamente bonito". Evidentemente uma mentira para espicaçar meus ciúmes.

Eu ri como se tivesse entendido a piada. Deveria me ofender por ele não me achar diabolicamente bonito? Ou só aprazer-me com a conversa e seguir adiante?

De olho em sua arma, decidi pelo último.

Agora eu era apresentado ao segundo homem, um francês, negro, com um olhar cauteloso chamado Julien DuCasse, que se referiu a mim como "convidado de honra" e falou de alguma "ordem" de que eu supostamente fazia parte. Novamente referiram-se a mim como um "assassino". Mais uma vez, foi com a estranha ênfase que eu não conseguia decifrar.

Asesino — assassino — *Assassino.*

Ele indagava da sinceridade de minha "conversão" à "ordem" e minha mente voltou ao que dizia a carta de Walpole: *Seu apoio a nossa causa secreta e mui nobre nos anima.*

Que causa nobre e secreta seria esta, então?, perguntei-me.

— Eu não decepcionaria — falei, inseguro. Para falar a verdade, não tinha a mais remota ideia do que ele estava falando. O que eu queria era entregar a bolsa com uma das mãos e receber o saco volumoso de ouro com a outra.

Fracassando nisto, eu queria continuar, porque agora parecia que meu disfarce podia esfarelar a qualquer segundo. No fim, foi um alívio quando a cara de Woodes Rogers se abriu em um sorriso — o mesmo que ele sem dúvida abrira ao pensar nas cabeças dos piratas nos laços da forca —, e me deu um tapa nas costas, insistindo para que eu participasse do tiro ao alvo.

Feliz em aquiescer, qualquer coisa para tirar a cabeça deles de mim, entabulei ao mesmo tempo uma conversa.

— Como anda sua esposa ultimamente, capitão Rogers? Está aqui em Havana?

Prendi a respiração, preparando-me contra suas palavras seguintes, "*Sim! Está aqui agora! Querida, lembra-se de Duncan Walpole, não?*"

Em vez disso, ele falou:

— Ah, não. Não, estivemos separados nos últimos dois anos.

— Lamento saber disso — eu disse, pensando que notícia excelente era aquela.

— Confio que ela esteja bem — continuou ele, com certa tristeza na voz que incitou um breve pensamento em meu próprio amor perdido —, mas... não tenho como saber. Estive em Madagascar por 14 meses, caçando piratas.

Assim eu soube.

— Quer dizer Libertalia, a cidade pirata?

Esta era Libertalia, em Madagascar. Segundo a lenda, o capitão William Kidd parara ali em 1697 e acabara saindo com metade da tripulação, os demais seduzidos pelo estilo de vida de uma utopia pirata onde o lema era "por Deus e pela liberdade", com ênfase na liberdade. Onde eles poupavam a vida de prisioneiros, matavam em um nível mínimo, dividiam por igual todos os espólios, independentemente de sua patente ou posição.

Parecia bom demais para ser verdade e muitos pensavam ser um lugar mítico, mas eu tinha certeza de que existia.

Rogers estava rindo.

— O que vi em Madagascar foi pouco mais do que as consequências de uma triste orgia. Uma toca de rufiões. Até os cães selvagens pareciam se envergonhar de suas condições. Eram vinte ou trinta homens vivendo ali, nem posso dizer aos farrapos, porque a maioria não vestia roupa nenhuma. Eles se tornaram *nativos*, como dizem...

Pensei em Nassau, onde padrões tão baixos não seriam tolerados. Pelo menos não antes do anoitecer.

— E como lidou com o tipo deles? — perguntei, a imagem da inocência.

— Muito simples. A maioria dos piratas é ignorante como símios. Eu meramente lhes ofereci uma opção... Ter o perdão e voltar à Inglaterra sem vintém, mas como homens livres, ou morrer na forca. Tive algum trabalho para desalojar os criminosos dali, mas conseguimos. No futuro, espero usar as mesmas táticas por todas as Índias Ocidentais.

— Ah — eu disse —, imagino que Nassau seja seu próximo alvo.

— Muito astuto, Duncan. De fato. Na realidade... Assim que eu voltar à Inglaterra, pretendo entregar uma petição ao rei Jorge na esperança de me tornar seu emissário nas Bahamas. No mínimo como governador.

Então era isso. Nassau *era* o próximo passo. Um lugar que passei a considerar meu lar espiritual estava sob ameaça — dos canhões, dos mosquetes ou talvez apenas do raspar de uma pena. Mas sob ameaça do mesmo jeito.

Consegui me destacar no tiro ao alvo e fiquei muito satisfeito comigo, no fim das contas. Então, mais uma vez, meus pensamentos voltaram à recompensa. Assim que eu tivesse o dinheiro, poderia voltar a Nassau e, uma vez lá, avisar a Edward e a Benjamin de que o infame Woodes Rogers tinha cismado de atacar nossa pequena república pirata. Que ele viria a nós.

E então uma caixa foi aberta e ouvi Rogers falar:

— Maravilhoso. Você atira bem, Duncan. Tão bom com a pistola como com sua lâmina de pulso, imagino.

Lâmina de pulso, pensei, distraído. *Lâmina de pulso?*

— Se ao menos ele tivesse uma — dizia DuCasse enquanto eu olhava os vários jogos de lâminas ocultas exibidos na caixa; lâminas como aquela que eu relutantemente descartara na praia em cabo Buena Vista. — Duncan, onde está sua lâmina de pulso? Nunca vi um Assassino tão mal-aparelhado.

Novamente: assassino. Ou melhor: *Assassino.*

— Ah, quebrou-se, infelizmente, e é irremediável.

DuCasse indicou a seleção na caixa.

— Então, sirva-se — ronronou ele. E era seu forte sotaque francês, ou ele pretendia fazer soar mais como uma ameaça do que como uma oferta?

Perguntei-me de onde viriam as lâminas. De outros assassinos, é claro. (Mas assassinos ou *Assassinos*?) Walpole havia sido um deles, mas com planos de se converter. Um traidor? Mas o que era essa tal "ordem" à qual ele pretendia se unir?

— Estes são suvenires — dizia Julien.

Lâminas de mortos. Estendi a mão para a caixa e peguei uma. A lâmina brilhou e seus acessórios arrastaram-se por meu braço. A certa altura, compreendi. Eles queriam que eu a usasse. Queriam me ver em ação. Como teste ou por diversão, não importava. Fosse como fosse, eles queriam uma demonstração de proficiência com uma arma que eu nunca havia usado.

Logo deixei de me parabenizar por ter jogado fora a maldita coisa (teria me desmascarado!) e passei a me xingar por não ter ficado com ela (eu poderia ter praticado e ser competente com ela a essa altura!)

Endireitei os ombros no manto de Duncan Walpole. Um impostor. Agora eu tinha de ser ele. Precisava realmente *ser* ele.

Eles ficaram me observando enquanto eu prendia a lâmina. Uma piada sem graça sobre estar sem prática suscitou risos educados, mas desprovidos de humor. Com ela colocada, deixei a manga cair sobre minha mão e, ao andarmos, comecei a flexionar os dedos, ajeitando o pulso e sentindo o encaixe revelador da lâmina se prendendo.

A lâmina de Walpole estava molhada no dia em que lutamos. Quem sabe — talvez realmente estivesse danificada mesmo. Esta, lubrificada e brilhante, certamente seria mais cooperativa, não?

Rezei para que assim fosse. Imaginei os olhares em seus rostos se eu simplesmente não conseguisse fazê-la funcionar.

"*Tem certeza de que é quem diz ser?*"

"*Guardas!*"

Por instinto, vi-me procurando a rota de fuga mais próxima. E não só isso, mas desejando ter deixado aquela maldita bolsa de documentos onde a havia encontrado, desejando ter deixado Walpole em paz. O que havia de errado com a vida de Edward Kenway? Eu era pobre, mas pelo menos estava vivo. A essa altura poderia estar de volta a Nassau, planejando incursões com Edward e babando para Anne Bonny na Old Avery.

Edward me avisou para não me unir ao capitão Bramah. Desde o momento em que sugeri isso, ele me disse que Bramah era problema. Por que não lhe dei ouvidos?

A voz de Julien DuCasse interrompeu meus pensamentos.

— Duncan — Ele pronunciou *durn-kurn* —, poderia nos regalar com uma demonstração de suas técnicas?

Eu estava sendo testado. Cada pergunta, cada desafio que me lançavam, tudo era uma tentativa de me obrigar a provar meu valor. Até agora, eu havia passado no teste. Não com louvor, mas passei.

Porém agora saíamos dos confins do pátio e éramos recebidos pelo que parecia uma área de treino recém-construída, palmeiras altas margeando cada lado de uma avenida gramada, com alvos em cada ponta e, pouco além dali, algo que parecia ser um lago ornamental, cintilando como um prato de luz solar azul.

Atrás da linha das árvores, sombras se movimentavam por entre os troncos escamosos das palmeiras. Mais guardas, caso eu quisesse fugir por ali.

— Preparamos um pequeno curso de treinamento à espera de sua chegada — disse Rogers.

Engoli em seco.

Meus anfitriões se colocaram de lado: cheios de expectativa. Rogers ainda tinha a pistola, segurada frouxamente, mas seu dedo estava no gatilho, e Julien repousava a palma da mão direita no punho da espada. Atrás das árvores, as figuras dos guardas permaneceram imóveis, esperando. Até o chilreio dos insetos e aves pareceu diminuir.

— Seria uma pena sair daqui sem vê-lo em ação.

Woodes Rogers sorria, mas seus olhos estavam frios.

E, que sorte a minha, eu não sabia usar a única arma que possuía.

Não importa. Posso dar cabo deles mesmo assim.

Para o antigo lutador de Bristol em mim, eles eram apenas dois imbecis vaidosos na frente de uma taberna. Pensei em como tinha visto Walpole lutar, com a consciência perfeita de suas cercanias. Em como ele poderia derrubar aqueles dois, depois estar em cima dos guardas mais próximo antes que tivessem a chance de erguer seus mosquetes. Sim, eu podia fazer isso, pegá-los desprevenidos...

A hora era agora, pensei. *Agora.*

Preparei-me e joguei o braço para trás, para dar o primeiro murro.

E a lâmina engatou.

28

— Ah, muito bem, Duncan — disse Rogers, aplaudindo, e olhei dele e de DuCasse para a sombra que eu lançava na grama. Eu tinha parado em uma posição com a lâmina acionada. Mais do que isso, pensei saber como tinha feito. Um retesamento do músculo que vinha do antebraço, enquanto o braço...

— Muito impressionante — disse DuCasse. Ele avançou, estendeu meu braço com a mão que usou para soltar um ferrolho e depois, com muito cuidado, usou a palma da outra mão para colocar a lâmina de volta ao seu estojo.

— Agora vamos ver você fazer isso de novo.

Sem tirar os olhos dele, recuei um passo e assumi a mesma posição. Dessa vez não podia contar com a sorte e, embora eu não soubesse bem o que estava fazendo, tinha plena confiança de que daria certo. Não me pergunte como eu sabia. Eu simplesmente sabia. E estava certo: *snick*. A lâmina disparou do suporte e cintilou cruelmente ao sol da tarde.

— Meio ruidoso — sorri, agora presunçoso. — O ideal é que não se ouça nada. Tirando isso, é boa.

Seus desafios foram intermináveis, mas no fim senti que estava me apresentando por prazer, e não para restaurar a confiança deles. Todos os testes terminaram. Os guardas se dispersaram e até DuCasse, que usava sua cautela como um casaco velho preferido, parecia ter baixado a guarda. Quando saímos da área de treinamento improvisada, ele já estava falando comigo como um velho amigo.

— Os Assassinos o treinaram bem, Duncan — disse ele.

Os Assassinos, pensei. Então era assim que o grupo se chamava. Walpole foi membro, mas pretendia trair os irmãos, o rato de esgoto baixo que ele era.

Traí-los pelo quê? Eis a questão.

— Escolheu a hora perfeita para deixá-los.

— Com um grande risco — disse Rogers com entusiasmo. — Trair os Assassinos nunca faz bem à saúde.

— Ora — eu disse, com certa pompa —, nem beber álcool, mas sou atraído a seus riscos da mesma forma.

Ele riu enquanto eu voltava minha atenção a DuCasse.

— E quais são seus negócios aqui, senhor? É associado do governador? Ou um conhecido iminente, como eu?

— Ah, eu sou... Como direi? Negociante de armas. Lido com armas e armamentos furtados.

— Uma espécie de contrabandista — intrometeu-se Rogers.

— Arma de fogo, lâminas, granadas. Qualquer coisa que possa matar um homem, fico feliz em providenciar — elucidou o francês.

Agora chegávamos ao terraço, onde pus os olhos no governador Torres pela primeira vez.

Ele tinha uns 70 anos, mas não era gordo como costumavam ser os ricos. Além de um cavanhaque bem aparado, seu rosto era marrom, enrugado e encimado por cabelos brancos, ralos e escovados para a frente, e com uma das mãos no fornilho de um cachimbo de haste longa, ele via pelos óculos redondos a correspondência que segurava com a outra mão.

Não ergueu os olhos, não no início. Toda a vigília era feita pelo barbudo grandalhão que se postava pacientemente a seu ombro direito, de braços cruzados, imóvel como uma das estátuas do pátio e dez vezes mais pétreo.

Reconheci-o de pronto, é claro. No dia anterior, eu o vira mandar três piratas para a morte. Ora, nesta mesma manhã fingi procurar prostitutas em seu nome. Era o espanhol, El Tiburón, e os olhos dele pareciam me perfurar, embora agora eu devesse ter me acostumado ao exame intenso de meus anfitriões. Por um tempo, enquanto seu olhar se fixava em mim, tive certeza absoluta de que ele não só pegara o recado com os guardas do *castillo*, como também recebera minha descrição detalhada, e a qualquer segundo ele levantaria um dedo trêmulo, apontaria para mim e exigiria saber por que eu havia estado na fortaleza.

— Grão-Mestre Torres.

Foi Rogers quem rompeu o silêncio.

— O Sr. Duncan Walpole chegou.

Torres ergueu os olhos e me fitou por cima dos óculos. Assentiu, depois entregou sua carta a El Tiburón, e graças a Deus fez isso, pois assim finalmente El Tiburón desviou os olhos de mim.

— Era esperado há uma semana — disse Torres, mas sem muita irritação.

— Minhas desculpas, governador — respondi. — Meu navio foi atacado por piratas e nos dispersamos. Cheguei apenas ontem.

Ele assentiu pensativamente.

— Uma infelicidade. Mas conseguiu salvar desses piratas os objetos que me prometeu?

Concordei com a cabeça, pensando, *Com uma das mãos lhe dou a bolsinha, com a outra pego o dinheiro*, então peguei a bolsa em meu manto e a joguei em uma mesa baixa junto dos joelhos de Torres. Ele deu uma baforada no cachimbo e abriu a bolsa, tirando os mapas. Eu já vira os mapas, é claro, e não significavam nada para mim. Nem o cristal, aliás. Mas significavam alguma coisa para Torres. Sem dúvida nenhuma.

— Inacreditável — disse ele em um tom assombrado —, os Assassinos têm mais recursos do que eu imaginava...

E agora ele pegava o cristal, semicerrando os olhos para ele através dos óculos e virando-o nos dedos. Aquele *enfeite* ou o que fosse... bem — para ele, não era um enfeite.

Ele colocou os papéis e o cristal de volta na bolsa e fez sinal para El Tiburón, que avançou um passo e pegou a bolsa. Nisso, Torres estendeu a mão para me cumprimentar, sacudindo-a intensamente enquanto falava.

— É um prazer enfim conhecê-lo, Duncan — disse ele. — Você é mais do que bem-vindo. Venham, cavalheiros. — Ele gesticulou para os outros. — Temos muito o que discutir. Venham...

Começamos a sair do terraço, todos os amigos juntos.

Ainda nenhuma palavra sobre a maldita recompensa. *Merda*. Eu estava chafurdando cada vez mais em algo do qual não queria fazer parte.

29

Estávamos em volta de uma grande mesa em uma sala privativa dentro da construção principal: eu, Torres, El Tiburón, DuCasse e Rogers.

El Tiburón, que continuava junto ao ombro de seu patrão, segurava uma caixa longa e fina, parecida com uma caixa de charutos. Era imaginação minha, ou seus olhos estavam constantemente em mim? Será que de algum modo ele conseguia me decifrar, ou fora alertado? "*Senhor, um estranho de manto o procurou na fortaleza mais cedo.*"

Mas não creio. Tirando ele, todos os outros na sala pareciam relaxados, aceitando bebidas de Torres e conversando amigavelmente enquanto ele preparava a própria. Como qualquer bom anfitrião, ele serviu primeiro os copos de seus convidados, mas perguntei-me por que ele não tinha empregados que o servissem, depois pensei saber a resposta: era da natureza de nossos negócios naquela sala. A atmosfera podia muito bem estar leve — pelo menos era, por ora —, mas Torres cuidou de colocar uma sentinela, depois fechou a porta com um gesto que parecia dizer, *Tudo que for dito nesta sala é apenas para nossos ouvidos*, o tipo de gesto que fazia com que eu me sentisse menos seguro a cada minuto que passava, desejando ter dado mais atenção à frase na carta sobre meu apoio a sua "causa mui nobre e secreta".

Devo me lembrar disso da próxima vez que resolver me tornar um impostor, pensei, *passando bem ao largo de causas nobres. Especialmente se forem causas nobres* secretas.

Mas agora tínhamos todos nossas bebidas e um brinde foi erguido, e Torres falou:

— Enfim, reunidos. E em companhia tão continental... Inglaterra, França, Espanha... Cidadãos de impérios melancólicos e corruptos.

A um aceno de Torres, El Tiburón atravessou a sala, abriu a caixa que segurava e a colocou na mesa. Vi o forro de veludo vermelho e o brilho do metal dentro dela. O que quer que fosse, parecia importante, e isto se provou quando Torres, murchando o sorriso, o brilho natural de seus olhos substituído por algo mais sério, deu início ao que evidentemente era uma cerimônia de certa importância.

— Mas vocês agora são Templários — dizia ele —, os legisladores secretos e verdadeiros do mundo. Por favor, estendam as mãos.

A atmosfera alegre de repente estava solene. As bebidas foram baixadas. Arrastei-me rapidamente para o lado, vendo que os outros tinham se posicionado em intervalos em volta da mesa. Em seguida fiz o que me solicitavam e estendi a mão, pensando, *Templários* — então era isso o que eles eram.

E parece estranho dizer agora, mas eu relaxei — relaxei acreditando que eles não eram nada mais sinistros do que uma sociedade secreta. Um clube tolo como qualquer outro clube tolo, cheio de tolos iludidos e pomposos, cujos grandiosos objetivos ("os legisladores secretos e verdadeiros do mundo", nada menos!) eram conversa fiada, só uma desculpa para bater boca sobre o significado de títulos e bugigangas.

Quais seriam suas preocupações insignificantes?, perguntei-me. E descobri que não me importava. Afinal, por que me importaria? Como pirata, eu renunciara a toda lei, exceto à lei pirata. Minha liberdade absoluta. Eu era regido por regras, claro que era, mas eram as regras do mar, e aderir a elas era uma questão de *necessidade*, pela sobrevivência, e não para a aquisição de status e pela vanglória de faixas e quinquilharias. Quais seriam suas rixas com os Assassinos?, perguntei-me, e descobri que não dava a mínima para isso também.

Então, sim, eu relaxei. Não os levei a sério.

Torres colocou o primeiro anel no dedo de DuCasse.

— Atente e lembre-se de nosso propósito. Guiar todas as almas rebeldes a uma estrada tranquila.

Um segundo anel foi colocado no dedo de Rogers.

— Guiar todos os desejos rebeldes até que corações apaixonados estejam frios.

Conversa fiada, pensei. Nada além de declarações vazias e insignificantes. Nenhum propósito além de recompensar seu orador com uma autoridade que ele não conquistara. Olhei para eles, agitados, como se isso significasse alguma coisa. Tolos, tão iludidos por um senso de autoimportância que eram incapazes de ver que ela não se estendia para além dos muros daquela mansão.

Ninguém se importa, meus amigos. Ninguém se importa com sua sociedade secreta.

Agora Torres se dirigia a mim, e colocou em meu dedo um terceiro anel, dizendo:

— Guiar todas as mentes rebeldes ao pensamento sóbrio e seguro.

Sóbrio, pensei. Essa era para rir.

E então baixei os olhos para o anel que ele colocou em meu dedo, e de repente já não era mais engraçado. De repente eu não considerava mais aqueles Templários uma sociedade secreta e tola sem influência fora de suas próprias casas, porque em meu dedo estava o mesmo anel usado pelo capitão do navio da Companhia das Índias Orientais, Benjamin Pritchard; o mesmo anel usado pelo homem de capuz, o líder do grupo que havia incendiado a fazenda de meu pai, ambos os quais me avisaram sobre poderes grandes e terríveis em operação. E de repente eu estava pensando que, se aquelas pessoas tinham uma rixa com os Assassinos, então, ora essa, eu estava do lado dos Assassinos.

Por ora, eu ganharia tempo.

Torres recuou.

— Pelo pai da luz da compreensão, que nosso trabalho comece — disse ele. — Décadas atrás, o conselho me confiou a tarefa de localizar nas Índias Ocidentais um lugar esquecido que nossos precursores antigamente chamavam de Observatório. Vejam aqui...

Na mesa diante dele foram abertos os documentos da bolsa, colocados ali por El Tiburón.

— Olhem essas imagens e memorizem-nas — acrescentou Torres. — Elas contam uma história muito antiga e importante. Há duas décadas nos empenhamos em localizar este Observatório... O lugar que, segundo dizem, contém uma ferramenta de inacreditáveis utilidade e poder. Ele abriga uma espécie de esfera armilar, se preferirem. Um dispositivo que nos garantirá o poder de localizar e monitorar *todo homem e mulher na terra*, qualquer que seja sua localização.

"Imaginem só o que significaria ter tal poder. Com este dispositivo, não haveria segredos entre os homens. Nem mentiras. Nem trapaças. Só a justiça. A pura justiça. Esta é a promessa do Observatório. E devemos tomá-la em nossas mãos."

Foi aí que ouvi falarem do Observatório pela primeira vez.

— Sabemos sua localização? — perguntou Rogers.

— Logo saberemos — respondeu Torres —, pois em nosso poder está o único homem que sabe. Um homem chamado Roberts. Antes chamado Sábio.

DuCasse soltou uma risada curta de escárnio.

— Já faz quarenta e cinco anos desde que alguém viu um verdadeiro Sábio. Como pode ter certeza de que este é autêntico?

— Temos confiança de que ele é — respondeu Torres.

— Os Assassinos virão atrás dele — retrucou Rogers.

Olhei os documentos abertos diante de nós. Desenhos do que parecia uma raça antiga de pessoas construindo alguma coisa — presumivelmente o Observatório. Escravizados quebrando rochas e carregando imensos blocos de pedra. Pareciam humanos, mas não muito.

De uma coisa eu sabia — um plano estava começando a se formar. Este Observatório, que significava tanto para os Templários. Teria valor? Mais especificamente, teria valor para um homem que planejava se vingar das pessoas que ajudaram a incendiar a casa de sua infância?

O pequeno cubo de cristal ainda estava na mesa. Ele me aturdia, assim como na praia no cabo Buena Vista. Agora eu via Torres estender a mão e pegá-lo, respondendo a Rogers ao mesmo tempo:

— Decerto os Assassinos virão a nos, mas, graças a Duncan e às informações que ele nos trouxe, os Assassinos não serão um problema por muito tempo. Tudo será explicado amanhã, cavalheiros, quando vocês mesmos se reunirem com o Sábio. Até lá... Bebamos.

Nosso anfitrião indicou uma mesa de bebidas e, quando todos viraram as costas, estendi a mão para os documentos e embolsei uma página do manuscrito — uma imagem do Observatório.

Bem a tempo. Torres se virou, oferecendo copos aos homens.

— Encontraremos o Observatório juntos, pois, com seu poder, reis cairão, clérigos se acovardarão e os corações e mentes do mundo serão nossos.

Bebemos.

Bebemos juntos, mas tenho certeza de que bebíamos em honra a coisas muito diferentes.

30

No dia seguinte, fui convidado a encontrar meus "companheiros Templários" nos portos norte da cidade, onde se dizia que a frota do tesouro chegaria com minha recompensa e poderíamos discutir esquemas ulteriores.

Assenti, querendo dar a impressão de que eu era um Templário ávido, tramando com meus novos colegas a fazer o que faziam as tramas dos Templários — a questão menor de ser capaz de influenciar "cada homem e mulher da terra". Na realidade, o que eu pretendia fazer, e fica aqui entre nós, era embolsar o dinheiro, dar uma desculpa qualquer que fosse necessária e ir embora. Estava ansioso para gastar meu dinheiro e partilhar minhas informações recém-descobertas com meus confederados em Nassau, depois encontrar o Observatório e colher o pagamento, ajudando na queda desses Templários.

Mas primeiro eu precisava pegar meu dinheiro.

— Bom dia, Duncan. — Ouvi a voz de Woodes Rogers chamando-me das docas. Era uma manhã fresca em Havana, o sol ainda não chegara a sua plena temperatura e uma leve brisa soprava do Golfo do México.

Comecei a seguir Rogers, depois ouvi uma voz aos gritos, "*Edward! Olá, Edward!*"

Por um segundo pensei ser um caso de confusão de identidade, e até mesmo me flagrei olhando por sobre o ombro para ver o tal "Edward". Até que me lembrei. Edward era eu. Eu era Edward. O burro do Edward. Que, por um senso de culpa equivocado, tinha confessado seu segredo ao maior tagarela de Havana, Stede Bonnet.

— Encontrei um homem para comprar meu açúcar restante. Uma reviravolta e tanto, devo dizer — gritou ele pelo porto.

Acenei a ele — *excelentes notícias* —, ciente dos olhos de Rogers em mim.

— Ele acaba de chamá-lo de Edward — disse meu companheiro. O mesmo sorriso curioso que eu vira no dia anterior brincava em seus lábios de novo.

— Ah, este é o mercador que me trouxe aqui — expliquei, com uma piscadela conspiratória. — Por cautela, dei-lhe um nome falso.

— Ah... Bem pensado — disse Rogers. Mas não se convencera.

Fiquei grato por deixar para trás o porto principal quando Rogers e eu nos juntamos ao mesmo grupo de Templários que se reunira na mansão de Torres na véspera. Trocamos apertos de mão, os anéis de nossa irmandade cintilavam, ainda frescos em nossos dedos, e assentimos brevemente um para o outro. Irmãos em uma sociedade secreta.

E então Torres nos levou a uma fileira de pequenas cabanas de pescadores, com barcos a remo amarrados nas águas próximas. Não havia ninguém ali, ainda não. Tínhamos aquela pequena área do porto só para nós, o que era a intenção, sem dúvida, enquanto Torres nos guiava à extremidade, onde guardas esperavam diante de uma pequena palhoça, e dentro dela, sentado em um engradado virado, de barba e roupas esfarrapadas, em seus olhos uma expressão desanimada porém confiante, estava o Sábio.

Vi a expressão de meus companheiros mudar. O conflito entre a derrota e a beligerância parecia brincar no rosto do Sábio, e assim os Templários pareciam lutar também, retribuindo seu olhar com uma expressão que mesclava compaixão e assombro.

— Aqui está ele — disse Torres, falando em voz baixa, quase com reverência, quer estivesse consciente disso ou não —, o homem que os Templários e os Assassinos vêm procurando há mais de uma década.

Ele se voltou para o Sábio.

— Disseram-me que seu nome é Bartholomew Roberts. É correto?

Roberts, ou o Sábio, ou como quer que o chamassem hoje, não disse nada. Apenas fitava Torres com ódio.

Sem tirar os olhos do Sábio, Torres abriu a mão na altura dos ombros. Em sua palma, El Tiburón colocou o cubo de cristal. O mesmo cubo de cristal que me intrigava. Agora eu ia descobrir o que era.

Torres falava novamente com o Sábio.

— Reconhece isto, creio?

Silêncio de Bartholomew Roberts — o Sábio não dizia nada. Talvez soubesse o que viria. Pois agora Torres gesticulava novamente, e um segundo engradado virado lhe foi trazido, no qual ele se sentou de modo a ficar de frente para o Sábio, de homem para homem, só que um dos homens era o governador de Havana e o outro estava esfarrapado, tinha olhos de eremita louco e mãos amarradas.

Foram aquelas mãos amarradas que Torres alcançou, pegando o cubo de cristal e o inserindo sob o polegar do Sábio.

Os dois homens se olharam por um minuto. Os dedos de Torres pareciam manipular o polegar do Sábio de alguma forma, até uma única gota de sangue encher o objeto.

Observei, sem saber muito bem o que estava testemunhando. O Sábio parecia não sentir dor, entretanto seus olhos iam de um homem a outro, como se amaldiçoasse a cada um de nós, a mim inclusive, e fixou em mim um olhar de tal ferocidade que me vi resistindo ao impulso de me retrair.

Por que eles precisavam do sangue daquele pobre sujeito? O que isso tinha a ver com o Observatório?

— Segundo as antigas histórias, é necessário o sangue de um Sábio para entrar no Observatório — disse DuCasse aos sussurros, como se lesse meus pensamentos.

A operação estava encerrada, e Torres se levantou do engradado, meio trêmulo, com uma das mãos segurando a ampola, para que víssemos. Apanhado na luz, o cristal cheio de sangue conferia um brilho avermelhado a sua mão.

— Temos a chave — anunciou ele. — Agora só precisamos de sua localização. Talvez o Sr. Roberts esteja ávido para nos informá-la.

Ele gesticulou para os guardas avançarem.

— Transfiram-no a minha residência.

E foi isso. O procedimento horripilante terminou e fiquei satisfeito por abandonar a estranha cena enquanto começávamos a voltar ao porto principal, onde um navio havia chegado. Aquele que continha o tesouro, assim eu esperava. Esperava *dolorosamente*.

— Que algazarra por um só homem — falei a Torres enquanto caminhávamos, tentando parecer mais despreocupado do que me sentia. — O Observatório *é mesmo* um prêmio tão grande?

— Sim, decerto é — respondeu Torres —, o Observatório foi uma ferramenta construída pela raça precursora. Seu valor é inestimável.

Pensei nos antigos que vi nas imagens na mansão. A raça precursora de Torres?

— Gostaria de poder continuar para ver nosso drama encerrado — disse Rogers —, mas devo me beneficiar desses ventos e navegar para a Inglaterra.

Torres assentiu. Aquele brilho conhecido tinha voltado aos seus olhos.

— Certamente, capitão. Velocidade e sorte para você.

Os dois homens trocaram um aperto de mãos. Irmãos. Irmãos em uma sociedade secreta. Depois Rogers e eu fizemos o mesmo, antes que o lendário caçador de piratas se virasse e partisse, para continuar a ser o flagelo de bucaneiros em toda parte. Nós nos encontraríamos de novo, eu sabia. Mas eu esperava que esse dia tardasse muito.

Agora um dos ajudantes de convés do navio tinha chegado e entregado a Torres algo que parecia suspeitamente conter meu dinheiro. Mas a bolsa não parecia tão pesada como eu esperava.

— Considero isso o primeiro pagamento de um investimento de longo prazo — disse Torres, entregando-me a bolsa, a bolsa suspeitamente *leve.* — Obrigado.

Peguei-a com cautela, sabendo pelo peso que havia mais por vir e, com isso, quero dizer mais dinheiro, assim como mais desafios que eu teria de enfrentar.

— Gostaria que você estivesse presente no interrogatório amanhã. Marcamos por volta de meio-dia — disse Torres.

Então era isso. A fim de recolher o restante de meus honorários, eu precisava ver o Sábio ainda mais aterrorizado.

Torres me deixou e fiquei nas docas por um momento, imerso em pensamentos, antes de sair para me preparar. Eu havia resolvido que ia resgatar o Sábio.

E me pergunto *por que* decidira resgatar o Sábio. Quero dizer, por que eu simplesmente não peguei aquele dinheiro que me deram, meti sebo nas canelas e paguei uma passagem a Nassau, a nordeste? De volta a Edward, Benjamin e aos prazeres da Old Avery?

Gostaria de dizer que foi o desejo nobre de libertar o Sábio, mas havia um pouco mais do que isso na história. Afinal, ele podia ajudar a encontrar o tal Observatório, esse dispositivo para seguir as pessoas; e quanto uma coisa dessas valeria? Era só vendê-la à pessoa certa e eu ficaria rico, o pirata mais rico das Índias Ocidentais. Voltaria a Caroline como um homem rico. Então talvez fosse apenas a ganância que me impeliu a resgatá-lo. Recordando-me de tal fato, vejo que provavelmente uma mistura das duas coisas.

De um jeito ou de outro, era uma decisão da qual eu logo me arrependeria.

31

Era noite e os muros da mansão de Torres formavam uma fronteira negra sob uma noite acinzentada e sem estrelas. O cricrilar de insetos estava em seu auge, quase tragando o murmúrio de água corrente e o farfalhar suave das palmeiras.

Com uma olhada rápida para os lados — minha abordagem fora calculada para que não houvesse sentinelas presentes —, flexionei os dedos e pulei, impelindo-me ao alto do muro, e fiquei ali por um segundo para controlar a respiração e tentar ouvir passos, gritos de "Ei!" e o silvo de espadas sendo desembainhadas...

E então, quando não havia nada — nada além dos insetos, da água e do sussurro do vento noturno entre as árvores —, baixei do outro lado e entrei no terreno da mansão do governador de Havana.

Como um fantasma, atravessei os jardins e entrei no prédio principal, onde me espremi nas paredes pelo perímetro do pátio. Em meu braço direito senti a presença reconfortante de minha lâmina oculta e, presas ao meu peito, estavam minhas pistolas. Uma espada curta pendia de meu cinto, por baixo do manto, e minha cabeça estava coberta pelo capuz. Sentia-me invisível. Sentia-me letal. Sentia-me como se estivesse prestes a desferir um golpe nos Templários e mesmo que libertar o Sábio não causasse os mesmos danos que os companheiros dele causaram a mim, e esse não fosse o jeito de empatar a conta, já era um começo. Era o primeiro golpe.

Além disso, eu teria a localização do Observatório e o alcançaria antes deles. E este era um golpe maior, muito maior. Esse doeria. Eu pensava em o quanto doeria enquanto eu estivesse contando meu dinheiro.

Eu não tinha nenhuma informação fundamentada de onde o governador mantinha suas prisões estaduais, mas satisfaz-me dizer que eu tinha razão. Era um pequeno complexo, separado da mansão, onde encontrei um muro alto e...

Isso é estranho. Por que a porta está aberta?

Passei. Tochas flamejantes em suportes nas paredes iluminavam a cena de carnificina. Quatro ou cinco soldados estavam mortos na terra, com buracos abertos no pescoço, a carne do peito pulverizada.

Eu não fazia ideia de onde o Sábio era mantido. Mas de uma coisa não havia dúvida: ele não estava ali agora.

Ouvi um barulho atrás de mim. Tarde demais para impedir o golpe, mas a tempo de evitar que me derrubasse. Investi para a frente, caindo de mau jeito na terra, mas ao mesmo tempo tendo a presença de espírito de rolar. Uma haste de pique com meu nome foi jogada no chão onde eu estivera. Na outra ponta dela, um soldado surpreso. Levantei-me em um segundo, segurei-o pelos ombros e o girei. Ao mesmo tempo, chutei a haste do pique, a peguei, depois a usei para golpear o corpo dele.

Ele se debatia como um peixe em terra, empalado na haste quebrada de seu próprio pique, mas não fiquei por ali para admirar seus espasmos rumo à morte. O segundo soldado estava em cima de mim, colérico, do jeito que alguém fica quando vê o amigo morrer.

Agora, pensei, *vamos ver se dessa vez isso funciona.*

Snick.

A lâmina oculta se armou e aparei o aço da lâmina dele no meu, jogando sua espada longe e abrindo um talho em sua garganta com um golpe de través. Saquei a espada do cinto a tempo de aparar o terceiro atacante. Atrás dele havia dois soldados com mosquetes. Perto dali estava El Tiburón, com a espada desembainhada, porém junto do quadril, observando a luta. Vi um dos soldados fazer uma careta, um olhar que reconheci, um olhar que já vira nos homens no convés de um navio que atacava o meu.

Ele disparou assim que cravei a espada e a lâmina oculta no soldado diante de mim, prendendo-o com as lâminas e girando-o ao mesmo tempo. Seu corpo, já morto, deu um tranco quando a bala de mosquete o atingiu.

Deixei meu escudo humano cair, arrancando a adaga de seu cinto enquanto me abaixava e rezando para que minha mira se mostrasse boa como sempre, depois de incontáveis horas em Bristol atormentando troncos de árvores com facas de arremesso.

E se mostrou mesmo. Peguei não o primeiro mosqueteiro — que já estava em uma tentativa desesperada de recarregar sua arma —, mas o segundo, que caiu com a faca incrustada entre as costelas.

De um salto, eu estava sobre o primeiro, e o esmurrei na barriga com a mão da lâmina, de modo que ele tossiu e morreu em seu eixo. Gotas de sangue descreveram um arco na noite quando puxei a lâmina e girei o corpo para fazer frente ao ataque de El Tiburón.

Mas não houve ataque.

El Tiburón acalmou o ritmo da luta e, em vez de partir para seu ataque de pronto, simplesmente ficou parado, jogando a espada de uma mão a outra muito despreocupadamente antes de se voltar para mim com ela.

Ótimo. Pelo menos não haveria muita conversa durante a contenda.

Rosnei e avancei, as lâminas cortando semicírculos no ar, na esperança de deixá-lo tonto, desorientado. A expressão dele não se alterou e, com movimentos rápidos do cotovelo e do braço, ele aparou meu ataque com facilidade. Estava concentrado em minha mão esquerda, a mão que segurava a espada, e antes que eu sequer percebesse o gesto dele, meu alfanje voou para longe de meus dedos ensanguentados, caindo na terra.

Agora minha lâmina. Ele se concentrava nela, parecendo saber que ela era novidade para mim. Atrás dele, mais guardas tinham se reunido no pátio, e embora eu não compreendesse o que diziam, era evidente: que eu não era páreo para El Tiburón. Que meu fim viria dali a um segundo.

E assim se provou. O último de seus ataques terminou com um golpe de um soco inglês em meu queixo, senti dentes afrouxando e a cabeça rodando enquanto eu tombava, primeiro de joelhos, antes de cair de frente. Por baixo do manto, o sangue escorria pelas laterais do meu corpo como suor, e o pouco de espírito combativo que ainda havia em mim tinha sido afastado pela dor.

El Tiburón avançou. Uma bota pisou em minha lâmina e prendeu meu braço, e me perguntei fracamente se a lâmina tinha um fecho de acionamento rápido, embora isso não me adiantasse de nada já que a ponta de sua espada cutucava meu pescoço para o golpe final e letal...

— *Basta* — veio o grito da porta do complexo.

Semicerrando os olhos por um véu de sangue, vi os guardas se dispersarem e Torres avançar, seguido de perto por DuCasse. Os dois Templários ficaram ombro a ombro com El Tiburón e, com o mais leve brilho de irritação nos olhos — o caçador impedido de sua matança —, o carrasco se afastou. Serei franco. Não era triste vê-lo partir.

Eu estava ofegante. Minha boca se encheu de sangue e cuspi enquanto Torres e DuCasse se agacharam, examinando-me como dois médicos a um paciente. Quando o francês estendeu a mão para meu braço, meio que esperei que ele fosse sentir minha pulsação, mas em vez disso recolheu a lâmina oculta, soltou-a com dedos experientes e a jogou longe. Torres me olhou e me perguntei se ele realmente estava tão decepcionado como aparentava, ou se era tudo teatro. Ele pegou minha outra mão, retirou meu anel de Templário e o embolsou.

— Qual é o seu nome verdadeiro, patife? — perguntou Torres.

Desarmado como eu estava, eles me colocaram sentado, aos trancos.

— É, ah... Capitão Vão se Foder.

Cuspi outra vez, desta ver perto do sapato de DuCasse, e ele olhou do grumo de sangue para mim com desprezo.

— Não passa de um camponês sujo. — Ele fez menção de me bater, mas Torres o conteve. Estava olhando os corpos pelo pátio, como se tentando avaliar a situação.

— Onde está o Sábio? — perguntou. — Você o libertou?

— Não tenho nada a ver com isso, por mais que quisesse — consegui dizer.

Para mim, o Sábio ou fora levado pelos amigos Assassinos, ou ele mesmo havia encenado uma fuga. De qualquer forma, tinha escapado — estava fora de perigo e de posse do único segredo que todos queríamos: a localização do Observatório. E minha jornada até ali fora um desperdício.

Torres olhou para mim e deve ter visto a verdade em meus olhos. Suas afiliações templárias faziam dele meu inimigo, mas havia algo no velho que me agradava, ou que pelo menos eu respeitava. É possível que ele tivesse visto algo em mim, um senso de que talvez não fôssemos tão diferentes. Certamente, de uma coisa eu sabia: se a decisão tivesse ficado a cargo de DuCasse, eu estaria vendo minhas tripas arriando no chão do complexo. Em vez disso, Torres levantou-se e gesticulou a seus homens.

— Levem-no para o porto. Mandem-no a Seville com a frota do tesouro.

— A Seville? — perguntou DuCasse.

— Sim — respondeu Torres.

— Mas podemos interrogá-lo nós mesmos — disse DuCasse. Ouvi um sorriso cruel em sua voz. — Na realidade... Seria um prazer.

— E é *exatamente* por isso que pretendo confiar a tarefa a nossos colegas da Espanha — disse Torres firmemente. — Espero que este não seja um problema para você, Julien...?

Mesmo confuso pela dor, dava para ouvir a irritação na voz do francês.

— *Non, monsieur* — respondeu ele.

Ainda assim, ele extraiu grande prazer ao me deixar desacordado.

32

Quando despertei, estava no chão do que parecia o convés inferior de um galeão. Um grande galeão, do tipo usado para o transporte de... pessoas. Minhas pernas estavam presas por tornozeleiras de aço — grilhões grandes e inalteráveis que se espalhavam pelo convés, alguns ocos, outros não.

Não muito longe de mim, eu distinguia mais corpos no escuro. Outros homens ali, eu calculava talvez uma dúzia, acorrentados, como eu, mas pelos gemidos baixos e murmúrios que chegavam aos meus ouvidos, era difícil saber em que estado se encontravam. Do outro lado do convés estava empilhado o que presumi ser as posses dos cativos — roupas, botas, chapéus, cintos de couro, mochilas e arcas. Pensei ter visto meu manto ali no meio, ainda sujo e ensanguentado da luta no complexo da prisão.

Lembra-se de que eu ter dito como os conveses inferiores tinham um cheiro próprio? Bem, este tinha um cheiro inteiramente diferente. O cheiro da infelicidade. O cheiro do medo.

Uma voz disse: "Coma rápido." E uma tigela de madeira caiu com um baque surdo perto de meus pés descalços antes que as botas de couro pretas de um guarda se retirassem, e vi a luz do sol através de uma escotilha e ouvi os estalos de uma escada sendo erguida.

Dentro da tigela: um biscoito seco de farinha e um borrão de mingau de aveia. Não muito longe de mim, havia um negro sentado, e tal como eu, espiava a comida de maneira hesitante.

— Está com fome? — perguntei-lhe.

Ele não disse nada, não se mexeu para pegar a comida. Em vez disso, alcançou os grilhões em seus pés e começou a trabalhar neles, o rosto ostentando uma expressão de profunda concentração.

No início pensei que ele estivesse perdendo tempo, mas enquanto seus dedos trabalhavam, deslizando entre os pés e os ferros, seus olhos vieram a mim, e embora ele não tivesse dito nada, pensei ter visto neles o fantasma da experiência dolorosa. Suas mãos foram à boca e por um instante ele pareceu um gato se limpando, até que a mesma mão mergulhou no mingau, misturando a goma com saliva e então a usando para lubrificar os pés nos ferros.

Agora eu sabia o que ele estava fazendo, e só podia olhar, admirado e com esperanças, enquanto ele continuava, deixando o pé cada vez mais gorduroso até ficar escorregadio o bastante para...

Tente. Ele me olhou, silenciou qualquer incentivo antes mesmo que este saísse de meus lábios, depois torceu e puxou ao mesmo tempo.

Ele teria gritado de dor se não estivesse concentrado em fazer silêncio e quando seu pé se libertou da barra de ferro, estava coberto de uma mistura repugnante de sangue, saliva e mingau. Mas estava livre. E nenhum de nós queria comer o mingau de aveia mesmo.

Ele olhou para o convés, na direção da escada, e nós dois nos preparamos para o surgimento de um guarda. Em seguida ele começou a trabalhar no outro pé, e logo estava livre. Agachado na madeira com a cabeça virada de lado, ficou atento enquanto os passos acima de nós pareciam avançar para a escotilha, depois, felizmente, afastaram-se de novo.

Houve um instante em que eu me perguntei se ele podia simplesmente me deixar ali. Afinal, éramos estranhos; ele não me devia nada. Por que perderia tempo e arriscaria a própria liberdade para me ajudar?

Mas eu estivera a ponto de deixá-lo comer o mingau, e pelo visto fazia diferença, porque no instante seguinte, depois de hesitar por um momento — talvez ele tivesse se indagado sobre a sensatez de me ajudar —, ele engatinhou para mim, verificou os grilhões e correu até uma parte oculta do convés atrás de mim, voltando com chaves.

Seu nome era Adewalé, contou ele enquanto abria os grilhões. Agradeci-lhe em voz baixa, esfregando os tornozelos e sussurrando:

— Agora, qual é o seu plano, amigo?

— Roubar um navio — disse simplesmente.

Gostei de ouvir aquilo. Primeiro, porém, eu pegaria meu manto e a lâmina oculta, bem como acrescentaria um par de braçais de couro e um casaco de couro a meus trajes.

Enquanto isso, meu novo amigo Adewalé usava as chaves para libertar os outros prisioneiros. Peguei outro molho em um prego na parede e me juntei a ele.

— Este favor tem um preço — falei ao primeiro homem ao qual me dirigi enquanto meus dedos trabalhavam na chave em seus ferros —, você navegará comigo.

— Eu o seguiria ao inferno, amigo.

Agora havia mais homens de pé no convés e livres dos grilhões do que prisioneiros, e talvez aqueles acima de nós tivessem ouvido alguma coisa, porque de repente a escotilha se abriu e o primeiro dos guardas desceu a escada ruidosamente, de espada em punho.

— Ei — disse ele, mas o "Ei" se transformou em sua última palavra.

Eu já havia encaixado a lâmina oculta (e tive um instante de reflexão de que embora a estivesse usando por um curto espaço de tempo, de algum modo já parecia familiar a mim, quase como se eu a tivesse utilizado durante anos) e, com um movimento do braço, a lâmina foi acionada. Avancei e apresentei a lâmina ao guarda, cravando-a fundo em seu esterno.

Não foi exatamente sorrateiro ou sutil. E eu apunhalei com tanta força que a lâmina perfurou suas costas e o prendeu na escada, até que a puxei, soltando-o. Agora eu via as botas de um segundo soldado e a ponta de sua espada enquanto os reforços chegavam e, dessa vez, não esperei. Com um movimento de revés, passei a lâmina pouco abaixo de seus joelhos, e ele gritou e tombou, perdendo o equilíbrio e soltando a espada, com uma das pernas cortadas até o osso e o sangue jorrando no convés enquanto ele se juntava a seu companheiro na madeira.

Agora era um motim completo, e os homens libertados correram às pilhas de bens confiscados e vestiram seus próprios trajes, armando-se com alfanjes e pistolas, calçando botas. Vi querelas irromperem — sim, tão depressa! — sobre quem seria dono de quais itens, mas não havia tempo para fazer o papel de árbitro. Bastou um puxão de orelha e nossa nova equipe estava pronta para entrar em ação. Acima de nós, ouvimos correria e gritos de pânico em espanhol enquanto os guardas se preparavam para o levante.

Nesse instante, ocorreu algo mais. O navio balançou de repente, e eu já sabia que a causa era uma lufada de vento. Do outro lado do convés, encarei os olhos de Adewalé, e ele murmurou algo para mim. Uma palavra: furacão.

Mais uma vez foi como se o navio tivesse sido abalroado quando uma nova rajada de vento o atingiu. Agora o tempo estava contra nós; a batalha precisava ser vencida rapidamente e tínhamos de tomar nosso próprio navio, afinal aqueles ventos, apesar de furiosos, não eram nada — *nada* — se comparados à força de um furacão maciço.

Era possível calcular sua chegada contando o espaço entre as primeiras rajadas. Era possível ver a direção de onde o furacão estava vindo. E quando se era um marujo experiente, o que a essa altura eu era, dava para usar o furacão em proveito próprio. Assim, contanto que zarpássemos logo, seríamos capazes de vencer nossos perseguidores.

Sim, era isso. O pavor pelo furacão tinha sido substituído pela ideia de que poderíamos fazê-lo trabalhar a nosso favor. Use o furacão; supere os espanhóis. Algumas palavras no ouvido de Adewalé e meu novo amigo assentiu e espalhou o plano aos demais homens.

Eles estariam nos aguardando do lado de fora da escotilha principal. Esperavam um ataque descoordenado e a esmo pela escotilha do tombadilho.

Então vamos fazer com que paguem por nos subestimar.

Orientando alguns homens a ficarem junto ao pé da escada e a fazerem o estardalhaço de quem se preparava para atacar, liderei os demais à popa, onde invadimos a enfermaria, e depois subimos furtivamente a escada para a cozinha de bordo.

No instante seguinte saíamos no convés principal, e é lógico que os soldados espanhóis estavam distraídos, de costas para nós, com os mosquetes apontados para a escotilha do tombadilho.

Eram uns idiotas. Eram idiotas descuidados, que não só haviam nos dado as costas como estavam levando mosquetes para uma luta de espadas, e pagariam por isso com o aço em suas tripas e pela garganta. Por um momento o tombadilho foi um campo de batalha, quando aproveitamos brutalmente a vantagem de nosso ataque-surpresa até os espanhóis jazerem mortos ou moribundos a nossos pés, ao mesmo tempo em que os demais saltavam do navio, em pânico. Erguemo-nos e recuperamos o fôlego.

Embora as velas estivessem enroladas, o navio balançou ao ser esmurrado por outra rajada de vento. O furacão chegaria a qualquer minuto. Agora, nos outros navios pelo porto, pertencentes à frota do tesouro, víamos soldados brandindo piques e mosquetes, preparando-se para nosso ataque.

Precisávamos de um navio mais veloz do que aquele, e Adewalé estava de olho em um, já liderando um grupo de nossos homens pela prancha até o cais. Os soldados do porto morreram pelas lâminas deles. Ouvimos o estampido de mosquetes e alguns de nossos homens caíram, mas já estávamos nos precipitando ao galeão ao lado do nosso, um belo navio — o navio que logo eu tornaria meu.

E então já estávamos a bordo assim que o céu escureceu, um pano de fundo adequado para a batalha e um presságio apavorante do que estava por vir.

O vento nos chicoteava. Ficando mais forte agora, nos golpeava em rajadas repetidas. Os soldados espanhóis, notoriamente desbaratados, estavam tão apavorados com a tempestade iminente quanto com os prisioneiros fugidos, incapazes de evitar o ataque de qualquer dos dois.

A batalha foi sangrenta e cruel, mas acabou rapidamente, e o galeão era nosso. Por um momento perguntei-me se Adewalé quereria assumir o comando; na realidade, ele tinha todo o direito de assim proceder — aquele homem não só me libertou como liderou o ataque que nos ajudou a conquistar aquela embarcação. E se ele decidisse ser o capitão do próprio navio, eu teria de respeitar isso, encontrar meu próprio comando e seguir meu caminho.

Mas não. Adewalé queria navegar comigo como contramestre.

Fiquei mais do que grato, não só por ele estar disposto a servir sob meu comando como por ter decidido não levar suas habilidades a outra parte. Em Adewalé tive um contramestre leal, um homem que nunca se insurgiria contra mim em um motim, uma vez que eu era um capitão justo e honrado.

Eu soube disso no início de nossa amizade, assim como sei agora, depois de todos esses anos de camaradagem entre nós.

(Ah, mas o Observatório. O Observatório se colocou entre nós.)

Zarpamos assim que os mastros largaram e os primeiros dedos da tempestade iminente enfunaram nossas velas. Ventos cruzados nos espancavam enquanto deixávamos o porto, e olhei de meu lugar no leme, vendo os navios restantes da frota do tesouro sendo assaltados pelo vento e pela chuva. No início seus mastros balançaram-se loucamente como pêndulos descontrolados, depois eles começaram a se chocar entre si, quando a tempestade chegou. Sem velas preparadas, eram alvos fáceis, e meu coração se alegrou ao vê-los derrubados pelo furacão como se fossem palitos de fósforo.

Agora o ar parecia esfriar cada vez mais a nossa volta. No alto eu via nuvens se reunindo, correndo pelo céu e bloqueando o sol. Em seguida fomos fustigados pelo vento, pela chuva e por borrifos do mar. Ao redor, as ondas pareciam crescer sem parar: montanhas de água elevando-se com picos espumosos, cada uma delas prestes a nos tragar, jogando-nos de um cânion imenso de mar a outro.

As galinhas foram lançadas para fora do navio. Homens se agarravam às portas das cabines. Ouvi gritos enquanto ajudantes de convés azarados eram arrebanhados do barco. O fogo na cozinha de bordo se apagou. Todas as escotilhas e portas de cabine batiam. Só os homens mais corajosos e habilidosos se atreviam a subir nos enfrechates para tentar manejar as velas.

O mastro de proa se quebrou e temi pelo mastro principal e pelo de mezena, mas eles aguentaram, graças a Deus, e fiz uma oração silenciosa por aquele navio veloz e bravo que havia sido trazido a nós pelo destino.

O céu era uma colcha de retalhos de nuvens negras que de vez em quando se separavam, permitindo a passagem de raios de sol, como se o astro fosse prisioneiro atrás delas, como se o clima estivesse nos provocando. Mesmo assim continuamos firmemente, com três homens ao leme e outros agarrados ao cordame como se estivessem tentando empinar uma pipa imensa e abominável, tentando desesperadamente nos manter à frente da tempestade. Reduzir a velocidade seria nos render a ela. Render-nos seria a morte.

Mas não morremos, não naquele dia. Atrás de nós, o restante da frota do tesouro era esmagado no porto, mas aquele navio, o único que continha prisioneiros libertados, conseguiu escapar e os homens que tínhamos — uma tripulação mínima — juraram sua fidelidade a mim e a Adewalé, e concordaram com minha proposta de zarpar imediatamente para Nassau. Enfim eu voltaria a Nassau, para ver Edward e Benjamin, e me reunir à república de piratas da qual sentia tanta falta.

Eu estava ansioso por lhes mostrar meu navio. Meu novo navio. Eu o batizara *Jackdaw*.

33

Setembro de 1715

— Você deu o nome gralha, uma ave medíocre, ao seu novo navio?

Fosse qualquer outro homem e eu teria sacado minha pistola ou talvez armado a lâmina oculta para fazê-lo engolir o que disse. Mas era Edward Thatch. Ainda não era o Barba Negra, ah, não. Ainda precisava cultivar o pelo no rosto que lhe conferiria seu mais famoso apelido, mas ele ainda tinha toda aquela fanfarronice que era sua marca registrada tanto quanto a barba trançada e os pavios acesos que viria a usar nela.

Benjamin também estava lá, sentado com Edward sob os toldos de vela da Old Avery, uma taberna na colina que dava para o porto, um de meus lugares preferidos no mundo e minha primeira escala ao chegar a Nassau — uma Nassau que me deixou feliz por não ter mudado: a extensão do mais puro mar azul pelo porto, os navios capturados que pontilhavam as praias, bandeiras inglesas voando de seus mastros, as palmeiras, as palhoças, o imenso Forte de Nassau que assomava sobre nós, sua bandeira da caveira batendo na brisa leste. Mentira: Nassau tinha mudado. Estava mais movimentada do que antes. Cerca de novecentos homens e mulheres agora faziam dela sua base, descobri — setecentos deles piratas. E isto incluía Edward e Benjamin — planejando ataques e bebendo, bebendo e planejando ataques, seis de um, meia dúzia do outro.

Perto havia outro pirata que reconheci como James Kidd, que alguns diziam ser filho de William Kidd, sentado sozinho. Mas por ora minha atenção se voltava aos meus velhos companheiros de barco, que se levantaram para me receber. Ali não havia formalidade nenhuma, a insistência na educação e no decoro que acorrenta o restante da sociedade. Não, eu recebia uma boa saudação pirata, com abraços imensos de Benjamin e Edward, os flagelos piratas das Bahamas, mas na verdade ursos velhos e mansos com lágrimas de gratidão nos olhos ao verem um velho amigo.

— Por Deus, você é uma visão e tanto para olhos salgados — disse Benjamin —, venha beber alguma coisa.

Edward olhou para Adewalé.

— Eh, Kenway. Quem é esse?

— Adewalé, contramestre do *Jackdaw*.

E foi aí que Edward fez troça do nome do *Jackdaw*. Nenhum deles tinha mencionado ainda o manto que eu trajava, mas talvez eu ainda viesse a ter este prazer. Certamente houve um momento, depois dos cumprimentos, em que os dois me olharam longa e duramente, e me perguntei se aqueles olhares estavam tão pasmados por minhas roupas como estavam por verem a mudança em mim, porque o fato é que eu era um menino quando os conheci, mas tinha deixado de ser um adolescente arrogante e irresponsável, um filho errante, um marido apaixonado, mas pouco confiável e me tornado outra coisa — um homem marcado e endurecido pela batalha, que não era tão descuidado com seus sentimentos nem tão liberal em suas emoções, um homem frio em muitos aspectos, um homem cujas verdadeiras paixões estavam bem enterradas.

Talvez meus dois velhos amigos tivessem visto isso. Talvez tivessem notado o endurecimento de um menino para um homem.

Eu estava procurando homens para minha tripulação, informei a eles.

— Ora — disse Edward —, há muitos homens capazes, mas tenha cautela. Uma penca de marinheiros do rei apareceu há uma quinzena, criando problemas e barulho, dizendo serem donos do lugar.

Não gostei de como aquilo me soou. Seria obra de Woodes Rogers? Ele mandou um grupo avançado? Ou havia outra explicação? Os Templários. Procurando por mim, talvez? Procurando outra coisa? Os riscos agora eram elevados, eu devia saber. Fiz mais do que me cabia para aumentá-los.

E conforme se provou depois, ao recrutar homens para meu navio, eu estava para aprender um pouco mais sobre a presença dos ingleses nas Bahamas. Homens com quem Adewalé e eu conversamos mencionaram ter visto soldados usando as cores do rei saracoteando por ali .

Os britânicos nos queriam fora, ora essa, é claro que sim, éramos um espinho no pé de Sua Majestade, uma grande mancha suja no emblema vermelho, mas parecia que havia, no mínimo, um aumento do interesse britânico. Foi por isso que, quando me encontrei novamente na Old Avery com Edward, Ben e, juntando-se a nós, James Kidd, fiquei por demais preocupado com as caras desconhecidas e tomei o cuidado de falar em um tom baixo para não ser entreouvido.

— Já ouviram falar de um lugar chamado Observatório? — perguntei a eles.

Estive pensando muito nisso. À sua menção, houve uma hesitação nos olhos de James Kidd. Lancei-lhe um olhar firme. Ele era jovem — cerca de 19 ou 20 anos, eu diria, então um pouco mais novo do que eu e, tal como eu, meio cabeça quente. Assim, enquanto Thatch e Hornigold menearam a cabeça, foi ele quem falou:

— Sim — disse —, já ouvi falar no Observatório. Uma lenda antiga, como a do Eldorado ou da Fonte da Juventude.

Eu os conduzi a uma mesa onde, olhando para os lados, como verificação para ver se algum espião do rei estaria presente, alisei a imagem que afanei da mansão de Torres e a coloquei na mesa. Meio surrada, mas, ainda assim, diante de nós estava uma imagem do Observatório, e os três homens a olharam com interesse, alguns com mais interesse do que outros. Alguns que fingiram estar menos interessados do que realmente estavam.

— Já ouviu falar? — perguntei a James.

— Era para ser um templo ou tumba. Escondendo algum tesouro.

— Ah, bolas — berrou Edward. — Prefere contos de fadas a ouro, é?

Edward — ele não participaria da tentativa de encontrar o Observatório. Eu sabia desde o início. Ora essa, eu sabia disso antes mesmo de ter aberto a boca. Ele queria tesouros que pudesse pesar em balanças; arcas cheias de peças de ouro, enferrujadas com o sangue de seus proprietários anteriores.

— Isso vale mais do que ouro, Thatch. Dez mil vezes mais do que o que poderíamos tirar de um navio espanhol.

Ben também parecia hesitante — na realidade, o único que parecia estar me dando ouvidos era James Kidd.

— Roubar do rei para dar aos pobres, é assim que temos nosso sustento aqui, amigo — disse Ben em um tom de admoestação. Ele meteu um dedo sujo e desgastado em minha imagem roubada. — Isto não é uma fortuna; é uma fantasia.

— Mas este é um prêmio que pode nos arranjar pelo resto da vida.

Meus dois antigos companheiros, eles eram o sal da terra, os dois melhores homens com quem eu já havia velejado, mas amaldiçoei a falta de visão deles. Falavam de dois ou três ganhos para durar meses, mas eu tinha em mente um prêmio que nos ajeitaria pela vida toda! Isso sem mencionar fazer de mim um cavalheiro: um homem de qualidades e promessas.

— Ainda está sonhando com aquela rameira em Bristol? — zombou Ben quando mencionei Caroline. — Jesus do céu, deixe disso, garoto. É em Nassau que você deve ficar, e não na Inglaterra.

E por um tempo tentei convencer a mim de que era verdade, que eles tinham razão, que eu devia deitar os olhos em tesouros mais tangíveis. Durante dias passados bebendo, planejando ataques, depois os realizando, aí bebendo por seu sucesso e planejando mais incursões, tive muito tempo para refletir na ironia de tudo isso, sobre como, em volta da mesa com meus "amigos" Templários, eu os julgara iludidos e tolos e tinha nostalgia de meus companheiros piratas com sua conversa franca e livre pensamento. Entretanto, aqui, em Nassau, encontrei homens que tinham fechado sua mente, apesar das aparências em contrário, apesar do que diziam e até do simbolismo da bandeira negra, com a qual fui presenteado em uma tarde, quando o sol nos castigava.

— Não exibiremos cores aqui, mas louvaremos a ausência delas — disse Edward enquanto olhava o *Jackdaw*, onde Adewalé estava de pé junto ao mastro. — Que a bandeira negra indique nada além de sua aliança com as liberdades naturais do homem. Esta é sua. Exiba-a com orgulho.

A bandeira tremulava suavemente ao vento e tive orgulho — eu *tive* orgulho. Tinha orgulho do que representava e de minha participação naquilo. Eu ajudara a construir alguma coisa de valor, um golpe para a liberdade — a *verdadeira liberdade*. Todavia, ainda havia um buraco fundo em meu coração, onde pensava em Caroline, no erro que fora cometido contra mim. Veja bem, meu amor, eu tinha voltado um homem diferente a Nassau. Aquelas paixões bem enterradas? Eu esperava pelo dia em que agiria de acordo com elas.

Nesse meio tempo, havia outras coisas em que pensar, especificamente a ameaça ao nosso estilo de vida. Uma noite, vimo-nos sentados em volta de uma fogueira na praia, nossos navios, o *Benjamin* e o *Jackdaw*, ancorados no mar.

— Um brinde à república dos piratas, amigos — disse Thatch. — Somos prósperos e livres, e fora do alcance dos clérigos do rei e dos cobradores de dívidas.

— Perto de quinhentos homens agora juram aliança aos confrades da costa de Nassau. Um número nada ruim — disse James Kidd. Ele me lançou um breve olhar de soslaio e fingi não notar.

— É verdade — concordou Thatch —, no entanto, faltam-nos defesas fortes. Se o rei atacasse a cidade, seríamos pisoteados.

Peguei a garrafa de rum que ele me estendia, segurei ao luar para buscar sedimentos flutuantes e depois, satisfeito, bebi um gole.

— Então vamos encontrar o Observatório — propus. — Se for o que aqueles Templários alegam, seremos invencíveis.

Edward suspirou e estendeu a mão para a garrafa. Eles já tinham me ouvido falar demais naquele assunto.

— Não me venha com esse *disparate* de novo, Kenway. Isto é história para pirralhos. Refiro-me a defesas *apropriadas*. Roubar um galeão, transferir todas as armas para um lado. Daria um belo enfeite para um de nossos portos.

Agora Adewalé se manifestava.

— Não será fácil roubar um galeão espanhol equipado. — Sua voz era lenta, clara, cuidadosa. — Tem algum em mente?

— Tenho, senhor — retorquiu Thatch, embriagado. — E lhe mostrarei. É um balofo. Gordo e lento.

E foi assim que nos lançamos a um ataque ao galeão espanhol. Na época eu não sabia, é claro, mas estava prestes a reencontrar meus amigos Templários.

34

Março de 1716

Estabelecemos o curso sudoeste, aproximadamente. Edward disse que tinha visto este galeão específico à espreita pelos recessos inferiores das Bahamas. Pegamos o *Jackdaw* e, ao navegarmos, vimo-nos conversando com James Kidd e perguntando de sua ascendência.

— O filho bastardo do finado William Kidd, hein? — Edward Thatch se divertia muito com a relação. — A história que você gosta de contar é verdadeira?

Nós três estávamos no convés de popa e dividíamos uma luneta como se fosse um caneco de rum, a fim de olhar por uma muralha de névoa de início de noite, tão densa que parecia que eu estava tentando enxergar através de leite.

— Assim minha mãe me contou — respondeu Kidd com afetação. — Sou o resultado de uma noite de paixão pouco antes de William ir embora de Londres...

Era difícil dizer por seu tom de voz se ele estava irritado com a pergunta. Ele era diferente. Edward Thatch, por exemplo, agia com o coração. Em um segundo estava furioso, no outro, alegre. Não importava se estivesse dando socos ou distribuindo abraços de urso, bêbado; sempre dava para saber o que esperar de Edward Thatch.

Quaisquer que fossem as cartas que Kidd estivesse escondendo, ele as mantinha junto ao peito. Lembro-me de uma conversa que tivemos um tempo atrás.

— Você roubou esse traje de um almofadinha em Havana? — perguntou-me ele.

— Não, senhor — respondi. — De um cadáver... Um cadáver outrora errante e que falou merda na minha cara.

— Ah... — dissera ele, e uma expressão atravessou seu rosto, impossível de decifrar...

Ainda assim, não havia como esconder seu entusiasmo quando finalmente vimos o galeão que procurávamos.

— Esse navio é um monstro; vejam o tamanho dele — disse Kidd enquanto Edward empertigava-se como quem diz, "*eu avisei*".

— Sim — advertiu ele — e não vamos durar muito se o enfrentarmos de frente. Ouviu, Kenway? Mantenha distância, vamos atacar quando a sorte estiver a nosso favor.

— Sob o manto da escuridão, mais provavelmente — falei com o olho na luneta. Thatch tinha razão. Ele era uma beleza. Um lindo ornamento para nosso porto e uma linha de defesa impossível à direita.

Deixamos o galeão se afastar para uma ruptura distante no horizonte que presumi ser uma ilha. A ilha Inagua, se minha memória dos mapas estava correta, onde uma enseada proporcionava o lugar perfeito para nossas naves ancorarem, e a vegetação abundante e a vida animal a tornavam ideal para nos reabastecer de suprimentos.

Edward confirmou.

— Conheço o lugar. Um forte natural usado por um capitão francês de nome DuCasse.

— *Julien DuCasse*? — indaguei, incapaz de esconder a surpresa da voz. — O Templário?

— O nome está correto — respondeu Edward, distraído. — Não sabia que ele tinha um título.

Com raiva, falei:

— Conheço o sujeito. E se ele vir meu navio, o reconhecerá de Havana. O que significa que ele pode se perguntar quem o estaria navegando agora. Não posso correr esse risco.

— Eu não quero perder esse galeão — disse Edward. — Vamos pensar... E talvez esperar até que esteja mais escuro antes de pular a bordo.

Mais tarde, aproveitamos a oportunidade para falar com os homens, subindo no cordame e olhando para eles de cima, reunidos no convés principal, com Edward Thatch e James Kidd entre eles. Perguntei-me, pendurado ali por um momento, esperando que fizessem silêncio, se Edward olhava para mim e sentia orgulho de seu jovem protegido, um homem de quem ele fora mentor nos caminhos da pirataria. Eu esperava que sim.

— Cavalheiros! Como é costume em nosso gênero, não entramos de cabeça em tolices sob as ordens de um único louco, mas agimos segundo nossa loucura coletiva!

Eles rugiram de rir.

— O objeto de nossa atenção é um galeão de mastros-quadrado e o queremos pela vantagem que ele nos dará em Nassau. Assim, colocarei em votação... Aqueles a favor de invadir essa angra e tomar o navio, batam o pé e digam "Sim!".

Os homens rugiram sua aprovação, nem uma única voz dissidente entre eles. Alegrava o coração ouvir isso.

— E os que se opõem, choraminguem um "Não!".

Não se ouviu nada no navio.

— Nunca o conselho do rei teve essa unanimidade! — gritei, e os homens se uniram a mim. Olhei para baixo, observando James Kidd, e especialmente Edward Thatch, e eles estavam radiantes com a aprovação de todos.

Logo depois, enquanto velejávamos para a enseada, tive um pensamento: eu precisava me certificar de que Julien DuCasse fosse tirado da jogada. Se ele visse o *Jackdaw* e, mais especificamente, se me visse e depois escapasse, podia contar a seus confederados Templários onde eu estava, e eu não queria isso. Não se ainda tinha alguma esperança de localizar o Observatório, que, apesar do que diziam meus amigos, eu esperava descobrir. Pensei um pouco na questão, remoendo as várias possibilidades, e no fim decidi fazer o que devia ser feito: pulei do navio.

Bem, não diretamente, não fiz isso. Primeiro contei a Edward e a James sobre meus planos e depois, quando meus amigos souberam que eu pretendia ir na frente e surpreender DuCasse antes que o ataque principal se iniciasse, pulei do navio.

Nadei até a praia, onde me movi como um espectro na noite, pensando em Duncan Walpole enquanto o fazia, minha mente voltando à noite em que invadi a mansão de Torres e esperançosa de que esta noite não terminasse da mesma forma.

Passei por grupos de guardas de DuCasse, meu espanhol limitado captando fragmentos de conversas enquanto eles reclamavam por ter de caçar suprimentos para o barco. A noite caía quando cheguei a um acampamento e me agachei no mato, onde ouvi uma conversa de dentro de uma tenda. Reconheci uma voz em particular: Julien DuCasse.

Eu já sabia que DuCasse tinha um solar na ilha, onde ele sem dúvida gostava de relaxar depois de voltar de seus empenhos para controlar o mundo. O fato de ele não retornar para lá agora significava que aquela não era uma visita fugaz para recolher suprimentos.

Ora, só havia um problema. Dentro da tenda, meu ex-associado Templário estava cercado por guardas. Eles eram truculentos, provavelmente guardas nada cooperativos, que reclamavam de ter de coletar víveres para o navio, isso sem mencionar a impressão de tensão aguda na língua de Julien DuCasse. Ao mesmo tempo, eles ainda eram apenas guardas. Olhei o acampamento. Havia uma fogueira quase extinta, apenas as brasas, do outro lado. Perto de mim havia engradados e barris e, olhando deles para o fogo, pude notar que tinham sido colocados ali deliberadamente. Quando me esgueirei e tive uma visão melhor, vi que eram barris de pólvora. Coloquei a mão na nuca, onde eu tinha metido a pistola para que ficasse seca. Minha pólvora estava molhada, é claro, mas o acesso à pólvora não era mais um problema.

No meio do acampamento postavam-se três soldados. De guarda, supostamente, mas na realidade resmungando algo que eu não conseguia ouvir. Xingando DuCasse, provavelmente. Outros soldados iam e vinham e aumentavam a pilha de suprimentos: principalmente lenha, gravetos, bem como barricas transbordando a água de um poço próximo. Aposto que era exatamente o banquete de javali e água de fonte que DuCasse esperava.

Permanecendo nas sombras, e com um olho no movimento dos soldados, aproximei-me de mansinho dos barris e abri um buraco no fundo de um deles, com tamanho suficiente para encher minhas mãos de pólvora e criar um pequeno rastro enquanto eu contornava o complexo até ficar o mais perto que me atrevia do fogo. Minha linha de pólvora descrevia um semicírculo a partir do ponto onde eu me agachara, atrás dos barris. Do outro lado deste círculo estava a tenda onde Julien DuCasse estava sentado, bebendo e sonhando com os grandiosos planos dos Templários de dominar o mundo — e gritando ofensas a seus homens desobedientes.

Muito bem. Eu tinha fogo. Tinha um rastro de pólvora que saía de perto do fogo, passando pelo mato, até chegar aos barris. Tinha homens esperando para ser explodidos e tinha Julien DuCasse esperando nosso momento de ajuste de contas. Agora eu só precisava calcular bem o tempo para que nenhum dos soldados rústicos visse meu pavio improvisado antes que ele detonasse a pólvora.

Agachando, passei ao fogo e depois joguei uma brasa ardente no rastro de pólvora. Preparei-me para o barulho que faria — seria tão alto na noite — e agradeci a Deus por aqueles soldados serem ruidosos demais. E então, enquanto o pavio crepitava para longe de mim, torci para não ter rompido a linha inadvertidamente; torci para não ter colocado a pólvora em nada molhado por acidente; torci para que nenhum dos soldados voltasse justamente no instante em que...

E então um deles voltou. Carregava uma tigela cheia de alguma coisa. Frutas, talvez. Mas fosse pelo cheiro ou o barulho, ele foi alertado e parou à beira da clareira, olhando suas botas assim que o rastro de pólvora fervilhando passou por seus pés.

Ele levantou a cabeça e sua boca formou um O para pedir ajuda enquanto eu puxava a adaga do cinto, recuava o braço e a lançava. Fiquei grato mais uma vez por aquelas tardes que desperdicei vandalizando as árvores em Bristol, e agradeci a Deus quando a faca o atingiu pouco acima da clavícula — não foi um lançamento especialmente preciso, mas serviu. Assim, em vez de gritar o alarme, ele soltou um som baixo e estrangulado e arriou de joelhos, as mãos arranhando o pescoço.

Os homens na clareira ouviram o barulho de seu corpo caindo, a tigela de frutas tombando, as frutas rolando, e viraram-se para olhar. De repente estavam atentos, mas isso não importava, porque mesmo que tivessem sacado os mosquetes dos ombros e gritado, não tinham ideia do que estava prestes a acontecer.

Creio que eles nem souberam o que os atingiu. Virei-me de costas, pus as mãos nos ouvidos e me enrosquei como uma bola quando a explosão dilacerou a clareira. Algo bateu nas minhas costas. Algo mole e molhado, no qual eu não queria particularmente pensar. De longe, ouvi os gritos, e sabia que mais homens chegariam a qualquer momento, então me virei e corri para a clareira, passando por corpos de soldados em vários estados de mutilação e desmembramento, a maioria morta, um deles suplicando pela morte, e pela fumaça densa e negra que enchia a clareira, as brasas flutuando no ar.

DuCasse saiu da tenda, praguejando em francês, gritando que alguém, qualquer um, apagasse o fogo. Tossindo, cuspindo, ele agitou a mão na frente da cara para tirar a fumaça e as partículas sufocantes de fuligem incendiada e espiou pela névoa.

E então me viu parado diante dele.

Sei que ele me reconheceu, porque disse: "Você." E foi a única palavra que ele falou antes que eu cravasse minha lâmina nele.

Minha lâmina não produziu som algum.

— Lembra-se do presente que me deu? — Ela emitiu um barulho de sucção quando a tirei de seu peito. — Bem, ela responde muito bem.

— Seu filho de uma puta. — Ele tossiu e o sangue espirrou em seu rosto. Em volta de nós, chamas choviam como uma nevasca satânica.

— Arrojado como uma bala de mosquete, e ainda assim com metade do gume —conseguiu dizer enquanto a vida se esvaía dele.

— Desculpe por isso, amigo. Mas não posso correr o risco de que você conte a seus amigos Templários que me viu andando por aqui.

— Tenho pena de você, bucaneiro. Depois de tudo o que viu, depois de tudo que lhe mostramos de nossa Ordem, ainda adota a vida de um patife ignorante e inconsequente.

Em seu pescoço, vi algo que não tinha visto. Uma chave em uma corrente. Puxei-a e ela saiu com facilidade em meus dedos.

— Suas ambições se estendem só ao roubo mesquinho? — zombou. — Não tem cabeça para compreender o escopo das nossas? Todos os impérios da terra, abolidos! Um mundo livre e aberto, sem parasitas como você.

Ele fechou os olhos, morrendo. Suas últimas palavras foram:

— Que o inferno que você encontrar seja obra sua.

Atrás de mim, ouvi homens entrando na clareira e soube que era hora de ir embora. Ao longe, eu ouvia mais gritos e os sons da batalha e percebi que meus companheiros tinham chegado, que a enseada e o galeão logo seriam nossos e que o trabalho da noite logo estaria concluído. E enquanto eu desaparecia na mata, pensei nas últimas palavras de DuCasse: *Que o inferno que você encontrar seja obra sua.*

É o que veremos, pensei. Veremos.

Parte Três

35

Maio de 1716

Passaram-se dois meses e eu estava em Tulum, na costa leste da península de Yucatán. Meus motivos para estar ali? O sempre misterioso James Kidd e o que ele havia me mostrado na ilha Inagua.

Ele estivera esperando, agora percebo. Esperava pelo momento de me pegar sozinho. Depois da morte de DuCasse, do roubo de seu galeão e do... bem, digamos, "descarte" dos demais homens do francês, uma operação que se reduziu a "junte-se a nós e se torne pirata" ou "aproveite seu mergulho", Thatch velejou para Nassau com o galeão espanhol, levando a maior parte dos homens.

Eu, Adewalé e Kidd ficamos com uma vaga ideia de como podíamos utilizar a enseada. O que eu tinha em mente, é claro, era utilizá-la para relaxar em suas praias e beber até que se esgotasse o suprimento de rum, depois voltar a Nassau. *Ah, você construiu o porto fortificado sem mim. Que pena que perdi a oportunidade de ajudar.* Algo parecido.

O que Kidd tinha em mente... Ora, quem saberia? Pelo menos até ele se aproximar de mim naquele dia e dizer que tinha algo a me mostrar, levando-me para as pedras maias.

— Coisas de aparência estranha, não são? — disse ele.

Ele não estava errado. De longe, parecia um monte de entulho, mas de perto era uma formação cuidadosamente arrumada de blocos estranhamente entalhados.

— É isso que chamam de maia? — perguntei-lhe, olhando a rocha mais atentamente. — Ou seria asteca?

Ele me fitou. Estava com o olhar penetrante e indagativo que sempre aparecia quando ele falava. Deixava-me pouco à vontade, para ser franco. Por que sempre me vinha a sensação de que ele tinha algo a dizer, algo a dizer a mim? Aquelas cartas que ele mantinha junto do peito, havia ocasiões em que eu queria puxar suas mãos e olhá-las por conta própria.

Um instinto, porém, dizia-me que eu logo descobriria. Esse instinto, por acaso, se provaria correto.

— É bom com enigmas, Edward? — perguntou-me ele. — Quebra-cabeças, charadas, coisas assim?

— Não sou pior do que ninguém — respondi com cautela. — Por quê?

— Creio que você tem um dom natural para isso. Já senti há algum tempo, no modo como você trabalha e pensa. No modo como compreende o mundo.

Agora chegávamos ao que interessava.

— Não tenho certeza disso. Você está falando de maneira enigmática agora e não estou compreendendo uma palavra.

Ele assentiu. O que quer que tivesse para me dizer não apareceria de pronto.

— Suba nisto aqui, sim? Ajude-me a resolver uma coisa.

Juntos, trepamos ao alto das rochas, onde nos agachamos. Quando James pôs a mão em minha perna, eu a olhei, bronzeada, desgastada e envelhecida como a de qualquer pirata, com a mesma treliça de cortes e cicatrizes finos conquistados no mar. Porém menores, os dedos ligeiramente afilados, e perguntei-me o que aquela mão fazia ali. Se... *Mas não. Certamente não.*

E agora ele falava e estava mais sério do que antes, como um santo homem em contemplação.

— Concentre-se e focalize todos os seus sentidos. Olhe para além da sombra e do som, entre fundo na matéria, até ver e ouvir uma espécie de bruxulear.

Mas do que ele estava falando? A mão dele segurou minha perna com mais força. Ele insistia em que eu me concentrasse, que focalizasse. Seu aperto, na realidade, toda sua postura, não admitia descrença, banindo minha relutância, minha resistência...

E então... Então eu vi. Não, não *vi*. Como posso explicar? Eu *senti* — *senti* com os olhos.

— Bruxuleando — falei em voz baixa.

Estava no ar em volta de mim — a toda minha volta — uma versão mais nítida de algo que eu já experimentara, sentado no terreiro de minha casa em Hatherton, tarde da noite quando, em um sonho, minha mente vagava livre; era como se o mundo de repente tivesse ficado mais brilhante e mais nítido. Pude ouvir coisas com uma clareza a mais, ver coisas além que eu não tinha sido capaz de ver antes, e eis a parte curiosa: era como se eu tivesse em mim uma imensa barragem, uma câmara enorme de conhecimento esperando que eu entrasse, e só o que precisava fazer para abri-la era ter a chave.

E foi assim, sentado ali, com a mão de Kidd segurando minha perna.

Era como se eu tivesse encontrado a chave.

Entendi por que me senti tão diferente por todos aqueles anos.

— Você entende? — sibilou Kidd.

— Creio que sim. Já vi isso antes. Brilhando, como a lua no mar. É como usar cada sentido a um só tempo para ver sons e ouvir as formas. Uma combinação e tanto.

— Cada homem e mulher na terra tem esse sentido e intuição bem ocultos — dizia Kidd enquanto eu olhava a mim mesmo, como um homem que de repente é transportado a outro mundo. Um cego que subitamente enxerga.

— Tive esse sentido na maior parte de minha vida — eu disse a ele —, mas pensei estar relacionado de algum modo aos meus sonhos, ou coisa parecida.

— A maioria nunca descobre — disse Kidd —, outros levam anos para trazer à tona. Mas, para algumas raras pessoas, é tão natural quanto respirar. O que você sente é a luz da vida. De viver coisas do passado e do presente. O resíduo de vitalidade vem e vai. Prática. Intuição. Quaisquer sentidos humanos podem ser sintonizados, uma vez que se nasce com eles. Se a pessoa tentar.

Depois disso, separamo-nos, marcando de nos encontrar em Tulum, e é por isso que me vi de pé no calor escaldante tentando falar com uma nativa ao lado do que parecia uma gaiola de pombo e que semicerrou os olhos para mim quando me aproximei.

— Tem essas coisas como bichos de estimação? — perguntei.

— Mensageiros — respondeu ela com sotaque e certo erro. — É assim que nos comunicamos entre essas ilhas. É como trocamos informações... E contratos.

— Contratos? — perguntei, pensando, *assassinos. Contratos de assassinos?*

Ela me contou que Kidd estava esperando por mim em um templo e eu prossegui. Como ela sabia? E por que, enquanto caminhava, eu tinha a sensação de que estavam aguardando minha chegada? Por que, ao passar por um vilarejo composto principalmente de choças baixas, eu tinha a sensação de que todos os moradores falavam de mim, olhando-me boquiabertos e fixamente quando eu me virava para eles? Alguns tinham mantos coloridos e floridos e usavam joias, portando lanças e cajados. Alguns tinham o peito despido e usavam tangas, eram garatujados de marcas e usavam estranhos enfeites, pulseiras de prata e ouro, colares de contas com pingentes de ossos.

Perguntei-me se eles eram como as pessoas de meu mundo, vinculadas a noções de classe social e status. E se assim como na Inglaterra, onde os cavalheiros de alta classe podiam ser reconhecidos pelo corte de suas roupas e pela qualidade de suas bengalas, os que estavam no topo da escala simplesmente usavam mantos mais refinados, joias mais decoradas e tinham marcas mais complexas.

Talvez Nassau realmente fosse o único lugar verdadeiramente livre. Ou talvez eu estivesse me enganando quanto a isso.

E então foi como se a selva tivesse sumido, e se elevando bem acima de mim, em um formato piramidal, um vasto templo maia em prateleiras, com imensos degraus subindo pelo centro das camadas de pedra.

Engolindo em seco na mata, notei os ramos e caules recém-cortados ao meu redor. Uma trilha havia sido aberta ali recentemente e eu a segui, chegando a uma porta ao pé do templo.

Entrar ali? Sim. Entrar.

Tateei suas laterais e a arrastei com esforço, até que consegui me espremer para dentro do que parecia uma câmara de entrada, mas não tão escura como eu esperava. Como se alguém já a tivesse iluminado...

— Capitão Kenway — disse uma voz das sombras.

Era uma voz que eu não reconhecia e no instante seguinte minha pistola foi sacada enquanto eu girava e examinava a escuridão. Meus novos inimigos tinham a vantagem da surpresa, porém, e a pistola foi derrubada de minha mão no mesmo instante que fui agarrado e preso por trás. A tocha bruxuleante iluminou figuras encapuzadas e escuras que me mantinham preso, enquanto diante de mim dois homens surgiram das sombras. Um deles era James Kidd. O outro, um nativo, de capuz como os outros, seu rosto indistinto na penumbra. E por um segundo ele simplesmente ficou ali, olhando-me. Fitou-me até que parei de lutar e de xingar James Kidd, acalmando-me, daí ele falou:

— Onde está o assassino Duncan Walpole?

Lancei um olhar a Kidd. Com os olhos, ele me assegurou que estava tudo bem, que eu não corria perigo. Por que eu confiava nele, não sei. Ele me ludibriou a ir àquele encontro, afinal. Mas relaxei, apesar de tudo.

— Morto e enterrado — eu disse de Walpole e não vi o nativo diante de mim se eriçar de raiva, mas senti. Rapidamente acrescentei: — Depois de ter tentado me matar.

O nativo assentiu breve e pensativamente.

— Não lamentamos por ele estar morto. Mas foi você quem concretizou sua última traição. Por quê?

— Meu único objetivo era o dinheiro — respondi com petulância.

Ele se aproximou, dando-me uma boa visão de si. Era um nativo, e ele tinha o cabelo preto e olhos sérios e penetrantes em um rosto vincado e marrom adornado de tinta. Também estava furioso.

— Dinheiro? — disse ele severamente. — E devo me contentar com isto?

— Ele tem o sentido, mentor. — intrometeu-se James.

O sentido. Essa parte eu entendi. Mas agora isso: *mentor*. Como aquele chefe nativo era *mentor* de James?

Aparentemente a menção de meu sentido acalmou o chefe nativo — o homem que mais tarde eu viria a conhecer como Ah Tabai.

— James me disse que você conheceu Templários em Havana — disse ele. — Viu o homem que chamam de Sábio?

Assenti.

— Reconheceria seu rosto se o visse novamente? — perguntou Ah Tabai.

— Imagino que sim.

Ele refletiu e então pareceu chegar a uma decisão.

— Preciso ter certeza — disse rapidamente, depois ele e seus homens desapareceram nas sombras, deixando-me sozinho com James, que me olhou incisivamente e ergueu um dedo de não-diga-nada antes que eu pudesse protestar.

Em vez disso ele pegou uma tocha, fazendo uma careta para a luz fraca e mortiça que proporcionava. Abaixou-se e entrou em uma passagem estreita que penetrava mais no templo. Ali o teto era tão baixo que quase nos curvamos em dois ao prosseguirmos, ambos conscientes do que poderia estar escondido naquelas estruturas milenares, das surpresas que poderiam haver. Antes nossas palavras ecoavam na câmara, agora eram amortecidas pelas paredes — rocha úmida que parecia se amontoar sobre nós.

— Você me fez entrar às cegas e obtusamente nessa confusão, Kidd! Quem diabos era aquele bufão?

Ele falou por sobre o ombro.

— Ah Tabai, um Assassino, meu mentor.

— Então, vocês todos fazem parte de alguma religião doida?

— Somos Assassinos e seguimos um credo. Mas isso não nos obriga a agir ou a nos submeter... Só a sermos sensatos.

Ele saiu do túnel baixo para outra passagem, mas esta pelo menos nos permitia ficar de pé.

— Um credo — eu disse enquanto andava. — Ah, conte. Adoraria ouvir.

— "Nada é verdade, tudo é permitido." Esta é a única certeza do mundo.

— "Tudo é permitido"? Gostei... Gostei de como soa. Pensar no que gosto e agir como me apraz...

— Você papagaia as palavras, Edward, mas não as compreende.

Soltei um riso breve.

— Não seja tão arrogante comigo, Kidd. Eu o segui como amigo e você me enganou.

— Salvei sua pele trazendo-o aqui, homem. Esses homens queriam você morto por se consorciar com Templários. Eu os convenci do contrário.

— Ora, vivas.

— Sim, vivas.

— Então é o terreno de vocês que os Templários estão procurando?

James Kidd riu.

— Até você aparecer e se intrometer nas coisas, nós os caçávamos. Conseguimos assustá-los. Mas agora eles têm uma grande vantagem.

Ah...

Enquanto prosseguíamos pelas passagens, eu ouvia bons estranhos ao redor.

— Há alguém aqui conosco?

— É possível. Somos intrusos.

— Tem alguém nos vigiando?

— Não duvido disso.

Nossas palavras caíam como uma pedra, ecoando pelas paredes do templo. Será que Kidd já havia estado ali? Ele não disse, mas parecia saber acionar as portas por onde passávamos, depois as escadas e pontes, subindo cada vez mais, até chegarmos a uma última porta.

— O que nos espera no final deste caminho precisa fazer valer meu tempo — falei, irritado.

— Isso dependerá de você — respondeu ele enigmaticamente.

E só o que vimos em seguida foram as pedras cedendo sob nossos pés, e mergulhamos na água abaixo.

36

O caminho estava bloqueado por entulho — mais um desafio —, então nadamos debaixo da água até que por fim, justamente quando eu começava a me perguntar se conseguiria prender a respiração por mais um segundo que fosse, rompemos um menisco de água e vimo-nos em um poço na extremidade de outra grande câmara.

Avançamos, saindo desta câmara e passando para a seguinte, onde demos com um busto que exibia um rosto. Um rosto que reconheci.

— Meu Deus! — exclamei. — É ele. O Sábio. Mas esta coisa deve ter centenas de anos.

— É ainda mais antigo — disse Kidd. Ele olhou de mim para o busto. — Tem certeza de que é ele?

— Tenho, são os olhos que o distinguem.

— Os Templários disseram por que queriam este Sábio?

Com desprazer, lembrei-me.

— Colheram parte de seu sangue em um pequeno cubo de vidro.

O cubo que você lhes deu, recordei-me, mas não senti culpa. Por que deveria?

— Como este aqui? — dizia Kidd. Em suas mãos havia outro frasco.

— Sim. Eles pretendiam perguntar sobre o Observatório também, mas ele fugiu.

O frasco tinha desaparecido nas profundezas da bolsa de Kidd. Ele pareceu pensar em alguma coisa antes de se afastar do busto do Sábio.

— Terminamos aqui.

Voltamos, encontrando um novo lance de escada através das entranhas do templo até chegarmos ao que parecia ser uma porta. Quando ela foi aberta, vi a luz do sol pela primeira vez no que pareciam horas, e no momento seguinte estava tragando ar fresco e, ao invés de amaldiçoar o calor do sol, como sempre, fiquei grato por ele depois do frio úmido do interior do templo.

À frente, Kidd tinha parado, com ouvidos atentos. Lançou um olhar para trás e gesticulou para que eu silenciasse e ficasse fora de vista. Eu não sabia o que estava acontecendo, porém obedeci, só daí o segui. Lenta e silenciosamente, aproximamo-nos aos poucos de um lugar onde encontramos Ah Tabai agachado, escondido atrás de uma pedra — escondido porque de longe podíamos ouvir o inconfundível zurro londrino de soldados ingleses.

Aguardamos em silêncio atrás do rochedo, e Ah Tabai voltou seu olhar penetrante para mim.

— A estátua no templo — sussurrou ele. — Era do homem que você viu em Havana?

— Cuspida e escarrada — respondi, brincando, aos sussurros.

Ah Tabai virou-se para observar os soldados por cima da beira do rochedo.

— E parece que outro Sábio foi encontrado — disse ele consigo mesmo. — A corrida para o Observatório recomeçou.

Foi um erro eu sentir-me emocionado? Agora eu fazia parte daquilo.

— É por isso que estamos sussurrando? — perguntei.

— Isso é obra sua, capitão Kenway — disse Ah Tabai em voz baixa. — Os mapas que vendeu aos Templários os trouxeram diretamente a nós e agora agentes de dois impérios sabem exatamente onde operamos.

Kidd estava prestes a avançar para atacar os soldados. Sem dúvida sentia-se mais à vontade despedaçando soldados ingleses do que nativos, mas Ah Tabai já o estava impedindo. Com uma das mãos, conteve-o e olhou para mim.

— Eles também pegaram a tripulação de Kidd — disse ele. Assustei-me. *Não a tripulação. Não Adewalé e meus homens.* Mas Ah Tabai, com um último olhar de reprovação para mim, escapuliu. Deixou o que era inconfundivelmente uma zarabatana, que Kidd pegou.

— Fique com isto — disse ele, entregando-a a mim. — Não chamará atenção e custará menos vidas. — E enquanto ele me dava algumas dicas de como usá-la, perguntei-me: Aquilo fazia parte de um novo desafio? Ou era algo novo? Eu estava sendo treinado? Avaliado?

Vamos experimentar, pensei sombriamente. *Não sou homem de ninguém, apenas meu. Respondo apenas a mim mesmo e a minha consciência. Regras e quinquilharias? Para mim não, obrigado.*

Por mim, podiam enfiar seu credo naquele lugar onde não bate sol. Além disso, por que iam me querer? Por causa daquele *sentido*, talvez? Minhas habilidades em batalha!

Não sairá barato, cavalheiros, pensei ao chegar ao perímetro da clareira onde minha tripulação fora depositada, sentada costas com costas e mãos amarradas. Bons sujeitos, estavam desejando aos soldados ingleses todo tipo de revés:

— Coloque-me de pé, imbecil, e enfrente-me como um soldado!

— Se você soubesse o que estava vindo atrás de você... Creio que guardaria suas coisas e fugiria.

Encaixei o primeiro dardo na zarabatana. Eu via o que precisava ser feito: derrubar os soldados ingleses um por um, tentar igualar um pouco os números. Um pobre infeliz nativo me deu a distração de que eu precisava. Berrando de ultraje, ele se levantou, trôpego, e tentou correr. Junto a ele foi a atenção dos soldados, gratos pela diversão, ajeitando alegremente os mosquetes nos ombros e disparando. *Crack. Crack.* Foi como quebrar galhos em uma floresta. Houve risos enquanto ele desabava em uma névoa de carmim, mas eles não notaram que um dos seus também tinha arriado em silêncio no mato, com a mão agarrada ao dardo que se projetava do pescoço.

Enquanto os guardas voltavam à clareira, atravessei o caminho atrás deles e ao mesmo tempo cuspi um segundo dardo no soldado que fazia a retaguarda. Apressei-me e o segurei enquanto ele caía e, ao arrastar seu corpo para o mato, agradeci a Deus por meus homens brigões. Eles não sabiam de minha presença, mas não poderiam ter sido mais úteis se eu os tivesse alertado.

Um soldado se virou de repente.

— Ei — disse ele. O amigo não estava à vista. — Onde está Thompson?

Escondido na mata, meus dedos ajustaram o dardo seguinte e levei a zarabatana aos lábios. Inspirei brevemente e estufei as bochechas, tal como Kidd havia me mostrado. O dardo o penetrou pouco abaixo do maxilar e ele provavelmente pensou ter sido picado por um mosquito — até o segundo em que perdeu a consciência.

Agora estávamos prontos. De meu ponto de observação nos arbustos, fiz a contagem. Três mortos, seis ainda vivos e, se eu derrubasse mais dois antes que os guardas restantes descobrissem que estavam sendo eliminados, seria capaz de cuidar do restante sozinho. Eu e minha lâmina oculta.

Isto fazia de mim um Assassino? Agora que eu estava me comportando e pensando como um deles? Afinal, eu não tinha jurado combater os Templários pelo que acontecera em Hatherton?

O inimigo de meu inimigo é meu amigo.

Não. Eu ajo por conta própria. Respondo apenas por mim. Não tenho credos. Desejei me libertar das convenções durante anos. Não ia desistir de tudo.

Agora os soldados olhavam em volta. Começavam a se perguntar onde estariam seus camaradas. E eu percebi que não poderia me dar ao luxo de derrubar mais um. Precisava pegar a todos.

Seis contra um. Mas eu tinha a vantagem da surpresa e, ao saltar do mato, minha primeira atitude foi passar a lâmina pelas cordas que amarravam Adewalé. Ele encontrou uma arma para si nas minhas costas. Minha lâmina estava na mão direita; a pistola, na esquerda. Posicionado entre dois homens e de braços estendidos, puxei o gatilho da pistola e golpeei com a mão direita ao mesmo tempo, cruzando os braços à minha frente. Um homem morreu com uma bala de metal sulcando o peito; o outro, com um talho na garganta.

Larguei a pistola descarregada, girei, peguei uma nova pistola no cinto e descruzei os braços ao mesmo tempo. Dois novos alvos, e dessa vez o golpe da lâmina abriu o peito de um homem, enquanto eu atirava na boca de um quarto. Aparei um golpe de espada com a lâmina, e então um soldado avançou com os dentes arreganhados sem me dar tempo de pegar a terceira pistola. Por um momento trocamos golpes, e ele era melhor do que eu esperara, melhor do que eu me atrevera a pensar que seria, porque enquanto eu desperdiçava preciosos segundos superando-o, seu camarada mirava do cano de seu mosquete para mim, pronto para puxar o gatilho. Caí sobre um dos joelhos, golpeei com a lâmina de baixo para cima e cortei a lateral do corpo do espadachim.

Truque sujo. Truque indecente.

Ainda havia parte do senso de honra inglês ultrajado em seu berro de agonia, angústia e dor enquanto suas pernas cediam e ele desabava no chão, a espada balançando-se inutilmente, sem conseguir impedir que minha lâmina entrasse sob seu queixo e pelo céu da boca.

Um truque sujo. Um truque indecente. E estúpido. Agora eu estava no chão (nunca desabe em uma briga) com a lâmina cravada em meu oponente. Um alvo fácil. Minha mão esquerda procurou a terceira pistola, mas, a menos que o mosquete dele falhasse devido à umidade na pólvora, eu estava morto.

Olhei para ele, o vi fazer aquela cara de quem está a ponto de disparar.

Uma lâmina saiu de seu peito quando Adewalé o trespassou.

Soltei um suspiro de alívio e ele ajudou a me levantar, sabendo que estive perto — *muito perto* — da morte.

— Obrigado, Adé.

Ele sorriu, desprezou meus agradecimentos, e juntos nossos olhares foram ao soldado. Seu corpo se ergueu e caiu com os últimos suspiros, a mão se retorcendo antes de se imobilizar, e nos perguntamos o que poderia ter acontecido.

37

Não muito tempo depois os homens estavam livres, e James e eu paramos na praia em Tulum — uma Tulum mais uma vez nas mãos dos nativos, e não nas de soldados ou escravagistas —, olhando o mar. Dizendo um palavrão, ele me entregou a luneta.

— Quem está lá? — perguntei. Uma galé imensa cruzava o horizonte, distanciando-se cada vez mais a cada segundo. Eu só conseguia distinguir homens no convés, e um deles, em particular, parecia dar ordens aos outros.

— Vê aquele velho sarnento? — disse ele. — É um mercador de escravizados holandês de nome Laurens Prins. Agora vive como um rei na Jamaica. O desgraçado foi um alvo durante anos. Maldição, quase o pegamos!

Kidd tinha razão. Aquele mercador de escravizados havia estado em Tulum, mas agora seguia em segurança. Considerava sua missão um fracasso, sem dúvida. Mas pelo menos tinha escapado com sua liberdade.

Outro Assassino que não ficou nada satisfeito foi Ah Tabai, que se juntou a nós com uma expressão tão séria que não pude deixar de rir.

— Por Deus, vocês, Assassinos, são um bando alegre, hein? Só carrancas e testas franzidas.

Ele me fuzilou com os olhos.

— Capitão Kenway. É extraordinariamente habilidoso.

— Ah, obrigado, amigo. É natural em mim.

Ele franziu os lábios.

— Mas você é rude e arrogante, pavoneando-se com um uniforme que não conquistou.

— Tudo é permitido — eu ri. — Não é este seu lema?

O nativo podia ser velho, mas seu corpo era robusto e ele se movimentava como um homem muito mais novo. Mas seu rosto poderia ter sido entalhado em madeira, e havia algo verdadeiramente sóbrio nos olhos, algo ao mesmo tempo antigo e atemporal. Vi-me nervoso enquanto ele me encarava em cheio, e por um momento pensei que ele não precisava falar nada, pois simplesmente me fazia definhar com o calor de seu desprezo.

Até que por fim ele rompeu o silêncio horripilante.

— Eu o absolvo de seus erros em Havana e em outros lugares, mas você não é bem-vindo aqui.

E com isso, ele saiu. De sua esteira, James me olhou.

— Desculpe, amigo, queria que fosse o contrário — disse ele, e me deixou sozinho para refletir.

Malditos Assassinos, pensei. Eram tão ruins quanto qualquer outro. A atitude hipócrita que tinham. Nós somos isso, somos aquilo, como os clérigos em Bristol, que costumavam esperar na frente das tabernas e nos amaldiçoar por sermos pecadores, apelando para que nos arrependêssemos. Que queriam que sentíssemos *culpa* o tempo todo.

Mas os Assassinos não queimaram a fazenda de seu pai, não foi?, pensei. *Foram os Templários que fizeram isso.*

E foram os Assassinos que lhe mostraram como usar o sentido.

Com um suspiro, decidi que queria atenuar as coisas com Kidd. Eu não estava interessado no caminho pelo qual ele queria me levar. Mas ser solicitado. Ser considerado adequado. Era preciso reconhecer isto.

Encontrei-o perto da mesma gaiola de pombo onde conheci a nativa. Ele estava parado ali, mexendo em sua lâmina oculta.

— Que amigos alegres você tem — comentei.

Embora estivesse carrancudo, a luz em seus olhos traía que ele estava satisfeito por me ver.

Todavia, ele disse:

— Você merece o desdém, Edward, pavoneando-se como um de nós, trazendo vergonha a nossa causa.

— O que é, essa sua causa?

Ele testou a lâmina — para dentro e para fora, dentro e fora — e voltou os olhos para mim.

— Para ser franco... Matamos pessoas. Os Templários e seus associados. Uma gente que gostaria de controlar todos os impérios da terra... Alegando que fazem isso em nome da paz e da ordem.

Sim, já ouvi isso. Aquelas pessoas queriam jurisdição de todos na terra — eu tinha comungado com eles.

— Parecem as últimas palavras de DuCasse — comentei.

— Vê? Na realidade, trata-se de poder. De governar as pessoas. De roubar nossa liberdade.

E isto — a liberdade — era algo que me era muito, mas muito caro.

— Há quanto tempo você é um desses Assassinos? — perguntei-lhe.

— Há dois anos. Conheci Ah Tabai em Spanish Town e havia algo nele que me inspirava confiança, uma espécie de sabedoria.

— E tudo isso é ideia dele? Este clã?

Kidd riu.

— Ah, não, os Assassinos e os Templários estão em guerra há milhares de anos, pelo mundo todo. Os nativos desse novo mundo têm filosofias semelhantes desde que apareceram aqui, e, quando os europeus chegaram, nossos grupos meio que... se entenderam. Cultura, religiões e idiomas mantêm os povos divididos... Mas há algo no Credo dos Assassinos que cruza todas as fronteiras. Um carinho pela vida e pela liberdade.

— Parece um pouco com Nassau, não?

— Um pouco. Mas não tanto.

Quando nos separamos, eu soube que não seria a última vez que teria notícias de Kidd.

38

Julho de 1716

Enquanto os piratas de Nassau terminavam de derrotar os guardas de Porto Guarico, entrei na sala do tesouro do forte, e o barulho do embate de espadas, o estampido de mosquetes e os gritos dos mortos e moribundos desapareceram às minhas costas.

Sacudi o sangue de minha lâmina, desfrutando do olhar de surpresa que minha presença criou na cara de seu único ocupante.

E seu único ocupante era o governador Laureano Torres.

Ele estava exatamente como eu me lembrava. Óculos empoleirados no nariz. Barba bem aparada e olhos cintilantes e inteligentes que se recuperaram facilmente do choque por me ver.

E, atrás dele, o dinheiro. Como fora prometido por Charles Vane...

O plano fora elaborado dois dias antes. Eu estava na Old Avery. Havia outras tabernas em Nassau, é claro, também outros bordéis, e eu estaria mentindo se dissesse que não me beneficiava dos dois ambientes, mas era à Old Avery que eu voltava, onde Anne Bonny, a garçonete, serviria bebidas (e não havia ninguém mais linda ao ser curvar para uma boca de barril com um caneco na mão do que Anne Bonny), onde passei tantas horas felizes apreciando aquele traseiro maravilhoso, gargalhando com Edward e Benjamin, onde, pelas horas que passamos ali bebendo, era como se o mundo não nos dissesse respeito e onde, depois de voltar de Tulum a Nassau, redescobri minha sede.

Ah, sim. Como naqueles velhos tempos em Bristol, quanto mais insatisfeito eu ficava, mais sede tinha. Não percebera isso na época, é claro, sem aquela tendência de somar dois e dois, como devo ter sido. Não, em vez disso apenas bebi para mitigar aquela sede e criar uma ainda maior, ruminando sobre o Observatório, como combinar aquilo aos meus planos de enriquecer e atacar os Templários; ruminando sobre James Kidd e Caroline. E devo ter dado uma impressão de profunda abstração naquele determinado dia, pois a primeira coisa que um pirata conhecido como Calico Jack Rackham me disse foi: "Ei, você, por que esse olhar distante? Está apaixonado?"

Fitei-o com olhos turvos. Eu estava bêbado o suficiente para querer briga; bêbado demais para fazer alguma coisa a respeito. E, de qualquer modo, Calico Jack estava ao lado de Charles Vane, os dois tendo acabado de chegar a Nassau, e suas reputações os precediam. Eram comentadas por todo e qualquer pirata que passasse por Nassau. Charles Vane era capitão do *Ranger*, e Calico Jack, seu contramestre. Jack era inglês, mas havia sido criado em Cuba, então tinha algo da pele marrom sul-americana. Com a roupa de Calico, o morim de Calicute que lhe dava seu apelido, ele usava duas imensas argolas nas orelhas e um lenço que parecia destacar sua testa proeminente. Pode parecer o roto falando do esfarrapado, mas ele bebia constantemente. Seu hálito sempre fedia; os olhos escuros eram pesados e sonolentos por causa da bebida.

Vane, por sua vez, era o mais afiado dos dois, na mente e na língua, quando não na aparência. Seu cabelo era comprido e desgrenhado, tinha barba e parecia abatido. Os dois estavam armados com pistolas nos cintos atravessados no peito e alfanjes, e fediam devido aos meses no mar. Nenhum deles era do tipo em quem se confia rapidamente: Calico Jack, insensato e embriagado na mesma medida; Vane sempre no limite, como se você sempre estivesse a um lapso da violência repentina. E também não era avesso a explorar a própria tripulação.

Ainda assim, eram piratas, os dois. De nossa espécie.

— Bem-vindos a Nassau, cavalheiros — cumprimentei. — Onde todos têm sua parcela justa.

Ora, uma coisa que se pode dizer de Nassau, especificamente da manutenção de Nassau, era que, como guardiões, dávamos bons piratas.

Afinal, tem-se muito disso quando se está no mar, quando manter o navio em perfeito estado é uma questão de sobrevivência imediata. A expressão de vento em popa não é à toa. Assim, em terra seca, quando esse não é um problema de sobrevivência — pelo menos não de sobrevivência imediata —, mas o tipo de coisa que você sente que *deve* ser feito… O que estou dizendo é que o lugar era um buraco: nosso grandioso Forte de Nassau estava em ruínas, com grandes rachaduras nas paredes; as cabanas desabando; os armazéns e lojas eram malconservados e desorganizados, e quanto às latrinas — bem, sei que até agora não poupei você muito dos detalhes sórdidos de minha vida, mas aqui eu traço uma fronteira.

De longe, o pior de tudo era o cheiro. Não, não das latrinas, embora já fossem bem ruins, posso lhe dizer, mas um fedor que pendia sobre todo o lugar, emanando das pilhas podres de peles de animais que os piratas deixavam na praia. Quando o vento soprava para o lado certo — ai, meu pai.

Assim, não se podia culpar Charles Vane quando ele olhou em volta e, embora fosse divertido partindo de um homem que cheirava a quem tinha passado o último mês no mar, o que ele disse exatamente foi:

— Então esta é a nova Libertalia? Fede do mesmo jeito que alguma toca que eu tenha roubado no ano passado.

Uma coisa é ser grosseiro sobre sua própria cabana; é bem diferente quando outra pessoa faz isso. De repente você fica defensivo a respeito do lugar. Mesmo assim, deixei passar.

— Fomos levados a acreditar que Nassau era um lugar onde os homens faziam o que queriam — bufou Calico Jack. Mas antes que eu pudesse responder, a salvação chegou na forma de Edward Thatch que, com um berro que podia ser de saudação, mas igualmente um grito de guerra, apareceu no alto da escada e irrompeu pela varanda, como se a Old Avery fosse um prêmio que ele estivesse prestes a pilhar.

Um Edward Thatch de aparência muito diferente também, porque havia acrescentado uma imensa barba preta a sua já impressionante cabeleira.

Sempre espalhafatoso, ele se postou diante de nós, mãos estendidas. *Cuidado*. Depois me deu uma piscadela e passou ao meio do pátio, impondo autoridade sem sequer tentar. (O que é estranho quando se pensa nisso, porque apesar de toda a nossa conversa sobre ser uma república, um lugar de liberdade definitiva, ainda nos conformávamos a nossas formas de hierarquia e, com o Barba Negra presente, nunca se tinha dúvida nenhuma sobre quem estava no comando.)

Vane sorriu. A tensão no pátio foi-se embora juntamente à sua carranca.

— Capitão Thatch, que surpresa! E o que é esta focinheira magnífica que cultivou?

Ele passou a mão na própria barba enquanto Barba Negra se envaidecia.

— Por que içar uma bandeira negra quando uma barba servirá? — riu Thatch.

Na verdade, foi nesse momento que nasceu sua lenda. O momento em que ele assumiu o nome de Barba Negra. Ele passou a trançar os pelos da cara. Quando abordava navios, inseria pavios acesos ali, aterrorizando todos que o viam. Isto o ajudou a se tornar o pirata mais famoso não só nas Bahamas, não só no Caribe, mas em todo o mundo.

Ele nunca era um homem cruel, Edward, embora tivesse uma reputação assustadora. Mas, como os Assassinos, com seus mantos e lâminas malignas disparando de lugares secretos, como os Templários e seus símbolos sinistros e constantes insinuações sobre forças poderosas, Edward Thatch, o Barba Negra, como passou a ser conhecido, sabia muito bem o valor de fazer com que seus inimigos se cagassem nas calças.

Agora, descobria-se que a cerveja, o santuário e a boa companhia não eram as únicas razões para sermos agraciados com a presença de Charles Vane e Calico Jack.

— Dizem que o governador cubano em pessoa se prepara para receber uma carga de ouro de um forte próximo — disse Vane quando nos servimos de canecos e acendemos nossos cachimbos. — Até então, o ouro vai ficar paradinho, coçando-se para ser tomado.

E foi *assim* que nos vimos sitiando Porto Guarico...

Bem, a luta foi sangrenta, porém curta. Com todos os homens armados e com o tremular de nossas bandeiras negras, levamos quatro galeões à baía e martelamos a fortaleza com disparos, só para avisar que estávamos chegando.

Depois baixamos âncora, descemos botes e em seguida vadeamos pelos baixios, rosnando e soltando gritos de batalha, de dentes arreganhados. Tive minha primeira visão do Barba Negra em plena luta, e era uma visão de fato temível. Para a batalha, vestiu-se inteiramente de preto, e os pavios em sua barba tossiam e crepitavam, de modo que ele parecia ter serpentes vivas se contorcendo em uma névoa apavorante.

Não havia muitos soldados que não dessem meia-volta e fugissem ao ver um ataque desses pela praia em direção a eles, e foi o que muitos fizeram. Aquelas bravas almas que permaneceram para lutar ou morrer pereceram pela última.

Tive minha parcela de mortes, a lâmina em minha mão direita como se fizesse parte de mim, conforme meus dedos e polegares, e minha pistola explodindo na esquerda. Quando as pistolas se descarregaram, saquei o alfanje. Alguns de nossos homens nunca haviam me visto em ação, e perdoe-me por eu admitir que houve certo exibicionismo em meu combate enquanto eu passava de um homem a outro, decepando guardas com uma só mão, explodindo outro, derrubando dois, às vezes três ao mesmo tempo; impelido não por ferocidade ou sede de sangue — eu não era um animal, havia pouca selvageria ou crueldade no que eu fazia —, mas pela habilidade, elegância e destreza. Havia uma espécie de caráter artístico em meus assassinatos.

E então, quando o forte era nosso, entrei na sala onde Laureano Torres fumava seu cachimbo, supervisionando a contagem do dinheiro, com dois soldados como guarda-costas.

Foi questão de um minuto para que seus dois soldados se tornassem soldados mortos. Ele me lançou um olhar de desdém e repulsa enquanto eu me postava com meu manto de Assassino — a essa altura ligeiramente esfarrapado, mas ainda uma visão e tanto — e minha lâmina foi recolhida de volta ao pulso. O sangue dos guardas adversários pingava da manga.

— Ora... olá, Sua Excelência — falei. — Soube que o senhor poderia estar aqui.

Ele riu.

— Conheço seu rosto, pirata. Mas seu nome foi tomado de empréstimo da última vez que nos falamos.

Duncan Walpole. Eu sentia falta dele.

Agora Adewalé tinha se juntado a nós na sala do tesouro, e quando seu olhar foi dos cadáveres dos soldados a Torres, seus olhos endureceram, talvez por ele se lembrar de ter sido acorrentado em um dos navios do governador.

— E então — continuei —, o que um Grão-Mestre Templários faz tão longe de seu *castillo*?

Torres assumiu uma expressão arrogante.

— Prefiro não dizer.

— E eu prefiro não decepar seus lábios e lhe obrigar a comê-los — retruquei alegremente.

O truque deu certo. Ele revirou os olhos, mas parte de sua presunção tinha evaporado.

— Depois de sua fuga de Havana, oferecemos uma recompensa pela recaptura do Sábio. Hoje alguém alega tê-lo encontrado. Este ouro é para seu resgate.

— Quem o encontrou? — perguntei.

Torres hesitou. Adewalé pôs a mão no cabo da espada e seus olhos arderam de ódio para o Templário.

— Um mercador de escravizados de nome Laurens Prins — suspirou Torres. — Mora em Kingston.

Assenti.

— Gostamos dessa história, Torres. E queremos ajudar a concluí-la. Mas vamos fazer isso do *nosso* jeito. Usando você e seu ouro.

Ele não tinha escolha, e sabia disso. Nossa próxima parada era Kingston.

39

E foi assim que, dias depois, eu e Adewalé nos vimos assando no calor de Kingston enquanto seguíamos o governador a caminho de seu encontro com Prins.

Prins, diziam, tinha uma fazenda de açúcar em Kingston. O Sábio esteve trabalhando para ele, mas Prins soube da recompensa e pensou que podia fazer a troca.

Invadir a fazenda, então? *Não*. Guardas demais. Um risco demasiado de alertar o Sábio. Além disso, nem mesmo tínhamos certeza de que ele estava lá.

Em vez disso, queríamos usar Torres para comprar o homem: Torres se encontraria com Prins, dar-lhe-ia metade do ouro e ofereceria a outra metade em troca da entrega do Sábio; Adewalé e eu atacaríamos, pegaríamos o Sábio, o levaríamos rapidamente e arrancaríamos dele a localização do Observatório. E então ficaríamos ricos.

Simples, não? O que poderia desandar em um plano tão bem elaborado?

A resposta, quando chegou, veio na forma de meu velho amigo James Kidd.

No porto, Torres foi recebido por Prins, velho e gordo e transpirando ao sol, e os dois caminharam juntos, conversando, com dois guarda-costas um pouco à frente e dois atrás.

Torres daria o alarme? Talvez. E se ele o fizesse, Prins certamente tinha homens suficientes em seu comando para nos sobrepujar com facilidade. Caso isso acontecesse, porém, Torres sabia que meu primeiro golpe de espada atravessaria sua garganta. E se isso acontecesse, nenhum de nós veria o Sábio novamente.

O estranho nisso é que eu não o *vi*. Não no início. Era como se eu o sentisse ou tivesse me tornado *consciente* da presença dele. Flagrei-me olhando em volta, como fazemos ao sentir cheiro de queimado quando não deveríamos. *Que cheiro é esse? De onde vem?*

Só então eu o vi. Uma figura que vagava em uma multidão na outra ponta do píer, parte do cenário, mas visível a mim. Uma figura que, quando virou a cara, vi quem era. James Kidd. Pelo jeito, não estava ali para tomar ar e ver a paisagem. Estava ali a mando dos Assassinos. Ali para matar... Quem? Prins? Torres?

Meu Deus. Ficamos perto do muro do porto quando segui na frente de Adewalé, agarrei Kidd e o arrastei para uma viela estreita entre duas cabanas de pesca.

— Edward, mas o que está fazendo aqui? — Ele se retorceu em minha mão, mas o mantive preso com facilidade. (E eu pensaria sobre este último fato mais tarde — a facilidade com que eu conseguia prendê-lo na parede da cabana.)

— Estou seguindo esses homens até o Sábio — eu lhe disse. — Pode se conter até que ele apareça?

As sobrancelhas de Kidd se ergueram.

— O Sábio está aqui?

— Sim, amigo, ele está, e Prins está nos levando diretamente a ele.

— Pai do céu. — Ele fez uma cara de frustração, mas eu não lhe dava alternativas. — Vou guardar a lâmina por ora... Mas não por muito tempo.

Torres e Prins tinham se afastado e precisávamos ir atrás deles. Kidd foi à frente e ali tive um treinamento de Assassino sobre a arte da perseguição. E funcionava também. Como em um sonho. Mas ficando a certa distância éramos capazes de continuar fora de vista e captar trechos de conversas, como de Torres se irritando com aquela demora.

— Estou me cansando dessa caminhada, Prins — dizia ele —, devemos estar chegando perto.

Por acaso, estávamos. Mas perto do quê? Não da fazenda de Prins, isto era certo. À frente, havia uma cerca de madeira dilapidada e uma entrada em arco incongruente e estranha que parecia ser um cemitério.

— Sim, bem aqui — respondeu Prins. — Precisamos estar em pé de igualdade, não entende? Infelizmente não confio nos Templários mais do que vocês confiam em mim.

— Bem, se eu soubesse que você era tão arisco, Prins, teria lhe trazido um buquê de flores — disse Torres com um humor forçado, e dando uma última olhadela ao redor, adentrou no cemitério.

Prins riu.

— Ah, não sei por que me dou ao trabalho... Pelo dinheiro, suponho. Uma grande soma... — Sua voz esmoreceu. Com um gesto de cabeça, entramos furtivamente atrás dele no cemitério, mantendo-nos abaixados e usando lápides tortas como cobertura, de olho no meio, onde Torres, Prins e seus quatro guardas se congregavam.

— É agora — disse-me Kidd ao nos reunirmos.

— Não. Só quando virmos o Sábio — respondi com firmeza.

Agora o Templário e o mercador de escravizados estavam fazendo seu acordo. De uma bolsa pendurada na cintura, Torres pegou um saco de ouro e o largou na mão estendida de Prins. Molhava sua mão não com prata, mas com ouro. Prins o sopesou, sem jamais tirar os olhos de Torres

— Esta é apenas uma parte do resgate — disse Torres. Uma torção de sua boca foi a única pista de que ele não estava composto como sempre. — O restante está perto daqui.

Agora o holandês abria a bolsa.

— Para mim, é doloroso traficar uma pessoa de minha própria raça pelo lucro, Sr. Torres. Diga-me novamente... O que esse Roberts fez para aborrecer o senhor?

— Isto é alguma forma de compaixão de protestante com a qual não estou familiarizado?

— Talvez outro dia — disse Prins, e inesperadamente jogou a bolsa de volta a Torres, que a apanhou.

— *Como é?*

Mas Prins já estava começando a se afastar. Gesticulou a seus guardas ao mesmo tempo que falou com Torres:

— Da próxima vez, trate de não ser seguido!

E então, a seus homens:

— Cuidem disso.

Mas não foi para Torres que os homens correram. Foi para nós.

De lâmina acionada, postei-me atrás de minha lápide e recebi o primeiro atacante com um golpe veloz de baixo para cima que atravessou seu flanco. Foi o bastante para detê-lo, e eu o rodei e enterrei o gume da lâmina do outro lado de seu pescoço, cortando a carótida, pintando o dia de vermelho.

Ele arriou e morreu. Limpei o sangue dele do meu rosto e girei o corpo, perfurando o peitoral de outro. Desviei de um terceiro homem saltando para uma lápide. Depois o fiz pagar por seu erro com o aço quente. A pistola de Adewalé disparou, o quarto homem caiu e o ataque estava encerrado. Mas Kidd já havia passado sebo nas canelas no encalço de Prins. Com um último olhar para onde Torres tinha estado, pasmado e incapaz de entender a súbita virada nos acontecimentos, dei um grito a Adewalé e parti em perseguição.

— Perdeu sua chance, Kenway — gritou Kidd por sobre o ombro enquanto corríamos pelas ruas descoradas pelo sol.

— Não, Kidd. Ande, homem, podemos resolver juntos.

— Teve sua chance.

Agora Prins tinha entendido o que dera errado: seus quatro homens, os melhores guarda-costas, jaziam mortos em um cemitério — muito apropriado — e ele estava sozinho, perseguido por um Assassino pelas ruas de Kingston.

Mal sabia ele, mas sua única chance de sobrevivência estava em mim. Era de dar pena dele. Ninguém em seu juízo perfeito quer ter Edward Kenway como sua única esperança.

E então alcancei Kidd, agarrei-o pela cintura e o puxei para o chão.

(E juro por Deus — e não estou dizendo isso devido ao que aconteceu depois — mas pensei comigo mesmo como ele era leve, como era magra a cintura que segurei.)

— Não posso deixar que você o mate, Kidd — ofeguei —, não antes que eu tenha encontrado o Sábio.

— Já estou seguindo esse porco há uma semana, acompanhando seus movimentos — disse Kidd, com raiva —, e aqui descubro não apenas um, mas dois de meus alvos... E você me subtrai os dois.

Nossos rostos estavam tão próximos que eu podia sentir o calor de sua fúria.

— Paciência — falei —, e terá suas mortes.

Agora furioso, ele se afastou.

— Muito bem, então — concordou —, mas quando localizarmos o Sábio, você me ajudará a pegar Prins. Entendeu?

Cuspimos e apertamos as mãos. O vulcão tinha entrado em erupção, mas agora parecia sossegar, e fomos à fazenda de Prins. Teríamos de invadir, afinal. Como é mesmo o ditado de morder a própria língua?

Em um morro baixo que dava para a fazenda, encontramos um platô e nos sentamos por um tempo. Observei o trabalho abaixo. Os escravizados cantavam tristemente enquanto cortavam a cana, o farfalhar constante parecia flutuar na brisa, e as escravizadas passavam aos tropeços, recurvadas sob cestas pesadas da colheita.

Adewalé contou-me da vida em uma fazenda, quando a cana era cortada, colhida e passada entre dois cilindros de metal, e como era comum que o braço de um homem fosse arrastado para dentro dos cilindros. E quando acontecia, o único jeito de "separar o homem de seu aperto" era decepando o braço. Também contou que depois de coletar o suco da cana ele precisava ser fervido para separar o líquido do açúcar, e o açúcar fervente grudava como visgo para pegar pássaros e queimava, deixando uma cicatriz horrível. "Amigos meus perderam os olhos", disse ele, "dedos e braços. E, como escravizados, acreditávamos que nunca ouviríamos uma palavra de elogio, nenhum pedido de desculpas."

Pensei em uma coisa que ele me dissera. "Com essa pele e essa voz, onde no mundo podemos nos sentir à vontade?"

Homens como Prins, percebi, eram os arquitetos da infelicidade daquelas pessoas, sua ideologia era o contrário de tudo em que eu acreditava e de tudo que defendíamos em Nassau. Acreditávamos na vida e na liberdade. Não nessa... *submissão*. Nessa tortura. Nessa morte lenta.

Cerrei os punhos.

Kidd tirou um cachimbo do bolso e fumou um pouco enquanto observávamos as idas e vindas abaixo de nós.

— Há guardas patrulhando a propriedade de uma ponta a outra — disse ele. — Parece-me que usam os sinos para alertar sobre problemas. Está vendo? Ali.

— Devemos incapacitar aqueles ali antes de avançar — comentei pensativamente.

De soslaio, vi algo estranho: Kidd lambendo os polegares e apertando-os dentro do fornilho de seu cachimbo para apagá-lo. Bem, não era estranho, mas o que ele fez em seguida, sim. Começou a passar o polegar no fornilho e a cinza nas pálpebras.

— Com tantos homens para cuidar, não podemos depender só da dissimulação — disse ele —, assim, farei o que puder para distrair e chamar a atenção deles, dando a você a chance de derrubá-los.

Observei, perguntando-me do que diabos ele estavam brincando, enquanto ele cortou o dedo com uma faca mínima de bolso, depois espremia uma gota de sangue, o qual passou nos lábios. Em seguida, tirou o tricorne. Retirou o laço do cabelo, puxou o cabelo e o sacudiu para que caísse pela cara. Lambeu um polegar e, como um gato, usou-o para limpar o rosto. Depois empurrou os dedos pelas gengivas, retirou pedaços de enchimento molhado de suas bochechas e os jogou no chão.

Em seguida, tirou a camisa e começou a desamarrar um espartilho que havia sacado de debaixo da camisa, também jogando-o no chão, revelando, ao abrir os primeiros botões e puxar mais a gola, o que eram inconfundivelmente peitos.

Minha cabeça girava. Os peitos *dele*? Não. *Dela*. Pois quando tirei os olhos das tetas e fui ao rosto dele — não, *dela* — vi que aquele homem não era homem nenhum.

— Seu nome não é James, é? — falei, de certo modo desnecessariamente.

Ela sorriu.

— Não na maioria dos dias. Vamos.

Quando ela se levantou, sua postura tinha mudado tanto que onde dantes ela parecia andar e se movimentar como um homem, agora não havia dúvida. Era simples como os peitos. Era uma mulher.

Já começando a descer o morro para a cerca da fazenda, escorreguei ao tentar alcançá-la.

— Maldição, homem. Como você pode ser uma mulher?

— Meu Deus, Edward, isso é algo que precisa de explicação? Estou aqui para cumprir uma tarefa. Você pode se divertir depois.

No fim, porém, não me diverti de fato. Para falar a verdade, fazia todo sentido do mundo que ela recorresse às vestimentas de um homem. Os marinheiros odiavam ter uma mulher a bordo. Eram supersticiosos com isso. Se a mulher misteriosa quisesse ter a vida de um homem do mar, precisava ser... um *homem* do mar.

E quando pensei nisso, arregalei os olhos para a mera coragem desse ato. A coragem que deve ter sido necessária para ela fazer o que fazia E lhe digo mais, meu bem, conheci muita gente extraordinária. Alguns maus. Alguns bons. A maioria um misto de bondade *e* maldade, porque é assim que quase todas as pessoas são. De todos, o melhor exemplo a ser seguido é o dela. Seu nome era Mary Read. Sei que você não vai se esquecer. A mulher mais corajosa que já conheci, sem exceções.

40

Enquanto eu esperava por Mary perto dos portões, entreouvi uma conversa dos guardas. Então Torres tinha conseguido fugir. *Interessante*. E Prins ficou entocado em sua fazenda, temendo pela vida. Ótimo. Espero que as mãos geladas do medo agarrem seu estômago. Espero que o pavor o mantenha acordado à noite. Anseio por ver isso em seus olhos quando eu matá-lo.

Primeiro, porém, teríamos de entrar. E para isso eu precisava...

Aí está ela. E é preciso admitir, era uma atriz soberba. Pois Deus sabe por quanto tempo convenceu a todos nós de que era um homem, e agora ali estava em um novo papel, não trocando de sexo, mas convencendo os guardas de que estava doente. E, sim, fazendo um trabalho magnífico.

— Alto lá! — ordenou um soldado ao portão.

— Por favor, fui baleada — disse ela com estridência. — Preciso de ajuda.

— Meu Deus, Phillip, olhe para ela. Está ferida.

O mais solidário dos dois soldados avançou, e o portão da fazenda se abriu diante dela.

— Senhor — disse ela com a voz débil —, estou doente e fraca.

O Soldado Solidário ofereceu o braço para ajudá-la a entrar.

— Deus os abençoe, amigos — disse ela, e mancou pelo portão, que se fechou às costas deles. Não consegui ver a cena de meu posto de observação, é claro, mas ouvi: o silvo de uma lâmina, o barulho abafado que fez quando ela a impeliu neles, o gemido baixo quando o que restava de vida escapava deles e em seguida o baque de seus corpos na terra.

E agora estávamos ambos dentro da fazenda e disparando pelo terreno até o solar. Provavelmente fomos vistos por escravizados, mas tínhamos de torcer que eles não dessem o alarme. Nossas preces foram atendidas porque instantes depois nos esgueirávamos para dentro da mansão, usando gestos para percorrer os cômodos furtivamente — até que demos com ele, parado em um gazebo, em um terreno dos fundos da casa. Agachados de cada lado de uma arcada, espiamos ao redor e o vimos ali, de pé e de costas para nós, as mãos atravessadas na barriga, olhando sua propriedade, satisfeito com seu quinhão na vida — um escravagista gordo, sua fortuna construída com o sofrimento dos outros. Lembra-se de que eu disse sobre ter conhecido alguns indivíduos inteiramente maus? Laurens Prins estava no topo da lista.

Entreolhamo-nos. O direito de matar pertencia a ela e no entanto, por algum motivo (por que eles estavam tentando me recrutar?), ela acenou para que eu avançasse, então saiu para explorar o restante da mansão. Levantei-me, atravessei o quintal, meti-me embaixo do gazebo e parei atrás de Laurens Prins.

E acionei minha lâmina.

Ah, eu a mantinha bem lubrificada; a única coisa de que você pode ter certeza a respeito dos piratas é que, embora não sejamos uma raça particularmente domesticada, nem um pouco orgulhosos da arrumação da casa, e o estado geral de Nassau testemunha isso, mantemos nossas armas em bom estado. A mesma filosofia de manter um galeão em bom estado. Uma questão de necessidade. De sobrevivência.

E assim era com minha lâmina. Quando se molhou, limpei-a minuciosamente e a mantive totalmente lubrificada. Desse modo, naquele momento ela mal fez um ruído quando a ejetei. Foi tão silenciosa, na verdade, que Prins não a ouviu.

Praguejei e enfim ele se virou, surpreso, talvez esperando ver um de seus guardas ali, prestes a gritar com o homem por seu atrevimento, por aproximar-se tão furtivamente. Em vez disso, dei-lhe uma estocada com a lâmina e seus olhos se arregalaram e ficaram paralisados enquanto eu o deixava arriar no chão, a lâmina ainda nele, segurando-o ali, o sangue enchendo seus pulmões e a vida começando a abandoná-lo.

— Por que ficar parado aí como um corvo me olhando de banda? — Ele tossiu. — Para ver um velho sofrer?

— Você não causou pouco sofrimento na vida, Sr. Prins — falei friamente. — Isso se chama castigo, creio eu.

— Vocês, assassinos ridículos e sua preciosa filosofia — escarneceu ele, a última tentativa patética de um moribundo. — Vocês vivem no mundo, mas não o fazem girar.

Sorri-lhe de cima.

— Confunde meus motivos, velho. Só estou atrás de umas moedas.

— Como eu, amigo — disse ele. — Como eu...

Ele morreu.

Saí do gazebo, deixando seu corpo para trás, quando ouvi um barulho vindo de cima. Levantando a cabeça, vi o Sábio Roberts, exatamente como me lembrava dele, em uma sacada. Tinha Mary como refém, apontando uma pistola de pederneira para sua cabeça e — sujeito inteligente — segurando seu pulso para impedir que ela acionasse a lâmina.

— Encontrei seu homem — berrou ela, aparentemente sem se preocupar com a pistola na cabeça. Ele a usaria. O calor em seus olhos dizia isso. Eles ardiam. *Lembra-se de mim, amigo?*, pensei. *O homem que nada fez enquanto tiravam seu sangue?*

Ele se lembrava.

— O Templário de Havana — disse ele, assentindo.

— Não sou Templário, amigo — respondi. — Aquilo era apenas um ardil. Estamos aqui para salvar seu rabo.

(E por isso eu queria dizer, "Torturá-lo até que nos conte onde fica o Observatório".)

— Salvar-me? Eu trabalho para o Sr. Prins.

— Ora, então, ele não é um patrão digno de você. Pretendia vendê-lo aos Templários.

Ele revirou os olhos.

— Pelo visto não se pode confiar em ninguém.

Talvez ele tenha relaxado, pois ela escolheu aquele momento para agir. Arrastou o calcanhar da bota pela canela do Sábio e ele gritou de dor. Ela se retorceu e se desvencilhou dele. Bateu no braço que segurava a arma, mas ele a afastou, apontando a pistola e disparando, no entanto errou o tiro. Agora ela estava desequilibrada e ele viu sua chance, escorando-se na grade da sacada e chutando-a com os dois pés. Com um grito, ela capotou por cima da grade e eu já corria para tentar apanhá-la quando ela se recuperou e se lançou varanda abaixo.

Enquanto isso o Sábio tinha sacado outra pistola, mas os guardas estavam chegando, alertados pelo tiro.

— Roberts — gritei, mas em vez de atirar nos guardas, ele apontou a segunda arma para o sino.

Clang.

Ele não tinha como errar e teve o efeito desejado: Mary caiu agilmente da segunda varanda para se juntar a mim, ao mesmo tempo acionando a lâmina, e guardas começaram a verter das arcadas para o pátio. Ficamos de costas um para o outro, mas não havia tempo para avaliar nosso inimigo com calma. Mosquetes e pistolas eram sacados, então disparamos para a ação.

Seis para cada um, acho, a conta era essa. Doze homens que morreram em variados graus de bravura e habilidade, e pelo menos um caso de aptidão duvidosa para qualquer tipo de combate. Era o jeito, ele semicerrou os olhos e resmungou enquanto entrava correndo na batalha.

Ouvimos os pés em disparada de mais homens chegando e sabíamos que era nossa deixa para escapar, correndo do pátio e atravessando o complexo, incitando os escravizados, *fujam, fujam*, libertem-se, ao prosseguirmos. E se não fosse pela multidão de soldados em nossos calcanhares, teríamos parado e os obrigado a fugir. Nessas circunstâncias, não sei se eles se convenceram da vantagem que estávamos lhes oferecendo.

Mais tarde paramos e, quando amaldiçoei minha sorte por perder Roberts, perguntei-lhe seu verdadeiro nome.

— Mary Read para minha mãe — respondeu ela. Ao mesmo tempo senti algo pressionar minha virilha, e quando baixei os olhos, vi que a ponta da lâmina oculta de Mary estava ali.

Ela estava sorrindo, graças a Deus.

— Mas nem uma palavra a ninguém, ou você também deixará de ser homem.

E nunca contei nada a ninguém. Afinal, aquela era uma mulher que sabia mijar de pé. Não seria eu a subestimá-la.

41

Janeiro de 1718

Prezado Edward

Escrevo com a triste notícia sobre seu pai, que faleceu há um mês, levado pela pleurite. Sua passagem não foi dolorosa e ele morreu em meus braços, tenho a satisfação em dizer. Assim pelo menos ficamos juntos até o fim.

Estávamos pobres na época de seu falecimento, sendo assim tive de aceitar um emprego em uma taberna local onde você pode entrar em contato comigo, caso deseje se corresponder. As notícias de suas proezas encontraram meus ouvidos. Dizem que você é um pirata de certa infâmia. Gostaria que pudesse me escrever e aliviar meus temores a esse respeito. Lamento dizer que não vimos Caroline desde sua partida e, desse modo, sou incapaz de lhe transmitir alguma informação sobre a saúde dela.

Sua mãe

Olhei o endereço do remetente. Não sabia se ria ou chorava.

42

Bem, sei que eu estava em Nassau na primeira metade de 1718 — onde mais estaria, se era meu lar? —, mas, para ser franco, lembro-me apenas de fragmentos. Por quê? Esta é uma pergunta que você deve dirigir a ela. Ela, aquela vozinha interna que diz que você precisa de mais uma bebida quando sabe que já bebeu o suficiente. Essa era a camaradinha que começava a buzinar e não me deixava cruzar a rua da Old Avery sem uma ida ao seu interior para passar o dia, depois acordar no seguinte, bruto como um imbecil, sabendo que só havia uma coisa que faria eu me sentir melhor: ser servido por Anne Bonny, garçonete da Old Avery. E então, sabe o que acontece? Todo o círculo — um maldito círculo *vicioso* — começava de novo.

E, sim, desde então percebi que eu bebia para afogar minha insatisfação, mas esse é o mote da bebida, muitas vezes você não nota o motivo na hora em que está bebendo. Você não percebe que a bebedeira é um sintoma, não uma cura. Então eu me sentava e observava enquanto Nassau ia para o brejo. E começava a beber, assim me esquecia de sentir nojo disso. Passava dia após dia à mesma mesa da Old Avery, ou olhando minha imagem roubada do Observatório, ou tentando garatujar uma carta a minha mãe ou a Caroline. Pensando em meu pai. Perguntando-me se o incêndio da fazenda apressara sua morte. Perguntando-me se eu era o culpado disso também e sabendo que a resposta estava no motivo para minhas cartas a minha mãe terminarem em pedaços de papel amassados no chão do pátio.

Veja bem, eu não estava tão envolvido em meus problemas a ponto de me esquecer de espiar o traseiro delicioso de Anne Bonny, mesmo que ela fosse inacessível (*oficialmente*. Mas Anne, digamos que ela desfrutava da companhia de piratas, se é que você me entende).

Anne tinha chegado a Nassau com o marido, James, um bucaneiro e parasita de sorte por ter se casado com ela. Dito isto, ela possuía um jeito que a fazia ser Anne, como se não temesse olhar sedutoramente um companheiro, o que fazia você se perguntar se o velho James Bonny colocava as mãos naquela ali. Eu seria capaz de apostar que servir cervejas na Old Avery não foi ideia *dele*.

— Há pouca coisa nesta cidade além de mijo e insetos. — Ela costumava reclamar, soprando mechas de cabelo da cara. E Anne tinha razão, mas ainda assim ela continuava ali, defendendo-se das investidas da maioria, aceitando os avanços de alguns sortudos.

Foi mais ou menos nessa época, enquanto eu chafurdava em minha infelicidade, passando os dias livrando-me da ressaca e criando novas, que ouvimos falar pela primeira vez do perdão do rei.

— É um monte de bosta!

Charles Vane dissera isso. As palavras dele penetraram naquele zunido bêbado de meados da manhã de que me ocupava.

O que era?

— É um ardil — vociferou ele. — Querem nos amaciar antes de atacarem Nassau. Você verá. Guarde minhas palavras.

O que era um ardil?

— Não é um ardil, Vane — disse o Barba Negra, a voz traindo uma seriedade incomum. — Soube que veio direto da boca do seboso capitão das Bermudas. Há uma oferta de perdão ao pirata que desejá-lo.

Perdão. Deixei que a palavra penetrasse em mim.

Hornigold também estava lá.

— Ardil ou não, creio ser evidente que os ingleses pretendem voltar a Nassau — disse ele. — Armados, sem dúvida. Na ausência de quaisquer ideias claras, digo que devemos ficar sossegados. Sem pirataria e sem violência. Nada que agite as plumas do rei, por ora.

— Preservar a plumagem do rei não é preocupação minha, Ben — censurou Barba Negra.

Benjamin virou-se para ele.

— Vai ser quando ele enviar seus soldados para varrer cada resíduo desta ilha. Olhe a sua volta, homem, vale a pena morrer por esse esgoto?

Ele tinha razão, é claro. Fedia, e mais a cada dia: uma mistura nauseante de merda, água dos porões e carcaças putrefatas. Mas mesmo assim, por mais difícil que seja para você acreditar, era *nossa* mistura nauseante de merda, água dos porões e carcaças putrefatas, e estávamos dispostos a lutar por ela. Além disso, o cheiro não era tão ruim quando se estava bêbado.

— Sim, é a nossa república. Nossa ideia — insistiu o Barba Negra. — Uma terra livre para homens livres, lembra-se? Talvez seja de aparência suja. Mas não continua sendo uma ideia digna de nossa luta?

Benjamin evitou os olhos dele. *Ora, ele já se decidiu? Já fez sua escolha?*

— Não tenho certeza — disse ele. — Pois quando olho os frutos de nossos anos de trabalho, só o que vejo é doença... Indolência... Idiotice.

Lembra-se do que eu disse sobre Benjamin? Sobre como ele se vestia diferente, tinha uma atitude mais militar...? Pensando bem, creio que ele jamais quis realmente ser um pirata; que sua ambição estava do outro lado, na marinha de Sua Majestade. Ele nunca foi especialmente fã de atacar navios, o que é uma raridade entre nós. Barba Negra contou a história de como uma nave sob seu comando certa vez sitiara um veleiro, só para Benjamin roubar os chapéus dos passageiros. Só isso, só os chapéus. E, sim, você pode pensar que era por ele ser um velho mole e não querer aterrorizar demais os passageiros, e talvez tenha razão. Mas o fato é que, de todos nós, Benjamin Hornigold era o menos pirata, quase como se não estivesse disposto a aceitar que era um.

Sendo esse o caso, não creio que eu deveria me surpreender com o que aconteceu a seguir.

43

Julho de 1718

Minha querida Caroline...

E isso, naquela ocasião em particular (local: a Old Avery, como se eu precisasse dizer), foi o máximo a que cheguei.

— Dando forma a seus sentimentos? — Anne estava parada ao meu lado, a pele marrom e linda. Um deleite para os olhos.

— Só uma cartinha para casa. De todo modo, imagino que ela nem se importe mais.

Amassei a carta e a joguei longe.

— Ah, você tem um coração duro — disse Anne ao se afastar atrás do balcão. — Devia ser mais manso.

Sim, pensei. Está certa, moça. E esse coração manso parecia derreter. Nos meses desde que soube do perdão do rei, Nassau rachou, dividida entre aqueles que aderiram ao perdão, os que pretendiam aderir (depois de um último ataque) e os que eram mortalmente contra o perdão e xingavam todos os outros, liderados por Charles Vane e...

Barba Negra? Meu velho amigo mantinha a pólvora seca, mas, pensando bem agora, creio que ele decidiu que uma vida de pirataria não lhe servia mais. Estava longe de Nassau, à espera de butins. Notícias de grandes ataques e estranhas alianças chegavam a nossos ouvidos. Comecei a pensar que Barba Negra não tinha a intenção de voltar quando saiu de Nassau. (E ele nunca voltou, pelo que sei.)

E eu? Bem, por um lado, eu era cauteloso na camaradagem com Vane. Por outro, não queria aderir ao perdão, o que me tornava camarada de Vane, quisesse eu ou não. Vane esperava que os reforços jacobitas chegassem, no entanto nunca chegaram. Em vez disso, começou a fazer planos para ir embora. Talvez fundar outra república pirata, em um novo lugar. Eu levaria o *Jackdaw* e partiria com ele. Que opção eu tinha?

E então veio aquela manhã, alguns dias antes da data de nossa partida, enquanto eu estava na varanda da Old Avery, tentando escrever minha carta a Caroline e passando o tempo com Anne Bonny, quando ouvi o som de disparos de canhão no porto. Uma salva de onze, e sabíamos exatamente o que estava acontecendo. Fomos alertados disso. Os ingleses estavam chegando para assumir o controle da ilha.

E ali estavam. Um bloqueio que fechou as duas entradas do porto. O Navio de Sua Majestade *Milford* e o Navio de Sua Majestade *Rose* eram os líderes. Duas naves de guerra escoltando uma frota com mais cinco embarcações onde havia soldados, artesãos, fornecedores, material de construção, toda uma colônia vindo enxotar os Piratas, erguer Nassau por seus próprios esforços e restituir sua respeitabilidade.

Eram liderados pela nau capitânia *Delicia*, que despachou botes a remo para negociar no cemitério de barcos e pousar em nossa praia. Ao chegarmos lá, juntamente a todos os outros marujos de Nassau, seus ocupantes estavam acabando de desembarcar. Ninguém mais além de meu velho amigo Woodes Rogers. Era auxiliado a sair do barco a remo, bronzeado e bem-cuidado como sempre, porém mais aflito. Lembra-se da promessa que ele fizera de se tornar governador de Havana? Ele a cumpriu. Lembra-se de ele me dizendo que pretendia expulsar os piratas de Nassau? Parecia que pretendia cumprir esta também.

Nunca na vida ansiei tanto pelo Barba Negra. Uma coisa que eu sabia era que meu velho amigo Edward Thatch saberia para que lado se virar. Uma mescla de instinto e perspicácia o teria impelido como o vento.

— Seremos enforcados — disse Calico Jack a meu lado (*destino tentador este, Jack*) —, o rei Jorge cansou-se de nossas peripécias. Quem é o sujeito carrancudo?

— Aquele é o capitão Woodes Rogers. — Embora eu não tivesse pressa em voltar a falar com ele, misturei-me à multidão, mas cheguei ainda perto o bastante para ouvir Rogers receber um rolo de pergaminho, o qual consultou, antes de dizer: "Desejamos uma negociação com os homens que se dizem governadores desta ilha. Charles Vane, Ben Hornigold e Edward Thatch. Aproximem-se, por favor?"

Benjamin avançou um passo.

— Inútil covarde — praguejou Jack. E nunca haviam dito nada mais verdadeiro. Pois se houve um momento em que Nassau chegou a um fim e nossas esperanças pela república foram frustradas, foi aquele.

44

Novembro de 1718

Só quando o encontrei é que realmente percebi o quanto havia sentido falta dele.

Mal sabia eu que logo o perderia para sempre.

Foi em uma praia da Carolina do Norte, na baía de Ocracoke, pouco antes do amanhecer. Ele estava dando uma festa — é claro — e tinha ficado acordado a noite toda — é óbvio.

Fogueiras pontilhavam toda a praia, homens dançavam uma giga ao som de uma rabeca mais adiante, outros passavam um caneco de rum e gargalhavam alto. Um javali era assado em um espeto, e seu cheiro delicioso dava cambalhotas de fome em meu estômago. Talvez aqui, na praia de Ocracoke, o Barba Negra tivesse fundado sua própria república pirata. Talvez não estivesse interessado em voltar a Nassau e consertar as coisas.

Charles Vane já estava lá, e, quando me aproximei, marchando com dificuldade pela areia e já na expectativa da bebida nos lábios e do javali em minha barriga, ele estava de pé, sua conversa com Barba Negra evidentemente tinha terminado.

— Uma grande decepção você é, Thatch! — berrou ele rispidamente, depois, ao me ver, disse: — Sua mente está decidida a ficar aqui, é o que diz ele. Então ele que se dane, com todos vocês que seguem esse desgraçado lamentável para a obscuridade.

Se fosse qualquer outro, e não Barba Negra, Vane teria cortado sua garganta por ser um traidor da causa. Mas não o fez, porque era Barba Negra.

Se fosse qualquer outro, e não Vane, Barba Negra o teria acorrentado por sua insolência. Mas não o fez. Por quê? Talvez por culpa, porque Barba Negra tinha dado as costas à pirataria. Talvez porque, pense o que quiser de Charles, ele merecesse admiração por sua coragem e devoção à causa. Ninguém lutou mais contra o perdão do que Charles. Ninguém foi um espinho maior no sapato de Rogers do que ele. Lançou um navio em chamas contra o bloqueio e escapou, depois continuou a orquestrar incursões em New Providence, fazendo o possível para perturbar o governo de Rogers enquanto esperava a chegada de reforços. Os reforços que ele esperava usavam preto em batalha e atendiam pelo nome de Barba Negra. Mas quando cheguei à praia naquela manhã cálida, parecia que as últimas esperanças de Charles Vane tinham sido frustradas.

Ele saiu, chutando nuvens de areia ao voltar pela praia, para longe do calor bruxuleante das fogueiras, tremendo de raiva.

Nós o observamos partir. Olhei para Barba Negra. Seu cinturão estava desafivelado, o casaco desabotoado e a barriga recém-adquirida empurrava os botões da camisa. Ele não disse nada, apenas me chamou para sentar na areia a seu lado, passou-me uma garrafa de vinho e esperou que eu bebesse um gole.

— Esse homem é um canalha — disse ele, ligeiramente bêbado, gesticulando para onde estivera Charles Vane.

Ah, pensei, *mas a ironia é que seu velho cafajeste Edward Kenway quer o mesmo que o canalha.*

Vane podia ser devotado à causa, mas não tinha a fé dos confrades. Sempre fora um homem cruel, mas ultimamente havia se tornado ainda mais impiedoso e selvagem. Diziam que seu novo truque era torturar cativos amarrando-os no gurupés, inserindo fósforos sob suas pálpebras — depois os acendendo. Até os homens que o seguiam tinham começado a questioná-lo. Talvez Vane soubesse tão bem quanto eu — que Nassau precisava de um líder que inspirasse os homens. Nassau precisava de Barba Negra.

Barba Negra agora estava de pé, Charles Vane era um ponto distante no horizonte, e acenou para que eu o seguisse.

— Sei que veio aqui me chamar para casa, Kenway. — Ele parecia comovido. — Sua fé em mim é generosa. Mas com Nassau tomada, sinto que estou acabado.

Eu estava sendo sincero quando falei:

Não sou da mesma opinião, amigo. Mas não gostaria de estar no seu lugar.

Ele assentiu.

— Meu Deus, Edward. Viver assim é como viver com um buraco grande nas tripas. E toda vez que suas entranhas se derramam no chão, você é obrigado a pegá-las e enfiá-las de volta. Quando Ben e eu aportamos pela primeira vez em Nassau, subestimei a necessidade de homens de caráter para dar forma e guiar o lugar a seu pleno propósito. Mas não estou errado sobre a corrupção que vem com esse curso.

Por um momento, enquanto caminhávamos, ouvimos o mar na areia, o farfalhar suave, o barulho da água refluindo. Talvez ele, assim como eu, pensasse em Benjamin quando pensava na corrupção.

— Depois que um homem prova o gosto da liderança, é difícil para ele não se perguntar por que não está no comando do mundo todo.

Ele gesticulou para trás.

— Sei que estes homens me consideram um bom capitão, mas odeio o gosto disso. Sou arrogante. Não tenho o equilíbrio necessário para liderar uma multidão.

Pensei entender o que ele queria dizer. Pensei compreender. Mas não gostei — não gostei do fato de Barba Negra estar se afastando de nós.

Caminhamos.

— Você ainda procura aquele sujeito, o Sábio? — perguntou-me ele

Eu disse que sim, mas não mencionei que a busca pelo Sábio consistira principalmente em me sentar na Old Avery bebendo e pensando em Caroline. — Ah, ora, ao pegar um butim há um mês, ouvi falar de certo Roberts que estava trabalhando em um navio negreiro chamado *Princess*. Talvez você queira dar uma olhada nisso.

E assim o carpinteiro de olhos mortos, o homem de conhecimento atemporal, saíra da fazenda para os navios negreiros. Fazia sentido.

— O *Princess*. Ora, viva, Thatch.

45

Os britânicos estavam indo atrás de Barba Negra, é claro. Mais tarde descobri ser uma força liderada pelo tenente Maynard, do navio de Sua Majestade *Pearl*. O governador da Virgínia tinha oferecido uma recompensa pela cabeça de Barba Negra depois que os mercadores reclamaram do hábito do pirata de velejar da baía de Ocracoke e tomar um ou outro butim aqui e ali; o governador tinha medo de que Ocracoke logo se tornasse outra Nassau. O governador não gostava de ter o pirata mais influente do mundo em seu quintal. Desse modo, colocou sua cabeça a prêmio. E assim eles vieram, os britânicos.

A primeira coisa que ouvi foi um alarme sussurrado. "Os ingleses estão chegando. Os ingleses estão chegando", e pelas escotilhas dos canhões da chalupa de Barba Negra, o *Adventure*, vimos que lançaram um pequeno bote e estavam tentando chegar furtivamente a nós. Nós o teríamos destruído completamente, é claro, exceto por uma coisa. Uma coisa crucial. Sabe aquela festa de que falei? O vinho e o javali? Continuava. E não parava.

Estávamos muito, catastroficamente de ressaca.

E assim, a melhor resposta que pudemos dar foi alertar o bote a remo com um disparo.

Naquela manhã, havia muito poucos de nós a bordo do navio de Barba Negra. Talvez vinte, no máximo. Mas eu era um deles, mal sabendo do que estava prestes a fazer parte do que aconteceu a seguir: o destino do mais famoso pirata do mundo.

E, justiça lhe seja feita, Barba Negra podia estar de ressaca, assim como todos nós, mas conhecia as águas em torno da baía de Ocracoke, e assim zarpamos, levantando âncora e afobando-nos para os bancos de areia.

Atrás de nós vinham os homens de Maynard. Levavam o emblema vermelho e não nos deixaram dúvidas do que pretendiam. Eu vi nos olhos de Barba Negra. Meu velho amigo Edward Thatch. Todos a bordo do *Adventure* naquele dia sabíamos que os ingleses estavam atrás dele e só dele. A declaração do governador da Virgínia dava nome a apenas um pirata, e este era Edward Thatch. Creio que todos sabíamos que não éramos alvos daqueles ingleses obstinados, era Barba Negra. Todavia, nenhum homem desistiu, nem se jogou no mar. Não houve um só homem entre nós que não estivesse disposto a morrer por ele — esta era a devoção e a lealdade que ele inspirava. Se ao menos ele pudesse ter usado essas qualidades a serviço de Nassau.

O dia estava calmo, não havia vento em nossas velas e tivemos de usar nossos remadores para avançar. Conseguíamos ver o branco dos olhos de nossos perseguidores e eles conseguiam ver o nosso. Barba Negra correu a nossa popa, onde se curvou sobre a amurada e gritou a Maynard pelo canal tranquilo:

— Malditos, patifes, quem são vocês? E de onde vieram?

Aqueles no navio atrás não deram resposta, só nos fitavam de olhos vagos. Provavelmente queriam nos inquietar.

— Por nossas cores, podem ver que não somos piratas — berrou Barba Negra, gesticulando ao redor, a voz ecoando estranhamente nos bancos de areia íngremes dos dois lados do canal estreito. — Lancem um bote e subam a bordo. Verão que não somos piratas.

— Não posso desperdiçar o bote — gritou Maynard. Houve uma pausa. — Eu o embarcarei em minha chalupa muito em breve.

Barba Negra praguejou e ergueu um copo de rum, brindando a ele.

— Bebo à sua *condenação* e à de seus homens, que são marionetes covardes! Não darei nem aceitarei a clemência.

— E em troca não espero clemência de você, Edward Thatch, tampouco darei a minha.

As duas chalupas sob o comando de Maynard se aproximaram e, pela primeira vez, vi meu amigo Edward Thatch sem saber o que fazer. Pela primeira vez na vida, pensei ter visto o medo em seus olhos.

— Edward... — Tentei dizer, querendo puxá-lo de lado, desejando que nos sentássemos juntos, como fizemos tantas vezes na Old Avery, para tramar, planejar e maquinar, mas dessa vez não para tomar o butim, não. Para escapar dos ingleses. Para chegar à segurança. A nossa volta, a tripulação trabalhava em uma espécie de torpor encharcado de álcool. O próprio Barba Negra bebia rum, sua voz se elevando com a embriaguez. E é claro que, quanto mais bêbado ficava, menos receptivos à razão, mais impulsivos e imprudentes eram seus atos, como o momento em que ele ordenou que as armas fossem preparadas e, como não tínhamos projéteis, enchemos os canhões de pregos e pedaços de ferro velho.

— Edward, não...

Tentei impedi-lo, sabendo que devia haver um jeito melhor e mais diplomático de escapar dos ingleses. Sabendo que disparar neles seria assinar nossa sentença de morte. Estávamos em menor número, com menos armas. Os homens dele não estavam bêbados nem de ressaca, e tinham nos olhos a luz ardente do fanatismo. Eles queriam uma coisa, e esta era Barba Negra — o bêbado, furioso, tempestuoso e provavelmente, no fundo, o apavorado Barba Negra.

Bum.

O alcance dos disparos foi longo, mas não vimos nada além de um manto de fumaça e areia revirada, o que obscureceu nossa visão. Durante longos instantes aguardamos com a respiração em suspenso para ver que danos nosso ataque tinha infligido, e só o que ouvimos foram gritos e o barulho de madeira estilhaçada. Qualquer que fosse o dano produzido, parecia grave, e à medida que a névoa clareava vimos que um dos navios em nosso encalço tinha dado uma guinada de lado e encalhado, enquanto o outro parecia também ter sido atingido, sem sinal de nenhum tripulante a bordo e partes de seu casco espatifados ou lascados. Da boca da tripulação veio um grito de júbilo fraco mas honesto, e começamos a nos perguntar se nem tudo estava perdido.

Barba Negra me olhou, ao lado dele na amurada, e piscou.

— O outro ainda está vindo, Edward — alertei. — Eles responderão ao fogo.

E responderam. Usaram balas encadeadas que destruíram nossa bujarrona. No instante seguinte, os gritos de vitória transformaram-se em berros agoniados quando nosso navio não era mais apto para o mar, tombando para o lado do canal e adernando, seus mastros quebrados roçando as margens íngremes. Enquanto isso, ao subirmos e descermos inutilmente na onda, a chalupa que nos perseguia veio de frente para estibordo, dando-nos uma boa oportunidade de ver que forças lhes restavam. Muito poucas, ao que parecia. Vimos um homem no leme, com Maynard ao seu lado gesticulando ao gritar: "Coloque de bordo, de bordo..."

Foi quando Edward concluiu que o ataque era a melhor defesa. Disse aos homens que se armassem e se preparassem para a abordagem, e esperamos com nossas pistolas carregadas e alfanjes sacados, a batalha derradeira em um canal deserto das Índias Ocidentais.

A fumaça de pólvora nos cobria, grossas camadas pendendo como redes no ar. Ardia em nossos olhos e conferia à cena um caráter sinistro, como se a chalupa inglesa fosse um navio fantasma surgindo das dobras de uma névoa espectral. Para aumentar o efeito, seus conveses continuavam vazios. Só Maynard e o imediato ao leme, Maynard gritando, "De bordo, de bordo...", seus olhos desvairados, revirando-se como os de um louco. O olhar dele, para não falar no estado de seu navio, deu-nos esperanças — esperanças de que talvez eles estivessem em pior estado do que havíamos julgado inicialmente; que aquela, afinal, não era a batalha derradeira; que talvez sobrevivêssemos para lutar outro dia.

Uma falsa esperança, como se viu.

Tudo era silêncio, só os gritos cada vez mais histéricos de Maynard enquanto nos agachávamos atrás da amurada. Quantos homens ainda sobreviviam na chalupa, não tínhamos como saber, mas pelo menos um de nós estava confiante.

— Explodimos suas cabeças, exceto por três ou quatro — gritou Barba Negra. Ele estava com seu chapéu preto, percebi, e acendeu os pavios na barba, estava cercado de fumaça. Sua ressaca tinha passado, ele reluzia como um demônio. — Vamos pular a bordo e despedaçá-los.

Só três ou quatro? Deve haver mais deles vivos, não crê?

Mas então nossos cascos se chocaram e, com um grito, Barba Negra nos guiou pela lateral do *Adventure* e entramos na chalupa britânica, soltando um rugido brutal de guerreiros enquanto os homens afluíam para Maynard e o primeiro imediato no leme.

Mas Maynard, este era tão bom ator quanto minha amiga Mary Read. Pois assim que nossa dúzia de piratas subiu a bordo de seu navio, o olhar histérico e louco deixou seu rosto e ele gritou, "*Agora, homens, agora!*", uma escotilha no tombadilho se abriu e a armadilha disparou.

Eles estavam se escondendo de nós, fazendo-se de mortos, fingindo, atraindo-nos a bordo. E agora saíam, como ratos escapando do esgoto, duas dúzias deles para combater nossa resoluta dúzia, e logo o ar se encheu do embate de aço, do estampido de armas de fogo e dos gritos.

Havia um homem em cima de mim. Esmurrei-o na cara e ao mesmo tempo acionei minha lâmina, esquivando-me de lado para evitar uma fonte de sangue e muco que rompeu de seu nariz. Em minha outra mão estava a pistola, mas ouvi Barba Negra gritando a mim, "*Kenway*".

Ele estava arriado, com uma perna sangrando muito, defendendo-se com a espada e pedindo uma arma. Joguei-lhe a minha e ele a apanhou, usando-a para derrubar um homem que se aproximava com o alfanje erguido.

Mas ele estava morto. Nós dois sabíamos disso. Todos nós sabíamos disso.

— Em um mundo sem ouro, teríamos sido heróis! — berrou quando pularam em cima dele.

Maynard liderou um ataque renovado sobre ele e Barba Negra, vendo sua nêmeses de perto, arreganhou os dentes e girou a espada. Maynard gritou, a mão esguichando carmim enquanto ele recuava e sua espada caía, de guarda arruinada. Do cinto, pegou uma pistola e disparou, atingindo Edward no ombro e fazendo com que caísse de joelhos, onde ele grunhiu e girou a espada ao ver o inimigo avançar sem remorsos.

E a nossa volta eu via a queda de outros dos nossos. Saquei a segunda pistola e dei a um dos homens dele um terceiro olho, mas agora estavam sobre mim, em um enxame. Decepei homens. Cortei-os impiedosamente. E a noção de que meu próximo agressor também morreria manteve alguns deles ao largo, dando-me a chance de olhar de soslaio e ver Edward morrendo por mil cortes, de joelhos, mas ainda lutando, cercado por vultos que golpeavam e o retalhavam com suas lâminas.

Com um grito de frustração e raiva, levantei-me e girei de mãos estendidas, minha lâmina formando um perímetro de morte, que fez com que homens voassem para trás. Aproveitei a iniciativa, atirando-me e derrubando o homem diante de mim de modo que seu peito e o rosto tornaram-se meu trampolim e pude romper a barreira humana que me cercava. No ar, minha lâmina faiscou e dois homens caíram de veias abertas, o sangue batendo no convés com um golpe audível. Pousei e disparei pelo convés para ajudar meu amigo.

Mas não consegui. Um marinheiro à minha esquerda impediu meu progresso, um brutamontes imenso que me esmurrou. Nós dois nos movimentávamos a tal velocidade que nenhum dos dois pôde impedir o ímpeto que nos jogou pela amurada e na água abaixo.

Vi uma coisa antes de cair. Vi a garganta de meu amigo aberta e o sangue cobrindo seu corpo, os olhos revirando quando Barba Negra tombou em definitivo.

46

Dezembro de 1718

Você não ouviu um homem gritar de dor antes de ter ouvido um homem gritar de dor porque teve sua rótula estourada.

Este foi o castigo perpetrado por Charles Vane ao capitão do navio negreiro britânico que abordamos. O mesmo navio negreiro britânico que praticamente abriu rombos no casco da nave do próprio Vane, assim tivemos de aproximar o *Jackdaw* e permitir que seus homens subissem a bordo. Vane ficou furioso com isso, mas mesmo assim não havia desculpas para perder o controle. Afinal, toda aquela expedição tinha sido ideia dele.

Ele elaborou este plano logo depois da morte de Edward.

— Então deram cabo de Thatch? — disse ele ao nos sentarmos na cabine do capitão do *Jackdaw*, com Calico Jack bêbado e dormindo por perto, estirado na cadeira de um jeito que parecia desafiar a gravidade. Ele foi outro que se recusou a aceitar o perdão real, então tivemos de nos atrelar a ele.

— Ele estava em menor número — falei me referindo a Barba Negra. A imagem era uma recém-chegada indesejada em minha mente. — Não consegui alcançá-lo.

Lembrei-me de cair vendo-o morrer, o sangue jorrando de sua garganta, retalhado como um cão raivoso. Bebi outro longo gole de rum para expulsar a imagem.

Penduraram sua cabeça no gurupés como um troféu, assim eu soube. E chamavam a *nós* de escória.

— Um demônio de homem, era violento, mas tinha o coração dividido — disse Charles. Ele estivera atormentando minha mesa com a ponta da faca. A qualquer outro convidado eu teria dito para parar, mas não a Charles Vane. Um Charles Vane derrotado por Woodes Rogers.

Um Charles Vane pranteando a morte de Barba Negra. Sobretudo, um Charles Vane com uma faca na mão.

Ele tinha razão, porém, em suas palavras. Mesmo que Barba Negra tivesse sobrevivido, havia pouca dúvida de que pretendia deixar aquela vida para trás. Ficar na chefia e nos liderar para sair da turbulência não era algo que atraía Edward Thatch.

Caímos em silêncio. Talvez ambos estivéssemos pensando em Nassau e em como pertencia ao passado. Ou talvez ambos nos perguntássemos o que fazer do futuro porque, depois de alguns instantes, Vane respirou fundo, pareceu se recompor e bateu os punhos nas coxas.

— Muito bem, Kenway — anunciou. — Estive remoendo aquele plano seu... Aquele... Observatório de que você falava. Como sabemos que existe?

Lancei-lhe um olhar enviesado para ver se estava brincando. Afinal, ele não teria sido o primeiro. Fui muito escarnecido por minhas histórias do Observatório e não estava com humor para mais nada disso, não agora. Mas ele não zombava, falava muito sério, inclinando-se em sua cadeira, esperando por minha resposta. Calico Jack se aproximou.

— Encontramos um navio chamado *Princess*. Provavelmente há um homem chamado Roberts a bordo. Ele pode nos levar lá.

Charles pareceu pensar.

— Todos os mercadores de escravizados trabalham para a Real Companhia Africana. Vamos encontrar um de seus navios e começar a fazer perguntas.

Mas, infelizmente para todos nós, o primeiro navio da Real Companhia Africana que encontramos abriu buracos na embarcação de Vane, o *Ranger*, o que significava que ele precisou ser resgatado. Por fim abordamos o navio negreiro, onde nossos homens já haviam silenciado a tripulação. Ali encontramos o capitão.

— Este capitão alega que o *Princess* zarpa de Kingston a cada poucos meses — eu disse a Vane.

— Muito bem. Vamos traçar um curso — concluiu Vane, e a decisão estava tomada: íamos para Kingston e sem dúvida o capitão negreiro teria ficado bem e desarmado, se não tivesse gritado com fúria:

— Vocês estragaram minhas cabines e os cordames, seus idiotas. Devem uma parte a mim.

Todo homem que conhecia Charles Vane seria capaz de dizer o que ia acontecer. Não exatamente o que ocorreria. Mas o tipo de coisa: violência terrível, sem remorsos. E assim foi quando ele girou o corpo, sacou a arma e andou até o capitão em um movimento rápido e furioso. Depois colocou o cano da arma no joelho do capitão, com a outra mão protegendo-se do borrifo de sangue. E apertou o gatilho.

Aconteceu rapidamente. Sem rodeios. Depois disso Charles Vane se afastou, prestes a passar por mim.

— Maldição, Vane!

— Ah, Charles, que demônio rabugento você é — disse Calico Jack, e foi um raro momento de sobriedade dele, um fato quase tão chocante quanto os gritos penetrantes do capitão, mas daí o velho bêbado aparentemente estava com vontade de desafiar o humor de Charles Vane.

Vane virou-se para seu contramestre:

— Não mexa comigo, Jack.

— É direito meu mexer com você, Charles — rebateu Calico Jack, normalmente embriagado, mas hoje com humor para contestar a autoridade de Vane, ao que parecia. — Amigos — comandou ele, como se seguisse uma deixa, como se esperasse sua chance; vários homens leais a Calico Jack avançaram de armas em punho. Estávamos em menor número, mas isso não impediu Adewalé de sacar o alfanje, só para sentir todo o peso de uma guarda de espada na cara, o que o fez se amarfanhar no convés.

Vi-me com a cara cheia de canos de pistola quando me mexi para ajudar.

— Vejam só... Os rapazes e eu fizemos um concílio enquanto vocês perdiam tempo com este sujeito — disse Calico Jack, apontando o mercador de escravizados capturado. — E eles entenderam que eu seria um capitão mais apto do que vocês, cães descuidados.

Gesticulou para Adewalé e meu sangue subiu quando ele disse:

— Este imagino que posso vender por dez libras em Kingston. Mas com vocês dois, não posso correr risco nenhum.

Cercados, eu, Charles e nossos homens não podíamos fazer nada. Minha mente disparou, perguntando-me onde foi que tudo dera tão errado. Será que precisávamos tanto assim de Barba Negra? Dependíamos tanto a ponto de as coisas se desviarem terrivelmente em sua ausência? Parecia que sim. Parecia que sim.

— Vai se arrepender desse dia, Rackham — sibilei.

— Já me arrependo da maioria deles — suspirou o amotinado Calico Jack. Sua camisa indiana colorida foi a última coisa que vi quando outro homem avançou com um saco preto e cobriu minha cabeça.

47

E foi quando nos vimos abandonados em Providencia. Isto é, depois de um mês à deriva no *Ranger* danificado.

Jack nos deixou comida e água, mas não tínhamos meios de pilotar ou velejar o navio, assim foi um mês no mar durante o qual tentamos, sem sucesso, consertar o cordame e as velas quebradas e passamos a maior parte do dia manejando as bombas para permanecermos à tona; um mês em que tive de ouvir Vane praguejar e vituperar em todas as horas do dia e da noite, balançando o punho no ar.

— Vou pegar Jack Rackham! Vou abri-lo no meio. Arrancarei seus órgãos e tocarei um alaúde com suas tripas ensanguentadas.

Passamos o Natal de 1718 no *Ranger*, subindo e descendo como uma garrafa de bebida descartada nas ondas, rezando pela clemência do clima. Só eu e ele. E é claro que não tínhamos calendário ou similares, assim era impossível saber quando caía o Natal ou em que dia 1718 se tornou 1719, mas eu estava disposto a apostar que fiz a passagem ouvindo Charles Vane furioso com o mar, com o céu, comigo, e especialmente com seu velho patife Calico Jack Rackham.

— Eu o pegarei! Você vai ver, seu desgraçado vil!

E quando tentei argumentar com ele, sugerindo que talvez sua gritaria constante fizesse mais mal do que bem a nosso moral, ele se virou para mim.

— Ora, ora, fala o temível Edward Kenway! — bradou. — Então nos diga, capitão, como sair deste apuro e que talento você tem para navegar em um navio sem velas e sem leme.

Jamais saberei como não nos matamos durante esse tempo, mas, por Deus, ficamos felizes quando vimos terra. Gritamos de prazer, trocamos abraços, pulamos. Descemos um escaler do *Ranger* surrado e, quando a noite caiu, remamos para a praia, e então desabamos na areia, exaustos porém em êxtase por ter encontrado terra-firme depois de um mês à deriva.

Na manhã seguinte, acordamos e encontramos o *Ranger* destruído na praia, e xingamos um ao outro por não termos baixado âncora.

E amaldiçoamos nossa sorte quando percebemos que a ilha à qual derivamos era pequena.

Providencia, como se chamava, uma pequena ilha com sua parcela justa de história. Uma história de sangue, então. Os colonos ingleses, piratas e espanhóis nada fizeram além de lutar por ela na maior parte de um século. Quarenta anos atrás, o grande pirata capitão Henry Morgan ficou de olho nela, recapturou-a dos espanhóis e a usou como sua base por algum tempo.

Quando Vane e eu descemos na ilha, era lar de alguns poucos colonos, escravizados foragidos e condenados e os remanescentes dos índios da tribo mosquito, seus nativos. Podia-se explorar o forte abandonado, mas não restava muita coisa. Nada para se comer ou beber. E você podia nadar até Santa Catalina, mas esta era ainda menor. Então passamos os dias principalmente pescando e encontrando ostras em pequenas poças, e de vez em quando tendo uma espécie de impasse aos rosnados com grupos de nativos de passagem, colonos esfarrapados errantes ou caçadores de tartarugas. Os colonos, em particular, sempre tinham uma expressão selvagem e assustada, como se não soubessem se atacavam ou fugiam, e podiam fazer igualmente uma coisa ou outra. Seus olhos pareciam girar nas órbitas em diferentes direções ao mesmo tempo, e eles faziam movimentos estranhos e nervosos com os lábios secos e queimados de sol.

Virei-me para Charles depois de um encontro desses, prestes a comentar, e vi que ele também tinha uma expressão desvairada, seus olhos pareciam girar nas órbitas e ele fazia movimentos estranhos e nervosos com os lábios secos e queimados de sol.

Até que um dia a frágil corda que mantinha Charles Vane inteiro se arrebentou e ele quis criar uma nova tribo em Providencia. Uma tribo de um. Eu devia ter tentado dissuadi-lo disso. "*Charles, precisamos ficar juntos.*" Mas eu estava enjoado até a medula de Charles Vane e, de qualquer modo, não seria a última vez que o veria. Ele passou a roubar minhas ostras no início, irrompendo da selva, cabeludo e barbudo, as roupas em farrapos e o olhar de um louco. Pegava minhas ostras recém-coletadas, chamava-me de bastardo e corria de volta ao matagal de onde me amaldiçoaria um pouco mais. Meus dias eram passados na praia, nadando, pescando e procurando navios no horizonte, sabendo muito bem o tempo todo que ele me rastreava de dentro da mata.

Em uma ocasião, tentei protestar com ele.

— Vai falar comigo, Vane? Está preso a essa loucura?

— Loucura? — respondeu ele. — Não há nada de louco em um homem que tenta sobreviver, há?

— Não quero fazer mal a você, peça rara. Vamos resolver isso como cavalheiros.

— Ah. Meu Deus, esse falatório nosso me dá uma dor de cabeça danada. Agora, para trás e me deixe viver na minha!

— Eu deixaria se você parasse de afanar a comida que eu pego e a água que encontro.

— Não vou parar até você pagar com seu sangue. Você foi o motivo para sairmos em busca de negreiros. Foi graças a você que Jack Rackham tomou meu navio!

Está vendo contra o que eu tinha de competir? Ele estava perdendo o juízo. Culpava-me por coisas que eram responsabilidade dele. Foi ele que sugeriu que fôssemos atrás do Observatório. Ele havia causado nossos apuros atuais, matando o capitão do navio negreiro. Eu tinha tantos motivos para odiá-lo como ele para me desprezar. A diferença entre nós era que eu não tinha enlouquecido. Pelo menos, ainda não. Ele estava fazendo o melhor possível para reparar isso, aparentemente. Ficava cada vez mais insano.

— Você e seus contos de fadas nos meteram nessa enrascada, Kenway!

Ele ficava na mata, como um roedor nos arbustos escurecidos, enroscado nas raízes, abraçado aos troncos das árvores, acocorado em seu próprio fedor e observando-me com os olhos medrosos. Começou a me ocorrer que talvez Vane tentasse me matar. Mantive a lâmina limpa e, embora não a usasse — acostumara-me a usar muito pouco —, tinha-a sempre à mão.

Antes que me desse conta, ele tinha deixado de ser um louco que me atormentava da mata e passou a montar armadilhas para mim.

Até que um dia concluí que bastava. Eu precisava matar Charles Vane.

Na manhã em que decidi fazê-lo, fiquei de coração apertado. Perguntei-me se era melhor ter um louco como companhia a companhia nenhuma. Mas ele era um louco que me odiava e que provavelmente queria me matar. Era ele ou eu.

Encontrei-o agachado junto a gravetos, com as mãos entre as pernas, tentando fazer fogo e cantarolando sozinho alguma música sem sentido.

Ele estava de costas para mim, oferecendo-se como um alvo fácil, e tentei dizer a mim mesmo que era humano de minha parte dar um fim ao seu sofrimento quando me aproximei furtivamente e acionei minha lâmina.

Mas não pude evitar. Hesitei e nesse momento ele disparou sua armadilha, girando um braço e jogando cinzas quentes em meu rosto. Quando recuei, ele se levantou de um salto com o alfanje na mão e a batalha começou.

Atacar. Aparar. Atacar. Usei minha lâmina como uma espada, recebendo seu aço e respondendo com o meu.

E me perguntei: ele pensava que eu o estava *traindo*? Provavelmente. Seu ódio lhe dava forças, por um momento ele não era mais o troglodita digno de pena que havia se tornado, e o senso de batalha retornou ao olho dele. Mas não foi o suficiente para transformar a contenda. As semanas agachado no mato e alimentando-se do que conseguia roubar de mim o enfraqueceram e eu o desarmei com facilidade. Em vez de matá-lo então, embainhei a lâmina, desamarrei-a e joguei longe, arrancando a camisa ao mesmo tempo, e lutamos com os punhos, nus da cintura para cima.

E então, quando eu o derrubei, recuperei o senso e parei. Levantei-me, respirando com dificuldade, o sangue pingando dos punhos. Abaixo de mim, no chão, Charles Vane. Aquele homem desgrenhado que parecia um ermitão — é claro que eu mesmo fedia, mas eu não estava tão mal quanto ele. Eu sentia o cheiro da merda que vi seca em suas calças quando ele rolou um pouco no chão e cuspiu um dente em um filete de saliva, rindo sozinho. *Rindo como um louco.*

— Seu maricas — disse ele —, deixou o trabalho pela metade.

Meneei a cabeça.

— Esta é minha recompensa por acreditar no melhor dos homens? Por pensar que um rato de porão como você podia ter alguma noção de vez em quando? Talvez Hornigold tivesse razão. Talvez o mundo precise de homens de ambição, para impedir que gente como você estrague tudo.

Charles riu.

— Ou talvez você simplesmente não tenha colhões para viver sem remorsos.

Cuspi.

— Não guarde um lugar para mim no inferno, seu apostema. Não chegarei tão cedo.

Então o deixei ali e, quando mais tarde pude me servir de um bote de pescador, perguntei-me se deveria buscá-lo, mas decidi pelo contrário.

Deus me perdoe, mas eu já havia aguentado tudo que podia do maldito Charles Vane.

48

Maio de 1719

Cheguei a Inagua alguns meses depois, grato por estar vivo e feliz ao ver minha tripulação. Ainda mais quando vi como eles ficaram satisfeitos em me ver. *Ele está vivo! O capitão está vivo!* Eles comemoraram por dias, beberam a baía toda, e aquilo alegrou meu coração.

Mary também estava lá, mas vestida de James Kidd, assim expulsei todos os pensamentos sobre seus peitos, chamando-a de James quando os outros estavam presentes, até Adewalé, que raras vezes saía do meu lado depois que retornei, como se não quisesse me perder de vista.

Enquanto isso, Mary tinha novidades de meus confederados: Stede Bonnet fora enforcado em White Point.

O pobre e velho Stede. Meu amigo mercador que evidentemente mudou de ideia com relação aos piratas — de tal modo que adotou ele mesmo essa vida. "O pirata cavalheiro", como o chamavam. Ele vestia um manto e por um tempo seguiu rotas mais ao norte, antes de ter encontrado Barba Negra em suas viagens. A dupla se associara, mas como Bonnet era um capitão pirata tão ruim quanto era marinheiro, e quero dizer com isso que era um capitão pirata muito ruim, sua tripulação se amotinara e se unira a Barba Negra. Para Bonnet, o insulto final foi ter de permanecer como "convidado" do navio de Barba Negra, o *Queen Anne's Revenge*. Bem, não foi o "insulto final", obviamente. O insulto derradeiro foi ser apanhado e enforcado.

Enquanto isso, em Nassau — a pobre e aflita Nassau —, James Bonny fazia espionagem para Woodes Rogers, trazendo mais vergonha a Anne do que seus olhos errantes já lhe davam, enquanto Rogers desferira um golpe mortal nos piratas. Em uma exibição de força, ele ordenou que oito deles fossem enforcados no porto de Nassau, e desde então a oposição a ele virou farinha. Até uma trama para matá-lo se mostrou hesitante e foi facilmente subvertida.

E — alegria das alegrias — Calico Jack foi capturado e o *Jackdaw* recuperado. A bebida levou a melhor sobre Jack. Corsários a mando do governador da Jamaica o apanharam ao sul de Cuba. Jack e seus homens tinham ido à terra e estavam dormindo bêbados sob tendas quando os corsários chegaram. Eles fugiram para a selva e o *Jackdaw* foi recuperado. Desde então, o ordinário voltou rastejando a Nassau, onde convencera Rogers a lhe dar o perdão e ficou pelas tabernas vendendo relógios e meias roubados.

— E agora? — disse Mary, depois de contar as notícias. — Ainda procura sua fortuna ilusória?

— Sim, e estou perto. Soube que o Sábio zarpa de Kingston em um navio de nome *Princess*.

James se levantou e começou a se afastar, indo para o porto.

— Faça melhor uso de sua ambição, Kenway. Encontre o Sábio *conosco*.

Ela queria dizer os Assassinos, é claro. Fez-se silêncio enquanto eu pensava neles.

— Não tenho estômago para vocês e seu misticismo... Mary. Tenho gosto pela boa vida. Uma vida fácil.

Ela meneou a cabeça e se afastou. Por sobre o ombro, disse:

— Ninguém honesto tem uma vida fácil, Edward. É a ânsia por isso que causa a maior dor.

Se o *Princess* zarpava de Kingston, então era para lá que eu precisava ir.

E, meu Deus, Kingston era linda. Desenvolvera-se a partir de um campo de refugiados na maior cidade da Jamaica, o que não significa que era uma cidade especialmente grande, só a maior da Jamaica, as construções novas ainda com a aparência dilapidada, cercada por colinas povoadas com uma linda vegetação e acariciada por uma brisa fresca do mar que rolava de Port Royal e eliminava um pouco do ardor de um sol escaldante — só parte dele, veja bem, só uma parte. Eu adorei. Em Kingston, olhei à volta e me perguntei se Nassau poderia ter sido assim, caso tivéssemos nos agarrado a ela. Caso não tivéssemos nos permitido ser tão facilmente corrompidos.

O mar era do azul mais claro e parecia cintilar e jogar para o alto os navios ancorados na baía. Por um momento, enquanto eu ofegava para a beleza do mar e me lembrava dos tesouros que continha, pensei em Bristol. Em como eu ficava no porto lá e observava o oceano, sonhando com riqueza e aventura. A aventura, encontrei. A riqueza? Bem, o *Jackdaw* não ficou inteiramente inerte no tempo que passei em Providencia. Conseguira alguns butins. Acrescente-se a isto o que eu já possuía em meus cofres e eu não era exatamente rico, mas tampouco era pobre. Talvez eu finalmente fosse um homem de meios.

Porém se eu conseguisse encontrar o Observatório...

(A ganância, veja só, meu bem, é a ruína de muitos homens.)

Havia barcos a remo, cúteres e ioles amarrados ao cais, mas não era neles que eu estava interessado. Parei e levei uma luneta ao olho, percorrendo o horizonte, procurando sinais de um navio negreiro — o *Princess* —, parando para saborear a visão gloriosa do *Jackdaw*, depois continuei. Cidadãos e comerciantes circulavam alvoroçados, todos com mercadoria para venda. E soldados também. Espanhóis, com suas túnicas e tricornes azuis, mosquetes sobre os ombros. Dois deles passaram, parecendo entediados e trocando mexericos.

— O que foi toda aquela algazarra aqui? Hoje estão todos muito agitados.

— Sim, estamos em alerta por causa de um espanhol de visita. Toreador, Torres ou coisa parecida.

Então ele estava ali. Ele e Rogers. Será que tinham conhecimento sobre a presença do Sábio no Princess *também?*

E então algo me pareceu muito interessante quando entreouvi um soldado falar:

— Sabe o que me disseram? O governador Rogers e o capitão Hornigold fazem parte de uma sociedade secreta. Uma ordem secreta composta de franceses, espanhóis, italianos e até alguns turcos.

Templários, pensava eu, mesmo ao ver Adewalé acenando para mim. Ele estava com um marinheiro suarento e de jeito nervoso, que foi apresentado como trabalhador da Real Companhia Africana. Um marujo convencido a falar, com uma adaga disfarçadamente às suas costas

— Diga a ele o que me falou — disse Adewalé.

O mercador estava pouco à vontade. Você ficaria do mesmo jeito, suponho.

— Não vejo o *Princess* há oito semanas ou mais — disse ele. — O que quer dizer que deve voltar logo.

Deixamos que ele fosse e remoí a notícia. O *Princess* não estava ali... Ainda não. Podíamos ficar, decidi. Trazer mais homens à terra, fazer com que se comportassem, procurar não chamar atenção demais...

Adewalé puxou-me de lado.

— Estou ficando cansado de perseguir essas suas fantasias, Edward. A tripulação também.

Era só o que me faltava. Inquietação na maldita tripulação.

— Aguente firme, homem — eu o tranquilizei —, estamos chegando perto.

Nesse meio-tempo, tive uma ideia. Encontrar Rogers e Benjamin...

Mantendo-me perto do porto, localizei-os e comecei a segui-los, lembrando-me do que havia aprendido com Mary. Ficando fora de vista e usando o sentido para ouvir a conversa.

— Já alertou os homens? — perguntou Woodes Rogers. — Nosso tempo está se esgotando.

— Sim — respondeu Hornigold —, haverá dois soldados esperando por nós na encruzilhada.

— Muito bem.

Ah, guarda-costas. Agora, onde podem estar à espreita?

Sem querer ser apanhado de surpresa, olhei em volta. Mas agora Hornigold voltava a falar:

— Se não se importa de eu perguntar, senhor, o que está por trás dessas amostras de sangue que levamos?

— Torres me disse que o sangue é necessário para que o Observatório funcione corretamente.

— O que quer dizer, senhor?

— Se alguém desejar usar o Observatório para, digamos... espionar o rei Jorge, precisará de uma gota do sangue do rei para tal. Em outras palavras, uma pequena amostra de sangue nos dá acesso à vida cotidiana de um homem.

Bobagem. Desta vez não prestei muita atenção, mas me arrependeria disso mais tarde.

— Torres quer espionar a mim, então? — dizia Benjamin. — Pois acabo de lhe dar uma amostra de meu próprio sangue.

— Eu também, capitão Hornigold. Tal como farão todos os Templários. Como medida de segurança.

— E confiança, imagino.

— Sim, mas não tema. Torres embarcou nossas amostras para um esconderijo dos Templários no Rio de Janeiro. Não seremos os primeiros objetos do Observatório, posso lhe assegurar.

— Sim, senhor. Suponho que seja um preço pequeno a pagar pelo que os Templários me darão em troca.

— Exatamente...

E foi aí que encontrei os guarda-costas: vamos chamá-los brutamontes número um e brutamontes número dois.

— E o que podemos fazer por você?

Ah, pensei, então era desses dois soldados que vocês estavam falando.

49

O brutamontes número um é canhoto, mas quer que eu pense que atacará com a direita. O brutamontes número dois não é muito proficiente em combate. Relaxado demais. Pensa que posso ser facilmente derrotado.

— Ora, aonde mesmo você ia? — disse o número um. — Porque meu amigo e eu estivemos observando você, e terá de me perdoar por falar, chefe, mas me parece muito que esteve seguindo o Sr. Rogers e o Sr. Hornigold e ouvindo a conversa deles...?

O Sr. Rogers e o Sr. Hornigold em questão estavam alheios ao trabalho que seus guardas faziam por eles. Isso era bom. O que não era tão bom era que eles estavam se afastando e eu ainda tinha muito a saber.

Então se livre desses sujeitos.

A vantagem que eu tinha era minha lâmina oculta. Estava presa à mão direita. Minha espada pendia desse lado também, então eu a pegaria com a mão esquerda. Um espadachim experiente esperaria que meu ataque viesse desse lado e se defenderia de acordo com essa ideia. O brutamontes número um era um espadachim experiente. Dava para notar pelo modo como plantava um pé um pouco adiante do outro e virava o corpo lateralmente (e ainda assim, quando chegasse a hora, trocaria de pés rapidamente, dando uma finta para me pegar de um lado diferente — eu sabia disso também) e isso porque o brutamontes número um estava esperando que minha espada fosse sacada com a mão esquerda. Nenhum deles sabia que eu tinha uma lâmina oculta, que brotaria da mão direita.

Assim, encaramo-nos. Principalmente eu e o brutamontes número um. Então tomei a iniciativa. A mão direita se esticou como quem quer se proteger, mas então — *lâmina acionada, golpe* — o brutamontes número dois ainda estava estendendo a mão à espada quando foi perfurado no pescoço. Ao mesmo tempo, tirei a espada do cinturão com a mão esquerda e pude me defender do primeiro ataque do brutamontes número um, nossas espadas se chocando com a força do primeiro impacto.

O brutamontes número dois gorgolejou e morreu, bombeando o sangue em jatos entre os dedos que agarravam o pescoço, e agora estávamos em pé de igualdade. Brandi a lâmina e a espada para o brutamontes número um e vi que o olhar dele, um olhar de confiança — pode-se até dizer arrogância — havia sido substituída pelo medo.

Ele deveria ter fugido. Eu provavelmente o teria alcançado, mas ele deveria ter fugido. Deveria ter tentado avisar a seus patrões e senhores que um homem os seguia. Um homem perigoso. Um homem com as habilidades de um Assassino.

Mas não fugiu. Manteve-se firme e ficou para a luta e, embora fosse um homem de habilidades e lutasse com mais inteligência e mais bravura do que eu costumava ver, foi o orgulho, nas ruas de Kingston, com uma multidão olhando, um orgulho que ele não podia sacrificar, que representou sua ruína. E quando chegou o fim, o que de fato aconteceu, mas somente depois de uma batalha disputada, cuidei para que seu fim fosse rápido; sua dor, mínima.

Os espectadores se retraíram quando escapei, tragado pelas docas, na esperança de alcançar Rogers e Hornigold. Consegui, chegando a um cais e agachando-me atrás de dois bêbados no muro do porto enquanto eles encontravam outro homem. Laureano Torres. Eles se cumprimentaram com gestos de cabeça. Extremamente conscientes da própria importância. Baixei a cabeça — *ai, bebi rum demais* — enquanto seu olhar percorria o local onde estava, e então ele entregou a novidade:

— O *Princess* foi tomado por piratas há seis semanas — disse. — E, pelo que sabemos, o Sábio Roberts ainda está a bordo.

Amaldiçoei a mim mesmo. Se os homens soubessem o quanto haviam estado perto de ter umas férias curtas em Kingston... Agora, porém, teríamos de caçar piratas.

Eles continuaram a caminhar e eu me levantei, juntando-me às multidões, seguindo, invisível. Usando o sentido. Ouvindo tudo o que diziam.

— Qual é a localização atual do Sábio? Temos esta informação? — perguntou Torres.

— África, Excelência — disse Rogers.

— África... Por Deus, os ventos não favorecem essa rota.

— De acordo, Grão-Mestre. Eu mesmo devia ter ido para lá. Uma de minhas galés de escravizados seria mais do que capaz de fazer uma viagem rápida.

— Galé de escravizados? — disse Torres, nada satisfeito. — Capitão, pedi-lhe para se livrar dessa instituição doentia.

— Não vejo a diferença entre escravizar alguns homens e todos eles — disse Rogers. — Nosso objetivo é conduzir todo o rumo da civilização, não?

— Um corpo escravizado inspira a mente à revolta — disse Torres rispidamente —, mas escravize a mente de um homem e o corpo a seguirá naturalmente.

Rogers concordou.

— Bom argumento, Grão-Mestre.

Agora eles tinham chegado ao perímetro das docas, onde pararam na entrada de um armazém dilapidado, vendo as atividades no interior pela porta aberta. Pareciam estar ordenando corpos, ou tirando-os do armazém, ou colocando-os de lado, talvez para carregar em uma carroça ou um navio. Ou, o que era mais provável, jogá-los diretamente no mar.

Torres fez a pergunta que eu mesmo queria respondida.

— O que houve aqui?

Rogers deu um sorriso amarelo.

— Estes eram homens que resistiram a nossas generosas solicitações de sangue. Piratas e corsários, principalmente.

Torres assentiu.

— Entendo.

Enrijeci com a ideia, olhei para os corpos, braços e pernas entortados, olhos cegos. Homens que não eram diferentes de mim.

— Estive usando o perdão real como pretexto para coletar amostras do maior número possível de homens — disse Rogers — e, quando eles se recusam, eu os enforco. Tudo dentro dos limites de minha autoridade, evidentemente.

— Ótimo. Pois se não pudermos manter vigilância sobre todos os patifes do mundo, os mares devem se ver inteiramente livres deles.

Agora eles prosseguiam, indo para a prancha de embarque de um navio ancorado por perto. Eu os segui, disparando atrás de uma pilha de engradados para poder escutá-los.

— Lembre-me — disse Torres —, onde na África estamos procurando?

— Príncipe, senhor. Uma ilha pequena — disse Hornigold.

Torres e Rogers subiram pela prancha, mas Hornigold ficou. Por quê? Por que ele estava ficando para trás? Agora eu via. Com os olhos semicerrados, o olhar experiente de um homem do mar, ele percorria o horizonte e examinava os navios ancorados como sentinelas no mar cintilante. Seus olhos se iluminaram com uma embarcação em particular. E então, com um solavanco de choque, percebi onde estávamos — dentro do campo de visão do *Jackdaw*.

Hornigold se retesou, a mão foi à guarda da espada e ele se virou lentamente. Procurava por mim, eu sabia, imaginando que, onde quer que estivesse o *Jackdaw*, eu não estaria longe.

— Edward Kenway — chamou ele, e seu olhar passou pelas docas. — Imagine minha surpresa ao ver seu *Jackdaw* ancorado aqui. Já ouviu o que veio ouvir? Agora vai resgatar o pobre Sábio de nossas ávidas mãos?

Pensando bem agora, o que fiz a seguir foi um tanto precipitado. Mas fui incapaz de pensar em alguma coisa além do fato de que Benjamim tinha sido um de nós. Um de meus mentores. Um amigo de Edward Thatch. E agora trabalhava para nossa destruição. Tudo aquilo borbulhou à tona em uma fúria quando saí de trás dos engradados para encará-lo.

— Traidor repugnante! Vendeu-nos em proveito próprio!

— Porque encontrei um caminho melhor — disse Hornigold. Em vez de sacar sua arma, ele gesticulou. Ouvi o som de espadas sendo desembainhadas vindo do armazém atrás de mim.

Hornigold continuou.

— Os Templários conhecem a ordem, a disciplina, a estrutura. Mas você jamais compreenderia essas sutilezas. Adeus, velho amigo! Você um dia foi um soldado! Quando combateu por algo real. Algo além de si mesmo!

Ele partiu, quase desatando a correr. Seus reforços vieram do armazém e os homens se fecharam às costas dele, formando um crescente lunar a minha volta.

Pegando-os de surpresa, avancei velozmente, agarrei um marinheiro que brandia em vão a espada e o girei, usando-o como escudo, empurrando-o para frente de modo que suas botas escorregaram pelas pedras do porto.

Ao mesmo tempo, ouvi o estalo de uma pistola e meu escudo humano levou uma bala de mosquete endereçada a mim. Empurrei-o na fileira de homens e, com a mão esquerda, saquei minha primeira pistola. Atirei em cheio na boca, recoloquei no cinto e peguei a segunda ao mesmo tempo que acionava a lâmina e abria um talho no peito de um terceiro sujeito. Descarreguei a pistola. Um disparo instável, contudo fez o serviço e deteve um homem de alfanje, fazendo-o cair no chão com as mãos na barriga.

Agachei-me e girei, pegando as pernas do homem seguinte, dando cabo dele com um golpe impiedoso e rápido da lâmina no peito. E então eu estava de pé, dispersando os dois homens restantes, a imagem do terror em suas expressões, sem desejar se juntar a seus camaradas mortos ou sangrando no chão do porto. Corri para meu barco a remo, de volta ao *Jackdaw*.

E enquanto remava para voltar ao meu navio ancorado, pude imaginar a conversa com meu contramestre; como ele me lembraria de que os homens não aprovavam minha busca.

Eles iam aprová-la, porém, assim que encontrássemos o Observatório. Assim que encontrássemos o Sábio.

E me consumiu um mês, mas consegui.

50

Julho de 1719

Encontrei-o em Príncipe, certa tarde, em um acampamento cheio de cadáveres.

Ora, eis o que soube do Sábio, Bartholomew Roberts, sendo que parte me foi contada por ele posteriormente, e parte por terceiros.

O que eu soube era que tínhamos algo em comum: ambos éramos galeses, eu de Swansea, ele de Casnewydd Bach, e que ele tinha mudado de nome, de John para Bartholomew. Ele se fizera ao mar quando tinha apenas 13 anos, como carpinteiro, antes de se ver objeto de interesse dessa sociedade secreta conhecida como os Templários.

No início de 1719, com os Templários *e* os Assassinos em seu encalço, o Sábio viu-se servindo como terceiro imediato do *Princess*, como eu soube, sob as ordens do capitão Abraham Plumb.

Conforme fiquei sabendo em Kingston, no início de junho o *Princess* havia sido atacado por piratas dos navios *The Royal Rover* e *The Royal James*, liderados pelo capitão Howell Davis. De algum modo Roberts, sendo um manipulador astuto, enganou o capitão Howell Davis. Convencera o capitão pirata, e também a Welshman, de que era um navegador soberbo, o que ele poderia ter sido de fato, mas também falava com o capitão Davis em galês, o que criou um laço ainda mais forte entre os dois.

Diziam que no início Bart Roberts não estava disposto a se tornar pirata. Mas, conforme você verá, ele combinava com este novo trabalho como um pato na água.

E então eles atracaram em Príncipe. *The Royal Rover*, isto era, com o *Royal James* tendo de ser abandonado com danos por caruncho. Assim, o *Royal Rover* seguiu para Príncipe e, hasteando as cores britânicas, teve acesso às docas, onde a tripulação fez o papel de marinheiros ingleses de visita.

Agora, segundo o que eu soube, o capitão Davis pensara em um plano. Seu plano era convidar o governador de Príncipe ao *Rover* com o pretexto de lhe oferecer um almoço e, assim que ele subisse a bordo, tomar o homem como refém e exigir um imenso resgate por sua libertação.

Perfeito. Não tinha como falhar.

Mas quando Davis levou seus homens ao encontro com o governador, sofreu uma emboscada em um acampamento no caminho.

E é nesse ponto que eu entro.

Entrei furtivamente no acampamento, na cena deserta da emboscada, onde o fogo tinha se minimizado a brasas vermelhas, com um homem de fato jazendo sobre as brasas mortiças, seu cadáver cozinhando lentamente. Havia outros corpos espalhados por ali. Alguns eram soldados; outros, piratas.

— Capitão Kenway? — Veio uma voz e girei o corpo, vendo-o ali: o Sábio. Talvez eu tivesse ficado satisfeito em vê-lo; talvez tivesse pensado que minha jornada havia chegado ao fim. Se ele não estivesse apontando uma arma para mim.

Por insistência de sua arma, pus as mãos ao alto.

— Outra situação terrível, Roberts. Precisamos parar de nos encontrar desse jeito.

Ele sorriu com severidade. Teria ele alguma antipatia por mim?, perguntei-me. Afinal, ele não sabia de meus planos. Uma parte louca de mim percebeu que eu não teria me surpreendido se ele soubesse ler pensamentos.

— Pare de me seguir e seu desejo será realizado — disse ele.

— Não há necessidade disso. Você sabe que cumpro com minha palavra.

Em volta de nós, a selva estava silenciosa. Bartholomew Roberts parecia pensar. Era estranho, refleti. Nenhum de nós realmente tinha como avaliar o outro. Nenhum de nós realmente sabia o que o outro queria. Eu sabia o que queria dele, é claro. Mas e ele? O que ele queria? Senti que, o que quer que fosse, seria mais sombrio e mais misterioso do que eu poderia imaginar. Tudo que eu sabia era que a morte seguia Bart Roberts e eu não estava disposto a morrer. Ainda não.

Ele falou:

— Nosso capitão Howell morreu hoje em uma emboscada dos portugueses. Um tolo teimoso. Eu o avisei para não desembarcar.

Era ao recém-falecido capitão que Bartholomew Roberts ia agora. Evidentemente concluindo que eu não era uma ameaça, ele guardou a pistola.

E é claro... o ataque. Pensei saber quem estava por trás dele.

— Foi orquestrado pelos Templários. Do mesmo tipo que o pegou em Havana.

Seus cabelos longos se balançaram quando ele assentiu, parecendo pensar ao mesmo tempo.

— Vejo agora que não há como escapar da atenção dos Templários, há? Suponho que esteja na hora de revidar.

Agora sim estamos conversando, pensei.

Enquanto falávamos, observei-o tirar os trapos de marinheiro e despir primeiro a calça do capitão morto, depois a camisa. A camisa estava suja de sangue, então ele a descartou, recolocando a própria, depois recurvou os ombros sob o casaco do capitão. Tirou o laço do cabelo e o soltou. Colocou o tricorne do capitão na cabeça e sua pluma ondulou quando ele se virou para mim. Aquele era um Bartholomew Roberts diferente. Seu tempo a bordo do navio conferira alguma saúde a suas bochechas. Os cachos escuros e encaracolados brilhavam ao sol, e ele resplandecia de casaco vermelho e calções, meias brancas e um chapéu para combinar. Parecia um bucaneiro em cada centímetro. Parecia um capitão pirata em cada centímetro.

— Agora — disse ele —, precisamos ir antes que os reforços portugueses cheguem. Devemos voltar ao *Rover.* Tenho um anúncio a fazer lá, o qual gostaria que você testemunhasse.

Pensei saber do que se tratava e de certo modo fiquei surpreso — afinal ele era um humilde ajudante de convés—, mas também não me surpreendi, porque este era Roberts. O Sábio. E os truques em sua manga eram intermináveis. (Cuidado, Kenway. Ele é perigoso.) Quando chegamos ao *Rover*, onde os homens aguardavam nervosamente por notícias da expedição, ele pulou em um engradado para captar atenção. Eles esbugalharam os olhos para Roberts ali em cima: o ajudante de convés inferior e ainda por cima recém-chegado a bordo, agora resplandecendo nas roupas do capitão.

— No serviço honesto, existem rações magras, salários baixos e trabalho árduo. Entretanto, como cavalheiros de fortuna, desfrutamos de fartura e satisfação, prazer e tranquilidade, liberdade e poder... De forma que um homem de mente sensata escolherá a primeira vida, quando o único risco que nós piratas corremos é o olhar azedo daqueles sem a força ou o esplendor.

"Agora tenho estado entre vocês há seis semanas e nesse período adotei a sua perspectiva como minha, e com convicção tão feroz que pode assustá-los ao verem suas paixões refletidas em mim em uma luz tão intensa. Mas.. Se é um capitão que veem em mim agora, então, sim... Serei seu maldito capitão!"

Era preciso admitir, foi um discurso estimulante. Em algumas poucas frases curtas proclamando sua afinidade, ele tinha aqueles homens comendo na palma de sua mão. Enquanto a reunião se dispersava, aproximei-me, concluindo que agora era hora de fazer minha parte.

— Procuro o Observatório — informei a ele. — Dizem que você é o único homem capaz de encontrá-lo.

— Quem diz está correto.

Ele me olhou de cima a baixo, como se quisesse confirmar suas impressões.

— Apesar de meu desprazer com sua ansiedade, vejo em você um toque do gênio ainda não testado. — Ele estendeu a mão para um cumprimento. — Meu nome é Bartholomew Roberts.

— Edward.

— Não tenho segredos a partilhar com você agora — disse-me ele.

Eu o fitei, incapaz de acreditar no que ouvia. Ele ia me fazer esperar.

51

Setembro de 1719

Maldito. Maldito Roberts.

Ele queria que eu esperasse dois meses *Dois meses inteiros*. E então que eu fosse encontrá-lo a oeste das ilhas Leeward, a leste de Porto Rico. Tendo apenas sua palavra em que me fiar, naveguei o *Jackdaw* para San Inagua. Ali descansei a tripulação por um tempo, tomávamos butins quando podíamos, meus cofres incharam e foi nesse período, creio, que decepei o nariz do cozinheiro de bordo.

E quando não estávamos tomando butins e eu não estava decepando narizes, eu ruminava em minha fazenda. Escrevia cartas a Caroline nas quais lhe garantia que logo estaria de volta como um homem de riqueza e me roía pelo Observatório, consciente demais de que ali estavam todas as esperanças de uma fortuna. E isso era fundamentado em nada mais do que uma promessa de Bartholomew Roberts.

E depois? Para minha mente tacanha, o Observatório era um lugar de enorme riqueza potencial. Mas mesmo que eu o encontrasse — mesmo que Bart Roberts cumprisse sua palavra —, ainda seria uma fonte de riqueza *potencial*. Era isso que Edward ridicularizava na ideia. Dobrões de ouro, era o que queria, dissera ele. Talvez tivesse razão. Mesmo que eu encontrasse essa máquina maravilhosa, como diabos ia converter na riqueza que esperava adquirir? Afinal, se havia uma fortuna a ser feita, por que então Roberts não a fez?

Porque ele tem outro propósito.

E pensei em meus pais. Minha mente voltou ao incêndio em nossa fazenda e pensei novamente em desferir um ataque aos Templários, a sociedade secreta que usava sua influência e poder para triturar qualquer um que lhes desagradasse; para manifestar seus ressentimentos. Eu ainda não sabia exatamente quem estava por trás do incêndio de minha fazenda. Nem por quê. Seria rancor para comigo, por me casar com Caroline e humilhar Matthew Hague? Ou contra meu pai, uma mera rivalidade nos negócios? Provavelmente as duas coisas, era minha desconfiança. Talvez os Kenway, esses oriundos de Gales que os envergonhavam tanto, simplesmente merecessem baixar um pouco a crista.

Eu descobriria, certamente, concluí. Um dia voltaria a Bristol e teria minha vingança.

E eu também remoía isso. Até um dia de setembro, quando reuni a tripulação e aparelhamos o *Jackdaw*, recém-calafetado, os mastros e cordame reparados, as velas prontas, a cozinha abastecida e as munições em sua capacidade, e zarpamos para nosso compromisso com Bartholomew Roberts.

Como eu disse, não creio que soubesse verdadeiramente o que ele tinha em mente. Ele tinha seus próprios planos, não ia compartilhá-los com gente como eu. O que ele gostaria de fazer, porém, era me manter conjecturando. Manter-me em suspenso. Quando nos separamos, ele me disse que tinha assuntos a resolver, e que mais tarde descobri envolverem levar a própria tripulação de volta a Príncipe e vingar a morte do capitão Howell Davis no povo da ilha.

Eles atacaram à noite, submeteram o maior número de homens que puderam a suas espadas e partiram, não apenas com o máximo de tesouros que conseguiram carregar, mas com os primórdios da temível reputação do Black Bart: misterioso, valente e impiedoso, capaz de incursões ousadas. Aquela que estávamos prestes a realizar, por exemplo. Aquela que começou com Roberts insistindo que o *Jackdaw* se unisse a ele em uma curta viagem pela costa do Brasil, à baía de Todos os Santos.

Não demoramos muito para descobrir o motivo. Uma frota de não menos que 42 navios mercantes portugueses. E ainda por cima sem escolta da marinha. Roberts não perdeu tempo em capturar um dos navios afastados para "ter uma conversinha" com o capitão. Não foi algo no qual me envolvi, mas o oficial naval português machucado lhe informou que a nau capitânia tinha um cofre em sua arca, o qual, segundo ele me disse, continha "frascos de cristal cheios de sangue. Você deve se lembrar".

Frascos de sangue. Como poderia me esquecer?

Ancoramos o *Jackdaw* e levei Adewalé e uma pequena tripulação para nos unir a Roberts em seu navio português roubado. Até então tínhamos ficado à margem da frota, mas agora ela parecia se dividir e vimos nossa chance. A nau capitânia estava testando suas armas.

Ancorados a certa distância, observamos, e Bartholomew olhou-me.

— Você é furtivo, Edward Kenway?

— Isto eu sou — respondi.

Ele examinou o galeão português, ancorado a pouca distância da praia, com a maior parte da tripulação no convés de armas disparando para terra, em exercícios. Nunca houve momento melhor para preparar uma abordagem, sendo assim, com um gesto de cabeça de Bart Roberts, mergulhei e nadei ao galeão em uma missão mortal.

Subindo uma escada de quebra-peito, vi-me no convés, onde andei silenciosamente pelas pranchas até o primeiro homem. Acionei a lâmina, cortei sua garganta rapidamente e o segurei no convés com a mão em sua boca enquanto ele morria.

Passei todo o tempo atento aos vigias e ao cesto da gávea no alto.

Livrei-me de uma segunda sentinela da mesma forma. Em seguida escalei o cordame até o cesto da gávea. Ali, um vigia olhava o horizonte, sua luneta movendo-se da esquerda para a direita, passando pelo navio de Roberts e voltando.

Ele se concentrou no navio de Roberts, seu olhar demorando-se nele, e me perguntei se suas desconfianças haviam sido despertadas. Talvez sim. Talvez ele estivesse se perguntando por que os homens a bordo *não* pareciam mercadores portugueses. Ele pareceu se decidir. Baixou a luneta e pude ver seu peito inflar, como se estivesse prestes a dar um chamado, justamente quando disparei para a posição do vigia, segurei-o pelo braço e passei minha lâmina por sua axila.

Joguei o outro braço por seu pescoço para silenciar qualquer grito enquanto o sangue esguichava sob seu braço e ele soltava o último suspiro. Deixei-o encolhido no fundo do cesto da gávea.

Agora o navio de Bart chegava de bordo, e enquanto eu descia a escada, os dois navios se esbarraram e os homens dele verteram pelas laterais.

Uma escotilha no tombadilho se abriu e os portugueses apareceram, mas não tiveram nenhuma chance. Suas gargantas foram cortadas, os corpos atirados ao mar. E em questão de alguns poucos momentos sangrentos o galeão era controlado pelos homens de Bart Roberts. Belo resultado de seu treinamento nas armas.

Tudo que podia ser pilhado, assim o foi. Um marujo arrastou o cofre no convés e sorriu para seu capitão, na esperança de receber algumas palavras de elogio, mas não teve nenhuma. Roberts o ignorou e gesticulou para que a arca fosse colocada em seu navio roubado.

Então, de repente, veio um grito das vigias, "Navio à vista!", e no instante seguinte voltávamos em massa ao navio roubado, alguns dos homens lentos até mesmo caindo no mar enquanto a embarcação de Roberts se afastava da nau capitânia e içávamos vela. Duas naves de guerra portuguesas aproximavam-se de nós a barlavento.

Ouvimos o estampido de mosquetes, mas estavam longe demais para causar algum dano. Graças a Deus estávamos em um navio português roubado; eles não queriam disparar seus canhões em nós. Ainda não. Provavelmente ainda não tinham entendido. Talvez ainda se perguntassem o que diabos estava acontecendo.

Contornamos a baía, as velas infladas do vento, os homens correndo abaixo dos conveses para guarnecer as armas. À nossa frente, o *Jackdaw* estava ancorado e rezei para que Adewalé tivesse colocado os vigias a postos. Agradeci a Deus por meu contramestre ser Adewalé, e não um Calico Jack, assim eu teria certeza de que os vigias estariam em posição. E rezei para que estes mesmos vigias transmitissem naquele exato instante a notícia de que o navio de Roberts estava acelerando para eles com o navio português em seu encalço, e que eles estariam assumindo suas posições e levantando âncoras.

E assim foi.

Embora estivéssemos sendo perseguidos, ainda tive tempo para admirar o que a meu ver era uma das mais lindas visões do mar. O *Jackdaw*, com os homens em seus cordames, as velas subindo graciosamente, agora presas, depois desabrochando com um barulho audível mesmo de meu distante ponto de observação.

Ainda assim, graças a nossa velocidade, nós os alcançaríamos rapidamente. Assim que o *Jackdaw* começou a ganhar velocidade, e depois de trocar palavras breves com Roberts, fiquei no convés de popa e minha mente voltou à visão de Duncan Walpole, o sujeito que havia começado toda essa jornada, enquanto eu saltava da popa do navio de Roberts para o *Jackdaw*.

— Ah, nada como os ventos quentes do inferno soprando em seu rosto! — Ouvi Roberts gritar enquanto eu me agachava e via nossas duas naves se separarem. Dei ordens aos homens para guarneceram as armas de popa, abaixo. A relutância portuguesa em abrir fogo tinha passado, mas sua hesitação lhes custara caro, pois foi o *Jackdaw* que tirou sangue primeiro.

Ouvi o estrondo de nossas armas de popa e o recuo no convés abaixo. Vi metal quente acelerar na face do mar e bater no navio de vanguarda, vi lascas voarem de buracos abertos na proa e ao longo do casco, homens inteiros e aos pedaços juntando-se aos destroços que já estavam se espalhando pelo mar. A proa ganhou asas de espuma quando mergulhou e fiquei imaginando a cena nos conveses inferiores, homens nas bombas, mas a nave já havia embarcado água demais e muito em breve...

Ele virou, adernando, as velas batendo. Um grito subiu de meus homens, porém o segundo navio apareceu, e foi aí que Bartholomew Roberts decidiu testar as próprias armas.

Seu tiro encontrou o mastro deles, tal como fez o meu, e mais uma vez fomos presenteados com a visão do navio português sulcando o mar, mesmo enquanto a proa mergulhava e afundava, o casco parecendo ter sido vítima de um ataque de tubarão gigante.

Logo os dois navios chafurdavam seriamente, o segundo bem mais danificado do que o primeiro. Os botes foram baixados, homens pulavam pelas amuradas e a marinha portuguesa, pelo menos naquele momento, esquecera-se de nós.

Velejamos, celebrando por algumas horas, até que Roberts ordenou que os dois navios baixassem âncora, e fiquei no tombadilho, perguntando-me, e agora?

Preparei as pistolas e minha lâmina já estava de prontidão. Por intermédio de Adewalé, eu disse à tripulação que se houvesse algum sinal de traição, eles deveriam lutar para se salvar, e não se render a Roberts, independentemente de qualquer coisa. Vi como ele ameaçou aqueles que considerava seus inimigos. E como ele tratava os prisioneiros.

Agora, porém, ele me chamou, tendo seus homens no cordame e me jogando um cabo para que eu, depois Adewalé, pudéssemos atravessar até seu navio. Parei no convés e o encarei, uma tensão no ar tão densa que quase dava para sentir seu gosto, porque, se Roberts pretendia nos trair, agora era a hora. Flexionei a mão no mecanismo da lâmina.

Roberts, porém, o que quer que estivesse planejando, e era seguro dizer que estava planejando *alguma coisa*, não era para agora. A uma palavra dele, dois de seus tripulantes aproximaram-se com a arca que tínhamos liberado da nau capitânia portuguesa.

— Eis o meu prêmio — disse Roberts, com os olhos em mim. Era um cofre cheio de sangue. Foi o que ele prometeu. Não era o grande prêmio que eu procurava. Mas nós veríamos. Veríamos.

As duas mãos baixaram a arca e a abriram. Enquanto a tripulação se reunia para nos observar, fui lembrado do dia em que lutei contra Blaney no convés do galeão de Edward Thatch. Agora fizeram o mesmo. Subiram no mastro e no cordame e se postaram nas amuradas para ter uma visão melhor enquanto seu capitão estendia a mão para a arca e pegava um dos frascos, examinando-o na luz.

Um murmúrio de decepção percorreu os observadores. Não há ouro para vocês, amigos. Nem peças de prata de lei. Lamento. Só frascos que, aos olhos destreinados, podiam ser de vinho, mas eu sabia que eram de sangue.

Alheio à decepção da tripulação e sem dúvida indiferente a ela, Roberts examinava os frascos, um por um.

— Ora, os Templários andaram ocupados, pelo que vejo... — Ele substituiu um frasco com dedos ágeis que dançaram sobre os cristais cintilantes quando pegou outro, o ergueu à luz e o examinou. A nossa volta, os homens, desconsolados com a virada dos acontecimentos, desciam das escadas e pulavam das amuradas para cuidar da vida.

Roberts semicerrou os olhos ao erguer outro frasco de cristal.

— O sangue de Laurens Prins — disse-me ele, depois o jogou para mim. — Agora inútil.

Olhei-o com cautela enquanto Roberts revirava o conteúdo do cofre rapidamente, dizendo seus nomes.

— Woodes Rogers. Ben Hornigold. Até o próprio Torres. Pequenas quantidades, guardadas para um fim especial.

Algo a ver com o Observatório. Mas o quê? O período para me provocar com promessas tinha se encerrado. Senti a fúria começando a subir. A maioria dos homens tinha voltado ao trabalho, o contramestre e o primeiro imediato estavam por perto, mas eu tinha Adewalé. Talvez, só talvez, fosse hora de mostrar a Bartholomew Roberts como eu falava sério. Talvez fosse a hora de lhe mostrar que eu estava enjoado e cansado da embromação. Talvez estivesse na hora de usar minha lâmina para *insistir* que ele me contasse o que eu queria.

— Você deve me levar ao Observatório, Roberts — falei com firmeza. — Preciso saber o que ele é.

Roberts pestanejou.

— Com que fim, hein? Você o venderá debaixo do meu nariz? Ou trabalhará comigo e o usará para reforçar nossos ganhos?

— Qualquer coisa que melhore meu quinhão na vida — respondi, cauteloso.

Ele fechou a arca com um estalo e colocou as mãos na tampa curva.

— Que ridículo. Uma vida alegre e uma vida curta, este é meu lema. É todo o otimismo que consigo reunir.

Ele pareceu refletir. Prendi a respiração. Novamente aquele pensamento, *E agora?* Depois ele me olhou e a malícia em seus olhos tinha desaparecido, em seu lugar havia uma encarada vazia.

— Muito bem, capitão Kenway. Você conseguiu.

Eu sorri.

Finalmente.

52

— Dá para sentir, Adewalé — eu lhe disse enquanto seguíamos o *Rover* pela costa do Brasil. — Estamos a momentos do maior butim de todos.

— Não sinto nada além do vento nas minhas orelhas, capitão — respondeu ele enigmaticamente, de cara para o vento, sorvendo a brisa.

Fitei-o. Mais uma vez senti-me quase dominado de admiração por ele. Ali estava um homem que provavelmente salvara minha pele em cem ocasiões e definitivamente salvara minha vida em pelo menos três delas. Ali estava o mais leal, comprometido e talentoso contramestre que um capitão poderia ter; que escapara da escravidão, mas ainda teve de lidar com o escárnio de amotinados comuns como Calico Jack, que se julgavam superiores a ele devido a sua cor. Ali estava um homem que vencera toda a desgraça que a vida jogava nele, e foi muita, do tipo que só um homem vendido como escravizado conheceria. Um homem que se colocava ao meu lado no *Jackdaw* dia após dia e não exigia grandes butins, nem uma carga para enriquecer, exigia pouco além do respeito que merecia, viver o suficiente de sua parcela na vida, um lugar para descansar a cabeça e uma refeição feita por um cozinheiro sem nariz.

E como retribuir a este homem?

Procurando incessantemente o Observatório.

E ainda assim continuar procurando.

— Vamos lá, homem. Quando tivermos este tesouro, estaremos arranjados na vida. Todos nós. Dez vezes mais.

Ele assentiu.

— Como quiser.

Agora o *Jackdaw* não estava longe do *Rover*. Olhei o convés e vi o capitão, assim como ele também olhou de lá para me ver.

— Olá, Roberts! — chamei. — Vamos baixar âncora e nos encontrar na praia.

— Você foi seguido, capitão Kenway. Há quanto tempo? É o que me pergunto.

Nisso peguei a luneta de Adewalé e subi na escada, afastando o vigia no cesto da gávea do caminho e colocando a luneta nos olhos.

— O que acha que é, rapaz? — rosnei para o vigia.

Ele era jovem — tão jovem quanto eu quando me uni à tripulação do *Emperor*.

— É um navio, senhor, mas há muitas embarcações nessas águas e não pensei que estivesse perto o bastante para dar o alarme.

Fechei a lente e o fuzilei com os olhos.

— Você não pensou, não foi? Este navio lá fora não é apenas mais um navio, filho, é o *Benjamin*.

O garoto empalideceu.

— Sim, é isso mesmo, o capitão *Benjamin*, de Benjamin Hornigold. Se ele não nos alcançou ainda é porque ainda não quer nos alcançar.

Comecei a descer a escada.

— Dê o alerta, garoto — gritei para o vigia. — Soe o alarme, embora seja tarde.

— Navio à vista!

A linha costeira cubana estava a estibordo, o *Benjamin* atrás de nós. Mas agora eu estava no leme e mudei de curso, o leme queixando-se ao ser virado, os homens procurando se segurar enquanto os mastros balançavam, nosso bombordo mergulhando quando começamos a fazer a curva, até a manobra estar completa e os homens lamentarem e resmungarem enquanto os remos eram posicionados, as velas rizadas e avançarmos, visando a um encontro de frente com o *Benjamin*. *Não estava esperando por isso, estava, Benjamin?*

— Capitão, pense bem no que quer fazer aqui — disse Adewalé.

— Do que está reclamando, Adewalé? É Ben Hornigold que veio para nos matar.

— Sim, e o traidor precisa morrer. Mas e depois? Poderá você dizer com certeza que merece o Observatório mais do que ele e seus Templários?

— Não, não posso. E não me importo de tentar. Mas se tiver uma ideia melhor, ora essa, me diga.

— Esqueça o trabalho do Roberts — disse ele com uma onda súbita de paixão, algo que eu raras vezes via nele, sendo costumeiramente um cabeça-fria. — Conte aos Assassinos. Traga-os aqui e deixe que eles protejam o Observatório.

— Sim, vou trazê-los aqui. Se estiverem dispostos a me pagar uma boa soma por isso, eu o farei.

Ele soltou um ruído enojado e se afastou.

À nossa frente, o *Benjamin* tinha virado — Hornigold sem estômago para uma luta, pelo visto — e vimos os homens em seus mastros prendendo as velas. Remos apareceram e logo estavam espancando a água, nossos dois navios disputavam uma corrida. Por longos momentos, só o que eu conseguia ouvir era o grito do timoneiro, o estalo do navio, o bater dos remos na água, enquanto eu ficava na proa do *Jackdaw* e Hornigold na popa do *Benjamin*. Nós nos encarávamos.

Enquanto disputávamos, o sol baixava no horizonte, bruxuleando laranja o que restava de suas luzes. A noite caía e trazia consigo um vento do noroeste que arrastava a neblina das ilhas. O *Benjamin* se preparou para o vento com mais sucesso do que nós. Só tomamos conhecimento dele ao ver suas velas arriadas. Ele impunha distância entre nós.

Cerca de quinze minutos depois, estava escuro e a névoa era soprada para aquela parte do litoral de Cuba que chamam de Espinhaço do Diabo, penhascos que pareciam a espinha de uma fera gigantesca. A lua conferia à névoa um brilho espectral.

— Teremos de lutar muito se Hornigold nos atrair para mais fundo dessa neblina — alertou Adewalé.

Esse era o plano de Hornigold, porém, ele cometeu um erro, e um grande erro, para um marinheiro tão experiente. Viu-se sendo empurrado pelo vento. Soprava de mar aberto, investia cruzado pela costa, virando os bancos de areia do Espinhaço do Diabo em uma névoa de camadas impenetráveis de neblina e areia.

— Os ventos estão sacudindo eles como um brinquedo — disse Adewalé.

Puxei o capuz de meu manto para me proteger do vento frio que começava a nos assaltar ao nos aproximarmos de seu alcance.

— Podemos usar isso para nos aproximar.

Ele me olhou.

— Se não formos despedaçados também.

Agora as velas estavam enroladas de novo, mas não foram tão rápidos no *Benjamin*. Estavam sendo esmurrados pelo vento. Vi homens tentando rizar as velas, mas achando difícil naquelas condições. Um deles caiu, seu grito foi carregado até nós pelas rajadas.

O *Benjamin* tinha problemas. Subia e descia no mar cada vez mais agitado, espancado pelo vento que arrebanhava suas velas, virando de um lado a outro. Deu uma guinada para perto das margens do Espinhaço. Homens corriam pelos conveses. Mais um foi soprado para fora do navio. Eles tinham perdido o controle. Agora estavam à mercê dos elementos.

Fiquei no convés do castelo de proa, escorando-me com uma das mãos e a outra estendida, sentindo o vento na palma. Senti a pressão da lâmina oculta em meu braço e soube que ela teria o gosto do sangue de Hornigold antes da madrugada.

— Consegue fazer isso, companheiro? Seu coração está preparado para tanto?

Benjamin Hornigold, que havia me ensinado tanto sobre o mar. Benjamin Hornigold, o homem que criou, que foi mentor de meu melhor amigo Edward Thatch, que por sua vez foi meu mentor. Na realidade, eu não sabia se conseguiria.

— Verdade seja dita, eu tinha esperanças de que o mar o tragasse, que eu visse o trabalho feito para mim — respondi-lhe —, mas farei o que devo fazer.

Meu contramestre. Deus abençoe meu contramestre. Ele sabia do destino do *Benjamin* antes que as próprias Parcas soubessem. Quando tombou de lado em uma margem alta, aparentemente arrancado do mar por uma rajada de vento e desaparecendo em uma nuvem de areia e neblina, ele viu que o havíamos atraído de bordo.

Vimos as formas dos tripulantes caindo dos conveses superiores, figuras indistintas na escuridão. Subi à amurada do convés do castelo de proa, escorando-me no cabo, e usei o sentido, como James Kidd me ensinara. E entre os corpos em queda dos homens que escorregavam do convés do navio para os bancos de areia lodosos e a água, consegui distinguir Benjamin Hornigold. Por sobre o ombro, eu disse:

— Eu voltarei.

E pulei.

53

O estalo de mosquetes do *Jackdaw* começou atrás de mim, e iniciou-se uma batalha injusta entre meu navio e a tripulação do agora encalhado *Benjamin*. Meus sentidos tinham voltado ao normal, mas Hornigold me fazia um favor, gritando estímulos e pragas a seus homens.

— Foi um tremendo erro velejarmos para lá, rapazes. E se sobrevivermos a este dia, por Deus, esfolarei cada pedaço de vocês. Aguentem firme e estejam preparados para tudo.

E então apareci da neblina na margem próxima e, em vez de estar atento às próprias palavras, ele se ergueu nos calcanhares, subindo ao alto do declive e atravessando-o.

Meus homens começaram a jogar morteiros na tripulação em fuga do *Benjamin*, porém, e vi-me em perigo quando eles começaram a derramar-se abundantemente na areia a minha volta. Até que um explodiu perto de Benjamin, e só o que percebi foi que ele sumiu de vista pelo outro lado do baixio, em um borrifo de sangue e areia.

Subi aos tropeços, apressado pelo meu desejo de ver seu destino, e fui recompensado com um golpe de espada no braço, abrindo um corte que sangrou. Em um só movimento, girei o corpo, acionei a lâmina e aparei seu ataque seguinte, nosso aço faiscando ao se encontrar. A potência do ataque de Benjamin foi suficiente para me fazer tombar na margem, e ele veio atrás de mim, atirando-se do aclive com o alfanje dançando. Aparei-o em minhas botas e o chutei para longe, a ponta de sua espada cortando o ar diante do meu nariz. Rolando, levantei-me e parti para ele, e mais uma vez nossas lâminas se chocaram. Trocamos golpes durante algum momento. E ele era bom, mas estava ferido e eu era mais jovem, e estava iluminado por um fogo vingativo. Assim, cortei seu braço, o cotovelo, o ombro — até que ele mal conseguia ficar de pé ou erguer a espada, quando dei cabo dele.

— Você poderia ter sido um homem que defende algo verdadeiro — disse ele ao morrer. Seus lábios formavam as palavras cuidadosamente. Seus dentes estavam ensanguentados. — Mas agora você tem um coração de assassino.

— Ora, é uma visão muito melhor do que a que você tem, Ben — eu lhe disse. — O coração de um traidor, que se julga melhor do que os companheiros.

— Sim, e se provou verdadeira. O que você fez desde a queda de Nassau? Nada além de matar e criar o caos.

Perdi a paciência, contornando-o.

— Você se juntou à mesma espécie que antes odiávamos! — gritei.

— Não — disse ele, tentando me agarrar e enfatizar seu argumento, mas bati em suas mãos, colérico. — Esses Templários são diferentes. Gostaria que você pudesse ver isso. Mas se continuar em seu curso atual, descobrirá que é o único que ainda caminha. Tendo a forca no fim.

— Pode ser, mas agora o mundo tem uma serpente a menos. E isso basta para mim.

Mas ele não me ouviu. Já estava morto.

54

— O caçador de piratas está morto? — disse Bartholomew Roberts.

Olhei para ele, Bartholomew Roberts, esse personagem desconhecido, um Sábio, um carpinteiro que se voltou à vida de pirata. Seria a primeira vez que ele visitava o Observatório? Por que precisava de mim ali? Tantas perguntas — perguntas para as quais eu sabia que nunca me dariam respostas.

Estávamos em Long Bay, na margem norte da Jamaica. Ele carregava as pistolas quando cheguei. Depois fez sua pergunta, à qual respondi:

— Sim, por minhas próprias mãos.

Ele assentiu e voltou a limpar as pistolas. Olhei-o e descobri uma raiva súbita me dominando.

— Por que só você pode encontrar o que tantos querem?

Ele riu.

— Eu nasci com lembranças deste lugar. Lembranças de outra época, creio. Como... Como outra vida que eu tenha vivido.

Meneei a cabeça, perguntando-me se um dia me livraria daquele monte de asneiras.

— Mude de rumo, homem, e diga algo que faça sentido.

— Hoje não.

Nem em nenhum outro dia, pensei, colérico, mas antes que pudesse encontrar uma resposta, veio um barulho da selva.

Nativos? Talvez tivessem sido perturbados pela batalha entre o *Jackdaw* e o *Benjamin*. Nesse momento, o que restava da tripulação de Hornigold era conduzido a bordo do *Jackdaw*, e tive de deixar meus homens cuidarem disso — *cuidem dos prisioneiros e esperem meu retorno em breve* — enquanto me envolvia naquela reunião com Bartholomew Roberts a sós.

Ele gesticulou para mim.

— Depois de você, capitão. O caminho à frente é perigoso.

Com meia dúzia de seus homens, partimos pela selva, vencendo uma trilha pelo mato ao subirmos. Perguntei-me se eu conseguiria vê-lo agora, o tal Observatório. Não eram grandes construções, erigidas em picos altos? Em volta, as encostas ondulavam verdejantes para nós. Arbustos e palmeiras. Nada humano, pelo que o olho podia ver, a não ser que se contassem nossos navios na baía.

Tínhamos percorrido algumas centenas de metros quando ouvimos um barulho na mata e algo correu dos arbustos para o nosso lado. Um dos homens de Roberts caiu com um buraco reluzente e cheio de sangue onde deveria estar a parte de trás da cabeça. Eu reconhecia um golpe de maça quando via um. Mas desapareceu com a mesma rapidez com que veio.

Um tremor de medo percorreu a tripulação, que sacou as espadas, tirou os mosquetes das costas e pegou as pistolas nos cintos. Agachados. Preparados.

— Os nativos desta terra iniciarão uma briga, Edward — disse Roberts em voz baixa, os olhos percorrendo a mata, agora silenciosa, guardando seus segredos.

— Está disposto a recuar, se necessário? A matar, se for preciso?

Acionei minha lâmina oculta.

— Logo terá notícias minhas.

E então me agachei e rolei de lado para a selva, tornando-me parte dela.

55

Os nativos conheciam bem suas terras, mas eu estava fazendo algo que eles simplesmente não esperavam, eu estava levando a luta a eles. E, assim, o primeiro homem que encontrei surpreendeu-se ao me ver, e essa surpresa foi sua ruína. Não vestia nada além de uma tanga, os cabelos pretos amarrados no alto da cabeça, a maça ainda brilhando com o sangue de um bucaneiro, os olhos arregalados de choque. Os nativos só estavam protegendo o que era deles. Não me deu prazer deslizar minha lâmina por suas costelas, e eu tinha esperanças de que seu fim fosse rápido, mas ainda assim o fiz, e avancei. A selva ressoava com os gritos e disparos, mas encontrei mais nativos e derramei mais morte, até que por fim a batalha tinha acabado e voltei ao grupo principal.

Oito foram mortos na batalha. A maioria dos nativos caíra sob minha lâmina.

Outros dois matei antes de poder voltar ao grupo. Só então ouvi.

— Os guardiões do Observatório — disse-me Bartholomew Roberts.

— Há quanto tempo essa gente vive aqui? — perguntei-lhe.

— Oh... Há pelo menos mil anos, ou mais. Homens muito dedicados. Excessivamente.

Olhei o que restava de seu grupo à minha volta, os homens apavorados e traumatizados, que tinham visto os companheiros de navio serem pegos, um por um. Depois continuamos nossa jornada, ainda subindo, cada vez mais para o alto. Até darmos em muros de pedra cinza, formando um contraste escuro com as cores vibrantes da selva. Uma construção monolítica se erguia muito acima de nós.

O Observatório.

Como era possível não ter sido visto?, perguntei-me. Como continuou invisível?

— Então é isso?

— Sim, um lugar quase sagrado. Só precisa de uma gota de meu sangue...

Em sua mão apareceu uma pequena adaga e ele não tirou os olhos dos meus ao estendê-la enquanto a usava para furar o polegar, depois colocando o dedo com a gota de sangue nos mínimos recessos da lateral da porta. Ela começou a se abrir.

Nós seis nos olhamos. Só Bart Roberts parecia estar desfrutando.

— E as portas se abrem — disse ele com a voz de um apresentador de espetáculos —, depois de quase oitenta mil anos.

Ele deu um passo para o lado e gesticulou para que seus homens passassem. Os tripulantes, nervosos, se olharam, mas obedeceram ao capitão e avançaram para a porta...

E então, por algum motivo que só ele conhecia, Roberts os matou, os quatro. Com uma das mãos, cravou a adaga no olho do homem da frente, ao mesmo tempo em que empurrava seu corpo de lado e sacava a pistola, disparando na cara do segundo homem. Os dois últimos tripulantes não tiveram tempo de reagir quando Black Bart sacou a segunda pistola e disparou à queima-roupa no peito de um terceiro homem, e então puxou a espada e cortou o último sobrevivente.

Era o sujeito que havia levado a arca ao convés, que olhou para Roberts, buscando algumas palavras de elogio. Ele soltou um ruído estrangulado e estranho e Roberts lhe golpeou uma segunda vez, depois deslizou o alfanje até a guarda e o torceu. O corpo em sua lâmina se estirou e o ajudante de convés fitou o capitão com olhos suplicantes, sem compreender. Seu corpo relaxou, deslizou da lâmina e caiu no chão, o peito se ergueu uma vez, duas, depois se imobilizou.

Tantas mortes. *Tantas mortes.*

— Por Deus, Roberts, você enlouqueceu?

Ele sacudiu o sangue do alfanje e o limpou meticulosamente com um lenço.

— Bem ao contrário, Edward. Esses gaiatos teriam enlouquecido ao ver o que está por trás desta porta. Mas você, desconfio, é feito de material mais resistente. Agora pegue essa arca e traga para cá.

Obedeci. Mesmo sabendo que seguir Roberts era má ideia. *Uma péssima ideia.* Mas incapaz de deixar de fazê-lo. Eu havia chegado longe demais para parar agora.

Ali dentro era como um templo antigo.

— Sujo e decrépito — disse Roberts —, não é bem como me lembro. Mas já se passaram mais de oitenta milênios.

Olhei-o feio. *Mais asneiras.*

— Ora essa, isso é impossível.

Seu olhar, por sua vez, era irreconhecível.

— Pise como se estivesse em gelo fino, capitão.

Uma escada de pedra descia pelo meio do Observatório, dando em uma câmara larga. Todos os meus sentidos estavam alerta enquanto eu olhava em volta e apreendia a vastidão do espaço.

— Lindo, não? — disse Roberts em voz baixa.

— Sim — respondi, e percebi que estava aos sussurros. — Como algo saído de um conto de fadas, um daqueles antigos poemas.

— Havia muitas histórias sobre este lugar. Histórias que se transformaram em boatos, e estes em lendas. O processo inevitável dos fatos se tornando ficção, antes de desbotarem completamente.

E agora entrávamos em uma nova sala, que só podia ser descrita como um arquivo, um imenso espaço ladeado de prateleiras baixas em que se empilhavam centenas de pequenos frascos de sangue, como aqueles no cofre — como aquele que eu vira Torres usar em Bartholomew Roberts.

— Mais frascos de sangue.

— Sim. Estes cubos contêm o sangue de um povo antigo e ancestral. Uma raça maravilhosa, em sua época.

— Quanto mais você fala, homem, menos eu entendo — eu disse, irritado.

— Apenas lembre-se disso; o sangue nestes frascos não vale mais nada para ninguém. Pode valer novamente, um dia. Mas não nessa época.

Agora tínhamos penetrado nas entranhas da terra e passado pelos arquivos até o que era o teatro principal do Observatório. Novamente era assombroso, e ficamos ali por um segundo, esticando o pescoço para ver a câmara em domo de um lado a outro.

De um lado da câmara havia o que parecia um poço, com um som de borrifo bem abaixo, indicando que havia água em algum lugar, enquanto no meio erguia-se uma plataforma com o que parecia um desenho complexo entalhado na pedra. Roberts me fez baixar a arca e um ruído baixo começou. Um zumbido baixo inicialmente intrigante, mas que começava a crescer...

— O que é isso? — Parecia que eu tinha de gritar para me fazer ouvir, embora eu não gritasse.

— Ah, sim — disse Roberts —, uma medida de segurança. Espere um momento.

Em volta, as paredes começaram a brilhar, emitindo uma luz branca e pulsante, bela e ao mesmo tempo inquietante. O Sábio atravessou o piso até a plataforma erguida no meio e colocou a mão em uma marca entalhada no centro. Logo o som desapareceu e a sala em volta de nós voltou ao silêncio, embora as paredes ainda brilhassem.

— O que é este lugar? — perguntei a Roberts.

— Pense nele como uma grande luneta. Um dispositivo capaz de ver a grandes distâncias.

O brilho. O sangue. Aquele "dispositivo". Minha cabeça começava a girar, e só o que pude fazer foi me postar de pé e observar boquiaberto enquanto Roberts estendia a mão para o cofre com dedos experientes, como se já tivesse feito isso dezenas de vezes, e então pegou um frasco e o ergueu à luz, do mesmo jeito que tinha feito no dia em que tomamos posse da arca.

Satisfeito, ele se curvou à plataforma diante de si e colocou o frasco dentro dela. E então algo aconteceu — algo no qual ainda nem consigo acreditar —, o brilho nas paredes pareceu ondular como névoa, aglutinando-se, não em neblina, mas em imagens, uma série de imagens opacas, como se eu estivesse olhando alguma coisa por uma janela, como se estivesse vendo...

56

Calico Jack Rackham, vivo e respirando.

Mas eu não estava olhando *para* ele. Não, era como se eu *fosse* Calico Jack. Como se olhasse através de seus olhos. Na realidade, a única razão para eu saber que era Calico Jack era o tecido indiano da manga de seu casaco.

Ele subia a escada para a Old Avery. Meu coração deu um salto quando vi o antigo lugar, ainda mais conturbado e dilapidado do que antes...

O que significava que aquela não era uma imagem do passado. Não era uma imagem que eu mesmo vivenciara, porque eu nunca tinha visto a Old Avery em tal ruína. Não ia a Nassau desde que a verdadeira deterioração começara.

E ainda assim... Ainda assim... Eu a *via*.

— *Isto é uma maldita bruxaria* — soltei.

— Não. Este é Calico Jack Rackham... Em algum lugar no mundo, neste momento.

— Nassau — falei, tanto para ele quanto para mim. — Isto está acontecendo agora? Estamos vendo pelos olhos dele?

— Sim — disse Roberts.

Não era como se eu tivesse voltado minha atenção para a imagem. Simplesmente estava ali, diante de mim. Era como se eu fizesse parte dela, estivesse dentro dela. E de certo modo estava, porque quando Calico Jack virou a cabeça, a imagem se moveu com ele. Vi que ele olhava uma mesa onde Anne Bonny estava sentada com James Kidd.

Um olhar longo e demorado para Anne Bonny. Para certas *partes* de Anne Bonny. O desgraçado sujo. Mas então, ah, meu Deus, ela olhou da mesa onde se sentava com James Kidd e retribuiu o olhar. E refiro-me a um olhar lascivo. Sabe aquele olhar errante de que já lhe falei? Ela o lançava em cheio a Calico Jack.

Maldição. Eles têm um caso.

Apesar de tudo — apesar das maravilhas do Observatório —, flagrei-me reprimindo uma gargalhada ao pensar em James Bonny, aquele vira-casaca traiçoeiro, com seus chifres. Calico Jack? Ora, o bexiguento tinha me abandonado, não era? Então não havia amor perdido ali. Mas ele nos deu nossas armas, a munição e a comida e, bem, ele tinha Anne esquentando sua cama, então eu precisava me curvar a ele.

Agora Calico Jack ouvia a conversa de Anne e James.

— Não sei, Jim — dizia Anne. — Não tenho a mais remota ideia de como pilotar um barco. Isso não é trabalho de mulher.

Mas o que elas estavam aprontando?

— Bobagem. Já vi muitas mulheres que podem rizar uma vela e rodar um leme.

— E você me ensinaria a lutar? Com um alfanje, por exemplo? E talvez a usar uma pistola?

— Tudo isso e mais. Mas você terá de querer. E trabalhar para isso. Não se chega por acaso ao verdadeiro sucesso.

E agora Calico Jack confirmava o que eu pensara. Sua voz sem corpo parecia o eco da pedra.

— Ei, rapaz, essa moça anda pela minha cama. Fique longe ou passo a adaga.

— Vá tomar no cu, Rackham. "Rapaz" é a última coisa de que deve me chamar...

Ah, sim?, pensei. Será que James Kidd estaria prestes a revelar seu disfarce?

James colocava a mão por baixo da camisa dele/dela e Calico Jack gritava.

— Ah, é mesmo... Rapaz?

Roberts retirou o cubo dos controles do Observatório e a imagem evaporou.

Mordi o lábio e pensei no *Jackdaw*. Adé não ia gostar de nossa situação atual. Ele estava morrendo de vontade de se fazer ao mar.

Mas ele não faria isso sem mim.

Faria?

Mas agora o brilho que pendia na câmara diante de nós estava se transformando em outra coisa, e todos os pensamentos das intenções com o *Jackdaw* foram esquecidos quando Roberts falou:

— Experimentemos outro. O governador Woodes Rogers. — Ele colocou outro cubo de cristal no console e novas imagens se formaram.

Estávamos vendo através dos olhos de Woodes Rogers. Com ele estava Torres e, a pouca distância, El Tiburón. De repente a visão foi preenchida pela imagem de um frasco de sangue sendo erguido para o exame de Rogers.

Ele falava:

— Sua ideia é ousada. Mas devo pensar nela com cuidado.

A câmara do Observatório foi tomada pelo som da resposta de Torres.

— Um simples pedido de lealdade, é só o que você precisa sugerir à Câmara dos Comuns. Um juramento, um gesto e um simples cerimonial de sangue retirado do dedo. Basta isto.

Meu Deus! O que Anne e Mary tramavam não era nada perto desses dois. Ainda tentando controlar o mundo com sangue — com ênfase no sangue. E fazendo isso como? O parlamento inglês.

Agora Rogers falava.

— Os ministros podem me criar problemas, mas deve ser bem fácil convencer a Câmara dos Lordes. Eles adoram um excesso de pompa e circunstância.

— Exatamente. Diga-lhes que é uma demonstração de lealdade ao rei... Contra aqueles revoltosos jacobitas.

— Sim, decerto — respondeu Rogers.

— O detalhe crucial é o sangue. Você deve conseguir uma amostra de cada homem. Queremos estar preparados quando encontrarmos o Observatório.

— De acordo.

Roberts retirou o cubo do console e olhou para mim, o triunfo nos olhos. Agora sabíamos o que os Templários tramavam. Não só isso, mas estávamos um passo à frente deles.

As imagens sumiram, o estranho brilho tinha voltado às paredes e fiquei me perguntando se tinha imaginado tudo aquilo. Enquanto isso, Roberts pegou algo no console e o ergueu. Um crânio. O crânio onde havia depositado os frascos de sangue.

— Uma ferramenta preciosa, não vê?

— Bruxaria, é isso que é — eu disse.

— Nem tanto. Cada mecanismo que confere luz a este dispositivo é um objeto físico verdadeiro. Antigo, sim, mas nada de sobrenatural ou estranho.

Olhei para ele em dúvida, pensando: *Está enganando a si mesmo, amigo*. Mas resolvi não insistir nisso.

— Seremos os mestres dos mares com isto — falei.

Desejando segurar o crânio, estendendo a mão para pegar dele e tomado pela ânsia de sentir seu peso em minha mão, estremeci quando Roberts avançou com ele, de mão estendida. Mas então, em vez de dar a mim, ele o rodou, golpeando-me na cara e derrubando-me no chão do Observatório, por sobre o precipício do poço.

Eu caí, batendo na pedra ao descer, fustigado pela vegetação que se grudava à face rochosa, mas incapaz de me agarrar e deter minha queda. Senti uma dor lancinante ao lado do corpo, depois bati na água, agradecendo a Deus pela presença de espírito de virar minha queda para que parecesse um mergulho. Daquela altura, tal instinto pode ter salvado minha vida.

Ainda assim, minha entrada na água foi atrapalhada. Colidi e fiquei me debatendo, engolindo água, tentando não deixar que a dor no corpo me arrastasse para baixo. Quando rompi na superfície e ofeguei, pegando ar, olhei para cima e vi Roberts me fitando do alto.

— Nada em meu código fala de lealdade, meu jovem — provocou, sua voz ecoando no espaço entre nós. — Você cumpriu seu papel, mas nossa parceria está encerrada.

— É um homem morto, Roberts — rugi em resposta, só que não consegui produzir um rugido. Minha voz estava fraca e, de qualquer modo, ele já tinha ido embora. Ocupei-me em tentar cuidar da dor em brasa que sentia e me colocar a salvo.

Quando me impeli para o lado, o que descobri foi um galho se projetando da lateral do meu corpo, a ferida tingindo meu manto de vermelho. Arranquei-o com um grito, joguei o graveto longe e cerrei os dentes enquanto tateava a ferida, sentindo o sangue escorrer pelos dedos. Roberts, seu filho da puta. *Seu filho da puta*.

Ainda tentando fechar o ferimento, dei um jeito de escalar as paredes de volta ao Observatório. Refiz meus passos, passando pela ponte da câmara e pelos corpos na entrada, mancando de volta à praia, ensopado de suor por causa da dor. Mas ao sair trôpego da longa relva e chegar à praia, o que vi me encheu de angústia. O *Jackdaw*, meu amado *Jackdaw*, tinha partido. Agora só havia o *Rover* ancorado na baía.

E ali, onde a areia encontra o mar, estava atracado um iole, o timoneiro, os remadores e as sentinelas silenciosos com o oceano às suas costas, esperando por seu capitão — o capitão Bartholomew Roberts, que estava diante de mim.

Ele se agachou. Seus olhos faiscaram e ele abriu aquele sorriso peculiar e sem alegria dele.

— Ah... Seu *Jackdaw* fugiu, Edward, hein? Essa é a beleza de uma democracia... O voto da maioria supera a vontade de um indivíduo. Sim, você pode velejar comigo, mas, com esse seu gênio alterado, temo que vá nos queimar até virarmos cinza. Por sorte, sei que o prêmio do rei por sua cabeça é grande. E pretendo recolhê-lo.

A dor era demasiada. Eu não suportava mais e senti que desfalecia. A última coisa que ouvi enquanto a escuridão me dominou foi Bartholomew Roberts zombando de mim em voz baixa.

— Já viu uma prisão da Jamaica por dentro, menino? Viu?

Parte Quatro

57

Novembro de 1720

Muita coisa pode acontecer em seis meses. Mas nos seis meses até novembro de 1720, aconteceu com os outros. Quanto a mim, fiquei mofando na cadeia de Kingston. Enquanto Bartholomew Roberts tornava-se o pirata mais temido do Caribe, comandando um esquadrão de quatro naves, tendo à testa sua nau capitânia *Royal Fortune*, eu tentava dormir, sem sucesso, enroscado no chão de uma cela tão apertada que não conseguia me deitar esticado. Catava vermes de minha comida e tapava o nariz para engoli-la. Bebia água suja e rezava para que não me matasse. Via a luz cinzenta e listrada pelas grades da porta e ouvia o clamor da cadeia: as imprecações; os gritos à noite; um bater constante que nunca cessava, como se alguém em algum lugar passasse dia e noite chocalhando uma caneca nas grades; e às vezes ouvia minha própria voz, como que para lembrar a mim mesmo de que eu ainda estava vivo, e amaldiçoava minha sorte, Roberts, os Templários, amaldiçoava minha tripulação...

Fui traído, por Roberts, é claro, mas isso não me surpreendeu, mas também pelo *Jackdaw*. Meu período da cadeia me proporcionou a distância que eu precisava para ver como minha obsessão pelo Observatório cegou-me às necessidades de meus homens e parei de culpá-los por me deixarem em Long Bay. Decidi que, se tivesse sorte suficiente para revê-los, cumprimentaria a todos como irmãos e lhes diria que não tinha rancor, oferecendo-lhes meu perdão. Mesmo assim, a imagem do *Jackdaw* velejando para longe, sem mim, ardia em meu cérebro como um ferro quente.

Mas não por muito tempo. Sem dúvida meu julgamento se aproximava — embora eu ainda não soubesse disso, é claro. Depois de meu julgamento, viria a forca.

No dia anterior haviam enforcado um. Um pirata, quero dizer. O julgamento aconteceu em Spanish Town e cinco dos julgados foram para o patíbulo um dia depois, em Gallows Point. Enforcaram os outros seis no dia seguinte em Kingston.

Um dos enforcados no dia anterior tinha sido o capitão John Rackham, o homem que todos nós conhecíamos como Calico Jack.

O pobre e velho Jack. Não era um bom homem, mas tampouco era especialmente mau. E quem pode dizer algo mais justo do que isso? Eu esperava que ele tivesse conseguido beber o suficiente antes de mandarem-no para a forca. Para ficar aquecido para a jornada ao outro lado.

O caso é que Calico Jack tinha alguns assessores, e seu julgamento deveria começar naquele dia. Eu seria levado ao tribunal, na realidade, onde diziam que eu era necessário como testemunha, embora não tivessem me informado se pela defesa ou pela acusação.

Os dois assessores, vejam vocês, eram Anne Bonny e Mary Read.

E nisto há uma história. Eu a testemunhei, a começar pelo que vi no Observatório: Calico Jack e Anne Bonny eram amantes. Jack usara seu charme para tentá-la a se separar de James (aquele nojento ordinário) e levá-la ao mar.

A bordo, ela se vestiu de homem. E não foi a única. Mary Read também estava no navio, vestida de James Kidd, e os três, Calico Jack, Anne e Mary tinham um envolvimento. As duas mulheres vestiam casacos de homem, calças compridas e cachecóis nos pescoços. Carregavam pistolas e alfanjes e eram tão temíveis quanto qualquer homem — e mais perigosas, pois tinham mais a provar.

E durante algum tempo eles velejaram pelas vizinhanças, aterrorizando navios mercantes, até no início do ano, quando pararam em New Providence. Ali, em 22 de agosto do ano da graça de Nosso Senhor de 1720, Rackham e uma turma de tripulantes, inclusive Anne e Mary, roubaram uma chalupa de nome *William* do porto de Nassau.

É claro que Woodes Rogers sabia exatamente quem era o responsável. Emitiu uma proclamação e despachou uma chalupa apinhada de seus homens para pegar Calico Jack e sua tripulação.

Mas o velho Calico Jack vivia uma onda de sorte e, entre uma e outra rodada de álcool à tripulação, isto é, farras, atacou barcos de pesca, naves mercantes e uma escuna.

Rogers não gostou disso. Mandou um segundo navio atrás dele.

Mas o velho Calico Jack não se importou. Continuou sua pirataria para oeste até a ponta da Jamaica, onde encontrou um corsário conhecido como capitão Barnet, que viu a oportunidade de ganhar um bom dinheiro em troca do couro de Jack.

E Jack foi abordado e sua tripulação rendida, todos menos Mary e Anne. Pelo que eu soube, Jack e sua tripulação tinham se embriagado à estupidez e estavam ébrios ou desmaiados quando os homens de Barnet atacaram. Como megeras que eram, Mary e Anne xingaram a tripulação e lutaram com pistolas e espadas, mas foram vencidas, e assim todos foram levados à ilha, para a cadeia de Spanish Town.

E, como eu disse, já julgaram e enforcaram Jack.

Agora era a vez de Anne e Mary.

Não vi muitos tribunais em minha vida, graças a Deus, mas mesmo assim nunca tinha visto nenhum tão movimentado quanto aquele. Meus guardas levaram-me por um lance de escada de pedra a uma porta trancada, abriram-na, empurraram-me para a galeria e mandaram que eu me sentasse. Eu os olhei sem entender. *O que está havendo?* Mas eles me ignoraram e ficaram de costas para a parede, com os mosquetes preparados, caso eu tentasse fugir.

No entanto, fugir por onde? Minhas mãos estavam algemadas, homens espremiam-se pelos bancos da galeria por todo lado: espectadores, testemunhas... Todos tinham vindo deitar os olhos nas duas infames mulheres piratas, Anne Bonny e Mary Read.

Elas se postaram juntas diante do juiz, que as olhou severamente e bateu seu martelo.

— As acusações, senhor, eu as ouvirei novamente — gritou ele ao meirinho, que se levantou e pigarreou.

— A corte de Sua Majestade sustenta que as rés, Mary Read e Anne Bonny, praticaram pirataria, crime e ataques hostis, envolvendo-se na tomada de sete barcos de pesca.

Durante o pequeno tumulto que se seguiu, senti alguém se sentando atrás de mim. Duas pessoas, na verdade — mas prestei pouca atenção.

— Em segundo lugar — continuou o meirinho —, esta corte sustenta que as rés espreitavam em alto-mar e atacaram, atiraram e tomaram duas chalupas mercantes, colocando assim os capitães e suas tripulações sob medo corpóreo por suas vidas.

E então a questão do tribunal recuou ao fundo quando um dos homens sentados atrás de mim curvou-se para a frente e falou.

— Edward James Kenway... — Reconheci de pronto a voz de Woodes Rogers. — Nascido em Swansea, de pai inglês e mãe galesa. Casado aos 18 anos com a Srta. Caroline Scott, agora separado.

Ergui as algemas e me remexi na cadeira. Nenhum de meus guardas com seus mosquetes se mexeu, mas vigiavam-nos atentamente. Ao lado de Rogers, em cada centímetro o homem de autoridade, estava Laureano Torres, elegante e composto no calor ameno do tribunal. Mas não estavam ali para tratar da caça aos piratas. Estavam ali como Templários.

— Ela é uma linda mulher, pelo que eu soube — disse Torres, com um gesto de cabeça, cumprimentando-me.

— Se tocarem nela, seus desgraçados... — rosnei.

Rogers se curvou para a frente. Senti um cutucão em minha camisa e baixei os olhos, vendo o cano de sua pistola em meu corpo. Desde minha queda no Observatório, consegui evitar por milagre a gangrena e a infecção, mas a ferida nunca se curou verdadeiramente. Ele não sabia disso, é claro; não tinha como saber. Ainda assim, de algum modo conseguiu cutucá-la com o cano de sua arma, fazendo-me estremecer.

— Se você conhece a localização do Observatório, diga-nos agora e nós o tiraremos daqui a um segundo — disse Rogers.

É claro. Era por isso que eu ainda não tinha sentido a queimadura do laço da forca.

— Rogers pode manter esses sabujos britânicos afastados por um tempo — disse Torres —, mas este será seu destino, se você não cooperar. — Ele indicava o tribunal, onde o juiz estava falando, onde as testemunhas estavam relatando as coisas medonhas feitas por Anne e Mary.

Encerrado o aviso, Torres e Rogers levantaram-se, justamente quando uma testemunha descrevia em detalhes esbaforidos como fora atacada pelas duas piratas. Ela sabia que eram mulheres, disse, "pela largura dos peitos". O tribunal riu disso, até que o riso foi silenciado pelo bater do martelo do juiz, o som tragando o barulho da porta que se fechava às costas de Rogers e Torres.

Anne e Mary, enquanto isso, permaneciam caladas. *Qual é o problema? O gato comeu a língua de vocês?* Nunca as vira sem palavras, mas ali estavam elas, silenciosas como um túmulo. Foram contadas histórias de sua bravura e elas nunca interromperam para corrigir nada de grave, nem mesmo deram um pio quando o tribunal as considerou culpadas. Mesmo quando foram indagadas se podiam dar algum motivo para que a sentença de morte não fosse determinada. Nada.

Assim o juiz, sem conhecer as duas mulheres e talvez as tomando por reticentes, deu a sentença: morte por enforcamento.

E então — e só então — elas abriram a boca.

— Excelência, imploramos por nossos ventres — disse Mary Read, interrompendo o silêncio.

— *Como disse?* — O juiz empalideceu.

— Estamos grávidas — disse Anne Bonny.

Houve um tumulto.

Perguntei-me se os dois bebês pertenceriam a Calico Jack, o velho demônio.

— Não podem enforcar uma mulher que leva um filho, podem? — gritou Anne por sobre o barulho.

O tribunal estava em turbilhão. Como se prevendo meus pensamentos, um dos guardas atrás de mim me cutucou com o cano do mosquete. *Nem pense nisso.*

— Silêncio! Silêncio — gritou o juiz. — Se o que alegam for verdade, suas execuções serão adiadas, mas somente até que a gestação chegue a termo.

— E eu estarei buchuda da próxima vez que você bater o martelo! — berrou Anne.

Esta era a Anne da qual eu me lembrava, com a cara de um anjo e a boca do mais rude marujo. E ela provocou outro tumulto no tribunal enquanto o juiz, enrubescido, batia o martelo e ordenava sua retirada. A sessão foi interrompida em meio à confusão.

58

— Edward Kenway. Lembra-se de uma vez ameaçar decepar meus lábios e me obrigar a comê-los?

A cara de Laureano Torres apareceu na penumbra, do lado de fora de minha cela de prisão, emoldurada pela janela, dividida pelas grades.

— Mas não o fiz — lembrei-lhe, minha voz sem uso falhando.

— Mas teria feito.

É verdade.

— Mas não fiz.

Ele sorriu.

— A típica tática de terror de um pirata: sem sofisticação, nem sutileza. O que me diz, Rogers?

Ele também adejava por ali. Woodes Rogers, o grande caçador de piratas. Pairava perto da porta de minha cela.

— É por isso que estão me negando comida e água? — falei com a voz áspera.

— Ah — Torres riu —, mas há muito, muito mais pela frente. Temos o probleminha da localização do Observatório a extrair. Temos o probleminha do que você fez com Hornigold. Mostraremos o que reservamos a você. *Guardas.*

Dois homens apareceram, a mesma dupla de basbaques Templários que havia me escoltado ao tribunal. Torres e Rogers saíram enquanto eu era algemado e barras eram fechadas em minhas pernas. E depois, arrastando minhas botas pelas lajotas, retiraram-me da cela e me levaram por uma passagem, saindo no pátio da prisão, onde pisquei para o sol ofuscante, respirando ar fresco pela primeira vez em semanas e então, para minha surpresa, saímos pelos portões da prisão.

— Para onde estão me levando? — perguntei, ofegante. A luz do sol me cegava demais. Não conseguia abrir os olhos. Pareciam colados.

Não houve resposta. Ouvi os sons de Kingston. A vida diária continuava como sempre ao meu redor.

— Quanto estão pagando a vocês? — tentei dizer. — Seja quanto for, eu posso dobrar.

Eles pararam.

— Bom homem, bom homem — murmurei. — Posso tornar os dois ricos. Basta que me...

Um punho atingiu meu rosto, cortando meu lábio, quebrando algo no nariz, que começou a esguichar sangue. Tossi e gemi. Enquanto minha cabeça tombava, uma cara se aproximou da minha.

— *Cale. A. Boca.*

Pisquei, tentando focalizar nele, tentando me lembrar de seu rosto.

— Vai pagar por isso — murmurei. Sangue ou saliva escorria de minha boca. — Guarde minhas palavras, amigo.

— Cale-se, ou da próxima vez será a ponta de minha espada.

Eu ri.

— Você é cheio de si, amigo. Seu patrão me quer vivo. Mate-me e você estará no meu lugar naquela cela. Ou coisa pior.

Através de um véu de dor, sangue e da luz do sol penetrante, vi sua expressão se tornar sombria.

— Quanto a isso, veremos — rosnou ele. — Veremos.

E então a jornada continuou, eu cuspindo sangue, tentando clarear a cabeça e falhando, até que chegamos ao que parecia o pé de uma escadaria. Ouvi as vozes murmuradas de Torres e Rogers, depois um estalo soou lá de cima. Quando ergui o queixo e lancei os olhos para o alto, vi a forca. Um dos basbaques subiu a escada e a destrancou, a porta se abriu com um rangido de metal enferrujado. Senti o sol bater em mim.

Tentei dizer alguma coisa, explicar que eu estava sedento e podia morrer ao sol. E se assim fosse — se eu morresse —, eles nunca descobririam onde ficava o Observatório. Só Black Bart saberia, e essa era uma ideia apavorante — Black Bart de posse de todo aquele poder.

Ele está fazendo isso agora, não está? É assim que ele tem tanto sucesso.

Mas nunca tive a oportunidade de dizer isso, porque eles me prenderam ao cadafalso. Penduraram-me ali para que o sol fizesse seu trabalho. Para que me cozinhasse vivo aos poucos.

59

Ao pôr do sol, meus dois amigos vieram me buscar e levar-me de volta à cela. Minha recompensa por sobreviver foi água, uma tigela dela no chão da cela, o suficiente para molhar os lábios, manter-me vivo, usar nas bolhas e pústulas provocadas pelo sol.

Rogers e Torres entraram.

— Onde fica? Onde fica o Observatório?

Com os lábios rachados e desidratados, sorri para eles, mas não disse nada.

Ele o está roubando às cegas, não é? Roberts, quero dizer. Está destruindo todos os seus planos.

— Quer voltar para lá amanhã?

— Claro — sussurrei. — Claro. Faria bem um pouco de ar fresco.

Não era todo dia. Em alguns, eu ficava na cela. Em outros, eles me penduravam só por algumas horas.

— Onde fica? Onde fica o Observatório?

Em alguns dias, deixavam-me até depois do anoitecer. Mas não era tão ruim quando o sol se punha. Eu ainda ficava amarrotado no cadafalso como um homem preso a uma latrina, todos os músculos e ossos gritavam de agonia; ainda morria de sede e fome, minha carne queimada do sol, em brasa. Ainda assim, não foi tão ruim. Pelo menos o sol tinha ido embora.

— Onde fica? Onde fica o Observatório?

A cada dia que subo lá, ele se torna um problema maior para vocês, não é mesmo? Cada dia desperdiçado é um triunfo do Black Bart sobre os Templários. Temos pelo menos isto.

— Quer voltar para lá amanhã?

— Claro.

Eu não sabia se aguentaria mais um dia. De um jeito estranho, confiava que eles não me matariam. Confiava que a *minha* determinação era maior do que a deles. Confiava em minha própria força interior.

Outro dia amarrado ali, agachado e amarfanhado no cadafalso. E quando a noite caiu novamente, ouvi os guardas me provocando, e ouvi que se gabavam de Calico Jack, e de como Charles Vane fora preso.

Charles Vane, pensei. *Charles Vane... Lembro-me dele. Ele tentou me matar. Ou eu é que tentei matá-lo?*

E então o barulho de uma curta batalha, corpos caindo, gemidos abafados.

E uma voz.

— Bom dia, capitão Kenway, tenho um presente para você.

Muito, muito lentamente, abri os olhos. No chão abaixo de mim, pintados de cinza na luz mortiça do dia, dois corpos. Meus amigos, os basbaques Templários. Os dois tinham a garganta cortada. Dois sorrisos carmim enfeitavam seus pescoços.

E agachado perto deles, mexendo em suas túnicas e procurando as chaves do cadafalso, estava o Assassino Ah Tabai.

Pensei que nunca mais o veria. Afinal, o Assassino Ah Tabai não era o maior partidário de Edward Kenway. Ele poderia tanto cortar *minha* garganta como me resgatar da prisão.

Felizmente para mim, preferiu me resgatar da prisão.

Mas...

— Não confunda meus propósitos aqui — disse ele, subindo a escada, encontrando a chave certa para o cadeado e tendo a bondade de me apanhar quando quase caí do cadafalso. Ele tinha um frasco de couro volumoso e segurou o bico em meus lábios. Enquanto eu engolia, senti lágrimas de alívio e gratidão escorrerem pelo meu rosto.

— Tenho de buscar Anne e Mary — dizia ele ao me ajudar a descer a escada. — Você não me deve nada por isto. Mas se me garantir sua ajuda, posso prometer uma saída segura para você deste lugar.

Desabei no chão, onde Ah Tabai me permitiu que me recompusesse, entregando-me mais uma vez o frasco de couro.

— Vou precisar de armas — falei depois de alguns minutos.

Ele sorriu e me entregou uma lâmina oculta. Não era pouca coisa um Assassino entregar uma lâmina dessas a um intruso. E enquanto eu me agachava e a prendia, percebi que estava sendo honrado de alguma forma. Tal pensamento me deu forças.

Levantei-me e acionei o aço, trabalhei o mecanismo da lâmina e a recolhi. Estava na hora — era hora de salvar Anne e Mary.

60

Ele tinha algumas distrações a deflagrar, segundo disse. Assim, fui procurar pelas mulheres enquanto ele cuidava disso. Ótimo. Eu sabia onde elas eram mantidas e logo, quando a primeira das explosões de Ah Tabai deu-me a distração necessária, consegui entrar furtivamente na prisão e seguir para lá.

E então, quando me aproximei mais, o que ouvi foram gritos e a voz inconfundível de Anne Bonny.

— Ajude-a. Pelo amor de Deus. Traga ajuda. Mary está doente. Alguém, por favor.

Ouvi então o som de soldados tentando fazê-la se calar, batendo nas grades da cela com a coronha dos mosquetes.

Para não ser silenciada, Anne agora gritava com eles.

— Ela está doente. Por favor, ela está doente — gritava Anne. — Está morrendo.

— Uma pirata morrendo, esta é a sua diferença — dizia um dos homens.

Agora eu corria, de coração aos saltos, sentindo a dor na lateral do corpo, mas ignorando-a ao virar um canto no corredor da cadeia, com a mão na parede de pedra fria para firmar meu progresso, e a outra acionando a lâmina.

Os guardas já estavam abalados pelas explosões de Ah Tabai e os gritos de Anne. O primeiro se virou e ergueu o mosquete, mas dei-lhe um golpe com a lâmina de baixo para cima, metendo-a por sua costela, agarrando sua cabeça por trás e ao mesmo tempo torcendo a lâmina em seu coração. O parceiro tinha se virado ao barulho do corpo caindo na pedra e seus olhos se arregalaram. Quis pegar a pistola, mas eu o alcancei antes que seus dedos se fechassem no cabo e, com um grito, saltei e o cortei de cima para baixo, mergulhando a lâmina também nele.

Movimento estúpido. Eu não estava em condições de ter esse tipo de ação.

De imediato senti uma dor lancinante ao lado do corpo. Uma dor como fogo, que começou na ferida e fluía para cima e para baixo. Em uma confusão de braços e pernas, caí com a lâmina encravada no guarda, pousando mal, mas soltando-a enquanto rolava para fazer frente ao ataque do último guarda...

Graças a Deus. Ah Tabai apareceu a minha direita, com a própria lâmina acionada, e segundos depois o último guarda jazia morto na pedra.

Olhei-o com gratidão e voltamos nossa atenção às celas — e aos gritos.

Eram duas celas vizinhas. Anne estava de pé, sua cara desesperada apertada entre as grades.

— Mary — ela pedia —, veja Mary.

Não precisou falar duas vezes. Peguei as chaves no cinturão de um guarda, destranquei e escancarei a porta de Mary. Ali dentro, ela usava as mãos como um travesseiro no catre baixo e sujo onde se deitava. Seu peito subia e descia, fraco, e encarava a parede sem ver, embora estivesse de olhos abertos.

— Mary — falei, curvando-me a ela e falando em voz baixa. — Sou eu. Edward.

Sua respiração era constante, mas entrecortada. Os olhos ficaram na mesma posição, piscando, mas sem se mexer, sem focalizar. Ela estava de vestido, mas fazia frio na cela e não havia cobertor. Nem água para tocar em seus lábios secos. Sua testa brilhava de suor e estava quente como um caldeirão quando pus a mão ali.

— Onde está a criança? — perguntei.

— Eles a levaram — respondeu Anne da porta. *Os desgraçados.* Cerrei os punhos.

— Não sei onde ela está — continuou Anne, depois gritou ela mesma de dor subitamente.

Meu Deus. Era só o que nos faltava.

Muito bem, vamos.

Com a maior gentileza possível, coloquei Mary sentada, passei seu braço por meu ombro e me levantei. Meu próprio ferimento reclamava, mas Mary gritou de dor e só pude imaginar a agonia pela qual ela estava passando. Depois do parto, precisava de descanso. Seu corpo precisava de tempo para se recuperar.

— Apoie-se em mim, Mary — eu lhe disse. — Vamos.

De algum lugar vieram gritos de soldados se aproximando. As distrações de Ah Tabai funcionaram; deram-nos o tempo de que precisávamos, mas agora os soldados tinham se recuperado.

— Dê uma busca em cada cela — ouvi.

Partimos aos tropeções pelo corredor de volta ao pátio, Ah Tabai e Anne à frente.

Mas Mary era pesada e eu já estava fraco pelos dias e noites passados pendurado no cadafalso, e a ferida em meu corpo — *Jesus Cristo, como doía* —, algo deve ter se rasgado ali, porque a dor fulgurava, eu sentia o sangue, quente e molhado, escorrendo pelo cós de meus calções.

— Por favor, ajude-me aqui, Mary — implorei-lhe, mas sentia seu corpo arriando, como se o senso de luta a estivesse abandonando. A febre era demasiada.

— Pare. Por favor — disse ela. Sua respiração estava ainda mais errática. A cabeça tombava de um lado a outro. Seus joelhos pareciam ter cedido e ela afundou nas lajotas do corredor. À frente, Ah Tabai ajudava Anne, cujas maos se agarravam à barriga, e eles se viraram para nos espicaçar, ouvindo mais gritos de trás de nós, mais soldados que chegavam.

— Não há ninguém aqui! — veio o grito. Desse modo, agora eles haviam descoberto a fuga. Mais pés correndo.

Ah Tabai e Anne chegaram à porta do pátio. Um quadrado preto tornou-se cinza e o ar da noite correu pela passagem.

Guardas atrás de nós. À frente, Ah Tabai e Anne já atravessavam o pátio e o portão principal, onde o Assassino surpreendeu um guarda que deslizou pela parede, morrendo. Anne agora gritava e precisava de ajuda quando eles subiram pela portinhola da prisão e saíram para uma noite que brilhava alaranjada com o fogo das explosões de Ah Tabai.

Mas Mary não podia andar. Não mais. Fiz uma careta enquanto me curvava e a pegava no colo, sentindo outro rasgo na lateral do corpo, como se minha ferida, embora antiga, simplesmente não conseguisse suportar o peso a mais.

— Mary...

Eu não conseguia carregá-la mais e tive de deitá-la nas pedras do pátio. A toda volta, ouvia o bater de botas e soldados trocando gritos.

Ótimo, pensei. *Que venham. Aqui ficarei e lutarei. É um lugar tão bom para morrer quanto qualquer outro.*

Ela me olhou e seus olhos entraram em foco, e ela conseguiu sorrir antes que uma onda renovada de dor lhe percorresse o corpo.

— Não morra por minha causa — ela conseguiu dizer. — Vá.

Tentei dizer não.

Mas Mary tinha razão.

Deitei-a, e tentei deixá-la o mais confortável possível nas pedras. Meus olhos estavam molhados quando falei:

— Maldição. Você devia viver mais do que eu.

Ela abriu um sorriso espectral.

— Fiz minha parte. Fará a sua?

Sua imagem dividiu-se como se vista em diamantes e limpei as lágrimas dos olhos com as palmas das mãos.

— Se vier comigo, poderei fazer — insisti com ela.

Ela não disse nada.

Não, por favor. Não vá. Não você.

— Mary...?

Ela estava tentando dizer alguma coisa. Pus o ouvido junto de seus lábios.

— Estarei com você, Kenway — sussurrou. Seu último suspiro foi quente em minha orelha. — Eu estarei.

Ela morreu.

Levantei-me e olhei Mary Read, sabendo que haveria tempo para pranteá-la depois, quando me lembraria de uma pessoa extraordinária, talvez a mais extraordinária que conheci. Mas por ora pensei em como os soldados britânicos tinham deixado aquela boa mulher dar à luz e lhe arrancado o filho, deixando-a ferida e febril em uma cela de prisão. Sem nenhum cobertor para aquecê-la. Sem água para tocar seus lábios.

Ouvi os primeiros soldados britânicos chegando ao pátio atrás de mim. *Bem a tempo de cobrar uma pequena vingança antes de fazer minha escapada.*

Acionei a lâmina e virei-me para recebê-los.

61

Imagino que você dirá que bebi um pouco depois disso. E vi pessoas em meus delírios, figuras do passado: Caroline, Woodes Rogers, Bartholomew Roberts.

E, também, fantasmas: Calico Jack, Charles Vane, Benjamin Hornigold, Edward Thatch.

E Mary Read.

Por fim, depois de uma bebedeira que durou um tempo que não consigo estimar, veio a salvação na forma de Adewalé. Ele veio a mim na praia em Kingston e pensei ser outro fantasma, mais uma figura de minhas visões. Vindo me atormentar. Vindo me lembrar de meus fracassos.

— Capitão Kenway, você parece uma tigela de pudim de ameixa.

Uma de minhas visões. Um fantasma. Um truque que minha pobre mente de ressaca prega em mim. E, sim, por falar nisso, onde está minha garrafa de bebida?

Até que, quando ele estendeu a mão e eu a segurei, esperando que seus dedos virassem filetes de fumaça e desaparecessem, eles se provaram reais. Duros como madeira, igualmente confiáveis. E *reais.*

Sentei-me.

— Meu Deus, minha cabeça parece que vai...

Adewalé me puxou, levantando-me.

— De pé.

Ergui-me, esfregando minha pobre cabeça latejante.

— Você me deixou em maus lençóis, Adewalé. Depois de me abandonar com Roberts, eu devia ficar magoado por ver você aqui. — Fitei-o. — Mas estou, acima de tudo, danado de feliz.

— Eu também, companheiro, e terá orgulho de saber que seu *Jackdaw* ainda está inteiro.

Ele me pegou pelo ombro e apontou o mar, e talvez a bebida tivesse me deixado sentimental demais, mas as lágrimas encheram-me os olhos quando vi o *Jackdaw* mais uma vez. Os homens estavam nas amuradas e os vi nos cordames, seus rostos nas escotilhas das armas de popa. Cada marujo olhando a praia, onde Adewalé estava de pé comigo. *Eles vieram*, pensei, e uma lágrima rolou pelo meu rosto, a qual limpei com a manga de meu manto (um presente de despedida de Ah Tabai, embora eu pouco tivesse feito para honrá-lo desde então).

— Vamos zarpar? — perguntei, mas Adewalé já se afastava, entrando mais em terra. — Vai embora? — gritei às suas costas.

— Sim, Edward. Pois tenho outro chamado em outro lugar.

— Mas...

— Quando seu coração e sua mente estiverem prontos, visite os Assassinos. Creio que então os compreenderá.

Assim, aceitei seu conselho. Levei o *Jackdaw* a Tulum, voltando ao local em que havia descoberto meu sentido e conhecido Ah Tabai. Ali, deixei a tripulação a bordo e fui em busca de Ah Tabai, chegando apenas na esteira de um ataque, entrando nas ruínas escaldantes e fumacentas de uma aldeia de Assassinos e encontrando Adewalé ali. Este, então, era seu chamado.

— Meu Deus, Adewalé, o que aconteceu aqui?

— *Você* aconteceu aqui, Edward. Os danos que você causou seis anos atrás não foram desfeitos.

Estremeci. Então era isso. Os Assassinos ainda sentiam as repercussões daqueles mapas que eu tinha vendido aos Templários.

Olhei para ele.

— Não é fácil chamar a mim de amigo, é? Por isso está aqui?

— É difícil lutar ao lado de um homem tão movido pelos ganhos pessoais e pela glória, Edward. E passei a sentir que os Assassinos... e seu Credo... são um curso mais honrado.

Então era isso. As palavras de Mary Read e de Ah Tabai foram desperdiçadas comigo, mas Adewalé lhes deu ouvidos. Desejei ter me esforçado mais para fazer o mesmo.

— Fui injusto? — incitou ele.

Meneei a cabeça.

— Durante anos, estive correndo pelo mundo, tomando o que me aprouvesse, sem dar a menor atenção àqueles que eu magoava. Entretanto, aqui estou... Com riqueza e reputação, sem me sentir mais sábio do que quando parti de casa. Quando olho em volta, porém, vejo o rumo que tomei... Não há homem ou mulher que amo que esteja ao meu lado.

Uma nova voz falou. Ah Tabai.

— Há tempo de se corrigir, capitão Kenway.

Olhei-o.

— Mary... Antes de morrer, ela me pediu que agisse bem por ela Que consertasse a confusão que criei. Pode me ajudar?

Ah Tabai assentiu. Ele e Adewalé se viraram para a aldeia e caminhei junto deles.

— Mary gostava de você, Edward — observou Ah Tabai. — Viu algo em sua atitude que lhe deu esperanças de que um dia você lutasse conosco. — Ele parou. — O que pensa de nosso Credo? — disse ele.

Nós dois sabíamos que seis anos antes — Jesus Cristo, *um ano* atrás — eu teria zombado disso e chamado de tolice. Agora, porém, minha resposta era diferente.

— É difícil dizer. Pois se nada é verdade, por que acreditar em alguma coisa? E se tudo é permitido... Por que não querer realizar cada desejo?

— Por quê? — Ah Tabai sorriu misteriosamente.

Meus pensamentos se chocavam; meu cérebro cantava diante de novas possibilidades.

— Pode ser que esta ideia seja apenas o começo da sabedoria, e não sua forma definitiva — respondi.

— Este é um avanço e tanto em relação ao Edward que conheci muitos anos atrás — disse Ah Tabai, assentindo com satisfação. — Edward, você é bem-vindo aqui.

Agradecendo, perguntei:

— Como está o filho de Anne?

Ele balançou a cabeça e baixou os olhos, um gesto que dizia tudo.

— Ela é uma mulher forte, mas não invencível.

Imaginei-a no convés do *William*, chamando seus companheiros de navio de covardes. Diziam que ela atirava nos homens quando eles se acovardavam, bêbados, nos conveses inferiores. Eu bem podia acreditar nisto. Podia bem imaginar como Anne fora terrível e magnífica naquela ocasião.

Fui até ela, sentando-me ao seu lado, olhando as copas das árvores e o mar. Ela abraçava as próprias pernas e virou seu rosto pálido para mim com um sorriso.

— Edward — disse, cumprimentando-me.

— Lamento por sua perda.

Eu sabia uma ou duas coisinhas sobre as perdas. Aprendia mais a cada dia.

— Se eu tivesse ficado na prisão, eles o teriam tirado de mim... — Ela suspirou ao voltar o rosto para a brisa. — Ele agora estaria vivo. Pode ser que este seja o jeito de Deus dizer que não sirvo para ser mãe, continuando como sou. Praguejando e bebendo, e brigando.

— Você é uma lutadora, é verdade. Na prisão, ouvi histórias das famosas Anne Bonny e Mary Read, tomando juntas o navio do rei. Só vocês duas.

Ela soltou uma risada que foi parcialmente um suspiro.

— É tudo verdade. E teríamos vencido naquele dia se Jack e seus rapazes não tivessem desmaiado no porão de tanto beber. Ah... Edward... Todos se foram agora, não? Mary. Rackham. Thatch. E todos os outros. Sinto muita falta deles, por mais grosseiros que fossem. Não sente também? Como se tudo por dentro estivesse vazio?

— Sinto — respondi. — Que diabo, como sinto.

Lembrei-me de um dia em que Mary colocou a mão em meu joelho e fiz o mesmo com Anne. Ela olhou aquele ponto por um instante, sabendo que era tanto um convite quanto um gesto de conforto. Depois colocou a mão sobre a minha, pousou a cabeça no meu peito e ficamos assim por um tempo.

Nenhum de nós disse nada. Não havia necessidade de falar.

62

Abril de 1721

Agora era hora de acertar as coisas. Era hora de atar as pontas soltas, cuidar dos negócios. Era hora de começar a descarregar minha vingança: Rogers, Torres, Roberts. Todos tinham de morrer.

Eu estava no convés do *Jackdaw* com Adewalé e Ah Tabai.

— Conheço muito bem meus alvos de vista, mas como os encontrarei?

— Temos espiões e informantes em cada cidade — disse Ah Tabai. — Visite nossas agências, os Assassinos ali o orientarão.

— Isto acerta a questão de Torres e Rogers — eu lhe disse —, mas Bartholomew Roberts não ficará perto de nenhuma cidade. Podemos levar meses para encontrá-lo.

— Ou anos — concordou Ah Tabai —, mas você é um homem de talento e qualidade, capitão Kenway. Acredito que o encontrará.

Adewalé olhou para mim.

— E se não souber o que fazer, não tenha medo de pedir uma ajuda de contramestre — sorriu ele.

Assenti minha gratidão e fui ao convés de popa, deixando Adewalé e Ah Tabai para descer a escada de quebra-peito até um bote a remo que se balançava junto de nosso casco.

— Contramestre — falei. — Qual é nosso curso atual?

Ela se virou. Resplandecendo em seu traje de pirata.

— Leste, capitão, se ainda estivermos navegando para Kingston.

— Estamos, Srta. Bonny, estamos. Dê o aviso.

— Levantar âncora e cair no curso, rapazes! — gritou ela, e brilhava de felicidade. — Vamos navegar para a Jamaica!

Rogers, então. Na agência de Kingston, contaram-me de seu paradeiro; que compareceria a um evento político na cidade naquela mesma noite.

Depois disso, seus movimentos eram incertos; era necessário ser esta noite, quer me agradasse ou não.

Então... como seria? Resolvi assumir o disfarce de um diplomata em visita, Ruggiero Ferraro, e, antes de sair, peguei uma carta dentro de meu manto e a entreguei ao chefe da agência — uma carta para *Caroline Scott Kenway, de Hawkins Lane, Bristol.* Nela, eu perguntava por Caroline: *Está segura? Está bem?* Uma carta cheia de esperanças, mas carregada de preocupação.

Naquela noite, encontrei o homem que procurava, Ruggiero Ferraro. Rapidamente o matei, vesti suas roupas, juntei-me aos outros que seguiam para a festa e fomos recebidos em seu interior.

Estar ali me levou à ocasião em que fingi ser Duncan Walpole, quando entrei pela primeira vez na mansão de Torres. Aquela sensação de ser intimidado, de estar deslocado e de possivelmente ver-me em uma situação demasiado complicada, mas buscando algum conceito de fortuna, procurando o meio mais rápido de ganhar dinheiro fácil.

Agora mais uma vez eu procurava algo. Procurava Woodes Rogers. Mas a riqueza não era mais minha principal preocupação. Agora eu era um Assassino.

— É o Sr. Ferraro, estou certa? — disse uma convidada bonita. — Eu *adorei* seus trajes. Tanta elegância e cor.

Obrigado, senhora, obrigado. Fiz-lhe uma mesura acentuada no que esperava ser a maneira italiana. Ela podia ser bonita, mas eu tinha mulheres o suficiente na minha vida para durar um bom tempo. Caroline esperava em casa, para não falar de certos... *sentimentos* por Anne.

E então, quando percebia que *grazie* era a única palavra em italiano que eu conhecia, Woodes Rogers estava fazendo um discurso:

— Senhoras e senhores, um brinde a meu breve período como governador das Bahamas! Pois, segundo meus cálculos, não menos de trezentos piratas confessos aceitaram o perdão real e juraram lealdade à Coroa.

Sua cara se torceu em um desdém amargurado e sarcástico.

— Entretanto, apesar de todos os meus êxitos, Sua Majestade considerou adequado me *exonerar* e me chamar à Inglaterra. *Brilhante!*

Era um final de discurso ressentido e mal-humorado, e certamente os convidados não sabiam bem o que fazer com ele. Durante seu período em Nassau, ele distribuiu folhetos religiosos tentando convencer os alegres bucaneiros de New Providence a corrigir seus hábitos de bebedeira e putaria, então talvez ele não estivesse acostumado à bebida e parecia vacilar na própria festa, berrando com qualquer infeliz que se visse em sua vizinhança.

— Viva, um viva aos esnobes ignóbeis e ignorantes que governam o mundo com uma vara enfiada no rabo. Viva!

Prosseguiu, e mais um convidado estremeceu enquanto ele dava vazão a seus protestos.

— Trouxe esses brutamontes a Nassau para a cura, por Deus. E é esta a gratidão que recebo. *Inacreditável.*

Segui-o pelo salão, ficando fora de sua linha de visão, trocando cumprimentos com os convidados. Devo ter feito umas cem reverências, murmurado *grazie* umas cem vezes. Até que por fim Rogers pareceu esgotar a boa vontade dos amigos, pois quando deu outra volta pelo salão, viu que um número cada vez maior de pessoas lhe dava as costas. No instante seguinte ele oscilou, abandonado no salão, olhando a sua volta, encontrando seus amigos de outrora envolvidos em conversas mais empolgantes. Por um segundo, vi o Woodes Rogers de antigamente ao se recompor, jogar os ombros para trás, empinar o queixo e decidir tomar um pouco de ar. Eu sabia aonde ia, provavelmente antes mesmo que ele chegasse lá, assim foi fácil sair para a sacada à frente dele e esperar ali. Então, quando ele chegou, enterrei minha lâmina em seu ombro e, com uma das mãos em sua boca para impedir que gritasse, baixei-o no chão da sacada e o encostei à balaustrada.

Tudo aconteceu rápido demais para ele. Rápido demais para que revidasse. Rápido demais até para se surpreender, e ele tentou focalizar em mim, seus olhos bêbados e doloridos.

— Você já foi um corsário — eu disse a ele. — Como pode ter tanta falta de respeito pelos marinheiros que só estão tentando tocar sua vida no mundo?

Ele olhou para o ponto onde minha lâmina ainda incrustava em seu ombro e pescoço. Era só isso que o mantinha vivo, porque assim que eu a retirasse, sua artéria se abriria, a sacada seria banhada de seu sangue e ele estaria morto em um minuto.

— Você não compreenderia meus motivos — disse ele com um sorriso sardônico. — Você, que passou uma vida inteira desmantelando tudo o que faz nossa civilização brilhar.

— Mas eu compreendo — insisti. — Vi o Observatório, sei de seu poder. Você usaria aquele dispositivo para espionar. Vocês, Templários, usariam aquele dispositivo para espionar, chantagear e sabotar.

Ele assentiu, mas o movimento lhe era doloroso, o sangue ensopava a camisa e o casaco.

— Sim, todavia, tudo para um propósito maior. Para garantir a justiça. Para destruir as mentiras e procurar a verdade.

— Não há homem no mundo que precise deste poder.

— Entretanto, você tolera que o fora da lei Roberts o use...

Meneei a cabeça para corrigi-lo.

— Não. Vou recuperá-lo. E se me disser onde ele está, deterei Roberts.

África, disse ele. E eu puxei a lâmina.

O sangue fluiu pesadamente de seu pescoço e seu corpo arriou contra a balaustrada, indigno na morte. Que diferença do homem que conheci todos aqueles anos atrás na mansão de Torres: um homem ambicioso com um aperto de mão tão firme como sua atitude resoluta. E agora sua vida terminava não só por minha lâmina, mas em uma fuga de embriaguez, um lodaçal de amarguras e sonhos destruídos. Embora ele tivesse expulsado os piratas de Nassau, não teve o apoio de que precisava para concluir seu trabalho. Os britânicos deram-lhe as costas. Suas esperanças de reconstruir Nassau foram estilhaçadas.

O sangue se empoçava na pedra em volta de mim e movi o pé para evitá-lo. Seu peito subiu e desceu lentamente. Os olhos estavam entreabertos e sua respiração tornou-se irregular enquanto a vida se esvaía dele.

E então, de trás, veio um grito e, assustado, virei-me e vi uma mulher, o refinamento de suas roupas em forte contraste ao seu comportamento, a mão na boca e os olhos arregalados e apavorados. Houve o rumor de pés correndo, mais figuras apareceram na sacada. Ninguém se atrevia a me atacar, mas também não se retiravam. Apenas observavam.

Praguejei e ergui-me para pular sobre a balaustrada. À minha partida, a sacada se encheu de convidados.

— *Grazie* — eu lhes disse, abri os braços e saltei.

63

Fevereiro de 1722

E assim, à África, onde o Black Bart, agora o mais temido e famoso pirata do Caribe, continuava a escapar dos britânicos. Eu sabia como ele o fazia, é claro, porque estava de posse do crânio do Observatório, e ele o estava usando — utilizava-o para prever cada movimento contra ele.

Enquanto eu colocava o *Jackdaw* em sua perseguição, Roberts roubava navios franceses e os levava pela costa até Serra Leoa. Seu *Royal Fortune* continuava à frente da frota e ele ainda velejava a sudeste pela costa africana: atacando, pilhando, saqueando como bem queria, fazendo aprimoramentos constantes em suas naves e se armando melhor, mais poderoso e ainda mais temível do que já era.

Já havíamos tido provas nauseantes de sua campanha de terror em janeiro, quando chegamos em seguida não a uma batalha, mas a um massacre: Roberts, no *Royal Fortune*, havia atacado doze navios ancorados em Whydah. Todos se renderam, fora um navio negreiro inglês, o *Porcupine*, e sua recusa a baixar armas deixou Roberts tão furioso que ele ordenou que o navio fosse abordado, depois o incendiou.

Seus homens inundaram os conveses com alcatrão e incendiaram o *Porcupine* com os escravizados ainda a bordo, acorrentados aos pares nos conveses inferiores. Aqueles que pularam no mar para escapar das chamas foram dilacerados membro por membro por tubarões, o restante foi queimado vivo ou se afogou. Uma morte horrível, horrível.

Quando chegamos, o mar estava tomado de destroços. Uma fumaça preta e abjeta cobria seus arredores e fumegava no oceano. Quase acima da linha d'água estava o casco queimado do *Porcupine*.

Enojado com o que vimos, seguimos a trilha de Roberts ao sul e depois a Príncipe, onde ele havia ancorado o navio na baía e levado um grupo de homens à terra para acampar e recolher suprimentos.

Aguardamos. E então, quando a noite caiu, dei ordens ao *Jackdaw* de esperar uma hora antes de atacar o *Royal Fortune*. Em seguida, levei um bote a remo à praia, vesti o capuz de meu manto e segui uma trilha para dentro da terra, atraído pelos gritos e pela cantoria que podia ouvir de longe. À medida que me aproximava, sentia o cheiro acre da fogueira. Ao me agachar por perto, vi seu brilho suave dividido pelo mato.

Eu não tinha vontade de fazer prisioneiros, então usei granadas. Como seu capitão era famoso por dizer que não deixava sobreviventes, tampouco eu o fiz, e enquanto o acampamento irrompia em explosões, gritos e uma nuvem sufocante de fumaça preta, fui a seu centro com a lâmina e a pistola já preparadas.

A batalha foi curta, pois fui impiedoso. Não importava que alguns estivessem adormecidos, outros nus e a maioria desarmada. Talvez os homens que despejaram alcatrão nos conveses do *Porcupine* estivessem entre aqueles que morreram na ponta de minha lâmina. Eu esperava que sim.

Roberts não ficou para a luta. Pegou uma tocha e fugiu. Atrás de nós, estavam os gritos de meu massacre no acampamento, mas deixei sua tripulação com sua morte e parti em seu encalço, seguindo-o por uma trilha até uma torre de vigia em um promontório.

— Ora, quem me persegue agora? — gritou ele. — É um espectro que vem me assombrar? Ou os restos descarnados de um homem que mandei ao inferno, agora se esgueirando para me amolar?

— Não, Black Bart Roberts — gritei em resposta. — Sou eu, Edward Kenway, vindo dar um fim a seu reinado de terror!

Ele correu para a torre de vigia e subiu. Segui-o, voltando à noite no alto e vendo Roberts de pé na beira da torre, com um precipício às suas costas. Parei. Se ele saltasse, eu perderia o crânio. Não podia deixar que pulasse.

Ele balançava o braço que segurava a tocha. Estava sinalizando — mas para quem?

— Não lutarei onde você tem a vantagem, rapaz — disse ele, respirando com dificuldade.

Ele baixou a tocha.

Ia pular.

Disparei à frente para tentar pegá-lo, mas ele se foi. Apoiei-me de barriga na beira e olhei, vendo apenas o que se escondia de mim; o que o Black Bart sabia que estaria ali, e por que ele estivera sinalizando.

Era o *Royal Fortune* e, no brilho de suas lanternas, vi Roberts cair no convés e já espanar a poeira das roupas. Ergueu os olhos à face rochosa onde eu estava. Em volta dele estavam seus homens e no instante seguinte eu recuava da beira, quando mosquetes começaram a estourar e as balas bateram na pedra ao meu redor.

E então, não muito distante, vi o *Jackdaw*. Bem a tempo. Bons camaradas. Peguei a tocha e sinalizei a eles e, assim que se aproximaram o bastante para que eu visse Anne no leme, seu cabelo soprando ao vento enquanto trazia o *Jackdaw* para perto da face do penhasco, perto o bastante para eu...

Pular.

E a caçada começou.

Nós o perseguimos pelas passagens rochosas estreitas do litoral, disparando nossos canhões quando possível. Em troca, seus homens nos jogavam morteiros e os meus retribuíam com tiros de mosquete e granadas sempre que o alcance era suficiente.

E então — *"Navio à vista!"* —, veio uma nave de guerra da marinha britânica, o navio de Sua Majestade *Swallow*, e com um espasmo de terror percebi que também estava atrás de Roberts. Este navio de guerra fortemente armado e determinado sem dúvida estava tão nauseado com as histórias das proezas de Roberts quanto nós.

Deixar por conta deles? Não. Eu não podia permitir que afundassem o *Fortune*. Roberts tinha o crânio do Observatório. Não podia me arriscar a vê-lo no leito marinho, para nunca mais ser visto.

— Há um dispositivo com ele que precisa ser tomado — eu disse a Anne —, tenho de subir a bordo eu mesmo.

Os canhões trovejavam, os três navios agora estavam em combate, o *Jackdaw* e o *Swallow* com um inimigo em comum, mas não aliados. Estávamos sob fogo de todos os lados e, enquanto os tiros britânicos pontilhavam nossa amurada e abalavam nossas enxárcias, dei a Anne a ordem de se afastar rapidamente.

Quanto a mim, eu iria até lá a nado.

Não foi fácil nadar de um navio a outro, especialmente porque ambos estavam envolvidos em uma batalha. Mas daí, a maioria das pessoas não é dotada de minha determinação. Eu tinha a cobertura da meia-luz ao lado, isso sem mencionar o fato de que a tripulação do *Fortune* já tinha com o que se preocupar. Quando subi a bordo, encontrei um navio desbaratado. Um navio pelo qual pude passar praticamente despercebido.

Tive minha parcela justa de escalpos pelo caminho. Cortei a garganta do primeiro imediato e matei o contramestre antes de encontrar Black Bart, que virou a cara para mim, de espada em punho. Notei, quase com ironia, que ele havia trocado de roupa. Vestira seus melhores trajes para receber os ingleses: um casaco e calções carmim, chapéu com uma pluma vermelha, um par de pistolas em alças de seda sobre os ombros. O que não mudou, foram aqueles olhos. Aqueles olhos negros que certamente eram um reflexo da alma sombria e corroída por dentro.

Lutamos, mas não foi uma briga digna de destaque. Black Bart Roberts era um homem cruel, um homem perspicaz, um sábio, se é que pode existir sabedoria em um homem tão desprovido de humanidade. Mas ele não era um espadachim.

— Por Júpiter! — exclamou ele enquanto lutávamos. — Edward Kenway, como posso não ficar impressionado com a atenção que dedica a mim?

Recusei-lhe a cortesia de uma resposta. Lutei incansavelmente, confiante não em minhas habilidades — pois este teria sido o arrogante Edward Kenway de antigamente —, mas na crença de que eu sairia vitorioso. E saí. Por fim ele caiu no convés com minha lâmina enterrada nele, levando-me a me abaixar.

Ele sorriu, seus dedos foram para o ponto onde a lâmina se cravava no peito.

— Uma vida feliz e uma vida curta, como prometi — disse ele. — Eu me conhecia muito bem. — Ele abriu um leve sorriso. Seus olhos estavam fixos em mim. — E você, Edward? Já encontrou a paz que procura?

— Não tenho objetivos tão elevados, pois o que é a paz senão uma confusão entre duas guerras?

Ele ficou surpreso por um segundo, como se me julgasse incapaz de outra coisa além de grunhidos e exigências de ouro ou outro caneco de bebida. Que satisfação foi constatar que, em seus últimos momentos, Bartholomew Roberts testemunhava a mudança em mim, sabendo que sua morte por minhas mãos não era impelida por ganância, mas por algo mais nobre.

— Então, é um estoico — ele riu. — Talvez eu estivesse enganado a seu respeito. Ela, afinal, pode ter algum uso para você.

— Ela? — eu disse, confuso. — De quem fala?

— Oh... Ela, que jaz à espera. Sepultada. Eu tinha esperanças de encontrá-la, vê-la novamente. Abrir a porta do templo e ouvi-la falar meu nome mais uma vez. Aita...

Asneiras. Mais daquelas malditas asneiras.

— Fale com juízo, homem.

— Nasci cedo demais, como muitos outros antes de mim.

— Onde está o dispositivo, Roberts? — perguntei-lhe, agora cansado... cansado de seus enigmas, até mesmo no fim.

Das roupas, ele pegou o crânio e estendeu a mim com os dedos trêmulos.

— Destrua este corpo, Edward — disse ele quando o peguei e o que lhe restava de vida escapava. — Os Templários... Se eles me pegarem...

E morreu. E não foi por ele, nem pela paz de sua alma, que joguei seu corpo no mar, entregando-o às profundezas. Mas para que os Templários não o tivessem. Quem quer que fosse este Sábio — *o que* quer que fosse —, o lugar mais seguro para seu corpo era o fundo do mar.

E agora, Grão-Mestre Torres, irei atrás de você.

64

Aportando em Havana alguns dias antes, encontrei a cidade em um estado de alerta elevado. Torres, ao que parecia, fora avisado de minha iminente chegada e não queria se arriscar: soldados patrulhavam as ruas, cidadãos eram revistados e obrigados a revelar seus rostos, e o próprio Torres foi para um esconderijo — acompanhado, é claro, de seu fiel guarda-costas El Tiburón.

Usei o crânio do Observatório. Sob o olhar vigilante da chefe da agência dos Assassinos, Rhona Dinsmore, peguei um frasco com o sangue de Torres em uma das mãos e o crânio na outra. Enquanto ela me observava trabalhar, perguntei-me como eu lhe pareceria. Um louco? Um mágico? Um homem usando da ciência antiga?

— Pelo sangue do governador, podemos ver através de seus olhos — eu disse a ela.

Ela aparentava estar tão intrigada quanto desconfiada. Afinal, eu mesmo não estava muito seguro. Vi-o em funcionamento no Observatório, mas em imagens conjuradas na câmara por Roberts. Ali, eu tentava algo novo.

Não precisava ter me preocupado. O vermelho do sangue no frasco pareceu banhar o interior do crânio e suas órbitas oculares arderam escarlate, brilhando e exibindo imagens em seu domo polido. Víamos através dos olhos do governador Laureano Torres, que olhava para...

— Isto... Isto fica perto da igreja — disse ela, maravilhada.

Instantes depois eu estava em sua perseguição, e segui Torres até seu forte, onde a armadilha foi disparada. A certa altura, um sósia foi colocado no lugar de Torres, e foi ele que caiu sob minha lâmina, e ali, esperando por mim sob os muros do forte, implacável, silencioso como sempre, estava El Tiburón.

* * *

Devia ter me matado quando teve a oportunidade, pensei. Porque quando ele levou a melhor sobre mim na última ocasião, foi um Edward Kenway diferente que encontrou em batalha; as coisas mudaram nesse meio-tempo — *eu* mudei —, e eu tinha muito a provar a ele...

Assim, se ele tinha esperanças de me derrotar com a facilidade de antes, decepcionou-se. Ele avançou, gingando o corpo, depois trocou de lado, mas previ o movimento, defendi-me com facilidade, atingindo-o no contragolpe e abrindo um corte em seu rosto.

Não houve grunhido de dor, não de El Tiburón. Mas em seus olhos sombrios vi a mais leve sugestão, o mínimo cintilar de algo que eu não tinha visto da última vez que nos enfrentamos. Medo.

E isso me deu energia, mais do que um trago de bebida, e mais uma vez avancei com a lâmina faiscando. Ele foi obrigado a recuar, defendendo-se à direita e à esquerda, tentando encontrar um ponto fraco em meu ataque, mas fracassando. *Onde estavam seus guardas?* Ele não os convocara, acreditando que seria uma morte fácil.

Mas como estava enganado, pensei ao pressionar, esquivar-me para a esquerda e dar um golpe de viés com a lâmina, abrindo um talho em sua túnica e um corte fundo na barriga, que agora vertia sangue.

Eu o deixei lento. Enfraqueci-o. Permiti que ele avançasse, satisfeito ao ver que seus golpes de espada tinham ficado mais desvairados e aleatórios enquanto eu o destruía. Ataques pequenos, mas sangrentos. Cansando-o.

Ele estava bem lento agora, sua dor o deixava descuidado. Novamente consegui arremeter com o alfanje, em um corte para o alto com a lâmina oculta, torcendo-a em sua barriga. Um golpe mortal, não seria?

Suas roupas estavam em farrapos e ensanguentadas. O sangue de sua barriga espirrava no chão e ele cambaleava de dor e exaustão, olhando para mim, mudo, mas com toda a dor da derrota nos olhos.

Até que por fim o derrubei e ele se prostrou, perdendo o precioso sangue, morrendo aos poucos sob o sol implacável de Havana. Agachei-me, com a lâmina em seu pescoço, pronto para enterrá-la sob o queixo até o cérebro. Dar-lhe um fim rápido.

— Você me humilhou uma vez. Aprendi esta dura lição e me aprimorei... — falei a ele. — Morra sabendo que, com todos os nossos conflitos, você ajudou a fazer de um patife um soldado.

Minha lâmina soltou um ruído úmido e de esmagamento quando terminei.

— Deixe esta vida para uma paz duradoura, abatido entre os mortos — eu disse a seu cadáver, e parti.

65

Desesperado, Torres tinha fugido. Com um último lance dos dados, decidiu procurar ele mesmo pelo Observatório.

Levei o *Jackdaw* em seu encalço, meu coração deprimido a cada hora que passava por não haver sinal de Torres, e a cada hora passada eu me aproximava mais de Tulum. Será que ele o encontraria? Ele já sabia onde ficava? Tinha encontrado outra pobre alma para torturar? Um Assassino?

Então contornávamos a costa de Tulum e lá estava o galeão de Torres ancorado, com navios de escolta menores pelos lados. Vimos o brilho de lunetas e ordenei virar para o porto. Instantes depois apareceram quadrados pretos no casco do galeão espanhol e o sol brilhou fraco nos canos dos canhões. Houve então um estrondo e uma nuvem de fogo, fumaça e balas caiam em nós e na água ao redor.

A batalha continuaria, mas teria de prosseguir sem seu capitão e também, porque ela insistira em me acompanhar, sem a contramestre. Juntos, eu e Anne mergulhamos da amurada na água azul reluzente e nadamos para a praia, seguindo a trilha para o Observatório.

Não demorou muito para encontrarmos os primeiros cadáveres.

Assim como os homens no galeão lutavam por sua vida contra o ataque do *Jackdaw*, assim também faziam os homens de Torres. Sofreram uma emboscada dos nativos, os guardiões do Observatório, e de cima ouvimos o barulho de mais conflitos: gritos desesperados dos homens da retaguarda da coluna, tentando em vão afugentar os nativos.

— Esta terra está sob a proteção do rei Felipe. Diga a seus homens que se dispersem ou morram!

Mas eles é que iam morrer. Ao passarmos pelo mato, a uma curta distância deles, vi seus rostos incrédulos irem ao edifício monolítico do Observatório — De onde *isso* surgiu? —, percorrendo a longa relva. Eles morreriam assim: apavorados e sem nada entender.

Na entrada do Observatório, havia mais corpos, mas a porta estava aberta e alguns homens claramente tinham conseguido entrar. Anne propôs que eu fosse; ela ficaria de guarda. E assim, pela segunda vez, entrei naquele lugar estranho e sagrado, aquele templo imenso.

Assim que adentrei, lembrei-me da última vez, quando Roberts matara seus homens em vez de deixá-los se desequilibrar com o que veriam ali dentro. E logo que me esgueirei para a vasta câmara de entrada, soldados espanhóis apavorados fugiram aos gritos, de olhos um tanto vagos, como se a vida neles já tivesse sido extinta. Como cadáveres ambulantes.

Eles ignoraram a mim e os deixei passar. Ótimo. Eles distrairiam os guardiões do Observatório do lado de fora. E eu avancei, subindo a escada de pedra, passando pela câmara intermediária — mais soldados apavorados — e entrando na câmara principal de controle.

Eu estava a meio caminho quando o Observatório começou a zumbir. O mesmo som de um crânio sendo esmagado que ouvi em minha primeira visita. Disparei a correr, passando por mais soldados frenéticos que tentavam escapar e fui à câmara principal, onde a pedra se esfarelava das paredes e o Observatório parecia se sacudir e vibrar com o zumbido.

Torres estava diante do painel de controle elevado, tentando se fazer ouvir por cima do ruído, chamando os guardas que ou não estavam mais ali, ou tentavam escapar, procurando fugir das pedras que caíam a nossa volta.

— Procurem na área. Encontrem um jeito de parar essa loucura — gritava ele com as mãos cobrindo os ouvidos. Ele se virou e, com um solavanco, me viu ali.

— Ele está aqui. Matem-no — gritou, apontando. Ele cuspia. Em seus olhos havia algo que nunca acreditei que ele fosse capaz de sentir: pânico.

— *Matem-no!* — Apenas dois de seus bravos porém tolos homens aceitaram o desafio e, enquanto a câmara se sacudia, aparentemente desabando, dei cabo deles rapidamente. Agora os únicos homens restantes eram Torres e eu.

E agora o Grão-Mestre Templário analisava à sua volta, o olhar percorrendo os corpos de seus homens, parando em mim. O pânico tinha passado. O Torres do qual eu me lembrava estava de volta, e em seu rosto não havia a derrota, nem o medo, nem mesmo a tristeza por sua morte iminente. Havia fervor.

— Poderíamos ter trabalhado juntos, Edward — apelou com as mãos estendidas. — Poderíamos ter tomado o poder e colocado esses impérios deprimentes de joelhos.

Ele meneou a cabeça como se estivesse frustrado comigo, como se eu fosse um filho errante.

(E não, desculpe, amigo, mas não sou mais um filho errante.)

— Há tanto potencial em você, Edward — insistiu ele —, tanto que você ainda não realizou. Eu poderia lhe mostrar certas coisas. Mistérios além de qualquer coisa que possa imaginar.

Não. Ele e seus iguais nada fizeram para me salvar quando subtraíram minha liberdade e tiraram a vida de meus amigos. Desde certa noite em Bristol, quando uma tocha foi atirada numa fazenda, seus iguais nada me trouxeram além de infelicidade.

Arremeti com a lâmina, e ele grunhiu de dor enquanto sua boca se enchia do sangue que transbordava pelos lábios.

— Meu assassinato o satisfaz? — perguntou ele, a voz fraca.

Não, não satisfaz.

— Só estou cumprindo uma tarefa, Torres. Como você teria feito comigo.

— Como nós *fizemos*, creio — disse ele. — Você não tem mais família, nem amigos, nem futuro. Suas perdas são maiores do que as nossas.

— Pode ser, mas matá-lo corrige o maior erro que já cometi.

— Acredita sinceramente nisto?

— Você queria toda a humanidade encurralada em uma prisão bem mobiliada: segura e sóbria, entretanto inteiramente obtusa e tendo esgotado todo seu espírito. Assim, é verdade, depois de tudo que vi e aprendi nesses últimos anos, eu *acredito* nisto.

— Usa muito bem suas convicções — disse ele. — Combinam com você...

Era como se eu estivesse em transe. O ruído do Observatório, o matraquear das pedras caindo, os gritos dos soldados em fuga: tudo desaparecia ao fundo enquanto eu falava com Torres, e só voltei a ter consciência de tudo quando o último suspiro morreu em seus lábios e sua cabeça tombou na pedra. Ouvi o barulho de uma batalha distante, soldados sendo impiedosamente despachados, antes que Anne, Adewalé e Ah Tabai entrassem de rompante na câmara. Suas espadas estavam em punho e manchadas de sangue. As pistolas fumegavam.

— Torres despertou algo feroz no Observatório — eu disse a Ah Tabai. — Estamos seguros?

— Com o dispositivo devolvido, creio que sim — respondeu ele, apontando o crânio.

Anne olhava em volta, boquiaberta. Mesmo praticamente destruída na esteira do desmoronamento, a câmara ainda era uma visão e tanto.

— Como vocês chamam este lugar? — perguntou ela, assombrada.

— A tolice do capitão Kenway — disse Adewalé, lançando-me um sorriso.

— Lacraremos este lugar e jogaremos a chave fora — anunciou Ah Tabai. — Até que apareça outro Sábio, esta porta permanecerá trancada.

— Havia frascos quando estive aqui da última vez — eu lhe disse —, cheios do sangue de homens ancestrais, segundo Roberts. Mas eles agora sumiram.

— Então cabe a nós recuperá-los — disse Ah Tabai com um suspiro —, antes que os Templários aprendam alguma coisa com eles. Pode se juntar a nós nesta causa.

Eu poderia. Poderia. Mas...

— Somente depois de consertar o que estraguei em casa.

O velho Assassino assentiu, depois, como se lembrando, subitamente retirou do manto uma carta que entregou a mim.

— Chegou na semana passada.

Eles me deixaram sozinho enquanto eu lia.

E creio que você sabe a notícia que contém, não é, meu bem?

66

Outubro de 1722

Tínhamos bons motivos para comemorar. E assim fizemos. Porém, com meu novo conhecimento veio um interesse menor na embriaguez, assim deixei a exuberância nas mãos dos tripulantes do *Jackdaw*, que armaram fogueiras, assaram porcos, dançaram e cantaram até que sua energia se esgotasse, depois simplesmente desmaiaram e dormiram onde estavam para em seguida colocarem-se de pé, pegarem a garrafa de bebida mais próxima e recomeçarem.

Quanto a mim, sentei-me na varanda de minha fazenda com Adewalé e Ah Tabai.

— Cavalheiros, o que pensam daqui? — perguntei-lhes.

Eu ofereci aquela região — meu lar — como base para eles.

— Vai nos servir — disse Ah Tabai —, mas nosso objetivo de longo prazo deve ser espalhar nossas operações. Viver e trabalhar entre as pessoas que protegemos, como Altaïr Ibn-La'Ahad uma vez aconselhou.

— Bem, até que chegue essa hora, é seu, como lhe aprouver.

— Edward...

Eu já me levantara para encontrar Anne, mas virei-me para Adewalé.

— Sim?

— O capitão Woodes Rogers sobreviveu aos ferimentos — disse-me ele. Praguejei, lembrando-me da interrupção. — Desde então, voltou à Inglaterra. Na vergonha e com grandes dívidas, mas ainda assim uma ameaça.

— Concluirei o trabalho quando voltar. Tem a minha palavra.

Ele assentiu e nos abraçamos antes de nos separarmos, deixando-me para me unir a Anne.

Ficamos sentados em silêncio por um momento, sorrindo para as canções, até que eu falei.

— Velejarei para Londres nos próximos meses. Eu seria um homem esperançoso se você estivesse ao meu lado.

Ela riu.

— A Inglaterra é a volta ao mundo errada para uma irlandesa.

Assenti. Talvez assim fosse melhor.

— Vai ficar com os Assassinos? — perguntei-lhe.

Ela meneou a cabeça.

— Não. Não tenho essa convicção no coração. E você?

— Com o tempo, sim, quando minha mente se aquietar e meu sangue esfriar.

Justamente então ouvimos um grito distante, um navio velejando para a angra. Entreolhamo-nos, os dois sabendo o que a chegada de uma embarcação significava — uma nova vida para mim, uma nova vida para ela. Eu a amava à minha maneira e creio que ela me amava, mas chegava a hora da separação, e o fizemos com um beijo.

— Você é um bom homem, Edward. — Anne tinha os olhos brilhando ao se levantar. — E se aprender a se acomodar em um lugar por mais de uma semana, também será um bom pai.

Deixei-a e fui para a praia, onde um grande navio vinha para as docas. A prancha de embarque foi baixada e o capitão apareceu, segurando a mão de uma garotinha: uma linda menina, que brilhava mais do que a esperança, de apenas nove anos.

E pensei que você era o retrato fiel de sua mãe.

67

Uma pequena visão, era você. Jennifer Kenway, uma filha que eu nunca soube que tinha. Embarcando em uma viagem que contrariou os desejos de seu avô, mas teve as bênçãos da avó, você navegou para me encontrar, a fim de me dar a notícia.

Minha amada estava morta.

(Você se perguntou por que não chorei, imagino, enquanto estávamos nas docas de Inagua? Eu perguntei, Jenny. Eu perguntei.)

E nessa viagem para casa, passei a conhecer você. Entretanto ainda havia coisas que tive de esconder, porque eu ainda precisava muito fazer isso. Lembra-se de antes, quando falei sobre ter pontas soltas a atar, assuntos a resolver? Bem, ainda havia pontas soltas. Ainda precisava resolver certos assuntos.

Levei uma tripulação mínima a Bristol, alguns de meus homens mais confiáveis. Velejamos pelo Atlântico, uma travessia difícil e severa, suportável apenas por uma estada nos Açores, depois continuamos nossa jornada às Ilhas Britânicas e a Bristol, para casa — um lugar que eu não visitava há quase uma década. Um lugar ao qual me avisaram para jamais retornar.

Ao entrarmos no canal de Bristol, a bandeira negra do *Jackdaw* foi baixada, dobrada e guardada cuidadosamente em uma arca em minha cabine. Em seu lugar hasteamos o emblema vermelho. Seria o suficiente para termos permissão de desembarcar e, uma vez que as autoridades portuárias entenderam que o *Jackdaw* não era uma embarcação da marinha, fui à terra e o navio ficou ancorado na costa.

E então vi as docas de Bristol pela primeira vez em muito tempo, e prendi a respiração. Eu tinha amado Kingston, Havana e acima de tudo Nassau. Mas apesar de tudo o que aconteceu — ou talvez por causa disso —, este ainda era o meu lar.

Cabeças se voltavam em minha direção enquanto eu caminhava pelo porto, uma figura de mistério, vestida não como pirata, mas como outra coisa. Talvez os mais velhos se lembrassem de mim: mercadores com quem fiz negócios como criador de ovelhas, homens com quem bebi nas tabernas enquanto me gabava sobre ir ao mar. E as línguas se sacudiam e as notícias viajavam. Até onde?, perguntei-me. A Matthew Hague e Wilson? A Emmett Scott? Saberiam eles que Edward Kenway estava de volta, mais forte e mais poderoso do que antes, e que tinha contas a acertar?

Encontrei um pensionato na cidade e passei a noite ali. Na manhã seguinte, negociei um cavalo e sela e parti para Hatherton, cavalgando até chegar à velha fazenda de meu pai.

Por que fui lá, não sei bem. Creio que só queria ver. E por longos momentos foi o que fiz. Parei no portão à sombra de uma árvore e contemplei meu antigo lar. Fora reconstruído, é claro, e era apenas parcialmente reconhecível como a casa em que fui criado. Mas uma coisa continuava igual: o anexo; o anexo onde meu casamento com Caroline começara; o anexo onde você foi concebida, Jennifer.

Parti, e então, a meio caminho entre Hatherton e Bristol, uma estrada que eu conhecia muito bem, parei em um lugar que também conhecia bem. A Auld Shillelagh. Amarrei o cavalo do lado de fora, cuidei para que tivesse água e entrei, encontrando-a quase exatamente como me lembrava: os tetos baixos, uma escuridão que parecia verter das paredes. Da última vez em que estive ali, havia matado um homem. Meu primeiro. Muitos outros caíram sob minha lâmina desde então.

E outros cairiam.

Atrás do balcão, estava uma mulher em seus 50 anos, e ela ergueu a cabeça cansada para me olhar quando me aproximei.

— Olá, mãe — cumprimentei.

68

Ela me levou a uma mesa lateral distante de olhos curiosos dos poucos que bebiam ali.

— Então é verdade? — perguntou-me. Seu cabelo comprido tinha mechas grisalhas. Seu rosto estava abatido e cansado. Havia se passado apenas (*apenas?*) dez anos desde que a vira pela última vez, mas era como se ela tivesse envelhecido 20, 30 anos, mais.

Tudo por minha culpa.

— O que é verdade, mãe? — perguntei com cautela.

— Você é um pirata?

— Não, mãe, não sou um pirata. Não sou mais. Ingressei em uma ordem.

— É um monge? — Ela lançou um olhar para meu manto.

— Não, mãe, não sou um monge. Algo diferente.

Ela suspirou, sem demonstrar estar impressionada. No balcão, o proprietário empilhava canecos, observando-nos com um olho sagaz. Estava carrancudo por ela ter se afastado do balcão por um tempo, mas não ia dizer nada. Não com o pirata Edward Kenway presente.

— E você decidiu voltar então? — quis saber. — Soube que o faria. Que entrou no porto ontem, saiu de um galeão elegante como uma espécie de rei. O figurão, Edward Kenway. Era isso que você queria, não era?

— Mãe...

— Era o que você sempre quis, não era? Queria partir e fazer sua fortuna, fazer algo da própria vida, tornar-se um homem de qualidades, não? Isto envolveu tornar-se pirata, foi? — Ela riu com escárnio. Não creio que um dia tenha visto minha mãe escarnecer. — Teve sorte de não o terem enforcado.

Eles ainda podem, se me pegarem.

— Não sou mais assim. Vim consertar as coisas.

Ela fez uma cara de quem sentiu um gosto desagradável. Outra expressão que nunca vi.

— Ah, sim, e como pretende fazer isso?

Gesticulei.

— A senhora não tem de trabalhar aqui, para começar.

— Trabalharei onde eu quiser, jovenzinho — zombou. — Não precisa pensar em me pagar com ouro roubado. Ouro que pertencia a outras pessoas antes de serem forçadas a entregá-lo a você sob a ponta de sua espada. Hein? Não é isso?

— Não é assim, mãe — sussurrei, sentindo-me mais jovem de repente. Não o pirata Edward Kenway, de maneira nenhuma. Não era assim que eu imaginava que seria. Lágrimas, abraços, pedidos de desculpas, promessas. Mas não assim.

Curvei-me para a frente.

— Não quero que seja desse jeito, mãe — falei baixinho.

Ela sorriu com malícia.

— Esse sempre foi o seu problema, não, Edward? Nunca está satisfeito com o que tem.

— Não... — comecei, exasperado. — Eu quis dizer...

— Sei o que você *quis* dizer. Quis dizer que fez uma trapalhada e nos deixou para arrumar sua confusão, e agora que está vistoso, e tem algum dinheiro, pensa que pode voltar e me compensar. Você não é melhor do que Hague, Scott e sua corja.

— Não, não, não é isso.

— Soube que chegou com uma garotinha a reboque. Sua filha?

— Sim.

Ela franziu os lábios e assentiu, com certa compaixão aparecendo nos olhos.

— Foi ela que lhe contou de Caroline, não?

Cerrei os punhos.

— Ela contou.

— Ela lhe contou que Caroline adoeceu de varíola e que o pai lhe recusou remédios, e que ela terminou definhando naquela casa da Hawkins Lane...? Ela lhe contou isto?

— Sim, mãe, ela me contou.

Ela coçou a cabeça e virou a cara.

— Eu amava aquela menina. Caroline. Amava-a verdadeiramente. Ela era como uma filha, até que foi embora. — Ela me lançou um olhar de censura. *Isso foi culpa sua.* — Fui ao enterro, só para prestar minhas condolências, só para ficar ao portão, mas Scott estava ali com todos os amigos, Matthew Hague e aquele Wilson. Eles me enxotaram do lugar. Disseram que eu não era bem-vinda.

— Eles vão pagar por isso, mãe — falei entre dentes. — Pagarão pelo que fizeram.

Ela me olhou rapidamente.

— Ah, sim? E como vão *pagar*, Edward? Diga-me. Você os matará, é isso? Com sua espada? Suas pistolas? Dizem que os homens que você procura estão escondidos...

— Mãe...

— Quantos homens morreram em suas mãos, hein? — perguntou ela.

Olhei-a. A resposta, é claro, era: incontáveis.

Ela tremia, notei. De fúria.

— Crê que isso faz de você um homem, não? — disse, e eu sabia que suas palavras estavam prestes a ferir mais do que qualquer lâmina. — Mas sabe quantos homens seu pai matou, Edward? Nenhum. Nem um só homem. E ele era *duas* vezes mais homem do que você.

Estremeci.

— Não fique assim. Sei que eu podia ter feito as coisas diferente. Eu *queria* ter feito as coisas diferente. Mas agora estou de volta... Voltei para consertar o estrago que criei.

Ela meneava a cabeça.

— Não, não, você não entende, Edward. Não há mais estrago nenhum. O estrago precisou de conserto quando seu pai e eu limpamos o que restava de nossa casa e tentamos recomeçar. Isso tirou anos dele, Edward. Anos. O estrago precisou ser consertado quando ninguém negociava mais conosco. Nem uma carta sua. Nem uma palavra. Sua filha nasceu, seu pai morreu e nem um pio do grande explorador.

— A senhora não compreende. Eles me ameaçaram. Ameaçaram a senhora. Disseram que se eu voltasse, a machucariam.

Ela apontou.

— *Você* feriu mais do que *eles* poderiam na vida, meu filho. E agora está aqui para agitar as coisas novamente, não?

— Coisas que têm de ser consertadas.

Ela se levantou.

— Não em meu nome, elas não. Não terei nenhuma relação com você.

Ela elevou a voz para se voltar a todos na taberna. Só alguns podiam ouvi-la, mas a palavra logo se espalhou.

— Ouviram isso? — disse ela em voz alta. — Eu o deserdo. O grande e famoso pirata Edward Kenway; ele não tem nenhuma relação comigo.

De mãos achatadas na mesa, ela se curvou para a frente e sibilou:

— Agora *saia daqui*, não-filho-meu. Saia antes que eu diga aos soldados onde o pirata Edward Kenway pode ser encontrado.

Eu saí, e então, na volta ao meu pensionato em Bristol, percebi que meu rosto estava molhado, permiti-me chorar, grato por uma coisa. Grato por não haver ninguém perto de mim para ver minhas lágrimas ou ouvir meus lamentos.

69

Então... eles tinham se entocado, os culpados. E sim, haveria outros ali naquela noite — os Cobleigh, entre eles. Mas eu não desejava prestar contas com todos eles; tinha pouco gosto por tirar a vida de homens que recebiam ordens. Os homens que eu queria *davam* essas ordens: Hague, Scott e, é claro, o homem que deixou a insígnia de Templário em minha cara tantos anos atrás. Wilson.

Homens que se escondiam de mim. Cuja culpa se confirmava no fato de que se escondiam de mim. Ótimo. Que se escondam. Que tremam de medo.

Eles sabiam que eu vinha atrás deles. E eu vim — vim atrás deles. Esta noite, se tudo corresse bem, Scott, Wilson e Hague iam morrer.

Mas eles sabiam de minha vinda, então minhas investigações teriam de ser realizadas com mais discrição. Quando saí do pensionato na manhã seguinte, sabia que estava sob o olhar de espiões dos Templários. Entrei em uma taberna que conhecia de antigamente — melhor do que meus perseguidores, sem dúvida — e agradeci à minha estrela da sorte por ela ainda ter a mesma casinha nos fundos que sempre teve.

Pela porta dos fundos, prendi a respiração contra o fedor, tirei meu manto rapidamente e vesti roupas que havia trazido do *Jackdaw* — roupas que vestira havia muitas, muitas luas: meu colete comprido abotoado, calções até os joelhos, meias brancas e, é claro, meu tricorne marrom surrado. E, assim trajado, saí da taberna, surgindo em uma rua diferente, como uma pessoa diferente. Apenas mais um mercador a caminho do mercado.

Encontrei-a ali, exatamente onde eu esperava, e esbarrei no cesto em seu braço para que ela soubesse que eu estava atrás, sussurrando:

— Recebi seu recado.

— Ótimo — disse Rose sem virar a cabeça, curvando-se para examinar umas flores. Dando olhadelas para os lados, ela tirou um lenço e amarrou na cabeça.

— Siga-me.

Um instante depois, Rose e eu andávamos a esmo perto de uns estábulos dilapidados em um canto deserto do mercado. Olhei a estrutura, depois novamente, com um espasmo de reconhecimento. Eu guardava meu cavalo ali, muitos anos atrás. Era novo na época e conveniente para o mercado, mas, com o passar dos anos, os estábulos se transferiram, suas entradas se deslocaram e o lugar desmoronou por desuso, apto apenas para quem vadiava, para fazer reuniões clandestinas, como nós agora.

— Conheceu a jovem Jennifer, não? — perguntou ela.

Ela passou o cesto para o outro braço. Era uma jovem quando a conheci na Auld Shillelagh. Dez anos depois, ainda era jovem, mas tinha perdido aquela centelha, aquela tendência rebelde que a levava a fugir, para começar. Uma década de trabalho penoso havia lhe causado isso.

Entretanto, como as faíscas cintilantes de um fogo mortiço, ainda havia algo de sua antiga natureza, porque ela me mandou uma carta solicitando um encontro e ali estava, tinha coisas a me dizer. Entre elas, eu tinha esperanças, o paradeiro de seu patrão e os amigos dele.

— Sim — respondi. — Conheci minha filha. Ela está em segurança no meu navio.

— Ela tem seus olhos.

Assenti.

— Tem a beleza da mãe.

— É uma linda menina. Todos gostamos muito dela.

— Mas obstinada?

Rose sorriu.

— Ah, sim. Decidiu-se que devia ver o senhor quando a Srta. Caroline faleceu no ano passado.

— Estou surpreso que Emmett tenha concordado.

Rose riu secamente.

— Ele não concordou, senhor. Foi a senhora da casa que organizou tudo, ela e a Srta. Jennifer tramaram tudo entre elas. A excelência só soube disso quando acordou e descobriu que a Srta. Jennifer tinha sumido. Ele não ficou feliz. Não ficou nada feliz, senhor.

— Reuniões, eles tiveram?

Ela me olhou.

— Pode-se dizer que sim, senhor.

— Quem foi vê-lo, Rose?

— O Sr. Hague...

— E Wilson?

Ela assentiu.

Todos os conspiradores.

— E onde estão agora?

— Não sei bem, senhor — disse ela.

Suspirei.

— Então por que me convidou aqui, se não tem nada a me dizer?

Ela virou o rosto para mim.

— Eu quis dizer que não sei onde estão escondidos, senhor, mas sei onde o Sr. Scott pretende passar a noite, pois me pediram que levasse algumas roupas limpas aos escritórios dele.

— O armazém?

— Sim, senhor. Ele também tem uns objetos do trabalho a recolher, senhor. Pretende fazer isso pessoalmente. Pediram-me que fosse lá quando anoitecesse.

Olhei-a longa e severamente.

— Por quê, Rose? Por que está me ajudando nisso?

Ela olhou de um lado a outro.

— Porque uma vez o senhor me salvou de um destino pior do que a morte. Porque Caroline o amava. E porque...

— O quê?

— Porque aquele homem, ele a viu morrer. Ele não deixou que ela tomasse o remédio de que precisava, nem ela nem a Sra. Scott, as duas adoeceram. A Sra. Scott se recuperou, mas a Sra. Kenway não conseguiu.

Assustou-me ouvir Caroline ser chamada de Sra. Kenway. Já fazia tanto tempo que não se referiam a ela dessa forma.

— Por que ele lhes negou o remédio?

— Orgulho, senhor. Ele foi o primeiro a contrair a varíola, mas se recuperou. Pensou que a Sra. Scott e a Sra. Kenway também seriam capazes de melhorar. Mas ela começou a ter bolhas terríveis por todo o rosto, senhor. Ah, senhor, nunca se viu coisa igual...

Ergui a mão, sem querer ouvir mais — querendo preservar a imagem que eu tinha de Caroline.

— Houve uma epidemia em Londres e pensamos que o Sr. Scott tenha contraído lá. Até a família real teve medo dela.

— Você não contraiu?

Ela me olhou com culpa.

— Os empregados foram vacinados, senhor. O mordomo cuidou disso. Fez-nos jurar silêncio.

Suspirei.

— Muito bem da parte dele. Ele pode ter salvado você de um grande sofrimento.

— Senhor.

Olhei-a.

— Esta noite, então?

— Esta noite, sim, senhor.

70

E *tinha* de ser naquela noite.

— Você é Edward Kenway? — perguntara ela a mim.

Minha senhoria. Edith era seu nome. Ela bateu na porta de meu quarto e se postou na soleira sem desejar se arriscar mais para dentro. Seu rosto estava lívido, a voz abalada e os dedos mexiam na bainha do avental.

— Edward Kenway? — sorri. — Ora, por que diz tal coisa, Edith?

Ela pigarreou.

— Dizem que chegou um homem em um navio. Um homem com roupas muito parecidas com as suas agora, senhor. E que o homem é Edward Kenway, que antes chamava Bristol de seu lar.

A cor tinha voltado ao seu rosto e ela ruborizou ao continuar.

— E há outros que dizem que Edward Kenway voltou para casa para acertar contas, e que aqueles contra quem ele tem ressentimentos foram se esconder, mas, sendo homens poderosos, apelaram a recursos contra o senhor... Quero dizer, contra *ele*.

— Entendo — falei com cautela. — E de que recursos podem se tratar?

— Uma tropa de soldados enviada a Bristol, senhor, espera-se a chegada nesta mesma tarde.

— Entendo. E sem dúvida indo diretamente aonde este Edward Kenway faz pouso, onde este Edward Kenway seria forçado a se defender, e certamente haveria uma batalha sangrenta, com muitas vidas perdidas e muitos danos causados?

Ela engoliu em seco.

— Sim, senhor.

— Bem, pode ficar descansada, Edith, que tal dissabor não ocorrerá *aqui* esta noite. Pois tenho certeza de que Edward Kenway cuidará disso. E sei disso por ele, Edith. É verdade que ele foi um pirata, que teve sua parcela de atos desprezíveis, mas ele agora escolheu um caminho diferente. Ele sabe que para ver de forma diferente, precisamos pensar de forma diferente. E ele mudou seu pensamento.

Ela me olhou sem entender.

— Muito bem, senhor.

— E agora devo partir — eu lhe disse. — Sem dúvida para nunca mais voltar.

— Muito bem, senhor.

Na cama, havia um fardo com minhas coisas que peguei e pendurei no ombro, depois pensei melhor e escolhi o que precisava: o crânio e uma bolsinha de moedas que abri, colocando o ouro na mão de Edith.

— Ah, senhor, é muita generosidade sua.

— Você foi muito gentil, Edith — falei.

Ela se postou de lado.

— Há uma porta nos fundos, senhor — disse ela.

Saí por uma taberna, onde eu sabia que encontraria o timoneiro do *Jackdaw*, esperando minhas ordens.

— Birtwistle.

— Sim, senhor.

— Traga o *Jackdaw* ao porto esta noite. Estamos de partida.

— Sim, senhor.

E então fui ao distrito do armazém, usando as vielas e os telhados. Mantive-me abaixado e nas sombras.

E pensei, *Ah, Mary, se pudesse me ver agora.*

O armazém de Scott era um dos muitos nas imediações do porto, os mastros de navios ancorados visíveis por cima dos telhados. A maioria dos armazéns estava deserta, fechada à noite. Só o dele tinha sinais de vida: archotes acesos que tinham uma pequena área de carga em um tom de laranja bruxuleante, sem carroças por perto, e com dois guardas parados perto da porta. Não eram soldados, pelo menos — ainda não tinham chegado à cidade? —, mas valentões locais batendo maças nas mãos, e que provavelmente tomavam aquele trabalho como fácil, que deviam ansiar por beber uma cerveja mais tarde.

Fiquei onde estava, uma sombra na escuridão, vigiando a porta. Será que ele já estava ali? Eu ainda estava debatendo se devia avançar, quando

Rose chegou. Tinha o mesmo lenço de antes e seu cesto estava inchado de roupas para seu odiado patrão e senhor, Emmett Scott.

Os dois brutamontes à porta partilharam um olhar lascivo quando avançaram para interceptá-la. Prendendo-me à lateral do armazém adjacente, esgueirei-me para ouvir.

— O Sr. Scott está aqui? — perguntou ela.

— Ah — disse um dos valentões com um forte sotaque de West Country, sorrindo. — Ora, depende de quem pergunta, não é, querida?

— Trouxe roupas para ele.

— Você deve ser a criada então, não é?

— É isso mesmo.

— Bem, ele está aqui, então é melhor entrar.

Eu estava perto o bastante para ver Rose revirar os olhos enquanto eles davam um passo de lado e a deixavam entrar.

Muito bem. Então Scott estava ali dentro.

No escuro, testei a ação da lâmina. Não devo ter pressa demais, pensei. Não devo matá-lo já. Scott tinha coisas a confessar antes de morrer.

Contornei a parede do armazém e os dois valentões estavam a poucos passos de mim. Era só uma questão de esperar pelo momento certo para atac...

De dentro, veio um grito. Rose. E não era mais uma questão de esperar pelo momento certo. Era hora de entrar em ação. Disparei do escuro, cobri a distância entre mim e as sentinelas, acionei a lâmina e cortei a garganta do primeiro antes que o grito de Rose tivesse cessado. O segundo praguejou uma vez e balançou a maça, mas peguei seu braço em movimento, jogando-o contra a parede do armazém e acabando com ele com uma lâmina nas costas. Ele deslizou pela parede enquanto eu me agachava na portinhola do armazém, erguia a mão e a abri.

Uma bala de mosquete zuniu acima de minha cabeça enquanto eu rolava pela entrada, captando uma impressão rápida de um depósito abastecido com arcas de chá e uma plataforma com escritórios numa extremidade.

Havia três figuras na plataforma, uma delas de pé junto da grade, como se estivesse prestes a saltar os mais ou menos seis metros até o chão.

Parei ao lado de uma pilha de engradados, espiei pela beira e recuei quando outra bala bateu na madeira perto de mim, criando uma chuva de lascas. Mas minha olhadela foi suficiente para confirmar que, sim, havia três pessoas na plataforma acima de mim. Lá estavam Wilson, que tinha uma pistola apontada para meu esconderijo. Ao lado, Emmett Scott, suando com dedos trêmulos e frenéticos que tentavam recarregar outra pistola para entregar a Wilson.

E acima deles estava Rose, que oscilava instável na balaustrada, apavorada. Sua boca sangrava. O castigo por ela ter dado o grito de alerta, sem dúvida. Suas mãos estavam amarradas e havia uma corda em seu pescoço. Só o que a impedia de cair da forca improvisada era Wilson, que a segurava com a outra mão.

Se ele a soltasse, ela cairia.

— Fique onde está, Kenway — gritou Wilson enquanto a poeira baixava —, ou terá a morte da criada em suas mãos.

Eles me desarmariam. Matar-me-iam, depois enforcariam Rose por traição.

Não se eu puder fazer alguma coisa.

De meu cinturão da arma, peguei uma pistola, verifiquei a bala e a pólvora.

— Você estava lá naquela noite, não estava, Wilson? O líder? Era você o sujeito de capuz?

Preciso saber. Preciso ter certeza.

— Sim, era. E se dependesse de mim, você teria morrido naquela mesma noite.

Eu quase sorri. *Você perdeu sua chance.*

Na balaustrada, Rose gemia, mas se controlava.

— Agora jogue sua lâmina oculta, Kenway, não posso segurá-la para sempre — alertou Wilson.

— E você, Emmett? — gritei. — Estava lá?

— Não estava — retorquiu ele, aturdido e assustado.

— Mas teria comemorado minha morte?

— Você tem sido uma pedra no meu sapato, Kenway.

— Seu orgulho tem sido sua ruína, Scott. Seu orgulho tem sido a ruína de todos nós.

— Você não sabe de nada.

— Sei que você permitiu que minha amada morresse.

— Eu também a amava.

— Não é o tipo de amor que eu reconheço, Scott.

— Você não compreenderia.

— Compreendo que sua ambição e sede de poder levaram à morte de muitas pessoas. Compreendo que agora você pagará.

De dentro do manto, peguei uma faca de arremesso e a sopesei. *Um tanto diferente de usar árvores na prática de tiro ao alvo.*

Levantei-me e aproximei-me um pouco da beira da pilha, respirando fundo e lentamente.

Pronto?

Pronto.

— Ande, Kenway — gritou Wilson. — Não temos a noite tod...

Rolei de minha cobertura, corri para a frente e encontrei minha mira, disparando a pistola e usando a faca de arremesso ao mesmo tempo.

Os dois acertaram o alvo. Emmett Scott girou com um buraco na testa, sua pistola caindo inutilmente nas tábuas da plataforma, enquanto Wilson retribuía o fogo antes que minha faca encontrasse seu ombro. Gritando de dor, ele cambaleou para trás e caiu contra a parede do escritório, a faca enterrada, jorrando sangue, procurando a segunda pistola às apalpadelas, em vão.

A bala de Wilson encontrou o alvo. Senti bater em meu ombro, mas não podia deixar que me derrubasse. Nem mesmo podia deixar que reduzisse meu passo. Porque Wilson tinha soltado Rose e Rose caía, de boca aberta em um grito que não ouvi devido ao eco dos tiros e à torrente de dor em minha cabeça.

Ela caiu. E a corda se desenrolou atrás dela. E eu tinha uma imagem de sua queda, onde a corda se retesava, o corpo sofria um solavanco e o pescoço se quebrava.

Não.

Bati em um engradado em pleno galope, acelerei em uma correria e me atirei. Torci o corpo, acionei a lâmina e com um grito de esforço cortei a corda, peguei Rose pela cintura e nós dois caímos pesada e dolorosamente no piso de pedra do armazém.

Vivos, porém.

De cima, ouvi Wilson praguejando. Tirei uma segunda pistola do cinto e semicerrei os olhos pelos espaços entre as ripas acima de mim, vendo a luz vacilar. Apertei o gatilho. Veio então outro grito da plataforma, depois um estrondo de Wilson partindo para os escritórios.

Coloquei-me de pé com dificuldade. A dor no ferimento era forte, e a ferida mais antiga no flanco também queimava, fazendo-me mancar ao seguir para a escada da plataforma e subir em busca de Wilson. Arremeti para o escritório, onde encontrei uma porta dos fundos aberta que levava a uma escada. No alto, prendi a respiração e me encostei à grade para ter apoio enquanto olhava os armazéns.

Nenhum sinal. Só o barulho distante dos navios ancorados e o grito de gaivotas. Concentrei-me, usando o sentido, e ouvi alguma coisa. Mas não era Wilson. O que ouvi foi o som de pés marchando e se aproximando da área do porto.

Eles estão chegando. Os soldados estão chegando.

Praguejei e manquei para dentro, para ver Rose. Ela ia ficar bem. Corri para seguir o rastro de sangue deixado por Wilson.

71

Você estava em segurança em minha cabine. Dormindo, assim me disseram. Desse modo, perdeu o que aconteceu em seguida. E por isso sou grato.

Cheguei ao porto e descobri que Wilson tinha morrido no caminho. Seu corpo jazia ao pé da escada. Ele estava indo para um navio que reconheci. Um navio que, quando vi pela última vez, chamava-se *Caroline*, mas desde então fora rebatizado em homenagem à mulher com que Matthew Hague acabou por se casar. Chamava-se *Charlotte*.

Hague estava ali dentro. Um homem esperando pela morte, embora ainda não soubesse disso. Eu via figuras mal definidas na névoa cinzenta do anoitecer movendo-se pela amurada da popa. Guardas. Mas não importava. Nada ia me impedir de subir a bordo daquele barco.

Se os guardas viram ou ouviram Wilson cair, provavelmente pensaram que estava embriagado. E se eles me viram agachado junto de seu corpo, devem ter pensado que eu também era um bêbado. Eles não se importaram. Ainda não.

Contei quatro deles enquanto corria pelo muro do porto, até chegar onde o *Jackdaw* tinha sido ancorado há não muito tempo. Entre os dois navios havia outro veleiro menor preso por um cabo que desamarrei e soltei, dando um empurrão na popa para que zarpasse. Voltei ao meu navio às pressas.

— Hanley — falei, dirigindo-me ao contramestre.

— Sim, senhor?

— Prepare as armas.

Ele estava sentado com os pés na mesa de navegação, mas arrastou-os para baixo.

— O quê? Por quê, senhor? E, maldição, senhor, o que há com o senhor?

— Bala de mosquete no ombro.

— Pegou os homens que queria?

— Dois deles.

— Vou buscar o méd...

— Deixe, Hanley — grunhi. — Isso pode esperar. Escute, há um navio a estibordo, de nome *Charlotte*. Nele está o terceiro homem que procuro. Prepare as armas de estibordo e, se meus planos falharem, arrebente esse maldito barco.

Corri à porta da cabine e parei, contorcendo o rosto de dor ao me virar para ele.

— E, Hanley?

— Sim, senhor? — Ele se levantara, seu rosto a imagem da preocupação.

— Lembre-se de preparar também as armas da popa. E certifique-se de que a tripulação esteja armada. Há soldados a caminho.

— Senhor?

Olhei-o, em um pedido mudo de desculpas.

— Fique atento, Hanley. Se tudo sair bem, estaremos fora daqui em instantes.

Ele não pareceu se tranquilizar. Parecia ainda mais preocupado. Abri-lhe o que esperei ser um sorriso confiante, depois passei uma cunha por baixo da porta da cabine ao sair.

O veleiro começara a derivar para o mar. Ouvi um grito do convés do *Charlotte* quando o localizaram. Os risos. *Tolos*. Eles viram a piada, não o perigo. Saltei do navio, plantando os pés nas pedras do porto e correndo os poucos metros até a popa do *Charlotte*.

— É Wilson — gritei em minha melhor imitação do agente morto ao subir a escada.

Uma cara apareceu na amurada para me receber e plantei o punho nela, arrastei-o pela amurada e o joguei nas pedras abaixo. Seus gritos alertaram um segundo homem, que veio correndo ao que ele supunha ser a cena de um acidente — até que ele me viu com a lâmina, que brilhou ao luar antes de eu recuar o braço e correr o fio por sua garganta.

Ignorando as duas últimas sentinelas, corri pelo convés para a cabine do capitão, espiei pela janela e fui presenteado com a visão de

Matthew Hague, um Matthew Hague mais velho e preocupado, pelo jeito, parado de pé junto a uma mesa. Com ele, estava seu escriba.

Com um olhar para ver se as duas sentinelas tinham subido o convés atrás de mim, abri a porta da cabine.

— *Você* — falei ao escriba.

Hague largou uma taça que estava segurando. Eles me olharam, esbugalhados.

Arrisquei outro olhar para as sentinelas. Praguejei, bati a porta da cabine, calcei-a e me virei para receber os dois guardas.

Eles podiam ter escapado, disse eu a mim enquanto morriam. Foi opção deles lutar contra mim. A bombordo de onde eu estava, as escotilhas do convés de armas do *Jackdaw* se abriram e os canos dos canhões apareceram. *Bons camaradas.* Vi homens no convés brandindo mosquetes e espadas. Alguém gritou: "Precisa de ajuda, capitão?"

Não, não precisava. Virei-me para a porta da cabine, soltei o calço e escancarei a porta.

— Muito bem, última chance — ordenei ao escriba, que praticamente se atirou em mim.

— Archer — gemeu Hague, mas nenhum de nós ouviu enquanto eu arrancava Archer da cabine e batia a porta às suas costas, agora tendo Hague aprisionado.

— Saia do navio — berrei a Archer, que não precisou de outro convite, correndo para a popa.

Agora eu ouvia os pés em marcha dos soldados ao se aproximarem do muro do porto.

— Alcatrão! — Apelei a minha tripulação no outro convés. — Barris de alcatrão, e sejam rápidos!

Um barril foi atirado a mim do *Jackdaw* e parti para ele, abrindo-o e espalhando junto à porta da cabine.

— Por favor... — Eu ouvia Hague de dentro. Ele batia na porta trancada pelo calço. — Por favor...

Mas eu estava surdo a ele. A marcha se aproximava. Cascos de cavalos. O estrondo de rodas de carroça. Olhei o muro do porto, esperando ver o alto de suas baionetas enquanto eu esvaziava um segundo barril no convés.

Será suficiente? Terá de ser.

E agora eu os via. Os mosquetes dos soldados que apareciam em silhueta contra o alto do muro do porto. Eles me viram ao mesmo tempo e tiraram os mosquetes dos ombros, apontando. Ao meu lado, a tripulação do *Jackdaw* fazia o mesmo enquanto eu pegava uma tocha e saltava para o cordame, subindo a um ponto em que desse para largar a tocha, mergulhar do cordame e escapar das chamas.

Se os mosquetes não me atingissem primeiro, isto é.

E então veio a ordem.

— *Suspendam fogo!*

72

A ordem veio de uma carruagem que parava no porto, a porta se abrindo antes mesmo que tivesse estacado inteiramente.

Dela saíram dois homens: um vestido de lacaio, que arrumou os degraus para o segundo, um cavalheiro alto e magro de trajes elegantes.

E agora aparecia um terceiro homem. Um cavalheiro corpulento de peruca branca e longa, camisa de babados e casaco, e calções de cetim refinado. Um homem que parecia desfrutar muito de seus almoços e de uma taça de porto e conhaque para acompanhar suas refeições.

O lacaio e o cavalheiro alto ficaram boquiabertos quando se tornaram cientes das muitas armas apontando em direção a eles. Fosse por acaso ou planejado, eles haviam se postado bem no meio: as armas dos soldados de um lado, os canhões e mosquetes do *Jackdaw* do outro, e eu no cordame, pronto para jogar uma tocha no convés inferior.

O cavalheiro corpulento mexeu a boca como se a exercitando para falar. Entrelaçou as mãos no peito, balançou-se nos calcanhares e gritou a mim.

— Posso ter o prazer de falar com o capitão Edward Kenway?

— E quem seria você? — gritei em resposta.

Aquilo produziu um tremor de diversão dos soldados no muro do porto.

O homem corpulento sorriu.

— Ficou muito tempo longe, capitão.

Concordei.

Seus lábios estalaram e se rearranjaram em um sorriso.

— Então, está perdoado por não saber quem sou. Creio, porém, que conhecerá meu nome. É Walpole. Sir Robert Walpole. Sou o primeiro tesoureiro, chanceler do erário e líder da Câmara dos Comuns.

E eu estava pensando que título impressionante era aquele, e como ele devia ser um dos homens mais poderosos da terra quando... *Walpole. Não pode ser.*

Mas ele assentia.

— Sim, por certo, capitão Kenway. Duncan Walpole, o homem cuja vida e identidade o senhor tomou como sua, era meu primo.

Senti-me tenso mais uma vez. Que espécie de jogo ele estava fazendo? E quem era o homem alto ao seu lado? Ocorreu-me que ele tinha uma semelhança com Matthew Hague. Seria seu pai, Sir Aubrey Hague?

Walpole agitava a mão tranquilizadora.

— É bem verdade. Não só meu primo envolveu-se em assuntos dos quais mantenho distância, como era um homem traiçoeiro. Um homem agraciado, temo eu, com poucos princípios. Um homem disposto a vender a quem pagasse mais pelos segredos daqueles que confiaram nele. Envergonhava-me vê-lo levar o nome Walpole. Creio que talvez, de muitas maneiras, o senhor tenha feito um grande favor a minha família.

— Entendo — gritei —, e por que está aqui? Para me agradecer por matar seu primo?

— Ah, não, de maneira nenhuma.

— Então a que devo o prazer de sua visita? Como pode ver, tenho outros assuntos a resolver.

A tocha zumbiu quando a agitei, para criar efeito. Da cabine trancada do *Charlotte*, vinham as batidas de Hague tentando se libertar. Excluindo-se isto, havia um silêncio tenso enquanto os soldados e os marinheiros espiavam-se pelos canos de suas armas, ambos esperando as ordens.

— Bem, capitão Kenway, são exatamente estes assuntos que nos dizem respeito, receio — disse Walpole —, pois não posso permitir que continue em seu atual curso de ação. Na realidade, terei de pedir que jogue a tocha no mar e desça daí imediatamente. Ou, infelizmente, devo ordenar que os homens atirem no senhor.

Dei uma gargalhada.

— Atirem em mim e meus homens retribuirão o fogo, Sir Robert. Temo que até mesmo o senhor seja apanhado no fogo cruzado. Para não falar de seu amigo... Sir Aubrey Hague, não?

— De fato, senhor — disse o homem alto, avançando um passo. — Vim pedir clemência por meu filho.

O filho era uma decepção para ele, eu podia ver.

— Deixe-me ver seus dedos — exigi.

Hague ergueu as mãos. Um anel de Templário brilhou ali. Meu coração endureceu.

— E o senhor, Sir Robert.

Suas mãos continuaram entrelaçadas na barriga.

— Não verá anel em mim, capitão Kenway.

— Por que esta ideia lhe ocorreu? Pelo que vi, os Templários gostam de classe e status. Como saberei que não estou me dirigindo ao Grão-Mestre?

Ele sorriu.

— Porque nenhum poder é *absoluto*, capitão Kenway, e meu propósito aqui não é agir como embaixador de um ou outro lado. Meu propósito aqui é evitar um ato de barbárie.

Zombei dele. *Barbárie?* Isso não pareceu incomodar a nenhum dos dois quando incendiaram a casa de meus pais. Onde estava Sir Robert Walpole então? Bebendo porto, talvez, com seus amigos Templários? Congratulando-se por se abster de suas tramas. Ele podia fazer isso, é claro. Sua riqueza e seu poder já estavam assegurados.

Da cabine, Matthew Hague choramingava e gemia.

— Devo entender que voltou a estas plagas em missão de vingança? — perguntou Walpole.

— Há aqueles com quem tenho contas a acertar, sim.

Walpole assentiu.

— Woodes Rogers seria um deles?

Soltei um riso curto e surpreso.

— Sim. Ele seria um deles.

— Faria diferença se eu lhe dissesse que Rogers atualmente padece na prisão dos devedores? Que os ferimentos que lhe infligiu deixaram sua saúde em terrível estado? Que sua Ordem o deserdou? Seu mau gênio, seu comércio de escravizados ininterrupto. Ele é um homem alquebrado, capitão Kenway. Pergunto-me, quem sabe não pode considerar essa questão como resolvida?

Ele tinha razão. Que outros danos podia fazer minha lâmina a Rogers, além de livrá-lo de sua infelicidade?

— Ele não é minha preocupação imediata — gritei. — Esta honra pertence ao homem na cabine abaixo de mim.

Walpole abriu um sorriso triste.

— Um rapaz tolo e superficial, influenciado pelos outros. Deve acreditar em mim quando lhe digo, capitão Kenway, que os principais malfeitores neste episódio em particular já foram mortos por suas mãos. Fique tranquilo, que a vergonha atual de Matthew é punição suficiente por seus delitos.

Respirei fundo. Pensei em minha mãe perguntando quantos matei. Pensei na crueldade de Black Bart. Pensei no espírito de Mary Read, na coragem de Adewalé e na generosidade de Barba Negra.

E pensei em você. Porque Torres estava enganado quando disse que eu não tinha ninguém. Eu tinha alguém. *Eu tinha você*. Você, que reluzia de esperanças.

— Hoje gostaria de lhe fazer uma proposta, capitão Kenway — continuou Walpole. — Uma proposta que espero considerar favorável, que finalmente fechará o pano sobre toda essa história lamentável.

Ele delineou sua proposta. Eu ouvi. E quando ele terminou, dei-lhe minha resposta e joguei a tocha.

73

Só que, evidentemente, joguei a tocha no mar.

Porque ele ofereceu o perdão a meus homens e a mim, e vi seus rostos se voltarem a mim com expectativa, cada um deles era um homem procurado com a chance de limpar seu passado. Ele ofereceu a todos nós, a cada um dos marujos, uma nova vida.

E Walpole ofereceu mais, além disso. Propriedades. A chance de fazer algo de minha vida com contatos de negócios em Londres. Quando finalmente desci do cordame, os soldados tinham baixado os mosquetes e a tripulação do *Jackdaw* relaxou. Depois Matthew Hague foi libertado, correu ao pai e me pediu desculpas lacrimosas, enquanto Walpole pegava meu braço e me levava, falando das pessoas a quem me apresentaria em Londres: a família Stephenson-Oakley, um advogado, um assistente de nome Birch para me ajudar no trato de meus novos negócios.

Minha misericórdia seria belamente recompensada, ele me garantiu. Em troca, ele cuidaria para que eu me tornasse o homem que sempre quis ser: um homem de qualidades.

É claro que desde então angariei expectativas maiores de mim mesmo. Mas o dinheiro, os negócios e uma casa em Londres seriam ótimas fundações em que construir uma vida nova e mais rica. Ótimas fundações.

Um lugar que eu poderia usar para tratar de meus outros afazeres. *Meus afazeres de Assassino.*

Vamos, meu bem? Vamos zarpar para Londres?

Lista de Personagens

Adewalé: ex-escravizado e mais tarde contramestre e Assassino
Ah Tabai: Assassino
Blaney: marinheiro
Anne Bonny: garçonete da Old Avery e mais tarde pirata
Calico Jack Rackham: pirata
Seth Cobleigh: filho de Tom Cobleigh
Tom Cobleigh: pai de Seth Cobleigh
Alexander Dolzell: primeiro capitão de Edward
Julien DuCasse: Templário
El Tiburón: carrasco e guarda-costas de Torres
Matthew Hague: pretendente rejeitado de Caroline Scott, filho de Sir Aubrey Hague
Benjamin Hornigold: pirata fundador de Nassau
Julian: amigo dos Cobleigh
Bernard Kenway: pai de Edward
Caroline Kenway, nascida Scott: esposa de Edward
Edward Kenway: Assassino
Jennifer (Jenny) Kenway: filha de Caroline e Edward
Linette Kenway: mãe de Edward
James Kidd: pirata
Laurens Prins: mercador de escravizados holandês
Mary Read: verdadeira identidade de James Kidd, Assassina
Bartholomew Roberts, o Black Bart: Sábio e pirata
Woodes Rogers: Templário caçador de piratas e, mais tarde, governador das Bahamas
Rose: criada dos Scott
Emmett Scott: pai de Caroline, mercador de chá de Bristol
Sra. Scott: mãe de Caroline

Edward Thatch, o Barba Negra: corsário convertido em pirata
Laureano Torres: Templário, governador de Havana
Charles Vane: pirata
Dylan Wallace: recrutador
Duncan Walpole: Templário
Wilson: empregado de Matthew Hague

Agradecimentos

Agradecimentos especiais a:

Yves Guillemot
Julien Cuny
Aymar Azaizia
Jean Guesdon
Darby McDevitt

E também a

Alain Corre
Laurent Detoc
Sébastien Puel
Geoffroy Sardin
Xavier Guilbert
Tommy François
Cecile Russeil
Joshua Meyer
Departamento Jurídico da Ubisoft
Chris Marcus
Etienne Allonier
Antoine Ceszynski
Maxime Desmettre
Two Dots
Julien Delalande
Damien Guillotin
Gwenn Berhault
Alex Clarke

Hana Osman
Andrew Holmes
Virginie Sergent
Clémence Deleuze

Este livro foi composto na tipologia Minion Pro,
em corpo 11,5/15,55, e impresso em papel off-white
no Sistema Cameron da Divisão Gráfica
da Distribuidora Record.